KB181135

우울과 환영

- 오영진 영화론과 일기 연구

우울과 환영

- 오영진 영화론과 일기 연구

김윤미

평민사

머리말

박사논문에 포함시키지 않았던 식민지 시기 오영진(吳泳鎭, 1916-1974)에 대한 소논문을 다시 정리하면서 오영진을 이해하기 위해 그분의 지인들을 찾아 인터뷰했던 기억이 새롭다. 미 발굴된 오영진 일기를 찾아다니던 중에 오영진 선생의 친구인 박재창 선생과 방용구 선생을 만났고 그분들의 희미한 기억 속에서 오영진 선생에 대한 짧은 이야기를 들을 수 있었다.

경성제국대학 동창인 이즈미 세이이치의 방한기념자리에도 참석하지 않을 정도로 일본에 대한 피해의식이 컸던 오영진은 전쟁 중에도 필사까지 하면서 간직했던 이즈미 세이이치의 단편소설을 방용구 선생에게 전달했다고 한다. 끝내 동창을 만나지 못하고 돌아간 제주학의 권위자였던 이즈미 세이이치는 오영진이 전달한 자신의 소설 필사본을 받은 지 한 달 후 급사한다. 오영진과 이즈미 세이이치는 경성제국대학 시절 산악, 영화연구회에서 함께 활동했고, 문학잡지 『성대문학』에 소설을 발표하기도 했는데, 오영진이 필사해서 전달한 이즈미 세이이치의 작품은 이즈미도 소장하지 않았던 작품으로 『성대문학』에 실렸던 소설이었다고 한다.

오영진의 일기에 관심이 많았던 한옥근 선생도 오영진에 대한 이야기를 전해주었다. <닥터지바고>의 영화장면처럼 폭력적이고 야만적인 시대를 흐르는 동안 예술가의 영혼은 불에 그을린 상태로 삶을 이어간다. 그는 일제식민지 시기에 일본어로 영화시나리오를 썼고 그 일로 인해 고통스러워했다. 방용구의 증언에 의하면 오영진은 1965년 한일조약이 체결된 후 '무거운 병'을 앓게 되었고 결국 그 병으로 이대 정신병원에서 마지막 순간을 맞이한다.

오영진의 주치의였던 이근후 정신과 의사는 오영진이 마지막 순간에 병원비를 지원받게 되어 기뻐했다고 한다. 이대정신병원의 목욕탕에서 이른 아침 목욕을 하다가 심장마비로 사망했는데, 우울증으로 한동안 힘들어했던 그가 그날은 오랜만에 밝은 모습을 보였다고 한다. 오영진에 대한 자세한 병상기록을 남겨두지 않은 것을 이근후 선생은 안타까워했다. 오영진은 그에게서 사이코드라마를 의뢰받아 처음으로 사이코드라마를 쓴 극작가이기도 했다.

　오영진에 대해 증언하는 분들을 만났던 장소는 서로 달랐지만 어떤 우울함과 안타까움이 함께 했다. 서로 다른 세대가 처음 만난 자리에서 어떤 신뢰를 가지고 고인에 대해 이야기하는 것이 무엇인지 생각했다. 지난 세대의 수난을 공감하는 것인데, 그것은 한반도라는 지정학적 위치에서 태어나 살아가는 자의 불안감을 공유하는 것이고, 이미 세상을 떠난 사람도, 살아남은 사람도 이후 세대들도 그러한 불안으로부터 자유로울 수 없다는 사실 때문이었을 것이다.

　이 책을 정리하면서 오영진의 영화론이 해방 전후로 크게 다르지 않았음을 알 수 있다.

　해방 전 오영진의 조선영화론을 살펴보면 식민지배의 서사가 문화취향에 대한 간섭으로 시작되는 것을 알 수 있다. 집단의 존재증명을 문화에만 의존한다는 것은 집단의 위기를 증명하는 것이다. 그렇게 문화가 지워지는 시기에 오영진은 조선영화계의 중심에 남아있었다.

　1장의 <제국과 로컬, 오영진의 조선영화론>은 일제 말기 오영진의 영화론과 『국민문학』 영화좌담회를 분석하면서 조선영화가 '국민 문화재'로서 기능해야 한다는 오영진의 주장이 전쟁기 영화 통제 상황 속에서 조선영화의 존립을 위한 협력과 저항이라는 양가적인 위치에서 빚어진 산물이었음을 규명하고자 쓴 논문이다. 해방 전 오영진의 영화론은 그동안 민족운동의 일환으로 평가되어 왔지만, 식민지 말기 조선영화가 처한 시대상황과 함께 세밀하게 논의되지는 않았다. 오영진의 영화론은 영화를 적극적인 통제의 대상으로 삼고 새로운 국민상을 제시하려는 일본의 영화정책과 밀접한 관계 속에서 모색되어야 했다. 이를 위해 '조선'과 '조선영화'의 정체성이 어떤 맥락 안에서 담론화 되었는지 살펴보았으며, '조선의 로컬리티(locality)'에 대한 제국의 불편함이 검열 기준을 모호하게 했으며, 바로 이 모호함의 지점에서 오영진의 조선영화론이 발언되었음을 규명한 것이다.

2장의 논문 「영화 <사랑과 맹서(愛と誓ひ)>와 오영진의 취재기 「젊은 용의 고향(若い龍の鄕)」 비교 연구」는 영화 <사랑과 맹서>(최인규 감독, 1945)와 오영진의 취재기 「젊은 용의 고향」(『국민문학』 1944.11)의 비교를 통해 그 유사성을 밝히고자 한 논문이다. 필자는 영화 <사랑과 맹서>가 오영진의 취재기 「젊은 용의 고향」에서 아이디어를 가져왔다고 보았으며, 조선영화무용론이 제기되는 식민지 상황에서 제국이 허용한 로컬리티가 영화에서 어떻게 변화해 갔는지 살펴보고자 했다. 논란의 여지가 많은 논문이라고 할 수 있다. 필름이 끊기듯이 지워졌던 1944년에서 1945년은 전쟁의 소용돌이로 조선이 밀려들어갔던 시기였고 정신무장이 그 어느 때보다 필요했던 시기였다. 그런데 이 시기에 조선의 젊은이들의 무력감은 굉장히 컸다. 그 무력감은 자신의 힘으로 바꿀 수 없는 상황에 대한 정신적인 공항상태라고 할 수 있다.

3장과 4장은 해방 이후 오영진의 활동에 관한 글로 오영진 일기를 토대로 분석한 글이다.

해방은 오영진에게 일종의 분열을 일으켰다. 그러나 오영진은 아버지 오윤선 장로를 도와 조선민주당에서 조만식 당수의 비서로 활동하면서 소련군정하 북한영화에 대한 소련의 지원정책에 대한 의견을 제시하기도 했다. 그런데 1946년 모스크바 3상회의를 반대한 조선민주당은 강제 개편되고 조선민주당의 대부분이 남하하듯이 오영진도 1947년 11월 서울로 남하하게 된다. 오영진의 일기는 월남하던 해인 1947년 12월 20일부터 시작된다.

일기는 사회구성원의 심리적 메커니즘을 통해 문화변동의 지속성을 살펴볼 수 있는 중요한 텍스트이므로 그동안 발굴되지 않았던 오영진의 일기(1947-1974)는 이러한 문화변동의 지속성을 살펴볼 수 있는 자료였다. 그런데 오영진 일기는 일본어와 한자, 한글과 영어로 혼용되어 기술되어 있어서 해독하는데 어려움이 있었다.

3장의 논문 「오영진 일기 연구-1958~1959년 오영진 일기를 통한 한국영화계의 문화현실 소고(小考)」는 1958년 7월 17일부터 1959년 12월 31일까지 오영진에 의해 기록된 일기를 고찰한 것이다. 비록 짧은 기간이지만 1958년에서 1959년은 한국영화의 중흥기에 속하며, 영화평론가이자 시나리오 작가로 활발한 활동을 했던 오영진이 한국영화의 국제화에 중추적인 역할을 했던 시기이기도 했다. 이 시기에 오영진은 문화정치의 중심에서 활동했으며 이러한 다양한 활동들을 일기에 상세하게 기록하고 있다. 그러므로 오영진의 일기는 한국영화연극뿐만 아니라 사회문화정치에도 새로운 시각을 가능하게 하는 중요한 텍스트이다.

오영진 일기를 해제하는 형식으로라도 정리해야 할 필요성을 느끼고 시도했는데 연구는 진척이 잘 되지 않았다. 오영진의 일기는 다양한 영역에서 중요하게 다뤄져야 했기 때문에, 어느 한 분야로 국한지어 연구하기에는 한계가 있었다. 그래서 오영진이 해방 되던

해 기록했던 증언과 일기를 토대로 그의 활동을 살펴보았다.

4장은 1945년에서 1953년까지 발표되었던 오영진의 수기와 영화론을 중심으로 새롭게 발굴된 이 시기의 일기(1947- 1953)를 분석한 것이다. 오영진이 1947년 12월 20일부터 1953년 12월 31일까지 쓴 일기에는, 그가 월남 후 남한에서 문화정치의 중심으로 진입하는 과정이 드러난다. 오영진은 해방되던 날부터 1947년 7월 월남하기 전까지 북한에서 조선민주당 활동을 했고, 북한영화계지원을 요청하는 계획안을 쓰기도 했다. 또한 1946년에서 1947년까지 북한에서의 조선민주당 창당과 해산과정을 오영진의 일기에서 살펴볼 수 있다.

오영진은 월남한 조선민주당의 후원으로 북한에서 조만식을 구하기 위해 '기독자유당'을 출발시키려고 했지만 실패하게 되고 이로 인해 월남한 것으로 일기에 기록하고 있다. 해방과 전쟁, 분단으로 이어지는 혼란스러운 시기에 기록된 오영진 일기는 오늘날 위태로운 한반도의 지정학적 위치를 성찰하는 데 있어 중요한 사료적 가치를 가지고 있다. 한국문화예술교육과 문화정치의 초석을 다지고 한국영화의 국제화에 첫 길을 열었던 오영진의 활동은 오늘날 한류문화의 근간을 이루는데 작은 주춧돌이었다는 것을 지금이라도 돌아볼 필요가 있다.

여기 모은 글들은 여러 시기에 발표하고 쓴 논문들이다. 발표 시기와 발표 지면은 책의 뒤에 따로 모아 밝혔다. 글을 썼던 시기, 고민했던 부분은 달랐으나, 여기에 하나로 모으면서 비로소 내가 주목해 왔던 것이 무엇인지 이해하게 된다. 한 작가의 작품에서 연구를 시작하여, 작가의 시대로, 작가의 삶으로, 그리고 지금 여기 내 삶과 시대를 돌아보게 된다.

책을 엮으면서 먼저 이 글을 쓸 수 있게 도와준 앞선 연구자들에게 감사의 인사를 드린다. 그분들의 연구가 있었기에 가능한 글들이었다. 작가를 연구할 때 어느 한 시기의 활동으로 섣부르게 단정짓지 말고 당대 상황에 대한 신중한 접근을 하도록 지도하셨던 지도교수님의 말씀을 기억한다. 학계 전공자들과 대학원의 은사님들, 그리고 함께 근무하면서 도움을 주신 학과 교수님들과 직장동료 교수님들에게도 감사드린다. 지금은 쓰지 않는 일본어 한자와 약자를 찾아준 정상룡 선생님, 오영진 일기 자료를 주셨던 손진책 선생님, 바쁜 와중에도 책 출판을 해주신 평민사에도 거듭 감사를 드린다. 나의 빈자리를 벗 삼아 살아가는 가족들에게도 역시 고마운 마음 전한다.

2019년 5월
김윤미

[차례]

제1장. 제국과 로컬, 오영진의 조선영화론

1. 서론

일본은 대륙진출을 위한 병참기지로 조선의 입지를 중요하게 여기면서 영화를 대륙침략의 선전도구로 인식했다. 중일전쟁 전인 1926년에서 1936년까지 외화에 대한 검열정책으로 조선총독부는 이미 막대한 이윤[1]을 남겼기 때문이다. 더구나 발성영화로의 변화는 조선영화계의 기업화와 합리적인 시스템을 필요로 했고, 식민지 조선에서의 영화정책도 '총력전체제'를 위해 강화되었다. 이와 같이 영화제작과 배급업을 허가제로 바꾸고 일본선전문화 영화의 의무 상영 규정을 두었던 조선영화령은 조선영화계를 통제하기 위한 것이었다. 영화인 기능증 발급으로 조선영화인협회가 해산하였고, 1940년 발족한 조선영화주식회사는 1943년 10월까지 모든 영화인들을 이 회사로 흡수하였다. 영화창립회사는 조선에서 활동하는 기존 영화인이 아니라 일본에서 영화를 배우고 온 새로운 영화 인력을 채용하였다.

1937년 7월 「영화예술론」을 『조선일보』에 발표하면서 영화평론가로 데뷔한 오영진도 1938년 일본 동경으로 건너가 영화수업을 받았고, 1940년 조선에 돌아온 뒤 조선영화사의 촉탁으로 활동하게 되었다.[2] 오영진은 1942년 4월 첫 시나리오 <배뱅이굿>을 일문으

---

1) "1926년부터 1936년까지 검열을 받은 영화는 24,000편이 넘고, 조선총독부는 총 250,000엔에 달하는 검열수수료 수입으로 검열소 신축에 소요된 비용을 충당할 수 있었다. 조선총독부가 1935년 4월 1일부터 1936년 3월 31일까지 거둬들인 검열수수료만 29,568엔으로, 당시 10년간 벌어들인 수수료 수입의 11퍼센트를 차지한다." 브라이언 이시즈(Brian Yecies), 「식민지 조선에서 좋은 사업이었던 영화검열- 할리우드 제1차 황금기(1926-1936)의 부당이득 취하기」, 『한국문학연구』 30집, 2006. 204-237면.

2) 김윤미, 「오영진의 1940년대 초기 시나리오에 나타난 '민속'의 의미」, 『한국현대문학연구학회』

로 작성하여 『국민문학』에 발표하기 전에 이미 영화평론가였고, 영화감독이 되기 위한 훈련을 마친 상태였다. 해방 전에 오영진은 「영화예술론」을 비롯하여 다섯 편의 영화평론을 발표했지만, 해방 후에는 109편의 영화평론을 발표했다. 양적으로 해방 후 영화평론이 우세하지만, 영화전반에 대한 기본 인식은 해방 전 영화론에서 확립되었다고 할 수 있다.

오영진의 영화론에 대한 연구는 오영진 작가론을 쓴 한옥근 연구에서 찾아볼 수 있다. 그는 오영진의 해방 전 영화론을 민족운동으로 소개하면서 그의 영화론을 한국영화의 미래를 제시한 선구적인 업적으로 평가하였다.3) 오영진의 해방 전 영화평론과 시나리오 <맹진사댁 경사>를 비교하며 탈식민적 의미와 한계를 짚어본 이승현은 오영진이 권선징악이라는 소재와 자본에 의지할 수밖에 없는 영화라는 장르의 속성이 가지는 양면성으로 인해 탈식민적인 한계에 부딪혔다고 보았다. 두 논자는 대동아공영권 및 군국주의 이데올로기와 영화의 관계망 속에서 적극적으로 발언된 오영진의 영화론과 영화활동의 시대적 배경을 간과하고 있다. 조선영화론의 정체성이 제국에 의해 적극적으로 규명되어지는 지점에서 오영진의 영화론에 대한 분석은 당대 문화정치의 자장 안에서 좀 더 세밀하게 분석되어야 한다.

오영진과 같은 시기에 활동한 영화이론가인 임화는 군국주의 영화제작에 관여하면서도 조선영화의 예술성만 강조했을 뿐, 대동아공영권 및 군국주의 이데올로기와 영화의 관계에 대해 직접적인 언급은 하지 않았다.4) 그동안 영화연구자들에 의해 임화의 『조선영화

---

3) 한옥근, 『오영진 연구』, 시인사, 192-203쪽.
4) 백문임, 「조선영화의 존재론」, 『상허학보』 33집, 상허학회, 2011. 10.
백문임, 「대동아공영권과 임화의 조선영화론」, 『문학과 영상학회 2005 가을 정기학술대회』, 문학과 영상학회, 2005. 11.
김종욱, 「일제강점기 임화의 영화 체험과 조선영화론」, 『한국현대문학연구』 제31

론』(1941)은 식민지 시대 유력한 영화론으로 자주 언급되었고,[5] 독립적인 영화비평가로서도 연구되었다.[6] 백문임은 임화가 『조선영화론』에서 조선 영화의 '예술'적 성격을 규명하려고 한 것은 조선영화령과 법인 조영의 설립으로 이어지는 전쟁기 영화 통제 상황에 대한 개입의 산물이었다고 보았다. 김종욱은 임화가 조선총독부의 문화통제 정책을 간접적으로 비판하기 위해 영화의 '예술성'을 호명했으며, 영화비평 활동을 전개하지 않고 침묵하게 된 것은 조선어 영화를 불허하는 방향으로 전개된 시대적 상황 때문이었다고 규명했다. 1941년에 조선영화를 논할 때 임화는 '영화 자체의 존재론에 답할 수 있는 창조적 정신'에 집중했다. 이는 오영진이 조선영화에 대해 전개한 논의와 다르지 않다.

문제는 '조선영화령'이 시행된 1941년 이후 임화는 침묵했고, 조선총독부의 지방색 검열에 대해 오영진은 '유머'를 통해서라도 '조선이라는 지방색'은 필요하며 조선영화가 '국민문화재'로 기능해야 한다고 주장했다는 점이다. 영화를 '새로운 역사와 새로운 민족을 만드는'[7] 도구로 생각하는 당대 지식인의 인식이었다. 급박하게 변해가는 식민지 말기 조선영화계에서 오영진이 어떻게 조선영화의 정체성을 모색했는지 살펴보는 일은 중요하다. 이런 점에서 오영진의 조선영화론에 대한 연구는 일제 말 조선영화계가 처한 현실을

집, 한국현대문학회, 2010. 8.

5) 이순진, 「한국영화사 연구의 현단계」, 『대중서사연구』 12, 2004. 12.
  김려실, 『투사하는 제국, 투영하는 식민지』, 삼인, 2006.
  이영재, 『제국 일본의 조선영화』, 현실문화연구, 2008.

6) 백문임, 「조선영화론의 존재론- 임화의 '조선영화론'(1941)을 중심으로」, 『상허학보』 33집, 2011. 10.
  김종욱, 「일제강점기 임화의 영화 체험과 조선영화론」, 『한국현대문학연구』 31집, 한국현대문학회, 2010. 8.

7) 辛島驍, 「조선과 영화」, 『영화순보』, 1943. 7. 11.
  이재명, 『일제 말 친일 목적극의 형성과 전개』, 소명출판사, 2011, 390쪽.

고찰하는 데 중요한 관점을 제공할 것이다.

해방 전 오영진에 대한 연구는 해방 후 오영진 연구를 위해서도 반드시 선행되어야 하는 부분이다. 오영진의 사상적 배아기에 속하는 해방 전 시기에 대한 논의는 최근에야 본격적으로 이루어진 편이다. 이에 오영진의 해방 후 문화활동에 대한 연구8)로 범위가 확대되면서 해방 전후 소설과 시나리오를 민족주의 시각에서 바라본 이상우의 연구에서부터 해방 전후 오영진의 작품에 나타난 '민족' 표상의 연속성과 비연속성을 분석한 김윤미의 연구가 진행되었다.9)

본고는 해방 전 오영진이 발표한 네 편의 영화론10)과 당시 영화 좌담회11)를 통해 오영진의 사상적 궤적을 추적하면서, '조선'과 '조선영화'의 정체성이 어떤 맥락 안에서 담론화 되었는지, 또한 '조선의 로컬리티'12)에 대한 제국의 불편함과 식민지 지식인의 혼종성과 양가성을 살펴보고자 한다. 먼저 급변하는 조선영화계의 상황 속에서 일문으로 시나리오를 쓸 수 있는 시나리오 작가가 부상하게 된 제국의 정치적 상황과 조선의 로컬리티에 대한 검열과정을 살펴보

---

8) 김옥란, 「오영진과 반공. 아시아. 미국-이승만 전기극 <청년>, <풍운>을 중심으로」, 『한국어문학연구』 59집, 2012. 8.

9) 이상우, 「오영진의 글쓰기와 민족주의」, 『한국극예술연구』 35집, 2012. 6.
김윤미, 「오영진의 극문학에 나타난 '민족' 표상연구」, 연세대학교 박사논문, 2011.

10) 오영진이 해방 전 발표한 네 편의 영화론은 「영화예술론」(『조선일보』, 1937. 7), 「영화와 문학에 관한 프라그멘트」(『조선일보』, 1939. 7), 「조선영화의 제문제」(『조선일보』, 1939. 8), 「영화와 문학의 교류」(『朝光』, 1939. 12), 「조선영화의 일반적 과제」(『신시대』 1942. 6), 「영화와 조선대중」(『영화평론』 1943. 1) 등이다.

11) 座談會, 「明日への朝鮮映畵」, 『국민문학』, 1942. 12.

12) 이영재는 제국 일본이 조선영화에 로컬리티를 요구한 적이 없고, 오히려 조선의 로컬리티를 거추장스러운 것으로 여겼다고 보았다. 왜냐하면 제국 일본은 '전쟁 중'이었고, 조선의 로컬리티가 '반도' 내부에서 계속 하나의 민족 단위를 상기시키기 때문이라는 것이다.(이영재, 「Temptations of Empire, Locality and Technology」, 『한국 근대문학(문화)과 로컬리티』, 한국문학·문화/글쓰기 국제학술대회, 2007, 30쪽)

고, 오영진이 어떻게 조선영화의 정체성을 확립했는지 고찰하고자
한다.

2. 제국과 시나리오

　일본으로 유학가기 전에 쓴 「영화예술론」(『조선일보』, 1937. 7)에
서 오영진은 영화의 예술성과 오락성을 중요하게 언급하였다. 오영
진은 영화의 예술성을 카메라의 기능에서 찾았으며, 카메라의 기술
적인 테크닉이 프랑스 영화순수주의 운동과 같은 순수영화예술의
영역을 열어준다고 보았다. 오영진은 영화의 심리적인 묘사와 기술
적인 몽타주 이론에 이르기까지 시나리오의 영화적인 기법을 구체
적으로 인식하고 있었다.
　또한 「영화와 문학에 관한 프라그멘트」(『조선일보』 1939.7)에서
문학을 '시간적이고 청각적'인 것으로, 영화를 '공간적이고 시각적'
인 것으로 논하였다. 오영진은 "문화영화는 조선에서는 제한이 많
음으로 사상성을 표현하기가 곤란하다"는 이태준과 박기채의 대담
에 이의를 제기하면서, "문학과는 표현양식이 다를 따름이지 영화
에도 사상이 있다"[13]고 주장하였다. 문학과 영화의 표현에 따른 차
이를 '시퀀스'와 '커트'에서 빚어지는 필름의 구성에서 보며 '몽타주'
를 단순히 필름의 연계로만 이해하는 것이 아니라 '시각적 통일 즉
사상구성의 최후적 조작'을 통해 영화의 사상을 전달할 수 있다고
본 것이다. '잠재적인 심리를 시각적인 대상'으로 '환치'하여 '현재

---

13) 이근삼·서연호 편, 『오영진전집』 4, 범한서적주식회사, 1988, 200쪽.

화'하는 심리묘사는 영화가 문학과 구별되는 특징이라고 보았다.

그러나 그는 시나리오를 영화적 표현양식에 예속시키면서도 문학의 영역과 소통할 수밖에 없는 하나의 장르로 인식하였다. 사카이 나오키의 지적처럼 국민형성을 지향하는 근대화의 과정이 그 내부의 이질적인 것의 제거를 수반하듯 '보편적 균질성의 영역'을 구성하는 것14)으로 영화만큼 강력한 매체는 없을 것이다. 오영진은 대중에게 전파하는 영화의 교육적 힘과 기술적인 진보에 의존하고 있는 영화와 자본의 관계를 누구보다 잘 인식하고 있었다. 그러나 오영진이 동경유학에서 처음 부딪히는 문제는 영화와 제국의 관계였다.

오영진은 1938년 10월 『博文』에 발표한 <R 兄에게>라는 제목의 에세이에서 자신의 동경유학에 대해 소개하고 있다.

> 금주부터는 PCL15) 시나리오연구회에 출석하고 있습니다. 東發의 豊田씨 호의 있는 알선으로 소원(所員)이 아니면서도 특별히 참석할 수 있게 되었소이다. …… **松竹 東寶같은 자본이 넉넉한 회사는 새로운 顯材를 구하여 조선으로 진출하여 현재의 경화상태를 타개하여야 한다.** 운운. 현상타개의 교육책으로써의 조선진출론도 일리 있지만 그러나 그 때문에는 많은 곤란을 극복하잖고는 안될 것이다. …… 체취언어의 상위, 생활양식과 감정의 상위는 그대로 배우의 연

---

14) 사카이 나오키, 우지이 다케시 옮김, 『번역과 주체』, 이산, 2005, 293쪽.

15) 'PCL은 1930년에 설립된 토키연구소로 1933년 영화제작을 선언하고 스태프를 공모하였다. 여기에 입사한 사람이 구로사와 아키라와 혼다 이시로이다. PCL은 기존의 가족적, 봉건적, 인맥 위주의 영화 제작과는 무관한 자유롭고 현대적인 경영방침을 정하고 일본 최초의 프로듀서 시스템을 채택하였다. 한때 좌익이나 전위 예술운동에 관한 청년들의 대피소라고도 할 만한 양상을 보여주었고, 제작된 영화도 에노모토 겐이치의 오페라타풍 인정희극에서 사회를 비판하는 현대극까지 다양하였다.' 오영진이 최초에 쓰게 된 시나리오 <배뱅이굿>이 오페레타풍이라는 것은 당시 여기서 시나리오 수업을 받은 결과라고 추측된다.(요모타 이누히코 저, 박전열 역, 『일본 영화의 이해』, 현암사, 2001, 104-105쪽.)

기에 관계되어질 것이다. 제재의 새로움으로 어느 정도까지 관객도 흡수할 수 있겠고 기업으로써도 성공할지는 모르나 양심적인 제작자는 좀더 신중하여야 하지 않을까.

　　나는 대체 이런 의미의 비관적 태도를 취하였소. R형, 이곳 배우를 사용하여 이곳말로 조선을 제재로 하고 무대로 한 영화를 제작하는 것을 형은 어떻게 생각하오. 기쁘오니까, 슬프오니까. 형의 글을 고대하오.16)

조선영화가 제국 일본에 의해 점령될 것이라는 혼란스러운 예감을 드러내고 있는 이 편지에서 오영진은 조선인의 생활 체취가 온전히 전달되기 어려울 것이라는 불안을 보여준다. '오페라풍 인정희극과 사회를 비판하는 현대극'을 만든 P.C.L의 시나리오연구회에서 오영진은 시나리오가 영화를 위한 새로운 문학이자 국가이념을 전파하는 도구라는 것을 깨닫게 된다.

　　시나리스트는 여러 가지 제약을 참지 않으면 안 된다. 병인 혹은 병사라든가 하는 불건전한 스토리를 피한다든가 도회를 중심으로 해야 한다든가. 카메라맨은 대스타의 클로즈업을 곱고 선명히 찍었다는 그 자신으로서는 그리 명예스럽지 않은 이유로 포상을 받고 중용된다.17)

1939년 『조선일보』에 기고한 「조선영화의 제문제」라는 글에서 오영진은 동경의 영화회사가 신입 시나리스트에게 요구하는 것을 이렇게 전달하였다. 일본의 문화영화를 주로 만들었던 '동경발성(東京發聲)'에서 조감독 생활을 했던 오영진은 중일전쟁 이후 본격적으로 일본 선전을 위한 영화가 만들어지던 시기에 일본에서 영화수업

---

16) 이근삼·서연호 편, 『오영진전집』 5, 범한서적주식회사, 1988, 261-263쪽.
17) 이근삼·서연호 편, 『오영진전집』 4, 30쪽.

을 했다. 오영진은 PCL 시나리오 연구회에서 '병인 혹은 병사라든가 하는 불건전한 스토리를 피하거나 도회를 중심'으로 시나리오를 작성해야 한다는 교육을 받았다. 그가 영화수업을 받았던 1938년은 PCL이 도호(東寶)로 개칭될 무렵이며, 1940년 귀국하게 된 배경도 당시 도호(東寶)의 조선영화 진출에서 영향을 받았다.[18] 국가의 이미지와 상업성을 고려하며 세계에 일본을 알리기 위해 소재의 제한을 두는 일본영화계의 움직임은 시나리오 작가의 육성을 통해 이루어졌다. 조선영화계의 사정도 이와 다르지 않았다.

조선영화계에서 시나리오에 대한 논의가 활발하게 이루어진 것은 발성영화의 등장으로 시나리오 문학에 대한 인식이 생기기 시작했던 1930년대 후반부터였다. 이운곡은 영화소설이나 영화설명식의 읽을거리가 유행했던 당시 풍토에서 시나리오는 그런 통속적인 읽을거리와 다르다는 점을 강조하였다. 현실적으로 시나리오 문학이 장르적 위치를 확고히 해 나가는 데 결정적인 역할을 한 것은 문예로서, 시나리오 공모와 순수문예지의 시나리오 등재에 이르기까지 지면의 다양화로부터 비롯되었다.[19]

그러나 현대의 시나리오와 별 차이가 없는 형식을 갖춘 시나리오의 등장은 1942년부터이다. 1939년까지 맥을 이어오던 영화소설이 1940년대에 자취를 감추고 1942년부터 일문 시나리오가 순문예지인 『문장』, 『인문평론』, 『국민문학』과 『춘추』 등에 빠짐없이 실림으로서 하나의 문학 장르로 정착한 것이다.[20] 한국 시나리오 정전으

---

18) 'PCL은 전용 배급 영화관 없이 출발하였기 때문에 처음에는 고전을 면치 못했지만 1937년 간사이(關西) 사설 철도의 대주주이자 다카라즈카 소녀 가극의 경영자인 고바야시 이치조의 산하에 있으면서 도호(東寶)로 개칭함으로써 흥행의 어려움을 단번에 해소했다. 도호가 당시의 군부(軍部)와 적극적인 유대 관계를 맺음으로써 경쟁관계였던 쇼치쿠보다 사업상 우위에 서게 되었다.'(요모타 이누히코 저, 박전열 역, 『일본 영화의 이해』, 현암사, 2001, 104-105쪽.)

19) 백문임, 「1950년대 후반 '문예'로서 시나리오의 의미」, 『매혹과 혼돈의 시대-50년대의 한국영화』, 소도, 2003, 206쪽.

로 여겨지는 <맹진사댁 경사>가 이 시기 『국민문학』에 실린 오영진의 일문 시나리오였다는 점은 시사하는 바가 크다. 그것은 영화와 시나리오의 발전이 국가의 정책과 필연적인 관련을 맺었다는 것을 의미한다. 시나리오가 독자적인 장르로 자리 잡게 된 계기는 물론 조선인을 전시체제에 동원하려는 심리적인 전술로 영화를 사용하려는 식민지 당국의 필요에 의해서였다. 폴 비릴리오의 말대로 영화가 기술적·심리적 놀라움을 창조하는 데 적합한 것이 된 시점부터 영화는 사실상 무기의 범주 속으로 들어갔기 때문이다. 결국 영화는 양차 세계대전 시기에 물질적 무기이자 가장 강력한 심리적 무기로 이용되었다.[21] 1942년 전시체제하에서 선전영화의 필요성이 절박했기 때문에 시나리오 작가의 중요성이 급부상했던 것이다.

"조선에서는 아직 시나리오 문학운동과 같은 것이 일어나지 않았으니까 그러한 것을 앞으로 곰곰이 해나가는 것이 장래를 위해서는 좋다고 봅니다. 이론으로 해나가는 것보다 실제로 해나가는 것이 장래를 위해서는 좋은데, 내지의 시나리오라이터 등을 보면 장인 기질이에요. 어차피 영화가 되면 된다는 기분으로 작업을 하고 있겠지만 그렇게 되면 약간 시나리오 자체 질이 떨어질 것 같은 생각이 듭니다. 그것이 전문적인 시나리오 장인 이외의 사람들, 이이지마(飯島)씨와 같은 사람들에 의해 시나리오 문학운동이 제창되었고 시나리오를 보는 일반인의 눈도 바뀌었고 시나리오라이터 자신도 변하게 된 것 같이 보이는데, 조선은 그러한 단계를 거치지 않았지만 앞으

---

20) 1926년 심훈의 「탈춤」을 효시로 한국 시나리오 문학의 장을 열고, 1939년에 이르기까지 맥을 이어오던 영화소설이 1940년대에 들어서면 자취를 감추게 되는데, 1941년 12월 『춘추』에 실린 주영섭의 「해풍」을 끝으로 우리말로 된 시나리오는 더 이상 발표되지 않고, 1942년부터 일문 시나리오가 등장하기 시작한다.(이영재, 「초창기 한국시나리오문학 연구」, 연세대학교 석사논문, 1989, 37~43쪽.)

21) 폴 비릴리오(Paul Virilo), 『전쟁과 영화-지각의 병참학』, 한나래, 2000, 35~36쪽.

로 문학형식으로서의 시나리오를 훌륭히 완성해 가기 위해서는 저 널리즘 쪽 사람이 측면적으로 도와주시면 대단히 좋다고 생각하는 데요."22)

　　1942년 『국민문학』 좌담회 「내일로의 조선영화(明日への朝鮮映畵)」 에서 최재서는 시나리오가 실리게 된 것은 영화 쪽에서 보면 대단 히 고마운 일이라는 좌중의 의견에 대해 "『국민문학』으로서는 시나 리오까지라는 생각도 있었지만… 좋은 것이라면 무엇이든 싣겠다. 그 후에 점점 좋아진다는 생각으로 하고 있고 그것은 영화계에 특 별한 편의를 제공하려는 기특한 마음"이었다고 대답하였다. 이에 대해 좌담회 참석자인 총독부의 나카다 하루야스(中田晴康)는 조선 에서도 "문학형식으로서의 시나리오를 훌륭히 완성해 가기 위해서 는 저널리즘 쪽 사람이 측면적으로 도와줘야 한다."23)고 강조하였 다. 좌담회를 살펴보면 최재서가 여전히 시나리오를 문학의 한 영 역으로 인정하는 것을 망설이고 있다는 것을 알 수 있다. 영화가 전시체제하에서 하나의 전략적 가치로 떠오르게 됨으로써 시나리오 의 필요성이 절박했고, 『국민문학』은 식민정책에 부응하기 위해 시 나리오를 새로운 문학 장르로서 받아들여야 했을 것이다. 일본에서 와 같이 시나리오 문학운동이 일어나야 한다는 나카다 하루야스의 지적에서 알 수 있듯이 제국의 지원 아래 시나리오 장르가 부각되 었고, 그때 오영진은 일문으로 시나리오를 쓸 수 있는 몇 안 되는 시나리오 작가이자 영화논객이었다.

---

22) 座談會, 「明日への朝鮮映畵」, 『국민문학』, 1942. 12, 79-80쪽.
23) 座談會, 「明日への朝鮮映畵」, 『국민문학』, 1942. 12, 80쪽.

3. 문화영화와 국가

1939년 『조광』 12월호에 발표한 「조선영화의 時相」이라는 글[24]에서 오영진은 "판로의 확대, 영화사업의 기업화, 안석영과 유치진 등 문단인의 영화진출 등 조선영화의 장래"에 대해 낙관적인 기대를 보여주는 한편, 조선영화의 방향을 세 가지로 제시하였다. '도큐멘타리 · 필름', '문예영화', '역사영화'로 조선영화를 발전시키고 시야와 폭을 넓혀야 함을 주장하였다. '도큐멘타리 · 필름'을 오영진은 문화영화로 지칭하며, 이것을 두 부분으로 나누어서 설명하였다. 교육영화'와 '자주적 문화영화'가 그것이다. '교육영화'는 '계몽영화'와 '선전영화'로 나누고, '계몽영화'는 '정치적, 경제적, 순학술적'이라는 세 부분으로 나누었다. '선전영화'는 '공중의 이익'을 대표하는 것으로 관청에서 주도하는 것이고, '개인의 이익을 대표하는 것'으로 상품과 회사에서 주도하는 것으로 나눠서 설명하였다. '자주적 문화영화'는 외부세력의 영향 밑에 제작되는 교육영화와는 달리, 작가의 예술적 의도에 의해 자발적으로 만들어진 영화라고 보았다. 오영진은 일본 관객이 조선극영화에서 스토리보다도 기록적인 면에 더 흥미를 느낀다는 사실을 언급하면서 외부의 수요에 응하는 의미로써도 문화영화 제작의 필요성을 논하였다.

조선서도 조선의 자연 풍속 무용 등을 사회, 문화 각 부문에 거하여 조선의 제상을 소개할 필요가 있다. …… 東寶의 예를 들면 동사에서 제작하는 초대작의 극영화가 때때로 손을 보는 반면, 문화영화만은 창립 이래 지금까지 흑자만 내고 있다. 또한 사회정세의 추이에 따라 내지에서 가장 요망되는 것 중의 하나가 조선에 관한 문

---

24) 이근삼 · 서연호 편, 『오영진전집』 4, 범한서적주식회사, 1989, 224쪽.

화영화이다.25)

　오영진은 문화영화가 창립 이래 계속 흑자만 내고 기업적으로 매우 유망하므로 영화기업가는 조선영화의 신분야를 개척하고, 조선문화를 선양소개하고, 영화작가를 양육하는 의미에서도 문화영화에 대해 관심을 기울여야 한다고 주장하였다. 오영진이 머물렀던 일본에서도 중일전쟁 후 영화를 통해 일본을 알리려는 시도로 문화영화의 발전이 급속하게 이루어졌다. 그가 조감독 생활을 했던 '동경발성' 영화사는 주로 문화영화를 만들었던 곳이었다. 이런 상황에서 오영진이 조선의 영화현실을 바라보는 시각은 많은 부분 일본영화의 발전과정에서 영향을 받았다고 할 수 있다. 따라서 문화영화와 국가의 관계에 대한 오영진의 논의를 살펴볼 필요가 있다.

　오영진은 1941년 「문화영화의 정신」26)이라는 글에서 문화영화가 가지는 정치성에 대해 논하며 이러한 새로운 장르의 출현이 국가가 국민을 계몽 선전하려는 의도에서 비롯되었음을 밝혔다. 그는 일반 관객이 픽션영화만이 영화인줄 그릇 인식하고, 문화영화, 즉 기록영화에 대하여서는 냉담하고 무관심하다고 판단하였다.

　　영국의 문화영화가 오늘의 확고한 지위를 차지하게 된 것은, 영세한 이삼영화작가의 분산적인 노력의 결과가 아니고, 실로 영제국 통상국영화부, 혹은 중앙우편국 영화부의 적극적인 영화제작의 결과이다. 그들은 조국의 제상을 숨김없이 실상 그대로 국민에게 보이고, 동시에 국민과 전 세계에 자기나라의 富源을 證據하고 선전하기 위하여 많은 문화영화를 제작한다. 소련정부는 몽매한 국민 대중을 국가이데올로기에 쫓아 재교화 하기 위하여 문화영화를 제작하였다. 내지(內地)에서도 사변 이래 영화에 대한 정부의 관심이 깊어짐을

---

25) 이근삼·서연호 편, 『오영진전집』 4, 230쪽.
26) 오영진, 「문화영화의 정신」, 『조광』 6월호, 1941.

따라, 문화영화도 하루하루 융성의 길을 걸어오고 있다. 외국에서와 같은 적극성은 없으나 내지(內地)에서도 신문사 혹은 반관반민의 단체의 손으로, 사변을 혹은 銃後 국민생활을 테마로 한 많은 작품-선전적인 것, 계몽적인 것, 보도적인 작품이 제작되고 있다. 문화영화의 정치성과 시대적 요소가 오늘같이 합치한 일이 일찍이 없었다.27)

문화영화가 국가의 선전과 국민을 단결시키고 교육 계몽시키는 도구라는 것을 오영진은 영국과 소련영화의 사례를 들어 설명하고 있다. 문화영화가 선전수단으로써 강력한 것이며 또한 대중적이라는 점을 들어 설명하고 있지만, "넓은 의미의 정치성이 결코 문화영화의 본질"이 아님을 주장하였다. 오영진은 문화영화의 한계를 벗어나기 위한 방법을 다음과 같이 제시하였다.

한 작가가 단지 사실의 보도자, 수집가의 경지를 벗어나, 한걸음 더 나아가 예술가가 되려면 所與의 제재, 즉 작가가 직면하는 현실에 대한 예술적 감수성과 아울러 예리한 통찰력과 정당한 비판력을 갖추지 않아서는 안 될 것이다. 예술적 감각은 물론이지만 문명에 대한 정당한 비판력과, 사회기구에 대한 분석적인 과학적인 정신이 요청되는 것이다. 28)

오영진은 나치 독일 산악 영화감독 아놀드 팽크(Arnold Fank)29)

---

27) 이근삼·서연호 편, 『오영진전집』 4, 236쪽.
28) 이근삼·서연호 편, 『오영진전집』 4, 237쪽.
29) 독일 산악영화의 창시자인 아놀드 팽크(Arnold Fank)가 식민지시대 선전영화인 도요다 시로의 <젊은 모습>에 영향을 준 '스키영화' <스키의 기적> 감독이며, 일본 산악을 배경으로 <사무라이의 딸>을 만들어서 흥행시켰던 점 등을 볼 때, 그는 파시즘 미학을 개척한 영화감독이며, 일본과 식민지시기 조선영화에 많은 영향을 끼친 인물임은 분명하였다.(김금동, 「일제강점기 친일영화에 나타난 독일 나치 영화의 영향」, 『문학과 영상』 여름호, 문학과 영상학회, 2007, 46쪽.)

가 만든 산악 영화 <히말라야를 향한 투쟁>(Kampf um den Himalaja)(1937)에서 희말라야 준령을 정복하는 등반자의 정신, '매리안·쿠퍼'가 무성영화 시대에 제작한 맹수 영화 <챵그>에서 만지에 서식하는 야생군의 생태를 실견 그대로 기록한 것, '로바트·프라티'의 작품 <아란>에서 '아란島民의 불굴의 의지'로 자연력에 대항하는 인간의 투쟁을 그린 것 등이 문화영화가 나가야 할 방향이라고 논하였다. 그가 생각하는 문화영화는 "일상생활적인 현실을 창조적으로 극화하는 데" 있는 것이다. 인물에 관해서도 극영화가 극적현실을 창조하는 것과 반대로, 문화영화에서는 "사회기구, 생산기구 안에 인간이 어떤 방식으로 존재"하는지, "현실 가운데 놓여 있는 인간의 위치와 존재를, 과학적으로 오려내고 규정"해야 한다는 것이다.

　문화영화에 대한 오영진의 생각은 당시 독일 영화에서 영향을 받은 일본영화의 방향과 그 궤를 같이 한다고 볼 수 있다. '산악영화'는 다큐멘터리로서 일종의 문화영화로 출발했고 직접적인 이데올로기 전달을 목적으로 하지는 않았지만 '혈통과 향토'와 같은 당시 독일 영화의 이데올로기가 내재되어 있었다. 다큐멘터리 산악 영화들은 높은 것을 향한 신념과 의지를 상징하는 영상들로 채워져 있으며, 이런 영상들은 이데올로기와 어느 정도 일치되었다. 산악 영화를 통해 독일 낭만주의를 '혈통과 향토'의 이데올로기로 변형, 발전시켜 나갔고 산악 영화는 이 시대에 전성기를 맞이했다. 팽크의 영화는 인간의 힘이 미치지 않은 순수 자연을 정복하는 인간승리를 다루는 것으로, 다큐멘터리와 극영화를 혼합한 것이었다. 오영진도 문화영화가 궁극적으로 지향해야 할 지점은 다큐멘터리와 극영화의 혼합이라는 것을 거듭 강조하였다.

　1942년 6월 『신시대』에 발표한 「조선 영화의 일반적 과제」에서 오영진은 "조선영화는 어떠한 기획 하에 전진해야 할까"라는 질문을 먼저 던져놓은 다음 세계 영화 정세와 일본에서 진행되는 영화에 대한 진행사항을 다음과 같이 정리하였다.

> 영화야말로 인터내셔널한 예술이라고 이야기된 것은 이미 옛날이야기다. **영화는 국가에 밀접하게 연결되면 연결될수록 더욱 민족주의적이고 국가주의적인 색채가 농후해지며, 국가 선전의 유력한 수단으로서 중요한 역할을 떠맡게 되어온 것이다.** …… 국민영화는 필연적으로 지금까지 영화계가 별로 주의를 기울이지 않았던 개체와 전체의 문제, 개인과 협동체의 운명을 어떻게 구성하고 어떤 방향에서 로맨스를 발견해야 하는가 하는 지난한 명제에 봉착하고 말았던 것이다. …… 전체의 움직임을 묘사하는 일, 하나의 협동체, 국가적인 로맨스나 앙분(昻奮)을 묘사해 내는 일은 영화로서 그렇게 곤란한 일은 아니다. …… 지도자에게 환호를 지르는 군중의 감정은 그것을 보고 있는 군중의 심리와 완전히 동일하다. 이 대상과의 거리 없음과 친밀감, 그리고 완전한 심리적 공명, 그에 의한 효과는 헤아려 알 수 없을 만큼 큰 것이다. 극영화에서 개와 전체의 운명, 로맨스를 어떻게 묘사해야 할 것인가, 개인과 국가의 이야기를 어떻게 극적으로 구성해야 할 것인가, 어떻게 더욱 효과적으로 일반 대중의 공감을 얻도록 만들 것인가 등의 문제를 해결하기 위해 영화인들은 노력을 기울이게 되었다.30)

오영진은 시나리오 <배뱅이굿>을 발표하기 전에 영화가 '민족주의적이고 국가주의적인 색채'를 지니고 있음을 인식하고 있었다. 영화를 보는 사람과 영화 속 사람의 동일화는 극영화보다 기록영화에서 더 큰 효과가 있다고 보았다. 영화가 국가와 긴밀하게 연결되면 될수록 '민족주의적'이고 '국가주의적'이라는 논리는 제국의 일부분

---

30) 오영진, 「朝鮮映畵 の一般的課題」, 『新時代』, 1942, 6, 96쪽.
   이경훈 편, 『한국근대 일본어 평론·좌담회 선집』, 도서출판 역락, 2009, 155-169쪽.

으로 편입된 조선의 입장을 말해주는 것이다. '민족주의'는 제국의 한 부분이며, 하나의 정체성을 형성하였으며 영화는 집단 정체성을 형성하는 데 있어서 중요한 역할을 하였다

그렇다면 오영진이 생각하는 조선영화는 어떤 것이어야 했을까. 단지 국책의 선전목적만을 위한 '국민영화'가 아니라 '조선영화'는 어떤 정체성을 가져야 했던 것일까. '일본인 배우가 일본어로 조선을 배경으로 조선인을 연기하는 것에 대해 슬퍼해야 할지 기뻐해야 할지' 질문을 던졌던 그는 어떤 조선영화를 꿈꾸었던 것일까. 오영진은 앞에서 영화가 국가와 긴밀하게 연결되면 될수록 '민족주의적이고 국가주의적'이 된다고 주장했었다. 조선은 오영진에게 '민족주의적'인 심상지리적 공간이었으며 제국 속에 위치한 그의 정체성을 형성하는 공간이기도 하였다. 그러므로 일본영화와 달리 조선영화는 단순히 국책에 따른 국가주의 영화만을 만들어서는 안 되는 것이었다. 다음은 오영진이 제시하는 조선영화의 모습이다.

조선영화는 새롭게 눈떠 일어선 민중의식 속에, 향상해 가는 도시 노동자의 생활에, 농촌, 어촌, 광산 등 모든 생활 지대(이는 아직 조선의 문학도 충분히는 들어갈 수 없었던 미개간지이지만)의 발전 향상의 모습에, 점차 변질되어 가는 봉건 가정의 양상에 카메라는 대담하고 탐욕스럽게 침입해 들어가야 한다. 더욱 넓게, 지역적으로는 내지, 만주, 지나에 사는 동포들의 고귀한 생활 체험을, 시간적으로는 새로운 조선의 역사적 인물, 사건 속에서 그 제재를 구할 만큼의 기백과 용기를 가지지 않으면 안 된다.31)

오영진은 조선영화가 '조선 가족주의의 미점과 단점'을, '대륙의 병참기지로서의 조선의 모든 산업 부문'을, '새로운 조선의 역사적

---

31) 오영진, 「朝鮮映畵 の一般的課題」, 『新時代』, 1942, 6, 100쪽.

인물, 사건'을 그려야 한다고 제시하였다. 오영진에게 조선영화는 국민영화의 한 부문이며, '문화재'로서의 기능을 완수해야 하는 것이었다. 그러나 단순히 기록 차원의 문화재로서만이 아니라 새로운 극적 요소가 가미되어야 하는 것이었다. 오영진이 생각하는 문화영화는 극영화가 가지는 전략이 가미된 것으로서 다큐멘터리와 극영화의 혼합이었다. 그는 개체와 집단의 관계, 사회의 일원으로서 개인의 위치를 포착해야 하며, '문화전사'가 되어 조선 사람들의 생활 속에 들어가서 실체를 묘사할 것을 주장하였다. 지금까지 문화영화에 대한 오영진의 논의를 살펴보면 조선인의 생활방식을 제국을 향해 시각화하는 것이었다. 그것은 무의식적인 분리의 욕망이었다. 제국의 일원이지만 제국과는 근본적으로 다를 수밖에 없는 차이를 스스로 획득하는 과정으로서, 루이스 프랫의 용어를 빌려 말하자면 자기민족지(autoethnography)[32]의 구성이었다.

4. 검열과 로컬리티

식민지 말기 조선영화가 일본영화 산업에 흡수되지 않고 독자성을 유지할 수 있었던 것은 전쟁의 확대로 인한 식민지 동원 문제 때문이었다.[33] 1942년 6월 24일 통제영화사의 실무 책임자로 임명

---

32) "식민화된 주체가 자기표상에 착수하려고 하는 순간, 그는 식민지 지배자가 사용하는 언어의 용법과 관계할 수밖에 없게 되며, 이것이야말로 피식민자 집단에 의한 식민지 본국 문화에의 진입을 보증하는 것이 된다."(Mary Louise Pratt, *Imperial Eyes: Trevel Writing and Transculturation*, New York: Routedge, 1992, p. 7-9)
33) 한상언, 「일제말기 통제 영화제작회사 연구」, 『영화연구』 36, 한국영화학회,

된 나카다 하루야스는 "민속이나 사고방식을 고려하지 않고는 예술이 지도성을 가질 수 없다. 어디까지나 토지에 근거한 영화가 있어야 되는데, 이런 의미로 종래의 조선영화는 큰 전환을 해야 하지만 필요 없다는 결론은 아니"라면서, "기술진의 교류"를 통해 "조선의 특수성에 맞는 영화제작을 위해 조선인 기술자와 배우들을 고용할 것"이라고 밝혔다. 당시 총독부의 입장에서 조선의 영화산업을 조선인에게 맡길 수 없었으므로, 기존의 영화 제작업자들의 참여가 철저히 배제되고 일본영화계 출신과 일본인들에 의한 새로운 영화회사의 설립이 준비되었다.34) 이런 사정이고 보면, 식민지 말기 선전영화 제작에서 조선영화인이 일본영화인과 공동작업을 하지 않고서는 영화제작 자체가 불가능하였다고 볼 수 있다.

이와 같이 조선영화가 정치적 필요성에 의해 새롭게 호명되는 시기에 '로컬리티 담론'이 어떻게 오영진에게 조선영화의 정체성을 형성하는 근거가 되었을까. 당시 『국민문학』의 영화 좌담회에는, 식민지 조선영화가 제국 일본영화계로 편입되는 과정에서 일본 당국의 지방색 검열에 대한 식민지 지식인의 예민한 탐색이 잘 드러나 있다.

1942년 10월, 『국민문학』의 「내일로의 조선영화(明日への 朝鮮映畵)」 좌담회에서 최재서는 "조선에서 제작될 영화의 배급문제"와 "영화회사가 반도 민중을 가르친다든가 혹은 전국의 관중들에게 조선 사정을 소개"하는 것을 구별하여 기획하는지에 대해서 특히 관심을 가졌다. 총독부 관청의 입장을 대변하는 타카이(高井) 군 촉탁은 <집 없는 천사>와 <너와 나>의 경우를 예로 들면서 내무성의 검열에 책임을 돌렸다. 모리(森) 도서과장은 "<망루의 결사대>는 상당히 조선색이 나오는데 그러한 경우 내무성에서 어떤 식으로 취급

2008, 6, 405쪽.
34) 한상언, 위의 논문, 404쪽.

하는가 하는 것이 문제" 된다며 내무성과 관청 양쪽의 교섭과 영향력으로 검열의 문제를 피해갈 수 있음을 지적하였다.

영화에 나타난 '조선색'은 관청과 관청간의 교섭에 따른 것으로서, '내지' 일본과 식민지 일본 관료 간에 '절충'하고 '스무드'하게 이해하고 설득해야 하는 양날의 칼과 같은 존재였던 것이다. 좌담회에서는 조선영화의 소비를 '반도' 민중의 계몽에만 사용할 것인가, '내지' 일본과 대동아 공영권으로 수출할 것인가를 구별하여 기획할 필요성이 언급되었다. 조선영화의 '지방색'은 '내지' 일본인에게 향수를 불러일으키면서도 일종의 공포를 자극하였다. '조선'이라는 분명한 지방색은, '반도' 민중에게는 정체성을 부여하는 기제로 작용하였고, 제국 일본과 분리되는 분명한 경계로 작용했다. 이러한 경계가 희미해진 <집 없는 천사>의 마지막 장면에서 황국신민서사를 복창하는 고아 조선의 전체주의는 제국의 입장에서는 오히려 일종의 공포와 위협으로 느껴졌다. 좌담회가 '지방색의 수리(受理)'라는 주제로 토론이 진행될 때 오영진은 조심스럽게 의견을 제시하였다.

오 　　 할머니와 함께 보러가면 서양영화는 입맞춤만 하고 있고 내지 영화는 머리를 꾸벅거리기만 하고 있다고 하십니다.(웃음) 그리고 '이상한 조선 영화'를 보면 대단히 기뻐하십니다. 즉 친근한 것을 느끼는 것이 아닌가 싶습니다. 그러니까 그런 부분으로 대중을 계몽해 나가는 것은 좋은 방법이 아닌가 하고 나는 항상 느낍니다.

나카다 역시 여기서 좋은 것을 만들면 어떤 구석에도 지방색은 나옵니다. 내지 않으려고 든다면 무리가 생깁니다.

오 　　 그런 점은 너그럽게 취급해도 좋지 않을까요.

나카다 그래요. 정말로 진지한 의미에서 솔직히 나와 있다면 나쁘질 않겠죠. 그것을 이상하게 숨기려고 든다면 '이상한 것'이 될 겁니다.

김 　　 '일부러 내려고 해도 이상한 것'이 되겠죠.

최　실제로 그런 점만 강조하면 '이상한 것'이 될 겁니다. 그런 점은 결국 영화뿐만 아니라 문화 전체에 관련된 것이며, **그 지방 고유의 순수한 문학이 국민문학이 된다는 말은 너무나 잘 알려진 문제이니까요.**

　　(……)

오　지방색이라는 점에서 생각이 나는데요, **약간 다루는 방법에 따라서는 이상하게 된다고 봅니다. 그러한 것은 유머러스하게 써서 웃음 속에 이것은 이렇다는 식을 알려 나간다. 그러한 희극(喜劇)적인 것을 앞으로 다뤄보고 싶습니다.** 35)

　지방색에 대한 애매한 정의를 어떻게 해석해야 할까. 오영진은 할머니와 같이 글을 배우지 못한 조선 대중은 친숙한 소재에서 계몽된다는 것을 이야기하였다. 이것은 조선영화가 존립해야 하는 이유이기도 하였다. 그런데 문제는 그 친숙함이 조선이라는 지방색이라는 데 있었다. 지방색에 대해서는 너그러워야 한다는 오영진의 의견에, 숨기려 들면 오히려 이상해진다는 식민지 관료인 나카타의 대답에, 김종한은 일부러 지방색을 내려고 하는 것이 이상하다고 대답하였다.

　최재서는 실제로 지방색만 강조하면 이상한 것이 되지만 "영화뿐만 아니라 문화 전체에 관련된 것으로서 그 지방 고유의 순수한 문학이 국민문학"이라는 사실을 강조하면서, "조선 민중을 계몽하기 위한 영화"가 얼마나 많이 만들어지는가에 관심을 쏟았다. 그것은 가능하면 조선인 스스로 조선의 색채를 가지는 영화를 만드는 것에 관심이 있음을 증명하였다. 결국 지방색은 보는 자의 시선에 따라 달라질 수 있는 문제였다. 지방색은 타자인 제국의 입장에서 이해되어져야 하는 것이며 이해되지 못하는 것은 이상한 것, 즉 국민내부의 균질성에 균열을 일으키는 이질적인 것이 되고 만다.

---

35) 좌담회, 「明日への 朝鮮映畵」, 『국민문학』, 1942. 12. 74쪽.

나카다 장래에 대동아공영권이든 내지에 보낼 경우에 반도의 영화인으로 생각해야 할 점이 있다고 봅니다. 예컨대 기생이 이렇게 차 그릇의 바깥쪽을 한손을 잡고 먹잖아요. 그것은 풍속습관으로 당연한 일이겠지만, 우리들 도쿄에서 온 사람들이 보면 실로 예의 없는 행위로 보입니다. 영화의 경우 그러한 점은 제대로 바로잡는 것이 좋다고 봐요.36)

기생이 차 그릇을 잡고 먹는 행위에 대해 일본인은 영화를 통해 모든 조선인의 행위는 교정되어져야 하는 것으로 인식한다. 지방색은 제국의 기호에 맞게 교정되어야 하는 문제였다. 지방색의 기준을 어디에 두어야 할지 여기서 드러난다. '반도'의 경우 지방색의 기준은 경성이 되는 것이다. 경성을 알지 못하면 조선을 알지 못하는 것이 된다. 조선에서의 지방색은 경성을 기준으로 하는 것이며, 궁극적으로 조선의 경성은 제국 일본의 기준과 같거나 일본의 기준을 따라가야 하는 것이 된다.

좌담회의 마지막에 '내지에 가서 공부하거나 우리들과 같이 이쪽에 와서 일을 하는 사람들'이 서서히 조선의 지방색을 해결할 수 있다는 나카다의 논리는 많은 부분을 시사한다. 기생이 찻잔을 잡는 행위에 대한 단순한 이야기라고 볼 수 있지만 제국의 입장에서 볼 때 조선영화는 제국이 이해할 수 있도록 조선의 대중을 교육시키는 기능을 해야만 했다. 지방색을 어디까지 허용하고 규정할지 혼선이 빚어지고 있는 가운데 오영진은 그 해결책으로 '희극'적인 방식을 제시하였다. 유머와 함께 제시되는 '지방색'은 이해되어질 수 있는 것이라는 오영진의 기대는 그러므로 지방색37)이 당시 어

---

36) 좌담회, 「明日への 朝鮮映畵」, 75쪽.
37) 1942년 《일본영화연감》에는 조선영화의 지방색이 어떻게 해소되어야 하는지 다음과 같이 언급되어 있다.
"과거의 조선영화가 로칼 컬러의 감상에 빠져 과도하게 조선적이었다는 사실은 큰 잘못으로써, 장래 일본영화가 대동아공영권 안에서 공유되는 것이어야 한다면

떤 식으로든 난처한 문제였다는 것을 드러냈다. 제국 일본은 전쟁 중이었고, 로컬리티는 식민지 지식인에게 자기정체성을 표상하는 마지막 지점이었다. 1942년 12월 〈내일에의 조선영화〉 좌담회에서 드러나듯이 지방색은 유머를 통해서라도 유지해야만 하는 절실한 것이었다.

이와 같이 제국의 입장에서 조선의 로컬리티는 결국 사라져야 하는 것이었다. 조선영화는 제국 일본의 일부분으로서 시장 확대라는 측면에서 제국의 번창과 길항관계에 있으면서도, 제국이 설정한 보편성으로 인해 사라질 위기에 처했다. 이런 시기에 오영진은 여전히 조선의 로컬리티가 강렬한 시나리오 〈배뱅이굿〉(1942. 8)과 〈맹진사댁 경사〉(1943. 4)를 발표하였다. 오영진이 '유머러스'하게 조선의 지방색을 살리는 시나리오 〈맹진사댁 경사〉를 썼다는 것은 어떤 식으로든 로컬리티가 피식민지 지식인의 정체성을 형성하는 마지막 노선이었다는 것을 의미하였다.

오영진의 영화론과 실제로 그가 쓴 시나리오는 많은 차이를 드러내고 있었다. 1942년 6월 『신시대』에 발표한 「조선 영화의 일반적 과제」라는 글을 보면 오영진은 이미 조선영화가 '국가적 요청'에 부응해야 함을 알고 있었다. 오영진은 조선영화가 '국민 문화재'로서 훌륭한 역할을 하기 위해서는 지원병의 생활을 묘사하고 '총후 국민의 멸사봉공 정신'을 그림으로써 조선영화도 훌륭한 국민 문화재의 역할을 수행해야 한다고 주장하였다. 그러나 오영진이 실제로

조선영화 또한 이 대사명의 일익을 함께 담당할 일본영화의 하나이지 않으면 안 된다. 150개에도 미치지 못하는 영화관만이 조선영화의 시장이어서는 안 될 것이며, 내선영화의 기성, 신인 영화인들이 교류 또는 내지영화, 만영 등과 제휴함으로써 더욱 확장된 기획의 영화가 만들어져야 하리라." 『昭和17年 映畵年鑑』, 日本映畵雜誌協會, 1942, 7-4쪽; 이영재, 「Temptations of Empire, Locality and Technology : Vernacular Modernism and Making Bilingual Film under the Japanese Rule」, 『한국 근대문학(문화)과 로칼리티』, 한국 문학·문화/글쓰기 국제학술대회, 2007. 12, 32쪽.

발표한 시나리오 <배뱅이굿>과 <맹진사댁 경사>는 그가 영화론에서 주장했던 제국의 논리에 부응하는 작품은 아니었다. 오영진에게 영화는 제국의 '국민 문화재'로서 기능을 해야 했지만, 그가 추구하는 영화는 조선의 민족지 영화였던 것이다. 식민지 말기 제국과 민족은 분리되는 것이 아니라 제국으로 민족이 흡수되어져야 했다. 조선어가 사투리가 됨으로써 제국의 언어(일본어) 안으로 미끄러져 들어가 종국에는 사라져야 하는 운명에 처하게 되듯, 오영진도 모국어를 버리고 제국의 언어를 사용하여 그의 할머니로 대변되는 조선의 민중들을 위한 영화를 만들어야 했던 것이다. 이 간극, 민족이 제국으로 스며들어 그 경계가 흐려지기 직전, 제국과 민족이 공존하기 힘들게 되는 지점은 오영진이 당면하게 되는 분열의 지점이었다.

5. 결론

1937년에서 1945년까지 발표되었던 오영진의 영화론과 오영진이 참여한 『국민문학』의 영화좌담회를 살펴보았다. 오영진은 일본으로 유학가기 전에 카메라의 기술적인 테크닉으로 인해 영화가 다른 예술과 구분되며, 시나리오를 희곡이나 소설과 다른 독특한 형식을 가진 새로운 문학으로 보았다. 또한 대중에게 전파하는 영화의 교육적 힘과 기술적인 진보에 의존하고 있는 영화와 자본의 관계를 인식하고 있었지만 동경유학에서 그가 처음 부딪히는 문제는 영화와 제국의 관계였다.

조선영화가 제국 일본에 의해 점령될 것이라는 불안을 드러냈던 오영진은 도호영화사의 전신인 PCL시나리오 연구회에서 '병인 혹은 병사라든가 하는 불건전한 스토리를 피하거나 도회를 중심'으로 시나리오를 작성해야 한다는 교육을 받았다. 그가 1940년 귀국하게 된 배경도 당시 도호의 조선영화 진출과 관련된다. '일본인 배우가 일본어로 조선을 배경으로 조선인을 연기하는 것에 대해 슬퍼해야 할지 기뻐해야 할지' 질문을 던졌던 오영진에게, '조선'은 민족주의적인 심상지리적 공간이었으며 제국 속에 위치한 그의 정체성을 형성하는 공간이기도 하였다. 그러므로 일본영화와 달리 조선영화는 단순히 국책에 따른 국가주의 영화만을 만들어서는 안 되는 것이었다.

영화는 '보편적인 균질성의 영역'을 구성하는 강력한 매체였기 때문에 오영진은 일본어 자막을 읽을 줄 모르는 조선의 관객을 위해서 가능한 '조선적인 것'으로 대변되는 '민속의례'를 시각화하였다. '조선'이라는 '지방색'에 대한 조선총독부의 모호한 검열 기준에 대해 오영진은 할머니와 같이 글을 배우지 못한 조선대중을 계몽하기 위해서는 친숙한 소재로서 희극적인 방식과 '유머'를 제시하였다. '조선의 로컬리티'에 대한 제국의 불편함은 가속화되었고 이러한 과정에서 오영진은 조선영화가 '예술적 감수성과 문명과 사회기구에 대한 비판을 함께 담는 다큐멘터리와 극영화의 혼합'으로 조선인의 생활상을 담아내야 한다고 주장하기에 이른다.

오영진은 조선영화의 전망을 문화영화에서 찾고 있는데, 문화영화에 대한 오영진의 생각은 당시 독일의 '산악영화'에서 비롯되었다. '산악영화'는 다큐멘터리로서 일종의 문화영화로 출발했고 직접적인 이데올로기 전달을 목적으로 하지는 않았지만 '혈통과 향토'와 같은 이데올로기가 내재되어 있었다. 오영진은 문화영화가 궁극적으로 지향해야 할 지점은 다큐멘터리와 극영화의 혼합이라는 것을 거듭 강조했다.

그러므로 영화인은 '문화전사'가 되어 조선 사람들의 생활 속에 들어가서 실체를 묘사해야 하며, 이렇게 묘사된 조선영화는 '국민 문화재'로서 기능한다고 오영진은 주장한다. 이러한 일련의 과정에서 알 수 있듯이 오영진은 '조선'이라는 민족을 표상하기 위해 결국 제국 속으로 밀려들어간 것이다. 이와 같이 오영진의 조선영화론은 대동아공영권 및 군국주의 이데올로기와 깊은 연관을 가지고 있지만, 균질의 공간으로 포섭되지 않는 차이와 이질적인 요소로서 제국의 담론과 길항하면서 구별되는 지점을 끊임없이 생산해내는 과정에서 발생되었다.

[참고 문헌]

1.기본 자료
오영진, 「영화예술론」, 『조선일보』, 1937. 7.
_____, 「영화와 문학에 관한 프라그멘트」, 『조선일보』, 1939. 7.
_____, 「조선영화의 제문제」, 『조선일보』, 1939. 8.
_____, 「영화와 문학의 교류」, 『朝光』, 1939. 12.
_____, 「문화영화의 정신」, 『조광』 6월호, 1941.
_____, 「朝鮮映畵 の一般的課題」, 『新時代』, 1942. 6.
_____, 「영화와 조선대중」, 『영화평론』, 1943. 1.
_____, <若い龍の鄕>, 『국민문학』, 1944. 11.
座談會, 「明日への朝鮮映畵」, 『국민문학』, 1942. 12.
이근삼·서연호 편, 『오영진전집』 4, 범한서적주식회사, 1988.
_____, 『오영진전집』 5, 범한서적주식회사, 1988.
이경훈 편, 『한국근대 일본어 평론·좌담회 선집』, 도서출판 역락, 2009.

2. 논문 및 단행본
김금동, 「일제강점기 친일영화에 나타난 독일 나치영화의 영향」, 『문학과 영상』 여
　　　름호, 문학과 영상학회, 2007.
김려실, 『투사하는 제국, 투영하는 식민지』, 삼인, 2006.
김종욱, 「일제강점기 임화의 영화 체험과 조선영화론」, 『한국현대문학연구』 제31
　　　집, 한국현대문학회, 2010. 8.
김예림, 『1930년대 후반 근대인식의 틀과 미의식』, 소명, 2004.
김옥란, 「오영진과 반공, 아시아, 미국-이승만 전기극 <청년>, <풍운>을 중심으
　　　로」, 『한국어문학연구』 9집, 2012. 8.
김윤미, 「오영진의 1940년대 초기 시나리오에 나타난 '민속'의 의미」, 『한국현대
　　　문학연구학회』 39, 2009. 10. 30.
_____, 「영화 <사랑과 맹서>와 오영진의 취재기 '젊은 용의 고향' 비교연구」,
　　　『한국문학연구』, 2010. 6. 30.
_____, 「오영진의 극문학에 나타난 '민족' 표상연구」, 연세대학교 박사논문,

    2011.

백문임, 「조선영화의 존재론」, 『상허학보』33집, 상허학회, 2011.10.

_____, 「대동아공영권과 임화의 조선영화론」, 『문학과 영상학회 2005 가을 정기학술대회』, 문학과 영상학회, 2005, 11.

_____, 「1950년대 후반 '문예'로서 시나리오의 의미」, 『매혹과 혼돈의 시대- 50년대의 한국영화』, 소도, 2003.

브라이언 이시즈(Brian Yecies), 「식민지 조선에서 좋은 사업이었던 영화검열- 할리우드 제1차 황금기(1926-1936)의 부당이득 취하기」, 『한국문학연구』 30집, 2006.

사카이 나오키, 우지이 다케시 옮김, 『번역과 주체』, 이산, 2005.

이상우, 「심상지리로서의 대동아(大同亞)」, 『한국극예술연구』 27, 한국극예술학회, 2008, 4.

_____, 「오영진의 글쓰기와 민족주의」, 『한국극예술연구』 35집, 2012, 6.

이순진, 「한국영화사 연구의 현단계」, 『대중서사연구』 12, 2004, 12.

이영재, 「Temptations of Empire, Locality and Technology」, 『한국 근대문학(문화)과 로칼리티』, 한국문학·문화/글쓰기 국제학술대회, 2007.

_____, 『제국 일본의 조선영화』, 현실문화, 2008.

이영재, 「초창기 한국시나리오문학 연구」, 연세대학교 석사논문, 1989.

이재명, 『일제 말 친일 목적극의 형성과 전개』, 소명출판사, 2011.

이화진, 『조선영화- 소리의 도입에서 친일 영화까지』, 책세상, 2005.

에드워드 사이드, 박홍규 옮김, 『오리엔탈리즘』, 교보문고, 2007.

요모타 이누히코 저, 박전열 역, 『일본 영화의 이해』, 현암사, 2001.

한상언, 「일제말기 통제 영화제작회사 연구」, 『영화연구』36, 한국영화학회, 2008.
    6.

한옥근, 『오영진 연구』, 시인사.

폴 비릴리오(Paul Virilo), 『전쟁과 영화-지각의 병참학』, 한나래.

Mary Louise Pratt, *Imperial Eyes: Trevel Writing and Transculturation*, New York: Routedge, 1992.

제2장. 영화 <사랑과 맹서(愛と誓ひ)>와 오영진의 취재기 「젊은 용의 고향(若い龍の郷)」 비교 연구

1. 사라진 시나리오 <제트기 아래서>

오영진이 일문으로 쓴 시나리오 <배뱅이굿(ベベンイの巫祭)> (1942. 8)과 <맹진사댁 경사(孟進仕宅の慶事)>(1943. 4)를 『국민문학』에 발표했던 1942년과 1943년은 조선의 로칼리티가 지워져야 하는 시기였다. 지원병 선전영화가 만들어져야 했던 태평양전쟁 말기에 조선의 로컬리티는 영화소재로 적합하지 않았던 것이다. 조선의 로컬리티가 강렬한 오영진의 시나리오가 영화화 되지 못했던 것은 필름난도 있었지만 전세의 급박함에 따라 지원병 충원에 따른 선전영화의 필요성이 절박했기 때문이었다. 1942년 12월 『국민문학』의 영화좌담회, <앞날의 조선영화(明日への 朝鮮映畵)>를 살펴보면, 당시 조선에서 일본어로 시나리오를 쓸 수 있는 능력을 가진 작가로 언급된 사람은 '니시가메 모토사다(西龜元貞), 임강균, 주영섭, 오영진' 등이었다.1) 1939년 일본 도호(東宝)영화사 시나리오연구회에서 시나리오 작법을 배웠던 오영진은 누구보다도 영화가 가능한 시나리오를 쓸 수 있는 능력을 가진 작가였다. 당시 일본영화인의 조선 진입은 조선영화 관람객들의 조선영화에 대한 선호도와 미국영화 수입금지에 따른 이익 추구 및 저렴한 자본으로 영화를 만들려는 의도에서 발생되었다. 오영진이 선전 시나리오를 썼다는 사실은 한옥근의 『오영진 연구』에 언급된 바 있다. 1988년 10월 15일 을지로2가 <고당기념관>에서 한옥근이 오영진의 대학시절 친구였던 방용구와 나눈 대담을 보면 다음과 같다.

1944년? 여름 내가 청주에 있을 때, 우천이 부인과 함께 다녀간

---

1) 座談會, 「明日への朝鮮映畵」, 『국민문학』, 1942. 12, 76쪽.

일이 있는데, 뒤에 알고 보니, 그 사람들 내외가 진해에 있는 **일본 해군청**의 부름을 받고 내려간 것이지. 그때 일본해군청으로부터 전쟁을 승리로 이끌기 위해 **병사들을 격려할 시나리오**를 써달라는 청탁을 받고 어쩔 수 없이 쓴 것이 <제트기노 시다니(ジエト機の下に)>였지. 그것을 쓴 뒤로는 가책이 되어 영화에 손을 뗀 것 같았어.[2]

오영진은 진해 해군성에서 시나리오를 썼고 그 시나리오는 영화로 만들어져 개봉되었는데, 한 달 후에 해방을 맞게 되었다고 한옥근은 증언하였다. 작가명도 일본 이름으로 바꾸었고 제목도 바꾸어서 개봉되었는데, 시나리오는 일본인 친구가 가져갔다는 것이다.[3] 본 연구자는 이 단서만 가지고 오영진의 사라진 시나리오 <제트기 아래서>에 대한 자료를 찾기 시작했다.

오영진의 시나리오 <제트기 아래서>가 다른 제목으로 영화화 되었다는 사실과, 해방 직전에 개봉했다는 증언을 토대로 1945년에 제작된 영화목록을 살펴보았다. 1945년에 조선영화사가 제작한 영화는 최인규 감독의 <사랑과 맹서(愛と誓ひ)>, <가미카제 아이들(神風の子供たち)>과 신경균 감독의 <감격의 일기(感激の日記)>, <피와 땀(血と汗)>, <우리들의 전쟁(我らの戰爭)> 등 다섯 편이다. 한 해에 감독이 두 편이나 세편의 영화를 동시에 연출한다는 것은 물리적으로 불가능한 일이라고 할 수 있다. 여기서 최인규[4] 감독의 <사랑과 맹서>와 <가미카제 아이들>은 조선의 청소년을 대상으로 하는 '자살특공대' 선전영화였다. 조선영화의 필름이 발굴되기 시작한 것은 2004년[5]부터였다. 조선영화의 1차 자료인 영화필름이 발굴되기 전

---

2) 한옥근, 『오영진 연구』, 시인사, 1993, 191쪽.

3) 2009년 4월 25일, 한국드라마학회 춘계 학술대회에서 필자와의 대담.

4) 최인규는 1942년 조선영화사로 통폐합되기 전에 아동영화 <수업료>(1940)와 <집 없는 천사>(1941)를 감독하였고 해방 후에는 일제에 대한 독립군의 레지스탕스를 주제로 한 활극물 <자유만세>(1946)를 감독하였다.

까지 실제 영화를 비교분석하지 않는 한 같은 영화라도 제목이 바뀜으로 인해 다른 작품으로 오인될 여지가 많았다.

한상언은 최인규 감독의 <사랑과 맹서>와 <가미카제 아이들>이 하나의 작품이라는 것과, 신경균 감독의 작품 <피와 땀>과 <우리들의 전쟁>도 동일 작품임을 밝혔다. 이처럼 오류가 반복되는 것은 일제 말기 한국영화에 관한 당사자들의 침묵과 연구자의 관심부족에 기인하였다는 것이다. 그는 1945년 3월 16일 『매일신보』에 난 신문기사를 통해 <가미카제의 아이들>이 제작과정에서 <사랑과 맹서>로 바뀌었음을 확인하였다6) <사랑과 맹서>라는 제목 외에도 <가미카제 아이들>7)이나 <신풍의 아이들>8) 혹은 <신풍의 아들들>9)로도 기록되어 그동안 별개의 작품으로 소개되었다.

본고에서 영화 <사랑과 맹서>와 오영진의 취재기 「젊은 용의 고향」에 주목하는 이유는 당시 영화가 제작되던 조선의 특수성 때문이었다. 한상언이 지적하였듯이 식민지 말기 조선영화는 일본의 생필름통제협의회를 구성하고 있던 군인들과 '내지'의 관리들이 조선영화무용론을 주장함으로써 조선영화 존립 자체가 위기였다. 그러

---

5) "한국영상자료원은 20004년 중국전영자료관으로부터 <군용열차>(1938), <어화>(1939), <집 없는 천사>(1941), <지원병>(1941) 등 4편의 극영화를 수집하였고, 2005년에는 <미몽>(1936), <반도의 봄>(1941), <조선해협>(1943) 등 3편의 극영화를, 2006년에는 <병정님>(1944), 2008년 5월 안종화 감독의 <청춘의 십자로>(1934)를 발굴하여 국내 현존하는 필름의 연대를 2년이나 더 끌어올렸다." (이덕기, 「일제하 전시체제기(1938~1945) 조선영화 제작목록의 재구」, 『한국극예술연구』 28집, 한국 극예술학회, 2008. 10, 148쪽.)

6) 한상언, 「일제말기 통제 영화제작회사 연구」, 『영화연구』 36, 한국영화학회, 2008. 6, 399쪽.
'『사랑과 맹세』 출연 배역 결정, 大本營海軍報道部 기획과 지도, 海軍省 후원 조영 작품 『사랑과 맹세』(신풍의 아들들 개제) 배역이 아래와 갓치 결정 되엿다'

7) 이재명 외 엮음, 『해방전(1940~1945) 상영시나리오집』, 평민사, 351쪽.

8) 김화, 『새로 쓴 한국영화전사』, 다인미디어, 1997, 93쪽.

9) 김종욱 편저, 『실록 한국영화총서』, 국학자료원, 762쪽.

나 조선영화가 일본영화산업에 흡수되지 않고 독자성을 유지할 수 있었던 것은 전쟁의 확대로 인한 식민지 동원 문제 때문이었다. 따라서 1942년 6월 24일 통제영화사의 실무 책임자로 임명된 나카다 하루야스가 "민속이나 사고방식을 고려하지 않고는 예술이 지도성을 가질 수 없다. 어디까지나 토지에 근거한 영화가 있어야 되는데, 이런 의미로 종래의 조선영화는 큰 전환을 해야 하지만 필요없다는 결론은 아니"라면서 "기술진의 교류"를 통해 "조선의 특수성에 맞는 영화제작을 위해 조선인 기술자와 배우들을 고용할 것"이라고 밝혔다.10) 당시 총독부의 입장에서 조선의 영화산업을 조선인에게 맡길 수 없었으므로 기존의 영화 제작업자들의 참여가 철저히 배제되고 일본영화계 출신과 일본인들에 의한 새로운 영화회사의 설립이 준비되었다.11) 따라서 식민지 말기 선전영화제작에서 조선영화인의 역할은 점점 축소되고, 일본영화인을 보조하는 입장에서만 조선인의 영화제작 참여가 가능하게 되는 상황이 전개되고 있었다.

본고는 영화 <사랑과 맹서>와 오영진의 취재기 「젊은 용의 고향」의 유사성에 주목하면서, 오영진의 시나리오 <배뱅이굿>과 <맹진사댁 경사>와의 극작술을 비교하고자 하였다. 왜냐하면 영화 <사랑과 맹서>에는 주인공 에이류의 회의가 중요하게 작용하는데, 이러한 지점은 오영진의 취재기 「젊은 용의 고향」에서도 조선인 지원병의 진심에 대한 회의가 중요하게 탐색되기 때문이다. '조선적인 것'으로서의 '로컬'이 더 이상 힘을 발휘하지 못하게 되는 상황에서 오영진의 취재기 「젊은 용의 고향」에서 강조되는 것은 무엇이며, 이것이 <사랑과 맹서>에 이르러 어떻게 동일화를 구축하면서도 '균열'을 일으키는지 그 지점을 논의하고자 하였다.

---

10) 高島金次, 『朝鮮映畫統制史』, 朝鮮映畫文化研究所, 1943, 73-74쪽 ; 한상언, 「일제말기 통제 영화제작회사 연구」, 『영화연구』 36, 한국영화학회, 2008. 6, 405쪽.
11) 한상언, 「일제말기 통제 영화제작회사 연구」, 위의 책, 404쪽.

식민지 시기 선전영화에는 어떤 식으로든 조선의 대중에게 말 걸기를 시도하는 이중전략이 내재되어 있다고 본다. 특히 본고는 조선에서 활동하는 극소수의 시나리오 작가 중의 한 사람인 오영진이 당시 선전영화를 쓰는 일본인 작가와 긴밀하게 협조하면서 영화작업을 한 가능성을 열어두고 본다. 그런 점에서 오영진의 취재기는 중요하게 분석되어질 필요가 있다.

조선에서 실시된 해군지원병제도(1943. 8)에 이어 1944년 10월 미군의 필리핀 상륙작전을 저지하고자 편성된 해군특별공격대는 폭탄을 탑재한 비행기로 미군함대에 부딪혀 자살공격을 감행하는 일명 '가미카제(神風)특공대'였다. 조선의 청소년에게 해군특별공격대를 선전할 목적으로 만들어진 <사랑과 맹서>12)는 각본가가 '야기 류이치로(八木隆一郎)'라는 일본인으로 되어 있었다. 야기 류이치로는 <망루의 결사대> 각본도 집필했었다. <사랑과 맹서>와 <망루의 결사대>는 최인규와 이마이 다다시(今井正)가 공동 연출한 두 번째 작품에 해당된다. 현재 한국영상자료원에 남아있는 <사랑과 맹서> 프린트에는 타이트 롤이 잘려나갔고, 시나리오도 현존하지 않았다.

<사랑과 맹서>의 각본가로 알려진 야기 류이치로는 당시 활발하게 활동했던 각본가로, 실존하는 인물이었다. 그러나 야기 류이치로의 공식적인 경력에서 <사랑과 맹서>는 빠져 있었다. 1938년부터 매년 한 편씩 각본을 썼던 야기 류이치로는 1943년 <망루의 결사

---

12) <사랑과 맹서>는 명치좌(明治座)에서 1945년 5월 24일에서 5월 31일까지 상영되었고, <신풍의 아들들>은 명치좌에서 1945년 7월 3일에서 7월 8일까지 상연되었다. <사랑과 맹서>와 <신풍의 아들들>의 개봉날짜가 뒤바뀌게 기록되어 있는 것도 두 작품이 하나의 작품이라는 근거를 제공하였다. <사랑과 맹서>의 제작진은 자세하게 기록되어 있는 반면에 <신풍의 아들들>은 제작진의 일부가 생략되어 있다. <사랑과 맹서>의 촬영이 한형모와 야마지키 이치오(山埼一雄)로 되어 있다면, <신풍의 아들들>의 촬영은 야마지키 이치오(山埼一雄)의 이름만 기록되어 있고 각본가도 생략되어 있다.(김종욱 편저, 『실록한국영화총서』, 국학자료원, 2002, 761쪽.)

대(望樓の決死隊)> 각본을 쓰고, 다음해 1944년 <저 깃발을 쏘라 코레히돌13)의 최후(あの旗をを撃こーコレヒドールの最後一)>를, 1946년에는 <인생공중회전(人生とんぼ返り)>의 각본을 쓰면서 1957년 <우정(雨情)>을 마지막으로 작가생활을 마쳤다. 그러므로 1945년에 쓴 <사랑과 맹서>는 그의 약력에 기록되어 있지 않았다. <사랑과 맹서>의 촬영을 맡았던 야마자키 이치오(山崎一雄)14)의 약력에도 1945년 <사랑과 맹서>와 <신풍의 아들들> 촬영 경력은 기록되어 있지 않았다.15) 해방 후에 <사랑과 맹서>를 감독했던 최인규의 회고를 보면 일본의 패전을 미리 알았을 가능성이 확고해진다.

"1944년-45년 지구(地球) 전쟁 중 일본 군부(軍部)의 강제적 징용(徵用)으로 두 작품을 제작하였다. 그러나 나에게도 일리(一理)의 기도(企圖)가 있었으니 제일작(第一作) '태양의 아이들'은 일본에 보냈던 기술자를 등용(登用)함이 목적이었고, **제이작(第二作) '사랑과 맹세'는 그의 권세(權勢)를 역용(逆用)하여 촬영소를 만들고 일본 최대의 동보영화(東寶映畵)에서 일류기술자와 저명(著名)한 배우를 불러다가 우리나라 영화인이 내일의 조성(造成)에 도움을 얻기 바라고 나섰던 것이다. 그리고 짬이 있으면 집에서 비밀로 초단파수신기(超短波受信機)를 만들어 세계의 전황(戰況) 뉴스를 청취(聽取)하는 것이 더** 없는 흥미이며 일과(日課)이었었는데, 일본 헌병(憲兵)이 이것을 탐지(探知)하여 가지고 내 집 담벼락을 무너트리면서 수색(搜索)을 하고 야단을 쳤던 것이 또한 기억에 새롭다."16)

---

13) 영어표기는 Corregidor Island로 필리핀의 섬 이름.
14) 야마지키 이치오(山崎一雄)의 경력에는, 1942년 <기다리고 있던 사나이(待つて居た男)> 촬영에 이어 1946년 <우라시마 타로이노의 후예(浦島太郎の後裔)> 촬영 기록이 남아있을 뿐, 1945년 <사랑과 맹서>와 <신풍의 아들들>의 촬영경력은 제외되어 있었다.(http://www.allcinema.net에서 참조)
15) http://www.allcinema.net.
16) 최인규, 「10餘年의 나의 映畵自敍-'사랑과 맹세'-」, 『三千里』, 復刊 第5號 1948. 9.

초단파수신기로 세계의 정황뉴스를 청취하고 있었다면 일본의 패망도 미리 짐작했을 것이다. 일본에서 유학을 했던 기술자를 등용함이 목적이었던 <태양의 아이들>(1944)은 최인규가 연출과 편집을 맡았고 한형모가 촬영을 했다. 조선영화제작주식회사에서 만든 <태양의 아이들>의 제작진들이 <사랑과 맹서>[17]로 옮겨진 것은 당연하다고 할 수 있다. 본고는 <사랑과 맹서>의 각본가로 알려진 야기 류이치로(八木隆一郎)의 공식적인 경력에서 <사랑과 맹서>가 제외되어 있다는 사실과 오영진의 시나리오를 일본인 친구가 가져갔다는 증언에서 출발하였다. 또한 영화 <사랑과 맹서>가 '大本營海軍報道部 기획과 지도, 海軍省 후원'으로 만들어졌다는 사실과 오영진이 '일본해군성'의 요청으로 선전영화 시나리오 의뢰를 받고 일본해군성을 견문한 취재기인 「젊은 용의 고향(若い龍の鄕)」을 발표한 사실에 근거하여 출발하였다.

오영진은 진해에 있는 해군성을 견학한 기록문인 「젊은 용의 고향」을 1944년 11월 『국민문학』에 발표하였다. 그가 해군성의 부름을 받고 진해에 갔던 시기는 그해 여름이었다. 해군성으로부터 병사들을 격려할 시나리오를 써 달라는 요청을 받고 갔던 것이므로 <젊은 용의 고향>은 오영진이 시나리오를 쓰기 위해 해군성을 견

---

17) 조선영화제작주식회사와 동보영화주식회사의 합작으로 만든 <사랑과 맹서>의 제작진은 <태양의 아이들>을 촬영했던 한형모와 야마지키 이치오(山埼一雄)가 함께 공동촬영을 하였고, 최인규는 이마이 다다시(今井正)와 공동감독을 하였다. 각본은 야기 류이치로(八木隆一郎)로 기록되어 있으며, 출연은 문예봉, 김신재, 김유호, 독은기, 촌전지영자, 고전념 등이 출연했다. 그러나 이러한 자세한 기록은 <신풍의 아들들>에서는 거의 남아 있지 않다. <신풍의 아들들>의 출연진은 김신재와 독은기 두 명만 기록되어 있고, 촬영도 야마지키 이치오(山埼一雄), 감독은 최인규, 제작은 조선영화주식회사로 되어 있다. 시기적으로 보았을 때 <신풍의 아들들>의 개봉일은 1945년 7월 3일에서 8일까지로 일본이 패망하기 한 달 전이다. 동일 작품이던 <사랑과 맹서>와 <신풍의 아들들>이 서로 다르게 기록된 이유는 앞으로도 논의될 필요가 있다.

문한 기록문인 셈이다. 또한 '제트기'는 일본에서 일명 '가미카제'나 '신풍'을 의미한다. <사랑과 맹서>가 <가미카제 아이들>과 동일한 영화였다는 것이 밝혀졌고, <사랑과 맹서>와 오영진의 취재기 「젊은 용의 고향」이 해군성 요청으로 쓰였다는 사실은 우연의 일치라고 보기 어렵다.

따라서 오영진의 영화비평 작업과 『국민문학』 1944년 11월호에 발표한 취재기 「젊은 용의 고향」을 함께 분석하고자 한다. 영화 <사랑과 맹서>와 취재기 「젊은 용의 고향」이 당시 '해군성 후원과 기획'으로 제작되었다는 점에 착안하여 작품을 분석할 것이며, 또한 오영진이 『국민문학』에 발표했던 일문 시나리오 <배뱅이굿>과 <맹진사댁 경사>(1943. 4)도 같이 비교하면서 오영진이 전작 시나리오에서 극대화시켰던 '로컬리티'가 영화 <사랑과 맹서>에서 탈색되어 가는 과정도 함께 논의하고자 한다.

2. 지원병은 어떻게 탄생하는가

오영진은 1942년 6월 『신시대』에 발표한 「조선 영화의 일반적 과제」라는 글에서 영화가 대중을 위한 단순한 오락품이던 시대는 지나가 버렸으며, 이천사백 만 대중을 지도하고 계몽하기 위해서는 조선영화의 기획을 신중하게 수립해야 한다고 논하였다. '조선영화는 국가적 요청'에 부응해야 하며, '총독부의 방침에 의해 통합된 조선영화는 일본 영화계의 네 번째 회사로서 국가적 요청에 의해 한 걸음 비약'하여야 함을 강조하였다. 오영진은 조선영화가 '국민 문화재'로서 훌륭한 역할을 하기 위해서는 지원병의 생활을 묘사하고 '총후(銃後) 국민의 멸사봉공(滅私奉公) 정신'을 그림으로써, 조선영화도 훌륭한 '국민영화'로서 '국민문화재'의 역할을 수행해야 한다고 주장하였다.

이 글은 오영진이 시나리오 <배뱅이굿>과 <맹진사댁 경사>를 쓰기 전에 발표한 글로, 영화에 대한 오영진의 이념이 이미 확고하게 자리 잡고 있었음을 보여준다18). 오영진에게 영화는 '국민문화재'로서 민족지(民族誌) 영화에 해당한다. '조선'이라는 로컬리티를 전면에 시각화한 두 시나리오의 발표는 오영진이 제국 속에 자신의 정체성을 확립하는 과정에서 발생한 것이다. 그러므로 제국이 규정한 틀 안에서 '조선'이라는 로컬리티를 철저하게 표상하는 것, 그것이 오영진의 영화론이었다. 오영진이 강조한 조선영화는 '일본의 네 번째 영화사'로서 제국이라는 큰 틀 안에 '조선'이라는 지방을 견고하게 확립하는 데 있었다.

> 조선영화는 지원병을 내보낸 촌락이 어떻게 생생하게 향상 발전해 가는가, **어떠한 가정에서 지원병은 태어나고 자랐는가**, 조선 가족주의의 미점은 어디에 있으며 단점은 무엇인가 등을 더욱 깊고 넓게 고찰하는 일도 이 경우 반드시 필요하다. 또한 **대륙의 병참기지**로서 조선의 모든 산업 부문에서 활동하고 있는 사람들의 기쁨과 슬픔에 카메라의 시야를 넓힐 수도 있다. 종전과 같은 작가 개인의 취미성이나 고답적인 태도는 물론 배제함과 동시에 시국적인 현상, 저널리스틱한(신문기자적인) 사건만을 무비판적으로 섭취하는 안이한 기획에 언제까지나 머물러서는 안 되는 것이다.19)

지원병 가정과 촌락, 조선 가족주의의 미점과 단점까지 상세하게

---

18) 김윤미, 「오영진의 1940년대 초기 시나리오에 나타난 '민속'의 의미」, 『현대문학의 연구』 39, 한국문학연구학회, 2009, 379-421쪽 참조.

19) 오영진, 「朝鮮 映畵の一般的課題」, 『신시대』, 1942, 6.(이경훈 편역, 『한국 근대 일본어 평론·좌담회 선집』, 도서출판 역락, 2009. 155-169쪽 참조.)

고찰해야 함을 오영진은 주장하고 있다. 영화 <사랑과 맹서>가 지원병의 가정을 취재하는 과정과 지원병의 탄생을 소재로 하였다는 것은 우연의 일치라고 하기 어렵다. 그러나 1942년 6월 『신시대』에 「조선 영화의 일반적 과제」라는 글을 발표할 때 오영진은 시나리오 <맹진사댁 경사>를 쓰기 직전이었다. '조선'이라는 로컬리티는 당시에도 제국의 입장에서는 불편한 것이었다. '대륙의 병참기지'로서 조선은 제국 일본의 지방으로 편입되어야 했으며, 동시에 뚜렷한 '조선'이라는 로컬리티를 희석시켜야만 했다.

　1942년 10월, 『국민문학』에서 주최했던 <앞날의 조선영화(明日への朝鮮映畵)>좌담회에서 최재서는 '조선에서 제작될 영화의 배급문제'와 '영화회사가 반도 민중을 가르친다든가 혹은 전국의 관중들에게 조선 사정을 소개'하는 것을 별도로 기획하는지에 특히 관심을 가졌다. 총독부 관청의 입장을 대변하는 타카이(高井) 군(軍) 촉탁(囑託)은 <집 없는 천사>와 <너와 나>의 경우를 예로 들면서 내무성의 검열에 책임을 돌렸다. 모리(森) 도서과장은 "<망루의 결사대>는 상당히 조선색이 나오는데 그러한 경우 내무성에서 어떤 식으로 취급하는가 하는 것이 문제"된다며 내무성과 관청 양쪽의 교섭과 영향력으로 검열의 문제를 피해갈 수 있음을 지적하였다.

　영화에 나타난 '조선색'은 관청과 관청간의 교섭에 따른 것으로서, '내지' 일본과 조선의 일본관료 간에 '절충'하고 '스무드'하게 이해하고 설득해야 하는 양날의 칼과 같은 존재였던 것이다. 좌담회에서는 '조선영화'의 소비를 반도(半島) 민중의 계몽에만 사용할 것인지, 일본과 대동아 공영권으로 수출할 것인지를 구별하여 기획할 필요성이 언급되었다. 조선영화의 '지방색'은 일본인에게 향수를 불러일으키면서도 일종의 공포로 작용하였다. '조선'이라는 분명한 지방색은, 조선 민중에게는 정체성을 부여하는 기제로 작용하였고, 제국 일본과 분리되는 분명한 경계로 작용하였다. 한편 <집 없는 천

사>의 마지막 장면처럼 황국신민서사를 복창하는 고아 조선의 전체주의는 제국의 입장에서는 일종의 공포와 위협으로 보였다. 제국 일본의 입장에서 '로컬'은 피식민자와의 경계로서 어느 정도 필요하였지만, 대륙병참기지로 사용될 조선의 동일화 전략에서 '로컬'은 또한 방해가 되기도 하였다. 따라서 이 시기 제국이 원하는 '로컬'과 식민지가 호출하는 '로컬'은 서로 어긋나는 지점이 발생하였다.

좌담회에서 '지방색의 수리(受理)'라는 주제로 토론이 진행될 때 오영진은 조심스럽게 의견을 제시하였다.

> "할머니와 함께 보러 가면 서양영화는 입맞춤만 하고 있고 내지영화는 머리를 꾸벅거리기만 하고 있다고 하십니다. (웃음) 그리고 이상한 조선영화를 보면 대단히 기뻐하십니다. 즉 친근한 것을 느끼는 것이 아닌가 싶습니다. 그러니까 그런 부분으로 대중을 계몽해 나가는 것은 좋은 방법이 아닌가 싶습니다."[20]

"좋은 것을 만들면 어떤 구석에도 지방색" 나온다는 나카다의 말에 오영진은 "그런 점은 너그럽게 취급"해도 좋지 않느냐며 우회적으로 설득하였다. 하지만 식민지 관료인 나카다는 "진지한 의미에서 지방색은 나쁘지 않지만 이상하게 숨기려 든다면 이상한 것"이될 거라고 대답하였다. 지방색은 그러므로 숨기는 것이 아닌 솔직하게 드러내야 하는 것으로서, 숨기려 하면 할수록 더욱 더 이상해지는 것이었다. 좌담회에 참석한 최재서도 최대한 "조선 민중을 계몽하기 위한 영화"가 얼마나 많이 만들어지는가에 관심을 쏟았으며, 그것은 가능하면 조선인에 의해 조선인 스스로 조선의 색채를 가지는 영화를 만드는 것에 관심이 있음을 드러냈다.

그러므로 이 당시 '조선'이라는 지방색은 조선의 식민지 지식인이

---

20) 座談會, 「明日への朝鮮映畵」, 『국민문학』, 1942. 12, 79쪽.

사수해야 하는 마지막 노선이었던 것이다. 그러나 오영진의 취재기 「젊은 용의 고향」에서 '조선'이라는 로컬리티는 지워지고 있음을 볼 수 있다. 여관의 여자 종업원에게 합동해군장의가 거행되는 장소를 물었을 때, '완전한 사투리'로 대답해서 오영진이 실망했다는 표현에서 알 수 있듯이, 사투리는 의사소통을 방해하는 것으로 묘사된다. 조선어가 하나의 사투리가 되어가고 있음이 다음과 같이 드러나고 있다.

> 잔교나 작은 화물선 위에서 낚시꾼들이 유연히 낚시를 하고 있다. 나는 그들 중의 한 사람인 작은 낚시꾼한테 다가가서 미끼는 무어냐고 조선어로 물어봤다. 일견해서 초등학교 생도가 아니다. 이 조선의 아이의 국어능력을 애당초부터 무시한 것이다. 그러나 소년에게 내 경성 말은 통하지 않았다. 헛수고인 줄 알면서 같은 내용을 이번에는 국어로 물어봤다. 소년은 비로소 싱글벙글 웃으면서 새우라고 명백히 대답했다. 나는 언뜻 8년 전의 여름에 졸업논문 자료를 수집차 자전거로 영남지방을 돌았을 때 몇 번이나 똑같은 경험을 겪은 일이 생각이 나서 혼자서 웃었다.[21]

오영진이 조선어로 조선의 아이에게 말을 걸었을 때, 그의 경성 말은 조선의 아이에게 이해되지 않는 말이었다. 여관에서 여관 종업원에게 질문을 던졌을 때도 오영진은 똑같이 그녀의 사투리에 실망하였다. 경성 말로 조선의 아이에게 질문을 던지지만, 조선의 아이는 경성 말을 이해하지 못하였다. 하지만 그가 다시 '국어(일본어)'로 질문을 던졌을 때 조선의 아이는 '국어(일본어)'로 분명하게 대답하여 의사를 전달하였다. 여관 종업원이 썼던 조선의 지방 사투리도, 경성 말도 '국어(일본어)'에 비하면 똑같은 사투리였던 것이

---

21) 오영진, 「若い龍の郷」, 『국민문학』, 1944. 11, 74쪽.

다. 사투리라는 지방성은 '국어(일본어)'로 인해 하나로 통합된다.

영화 <사랑과 맹서>에서도 이제 '조선'이라는 로컬리티는 탈색되어 하룻밤 연회의 한 부분으로서만 존재한다. '조선'이라는 지방성은 제국의 일부를 담당하는 기능으로 작용하게 되었다. 1942년까지만 해도 오영진은 '조선'이라는 로컬리티를 포기하지 않았다. 그러나 1944년에 이르면 오영진은 '조선'이라는 로컬리티에 더 이상 집착하지 않는다.

1944년 『국민문학』 11월호에 발표한 오영진의 글 「젊은 용의 고향」에서는 조선인 지원병이 '목숨'을 건 '국민되기'에 몰입하는 것을 보여준다. '반도인'이라는 한계를 벗어나기 위해 '국민'이라는 이상적인 세계로 비상하는 것. 비루한 현실을 초월하여 신의 영역으로 이동하여 영웅이 되는 것. 오영진의 사상변화는 전세의 급박함에서 비롯되었지만, 강요된 죽음을 어떻게 자발적으로 받아들이는지 그 과정에 대한 신경증적인 관찰과 분열을 통해서도 드러난다. 1944년 오영진의 취재기 「젊은 용의 고향」이 영화 <사랑과 맹서>에 미친 영향을 살펴보고, 오영진의 시나리오에 일관되게 흐르는 특색들을 논의할 것이다. 따라서 영화 <사랑과 맹서>에 흐르는 이중전략이 오영진의 취재기 「젊은 용의 고향」에서도 반복되어 나타나는 지점을 밝히고자 한다.

3. 오영진의 취재기 「젊은 용의 고향(若い龍の鄕)」

오영진은 진해에 있는 일본해군성을 견문한 취재기인 「젊은 용의 고향」을 1944년 11월 『국민문학』에 발표하였다. 그가 일본 해군성의 부름을 받고 진해에 갔던 시기는 그해 여름이었다. 해군성으로 부터 병사들을 격려할 시나리오를 써 달라는 요청을 받고 갔던 것 이므로 「젊은 용의 고향」은 오영진이 시나리오를 쓰기 위해 해군성 을 견문한 취재기인 셈이다.22)

　　이는 00해병단에서 내가 견문한 충실한 기록이다. …… 00에 도 착한 것은 오전 10시. 경성에서부터 계속해서 쫓아오는 계절에 맞 지 않는 장마가 여기까지 따라왔다. 합동해군장의(葬儀)시간에 대느 라 강행군이었다. …… 여자종업원에게 합동해군장의가 거행되는 장 소를 물어봤더니 이제 거의 끝날 시간이에요, 여덟시 시작이니까요, 하고 완전한 사투리로 나를 실망케 만들었다. …… 이윽고 벚나무 가로수가 아름다운 비 오는 거리를 중학교학생 같은 일대가 조용히 줄을 서서 지나갔다. 견학단인가 싶어 여자종업원에게 물어봤다. 예, 예과련(豫科練: 해군 비행 예과 연습생의 약칭)을 가는 학생인 것 같아 요, 하고 대수롭지 않게 내뱉은 다음에 다기를 가지고 소란스럽게 뛰어 내려갔다. 나는 문득 생각이 나서 창가에 앉은 채 다가갔다. 예과련- 하와이로 말레이로 서전의 대공을 세운 젊은 영웅들. 그들 도 또한 선발되어 똑같은 영광의 길을 걸어가려고 하는 것이다. 중 학생들로 된 일대는 창가를 조용히 지나갔다. 나는 여전히 그들의 뒷모습을 응시하고 있었다. 마지막 한 사람이 끝내 안 보이게 되었 을 때, 뜬금없이 여기에 도착한 후에도 아직 한 번도 바다를 보지 않았던 것에 생각이 미쳤다. 이상한 생각이 들었다. 여태껏 흐렸던

---

22) 이영재는 그의 저서 『제국 일본의 조선영화』(현실문화, 2008, 227쪽)에서 「젊은 용의 고향」을 오영진의 일본어 소설이라고 표기했다. 그러나 『국민문학』 1944년 11월호에 발표된 오영진의 「젊은 용의 고향에는 '소설'이라는 장르 구분에 대한 표기가 없다. 오영진은 1942년 『국민문학』 8월호에 일문시나리오 ＜ベベンイの巫 祭＞을 발표한 뒤에 그해 『국민문학』 11월호에 「＜ベベンイの巫祭＞た關するノオ ト」를 발표하였다. 이 글은 시나리오 ＜ベベンイの巫祭＞을 쓰게 된 배경과 배뱅이 굿에 대한 내력을 소개하는 형식의 글이었다. 그러므로 「젊은 용의 고향」도 오영 진이 시나리오를 쓰기 전 취재했던 글이라고 본다.

OO거리에 대한 호기심이 다시 갑작스레 떠오르기 시작한 것이다.[23]

「젊은 용의 고향」의 '나'는 해병단에 관한 시나리오를 쓰기 위해 취재를 왔다. '나'는 "해병단의 진실된 아름다움의 백분의 일"이라도 전하기 위해 "조선반도의 한 끝에 깊이 들어간 만내(灣內)"에 살고 있는 '많은 용'들을 취재하기로 하였다고 글의 서두를 시작하였다. 오영진은 해병단을 '용'에 비유하였고, 진해를 일본의 해군기지가 있는 '세토나이[24]'에 비유하였다. 여기서 '조선반도의 한 끝에 깊이 들어간 만내'는 지리적으로 진해라는 것을 짐작할 수 있다. 또한 "벚나무 가로수가 아름다운 비 오는 거리"에서 알 수 있듯이 벚나무 가로수가 있고 바다가 가까운 곳은 진해라는 것을 또 한 번 추측할 수 있다.[25] 이 글에서 '벚나무 가로수 길'은 계속해서 묘사된다. '벚나무 가로수길'은 진해에 해병단이 설치되던 일제말기에 함께 조성되었다. 그 벚나무 가로수 길을 행진하는 예과련 학생들이 중학교 학생 같은 나이라면 그들의 나이는 열여섯 정도 되는 청소년들이다. 그들은 "하와이로 말레이로 서전의 대공을 세운 젊은 영웅"이 되고자 하는 가미카제 특공의 훈련생들인 것이다.

'나'는 해군성에서 세 부류의 인물들을 취재했는데, 제일 먼저 취

---

23) 오영진, 「若い龍の郷」, 『국민문학』, 1944. 11, 75쪽.
24) 세토나이(瀬戸内)는 일본 본주와 사국 사이에 바다를 낀 지방으로, 해군기지나 훈련기지가 있었음.
25) "오늘날 진해는 매년 4월 군항제가 열리는 벚꽃놀이의 명소로 한국해군박물관도 이곳에 있으며, 봄이 되면 도시 전체가 벚꽃으로 뒤덮인다. 진해에 벚나무가 대대적으로 심어진 것은 일제 말기로, 이곳에 해병단(海兵團)이 설치되었을 때 군국주의 선전을 위해 해병단까지 이어지는 큰길에 가로수로서 벚꽃이 심어졌다. 일본에서는 근대의 전쟁 때 소년병과 벚꽃을 동일시하는 군국주의 미학이 성립되었고, 적의 함대에 부딪혀 산산이 부서지는 특공대원은 흩날리는 벚꽃에 비유되곤 했다." 오누키 에미코(大貴惠美子, 『わじ曲げちわた櫻−美意識と軍國主義』(岩波書店,2003) 174~186(김려실, 『투사하는 제국, 투영하는 식민지』, 도서출판 삼인, 2006, 331쪽에서 재인용.)

재한 인물들은 일본군 고위급 장교들이었고, 두 번째 부류는 젊은 해군 장교들이었다. 그리고 '나'는 그토록 취재하기를 원했던 조선인 신병을 마지막 날에야 간신히 취재할 수 있었다. 이 글에서 오영진은 과도한 남성성과 활기로 넘치는 일본군 장교들과 먼발치에서 바라보는 것으로 취재를 대신해야 했던 '조선인 신병'의 우울을 대비하여 묘사하였다.

'벚나무 가로수가 있는 큰 길'과 '피리소리', '나팔소리가'가 들릴 정도로 해병단이 가까운 곳에 짐을 풀고, 해군의 관습에 따라 약속 시간 5분 전에 해병단을 찾아가는 '나'는, 취재 초반에 일본군 장교들을 차례차례 만났다. '인사부의 F대위', '부관대리인 N소좌'. 그들은 진지하게 이야기를 들어주고 "망양(茫洋)한 눈빛과 의연하고 표정도 침착한 눈빛"을 하고 있는 '바다의 사람'들로 '역전의 용사'들로 표현되었다. 영화사로부터 영화각본 의뢰가 들어와서 참고가 될 만한 이야기를 바라는 '나'에게 그들은 용맹하고 자애롭게 이야기를 들려주었다. "저 적을 삼켜버리는 것 같은 침착성, 어떤 일에도 굴하지 않겠다는 태도와 거친 피부"를 가진 대위를 외경할 마음으로 쳐다보던 '나'는 대위의 안내를 받아 상관인 부장실을 찾아가고, 거기서도 카리스마와 자애로운 부성까지 겸비한 남성성에 완전히 압도당하고 만다.

> 음폭이 있는 굵은 시원한 목소리였다. 별로 넓지 않는 부장실에 커다랗게 메아리쳤다. 힘껏 외쳤더라면 얼마나 클 것인가. 짐승의 왕의 포효를 생각했다. 나는 완전히 압도당하고 말았다. 그러나 그 눈, 그것은 자모의 것과 같이 안경 속에서 다정하게 빛나고 있다. 깊은 애정의 눈동자다. 이 눈으로 항상 신병들의 신상을 지켜보시고 있음에 틀림없다.[26]

---

26) 오영진, 「若い龍の鄕」, 『국민문학』, 1944. 11, 76쪽.

일본군의 남성성에 완전히 압도당하는 '나'는 그들의 눈빛에서 다정한 모성을 애써 찾는다. 그들의 남성성이 공격적이고 '짐승의 왕'처럼 동물적인 위험을 가지고 있다는 것, 그것은 강한 힘을 가진 남성성을 소망하는 한편, 강인한 아버지상을 애써 부여하는 나약한 식민지 남성의 자기합리화로 여겨진다. '자모'의 눈으로 '신병들의 신상을 지켜보는 애정의 눈동자'에서 혈연을 떠난 새로운 가족주의를 부여하는 것이다. 부장의 소개로 시나리오 작가인 '나'는 해병단의 주인이라고 할 단장 이하 많은 간부들을 만났다. "은테안경을 쓴 대범하고 침착한 귀공자형의 군단장"과 "세상물정을 환히 아는 듯이 보이는 주계장(主計將)"과 신병과장. 여기서 '나'는 일본군장교에게 보여주었던 찬사와 다른 방식으로 신병과장을 묘사하였다. "무뚝뚝한 조선 양반가정에서 흔히 볼 수 있는 아저씨"로 "우리들에게 대단히 친근한" 사람으로 소개하였으며 뒷장에 따로 그에 대한 상세한 인터뷰까지 실었다. 본고도 '신병과장'에 대한 분석을 뒷부분에 하고자 하는데, 그 이유는 '신병과장'이 영화 <사랑과 맹서>에 나오는 '무라이 소위의 아버지'와 유사하기 때문이다.

일본군 고위급 장교들과의 인사가 끝난 뒤 젊은 해군 장교들에게 영화각본가로 소개되는 '나'는 그들의 명랑한 기운에 또 다른 형태로 압도당한다. 그들은 영화각본을 쓰기 위해 체재할 거라는 소개말에 일제히 몰려들면서 자신을 배우로 써 달라며 '희희락락' 한다. 그들은 '속사포처럼' 질문공세를 하는 정력과 '청진한 활기'로 가득한 에너지를 가졌다. 또한 "대단한 소란과 넘쳐 나갈 만한 정력. 목숨을 아무렇지도 않게 여기는 활동가들"로 절반가량이 찰리 채플린 같은 콧수염을 기르고 가가대소하는 희극적 인물들로 그려진다. 저녁이 될 때까지 조선인 신병들에게 다가가지 못한 '나'는 청사의 사관침실이 배정되자 "내 거실로는 아까울 만큼 청결하고 조용했지만 해병단 견학을 위해 오히려 정당치 못하다는 점"을 금방 알게 된다.

> 거기는 신병들의 병사(兵舍)와는 떨어진 건물이었고 50미터나 떨어져 있었다. 나는 되도록 신병들-우리들의 피붙이에서 선발된 젊은 군인들 옆에 언제까지나 있고 싶었던 것이다. 내 개인적인 주장은 금방 받아들여져 제이(第二)병사 안의 한 반으로 옮겨졌다. 판자 한 장을 사이에 두고 조선태생의 젊은 병사들, 그들의 피의 고동도 곧바로 나에게 전해지고 맥박 치는 듯이.27)

'나'는 피붙이 옆에서, 선발된 젊은 조선인 군인들 옆에서 지내고 싶어 한다. 조선태생의 젊은 병사들의 고동을 느끼며 잠드는 '나'가 느끼는 감정은 더 이상 표현되지 않는다. 다만 그들의 훈련을 취재하는 '나'는 "해병단 전체가 왠지 학교분위기"임을 느끼고 오히려 실망을 느낀다. '병영 밖의 보통 세상'에서 들었던 가혹한 훈련은 보이지 않고 여유로운 풍경이었던 것이다.

그러나 "완전한 인간이 되려고 완전한 병사가 되려고" 노력하는 신병들의 훈련에서 거듭 강조되는 것은 바로 '정신 훈련'이었다. 교반장의 호각소리에 맞춰 조정훈련을 하는 단체들의 일심동체 훈련이 바로 그것이다. '분발하는 정신'에 대한 강조는 계속해서 이어진다. '정신'에 대한 강조와 '아름다움'에 대한 강조가 이 글에 여러 번 반복된다. 갑자기 신병들의 숙소에서 퇴출명령을 받은 '나'는 조선인 신병들과 더 이상 함께 지낼 수 없는 상황을 만회해보려고 노력하지만, 그것은 허락되지 않는 규칙이었고 '나'는 어쩔 수 없이 조선인 신병들과 분리된다. '나'는 신병들의 훈련들을 취재할 수 있었지만 조선인 신병에게 개인적으로 다가갈 수는 없었다.

---

27) 오영진, 위의 글, 78쪽.

나는 거기서 처음으로 무서운 교반장을 봤다. 떡 벌어지고 올라간 어깨에다 밖으로 굽은 양다리, 검은 표범처럼 조그만 얼굴, 그 얼굴에는 카이젤보다 훨씬 굵은 것 같은 수염이 팽팽히 나 있었다. 키가 높고 게다가 목소리도 굉장히 컸다. 아마도 해병단 중에서 부장에 버금갈 것이다. 신병들의 총검 끝에 기백이 들어 있지 않으면 교반장은 찢어진 종(鍾)과 같은 소리를 폭발시켰다.[28]

신병들의 정신훈련은 교반장의 남성적 폭력성에 의해 강화되었다. 교반장의 육체는 '검은 표범'으로, 목소리는 '찢어진 종(鍾)'에 비유되었다. 교반장은 함께 손뼉을 치고 즐거워하기도 하며, 친근한 형님이나 때로 아버지보다 무서운 존재가 되기도 하였다. 교반장과 신병들의 관계는 이처럼 가부장제의 끈끈한 연대 속에서 강화된 것으로 표현되었다.

"여자란 것은 착한 것 같지만 우리들보다 뇌장(腦漿)이 적다. 그렇지."
"옙."
"잘 들어, 우리들이 남자로 태어난 것은 큰 권리다. 알았어? 남자는 요컨대 여자보다 뛰어나다. 그래서 그만큼 일을 해야 한다."[29]

위와 같이 제국과 식민지 남성의 동성애적 유대관계는 여성을 타자화시키면서 강화되었다. 이 글에서 타자화 되는 것은 여성만이 아니었다. '나'는 일본군 장교의 동물적인 남성성을 계속해서 묘사하고 있지만, 같은 피붙이인 조선인 신병에게 다가가고자 열망하였다. 그러나 조선인 신병의 숙소에서 하룻밤 만에 퇴출명령을 받게 되고, '나'와 조선인 신병의 은밀한 만남은 계속 방해받는다. 피식민

---

28) 오영진, 위의 글, 78쪽.
29) 오영진, 위의 글, 79쪽.

자의 의사소통을 방해하기 위한 전략으로 분리와 배제가 은밀하고 치밀하게 작동한다는 것을 알 수 있다.

> 나는 불행하게도 3기 신병들의 희망도 심경도 들을 수가 없었다. 일요일의 면회 날에 면회인이 찾아오지 않는 신병들은 씁쓸한 표정을 숨기려고 하지 않는다. 배구 경기에도 끼지 않고 멍하니 하고 있는 신병들도 있었다. 아니다, 면회할 가족을 보고 있는 신병들의 눈에도 왠지 당혹한 기색이 있었다. 신병들을 면회하러 온 일부 가족의 눈에도 차분하지 못하는 데가 있었다. 막 씻고 난 간결한 조선복 차림의 할머니가 자신의 손자인 신병이 하는 이야기를 한 마디도 놓치지 않으려고 완전히 백발이 된 머리를 꾸벅거리고 있었다. 노인의 눈도 미소를 띠고 있었지만 고목처럼 여윈 양손은 무의식적으로 흙바닥에 깔린 돗자리를 집어서 뜯고 있었다.[30]

이 부분에는 일본군 장교의 진중함과 젊은 장교들의 명랑함이나 조정경기에서 보여지는 일심동체의 기계적 움직임으로 승부를 거는 왁자지껄함이 없다. 조선인 신병들은 무리에서 떨어져 멍하니 있거나, 가족들을 보고도 당혹한 기색을 보였고, 신병들을 면회하러 온 가족들조차 불안해 보이거나, 이제 곧 죽음의 전장으로 떠나갈 손자 앞에서 돗자리만 뜯던 노인도 애써 미소 짓지만 무력함을 감추지는 못했다. 조선인 신병들의 우울이 드러나는 부분이다. 이러한 우울과 무기력은 앞서 강조하였던 일본군장교의 활력과 대비되었다. 당시 조선인 학생들의 '무기력'은 일반적인 경향으로 지적되었다.[31] 무기력은 상실한 것이 무엇인지 명확하게 알지 못하지만 스

---

30) 오영진, 위의 글, 87쪽.

31) '옛날 학생에 비해, 불평불만은 줄어들었으나, 힘이 없고 전반적으로 무기력해졌다고 지적하고 있다' 「半島學生의 諸問題」, 『국민문학』, 1942, 5-6 합병호. 신지영, 「전시체제기(1937~1945) 좌담회의 '로칼' 논의를 통해 본, 境界에 대한 감각의 재구성」, 『한국근대문학(문화)과 로칼리티』, 한국문학·문화/글쓰기 국제학술대

스로의 힘으로는 상실한 그 무엇을 찾을 수 없다는 것에서 출발한다. 그러한 무기력은 자기비하와 자아상실감으로 우울증을 유발시킨다.[32] 조선인 신병과 그의 가족들의 우울과 무기력을 오영진은 행간에 드러내고 있었다.

'나'는 그들이 자발적으로 '가미카제'가 되기를 열망했는지 알고 싶어 한다. 현실적인 이유로 '가미카제' 훈련생이 되었을지도 모른다는 생각에 '나'는 그토록 소원하고 고대하던 만남, '우리들의 피붙이'인 다섯 명의 신병들과 '아부할 것 없이' 이야기를 나눌 수 있게 되었다. '나'가 궁금하게 여기는 것은 "그들이 진심으로 진정대로 지원했던 것인가?"라는 점이다.

> 나는 조선태생이지만 누구한테도 지지 않겠습니다. 앞으로 여기를 나오면 실시부대로 배치되겠지만 결코 선배에게 지지 않을 생각입니다. 1기의 선배님들은 굉장히 평판이 좋아요. 병사로서 나라에 바친 몸입니다. 어떻게 지겠습니까. 근데 **'반도태생이니까'라는 눈길을 보면 진실로 풀어나갈 길이 없는 답답한 기분이 듭니다.** 물론 우리 동료들 사이에도 자기 자신의 머리가 열 받는 것을 느끼게 만드는 사람도 있습니다. 하지만 그것도 금방 달라집니다.[33]

지원병들의 지원 동기는 여러 가지가 있지만, 주로 자신의 태생적 한계를 극복하기 위함이었다. '조선태생이지만 누구한테도 지지 않겠다.'는 결심을 하고, '반도태생이니까'라는 멸시의 시선에 대한 인정투쟁으로서 목숨을 건 군인이 되고자 하는 것이다. 제국의 군인이 됨으로써 피식민자의 차별을 벗어나는 것. 그것은 목숨을 건

회, 48쪽.

32) 지그문트 프로이트, 윤희기 박찬부 옮김, 『정신분석학의 근본개념』, 열린책들, 2007, 239-249쪽.

33) 오영진, 위의 글, 88쪽.

투쟁이었다. 목숨을 내놓음으로써 비로소 자신의 태생적 한계를 극복할 수 있다는 것은 현실의 불만을 딛고 이상세계로 향하는 초월적 이미지를 닮았다. '정신교육'이 강화되는 것은 바로 삶과 죽음을 동시에 받아들이기 위한 연습인 것이다. 조선인 신병들은 스스로 죽기를 선택한 군인들이었고, 시나리오 작가인 '나'는 그들의 선택이 자발적인 것인지 그들의 입을 통해서 듣고 싶었던 것이다. 그러면 이것은 자발적인 것일까. 선택의 자유가 없는 유일한 비상구였던 것일까. 여기에 대한 답을 유보한 채 오영진은 이들을 훈련시키는 '신병과장'에 대한 부분을 글 뒷부분에 따로 할애하여 자세하게 묘사하였다.

'신병과장'은 영화 <사랑과 맹서>에서 외동아들의 죽음이 보국을 위해서라면 슬퍼할 이유가 없다고 생각하는 '무라이 소위의 아버지'와 유사한 인물이다. 「젊은 용의 고향」에서 '신병과장'은 '쓰리우치(土浦)' 지방에서 20년간 항공대의 교관이었던 사람이다. '단순한 한 무관'이 아니라 손수 시를 짓기도 하고 '萬民心安寧'이라는 고담(枯淡)한 필치의 서(書)'를 손수 쓰거나 일본의 서예로 유명한 명필가와 서신을 교환하고 '신의 존재'를 질문할 정도로 깊은 사유를 하는 인물이다. '신병과장'은 영화 <사랑과 맹서>에서 국민학교 교장인 '무라이 소위의 아버지'처럼 아들을 출정 보낸 상태이다. '무라이 소위의 아버지'는 '신병과장'처럼 "전쟁이란 지거나 이긴 걸로 승패가 나는 건 아니다."라는 말로 벽에 걸린 서예가의 글을 인용하며 출정을 떠나는 제자에게 '봉사의 정신'을 강조하였다.

「젊은 용의 고향」에서 '신병과장'도 영화 <사랑과 맹서>의 무라이 소위의 아버지처럼 제자들이 아들의 뒤를 이어가도록 황국신민화 교육에 여념이 없는 인물로 나온다.

> '자네는 신의 존재를 어떻게 생각하나? 신의 실재를 믿지 않으면

소위 천우신조(天佑神助)라는 말은 단순한 공수표가 된다. 그러면 신이란 무엇이냐. 그것은 우주의 중핵을 이루는 대생명인 게다. 이 우주의 대생명은 그대로 우리 국체에 현현(顯現)하고 있다. 우리 국체는 실로 절대위(絕對位=천황)를 중심으로 하는 지상에 유일한 이상국가의 현현 말이다. 중핵은 현인신(現人神=천황), 세포는 국민이다.'[34]

"팔굉일우(八紘一宇)를 단순히 인간·국민에 한정하지 않고" 만물이 있어야 할 자리에 있는 것으로 이해하는 '신병과장'을 '위대한 사랑의 사람'이라고 오영진은 표현하였다. 취재 마지막 날에도 첫날처럼 단장과 일본장교들을 개별적인 인간으로 차례차례 묘사하지만, 조선인 신병들은 '먼발치에서 뜨문뜨문 보이는', 개별성 없는 존재이자 집단의 일부로 언급한다. 「젊은 용의 고향」의 마지막 부분은 '이와사군신(岩佐: 성, 軍神: 진주만에 특수 잠수함(뱃머리에 폭탄을 장착한 잠수함, 특공공격의 시조)'을 타고 전사한 사람 중의 한 사람이 생전에 가정에 보낸 신서(信書)의 내용으로 채워져 있었다. 이 편지의 내용 또한 영화 <사랑과 맹서>의 무라이 소위가 가족에게 보내는 인사말과 비슷하다. 다른 것이 있다면 영화에서는 편지가 아니라 목소리를 녹음한 테이프였고 내용이 짧다는 점이다.

4. 영화 <사랑과 맹서>와 오영진의 극작술

영화 <사랑과 맹서>(최인규 연출, 1945)는 조선의 청소년에게 해군특별공격대(일명 가미카제특공대)를 선전할 목적으로 만들어졌다.

---

34) 오영진, 위의 글, 90쪽.

오영진이 취재한 해병단은 조선의 청소년들이 자살공격을 위해 특공훈련을 하는 곳이었다. 김려실은 특공대 선전영화에서 특공(特功: 자살 공격을 의미)은 군인의 최고 명예이고 도덕적 결단이기에 특공대원들 스스로가 기꺼이 특공을 지원하는 것으로 그려지지만, 실제로는 일본의 직업군인들이 특공에 지원하지 않았기 때문에, 소년들의 영웅심을 부추겨 특공계획을 실현한 것에 불과했다[35]고 논하였다. <사랑과 맹서>는 일본해군 보도부가 기획하고 일본 해군성과 조선총독부가 후원하였고, 조선영화제작주식회사와 동보영화주식회사가 합작으로 만들었으며, 1945년 5월에 크랭크인했다. 오영진이 진해 해군성의 요청으로 시나리오를 쓰기 위해 도착했던 시기는 1944년 여름이었고, 취재기를 발표한 것은 그해 11월이었다. 영화 <사랑과 맹서>는 다음 해 1945년 3월에 출연진이 발표되고 그해 7월에 개봉되었다.

영화 <사랑과 맹서>는 가미카제 특공대가 탄생하게 되는 과정을 보여주었다. 1942년에 「조선영화의 일반적 과제」에서 오영진은 "어떠한 가정에서 지원병은 태어나고 자랐는가? 조선 가족주의 미점은 어디에 있으며 단점은 무엇인가" 등을 고찰할 수 있는 조선영화가 만들어져야 한다고 주장했다. 이 시기에 오영진은 일문 시나리오 <배뱅이굿>의 '굿'과 <맹진사댁 경사>의 '결혼의례' 과정을 극의 전체 구성으로 채택하여 조선의 로컬리티를 최대한 살린 작품을 발표하였다. 영화론에서 '조선의 지원병'에 대해 언급했던 것과 달리 오영진의 두 시나리오에는 전쟁에 대한 이야기가 없었다. 그러나 영화 <사랑과 맹서>에는 시나리오 <배뱅이굿>과 <맹진사댁 경사>에서 보여주었던 일관된 형식이 반복되어 나타난다. 차이가 있다면 <배뱅이굿>과 <맹진사댁 경사> 전체를 지탱하였던 조선의 의례가

---

35) 김려실, 『투사하는 제국, 투영하는 식민지』, 도서출판 삼인, 2006, 326쪽.

영화 <사랑과 맹서>에서는 여흥의 한 부분으로 간략하게 축소되었다는 점이다. 다음은 영화 <사랑과 맹서>의 전체적인 영화 순서를 따라가면서 '조선색'이 축소된 부분과, 오영진의 취재기 「젊은 용의 고향」과 이전 작품에서 반복되었던 패턴을 논의하고자 한다.

영화 <사랑과 맹서>는 조선인 고아 김 에이류가 신문국장인 일본인 양부의 제의로 전사한 가미카제 특공의 가정을 방문하여 취재하다가 스스로 지원병이 된다는 내용이다. 영화는 경성신보사 국장인 양부가 출정을 떠나게 될 무라이 소위에게 종로에서 데려다 키우는 고아 에이류를 소개하면서 시작된다. 경성의 하늘과 일선의 하늘이 이어져 있으며, 그들이 하늘을 바라보는 그 순간에도 특공대는 날고 있을 거라는 대화는 영화 첫 부분에서 진지하게 발언된다. 영화의 목적이 확실하게 드러나는 순간이다.

기념사진을 찍고 난 뒤, 무라이 소위는 에이류에게 '이젠 너희들이 정신 차릴 때'라는 의미 있는 말을 한다. 뒤이어 『경성신보』에 '반도의 독수리 무라이 순직'이라는 보도가 나고, 에이류는 그와 찍은 사진을 종로의 부랑배들에게 자랑한다. 부랑배들은 에이류에게 어떻게 특공대인지 알았느냐며 에이류를 거짓말쟁이라고 몰아붙인다. "거짓말. 특공대가 그럴 리가 없어."[36] 부랑배들에게 특공대는 에이류와 말을 나눌 현실 속의 인물이 아닌 것이다. 부랑배는 에이류가 가진 무라이 소위의 사진을 찢어버리고, 에이류는 종로를 방황하다가 일본인 이웃에게 끌려 집으로 돌아온다. 양부인 시라이는 자신도 눈칫밥을 먹고 자란 고아라며, 그래서 에이류 만큼은 따뜻한 밥을 먹이고 싶어 한다며 일본인 이웃에게 설명한다.

양부는 에이류를 특공대원으로 전사한 무라이 소위 가정을 취재하는 견습기자로 보낸다. 에이류는 무라이 소위가 다녔던 학교, 무

---

36) 한국영상자료원, DVD <사랑과 맹서> 의 대사 참조.

라이 소위가 탔던 그네, 무라이 소위의 아버지, 무라이 소위의 아내를 만난다. 무라이 소위의 아내 에이코의 한복은 시아버지의 기모노 차림과 대비되는데, 에이코의 하얀 소복은 남편의 죽음에도 눈물을 보이지 않는 그녀를 박제된 비현실적인 여인으로 보이게 한다. 미망인 에이코는 시아버지처럼 남편 무라이 소위의 죽음을 신성하게 받아들인다. 시아버지는 목욕을 하고 난 후 신에게 경배를 드리듯이 아들의 녹음된 목소리를 듣는다. 학생들을 분발하도록 격려해 달라는 마지막 부탁을 남기며 무라이 소위의 녹음된 목소리가 끝나자, "해군 이외의 세상은 속세. 우린 다 속세인이야."라고 말하는 무라이 소위의 아버지는 아들의 죽음을 신격화한다.

"전 언제쯤 이런 편지를 쓸까요." 에이류는 무라이 소위가 보낸 편지를 바라보며 감격한다. 에이류에게 무라이 소위가 몸담았던 해병대는 이 세상 사람이 사는 곳이 아닌 이상 세계로 여겨진 것이다. 그곳은 오랫동안 소외되고 방황하던 에이류가 존재증명을 할 수 있는 곳으로 부각된다. 양부인 시라이가 국민학교 학생들에게 무라이 소위에 대해 연설했던 것처럼 에이류 자신도 무라이 소위처럼 영웅이 될 수 있다는 자신감을 얻는다. 특공이 된다는 것은, 비록 죽음을 대가로 치르더라도 사람들에게 영원히 기억될 수 있는 존재가 되는 것임을 영화 <사랑과 맹서>는 보여주고 있었다. 무라이 소위의 죽음은 슬픈 것이 아니라 '축하'해야 할 일이라는 시라이의 말이 반복되는 것도 이런 뜻에서다. 양부인 시라이가 초등학교 학생들에게 연설한 내용이 바로 에이류에게 그가 궁극적으로 전달하고자 하는 내용이었으며, 영화 <사랑과 맹서>가 전달하고자 하는 내용이었다.

"특공대란 하늘이 보낸 특별한 존재라 생각하겠지만 아닙니다. 무라이 소위는 여러분처럼 연못에서 수영하고 여러분이 다녔던 길을 다녔습니다. 결코 다른 길이 아닙니다. 여러분처럼 이 교정과 교실에서 놀고 공부했습니다. …… 여러분은 얼마든지 무라이 소위를 따를 수 있습니다"37)

특공대는 에이류에게 '특별한 존재'가 될 수 있다는 희망을 주었다. 에이류의 양부는 연단에 서서 국민학교 학생들에게 특공의 길을 가도록 분명하게 제시하였고, 영화 후반에 특공대가 되기로 결심했다는 에이류에게 처음으로 인정의 눈빛을 보낸다. 양부는 방황하는 에이류에게 길을 열어주는 아버지상으로 제시된 것이다.

영화 <사랑과 맹서>에 나오는 '무라이 소위의 아버지'와 「젊은 용의 고향」에 나오는 '신병과장'은 자애롭고 부드러운 군국의 아버지상으로 제시된다. '무라이 소위의 아버지'는 초등학교 교장으로서 황국신민화 교육에 여념이 없는 인물로 「젊은 용의 고향」에 나오는 '신병과장'과 비슷하다. 두 사람은 특공으로 전장에 나간 아들이 있으며, 아들의 죽음을 이상세계의 실현을 위한 순교로 여기거나, 특공대 출동 군인들 모두 자신의 아들로 여긴다. 그들은 서예와 한시에 조예가 깊고, 세속의 경지를 벗어난 도인의 풍모를 보여준다.

'서양근대에 회의를 느끼고 일본의 미학적 전통으로 회귀하려는 하나의 경향'으로 볼 수 있는 동양의 숭고한 정신세계 강조는 '신병과장'과 '무라이 소위의 아버지'를 통해 '근대의 초극'이 성전(聖戰)의 이념적 기반으로 작용한다는 것을 보여준다. 군국의 아버지들은 아들의 죽음을 이을 새로운 죽음의 전사들을 길러내거나, 조선의 모든 아들을 자신의 아들로 여겼고, 현실을 초월하여 우주와 교통(交通)하는 정신을 가르쳤다. 전쟁터로 나가는 것은 속세를 벗어나는 길이며 영원히 죽지 않는 길인 것이다.

요모타 이누히코(四方田 犬彦)에 따르면 일본인 대부분은 무의식

---

37) 영화 <사랑과 맹서> 자막에서 인용.

적으로 전쟁을, 위협적인 타인과의 대결이 아니라, 고행을 모체로 하여 공동체에 대한 귀속의식을 확인하기 위한 행위로 받아들였다는 것이다. 일본의 영화인들이 전쟁의 비장미를 강조함으로써 국민에게 병사들에 대한 감사와 공감을 일으켜 국책에 협력하자는 메시지를 전하려 하였듯이[38], 영화 <사랑과 맹서>에서는 전쟁에 임해야 할 국민의 태도와 정신무장을 강조하였다. '조선'의 고아가 일본인 양부의 엄격하고 자애로운 교육에 힘입어 죽음을 초월하는 국민으로 탄생되는 과정을 그린 것이 영화 <사랑과 맹서>인 것이다. 조선인에게 '국민'은 '일본인 되기'를 의미하였고, 로컬리티는 제국의 일부로 편입되거나 지워져야 했다. 영화 <사랑과 맹서>에서 조선의 로컬리티 표상은 출정군인을 위한 송별회의 여흥으로만 잠깐 드러났다.

1930년대 후반 조선영화에서 민요 장면은 빈번하게 등장하지만, 1944년 일본어로 발언되는 영화 <사랑과 맹서>에서의 조선어 민요 가사는 제국의 선전영화가 창조하는 균질공간에 균열을 가하면서, 제국과 식민지 조선의 분명한 경계를 긋는 이질적인 제3의 공간을 만들어낸다. 조선민요는 죽음의 전장으로 가는 송군의 송별식으로는 어울리지 않는 경쾌함을 유발하였지만, 이는 피식민자의 흉내내기로 이해될 수 있는 경직성을 동시에 드러냈다. 부동자세로 서 있는 마을의 구경꾼들과 조선어 민요를 부르는 가인들의 흥겨움이 괴리되어 나타났기 때문이다.

송별회는 마을 청년 송군(宋君)이 출정을 떠나기 전 날 벌어진다. 오영진의 시나리오 <배뱅이굿>과 <맹진사댁 경사>에서 '굿' 장면과 '결혼의례' 장면은 전체 신에서 3분의 2를 차지하지만, 영화 <사랑과 맹서>에서 조선인 가인들이 타악기를 치며 노래 부르는 장면은,

38) 요모타 이누히코, 박전열 역, 『일본 영화의 이해』, 현암사, 2001, 115쪽.

송별회 장면에서도, 극히 일부분으로 나온다. 마을 사람들이 마당에 모여 무표정하게 노래 부르는 가인들을 바라보는 장면과 조선민요 '쾌지나 칭칭 나네'가 조선인의 로컬리티를 드러나게 만든다. 꽹과리, 북, 징, 장고 등 조선의 타악기를 치며 '뽕따러 가세, 뽕따러 가세, 우리 님 모시고 뽕따러 가세'라는 가사를 돌림노래처럼 부르는 가인들의 표정과 만발한 벚꽃의 인서트, 그리고 부동자세로 바라보는 조선인들의 얼굴들이 이제까지 카메라가 보여주었던 일본인 양부와 무라이 소위의 아버지 등 신념에 찬 얼굴이나 눈빛과는 달리, 개별성을 얻지 못한 채 집단적으로 전시된다.

또한 송별회에서 조선인 가인들의 조선말 노래 가사는 일본어가 난무하는 영화에서 생소한 한 부분으로 작용하는데, 이는 은폐되어 있던 조선의 로컬리티가 하나의 이물질처럼, 혹은 본질처럼 드러난 부분이기도 하다. 발언되지 못한 조선인의 자기 주체는 송별회 가인들의 기이한 명랑성으로 인해 이중적 분열을 일으킨다. 출정을 떠나는 송군에게도 발언의 기회는 주어지지 않는다. 오영진의 취재기 「젊은 용의 고향」에서처럼 영화 <사랑과 맹서>에서도 조선인 지원병은 주체적으로 자신의 존재에 대해 발언하는 기회를 가지지 못한다.

오영진의 시나리오 <배뱅이굿>과 <맹진사댁 경사>에 나타난 결말부분은 영화 <사랑과 맹서>의 결말 부분과도 유사하다. <배뱅이굿>에서 허풍만이 굿을 한 대가로 받은 패물들을 나귀에 싣고 마을 사람들의 전송을 받으며 마을을 떠나듯이 <맹진사댁경사>에서 양반자제와 결혼한 하녀 입분이가 마을사람들의 전송을 받으며 떠난다. 이와 같이 영화 <사랑과 맹서>에서도 출정군인 송군이 고장 난 버스로 인해 떠나지 못하자 입영시간에 늦지 않으려고 달려간다. 마을 밖 세상으로 통하는 길을 홀로 달려가는 송군을 향해 만세삼창을 부르며 마을 사람들이 전송하는 장면은, 위의 두 작품에서도 비슷하게 반복되어 나타났던 장면이다. 출정군인 송군이 버스를 타고 떠나는 대신 배낭을 메고 맨몸으로 마을 밖 길을 달려가는 장면은 아무런 장비 없이 맨몸으로 전쟁에 임하는 가미카제를 상징한다.

　오영진이 취재기「젊은 용의 고향」에서 '그들이 진심으로 진정대로 지원했던 것인가?'라는 질문을 던졌듯이, 영화 <사랑과 맹서>에서도 갈등하는 에이류를 통해 지원병이 되는 '그들의 진심'에 대한 질문이 제기된다. 에이류는 송군과 마을사람들이 타고 떠나기로 한 버스의 휘발유를 뺀 사람이 자신이라며 에이코에게 털어놓는다. 에이코는 송군이 12킬로미터를 뛰어가야 하며, 입영에 늦으면 송군뿐만 아니라 마을 전체에 큰일이 난다며 에이류를 야단친다. '마을 전체에 큰일'이 난다는 에이코의 말은 송군이 마을을 대표하여 출정군인이 되었다는 것을 의미한다. 에이류가 버스의 휘발유를 빼는 행위는, 출정군인과 자신이 마을 밖으로 떠나는 것을 막으려는 무의식적 행위였다. 마을에 영원히 안주하여 살고 싶은 에이류의 소행임을 알고 에이코는 "내 동생은 무라이 소위의 동생입니다. 만약 동생이 살아 있다고 해도 훌륭한 동생이 아니면, 만나고 싶지 않아요."라고 꾸짖는다. 에이코의 대사는 '혈연'보다는 '국가'에 대한 충성을 더 강조하고 있는 것처럼 보이지만, 송군이 마을을 대표하여 출정하였듯이, 에이코의 대사는 '국가'보다 자신이 속한 '집단(지방)'에 대한 책임감을 이야기한다고 볼 수 있다. 에이류는 경성에 돌아와서 양부에게 지원병이 되겠다고 말한다. 영화 마지막은 에이류가 벚꽃이 만발한 가로수 길을 걸어 해병단에 입단한 후, 비행기를 타고 군함을 향해 돌진하는 장면이다.

　영화 <사랑과 맹서>는『경성일보』신문기자인 일본인 양부가 종로의 부랑아인 조선인 고아를 가미카제 특공대원으로 길러내는 과정을 보여주는 영화인 것이다. 오영진이 쓴「젊은 용의 고향」은 가미카제 특공대원을 훈련시키는 해병단의 생활을 시나리오 작가인 '나'의 시선에서 취재한 기록문이다. 이상과 같이 오영진이 실제 해병단을 취재한 기록문인 「젊은 용의 고향」과 영화 <사랑과 맹서>에서 서로 비슷하거나 연상시키는 부분들을 찾아 살펴보았다.

5. 결론

영화 <사랑과 맹서>의 각본가는 야기 류이치로 알려져 있지만, 실제로 그의 경력에서 <사랑과 맹서>는 빠져 있다. 물론 오영진의 작품 경력에도 영화 <사랑과 맹서>는 들어있지 않다. 오영진은 1948년 「조선영화론」에서 이 작품에 대해 다음과 같이 주장했다.

> "조선영화에 대한 탄압은 검열이라는 소극적인 방법으로 끝난 것이 아니다. 1938년에 <군용열차>이후 제작기술과 제작자본의 부족을 틈타서 점점 적극성을 띠어 제작면으로 진출하여 우리들 조선영화인으로서 수치스러운 <그대와 나>, <지원병>, <사랑과 맹서> 등 우리의 작품리스트에서 영원히 말살해야만 할 허다한 군국주의 영화가 산출되었던 것이다."[39]

오영진은 영화 <사랑과 맹서>를 영원히 말살해야 할 수치스러운 작품으로 여겼다. 해방을 한 달 앞두고 개봉된 영화 <사랑과 맹서>는 <신풍의 아들들>, <가미카제 아이들> 등 여러 제목으로 알려져

---

39) 오영진, 「조선영화론」, 평화일보, 1948년 4월 7일.

있어서 별개의 작품으로 오인되어 왔다. 그러나 최근에 세 작품이 동일한 작품으로 밝혀졌다.

영화 <사랑과 맹서>가 해군성의 기획으로 제작된 영화라는 사실과, 1944년 11월 『국민문학』에 발표한 오영진의 해군성 취재기 「젊은 용의 고향」또한 해군성에서 선전시나리오 의뢰를 받아 취재한 기록문이라는 사실을 참고하여 두 작품간의 공통점을 살펴보았다.

첫째, 영화 <사랑과 맹서>에서 주인공 에이류가 특공으로 전사한 무라이 소위의 가족을 취재하러 가는 신문기자 견습생이라는 사실과, 오영진의 취재기 「젊은 용의 고향」에서 시나리오 작가인 '나'가 해군성의 요청으로 영화를 만들기 위해 조선인 지원병을 취재하는 과정과 내용의 유사성이다. 영화 <사랑과 맹서>에서 에이류가 출정 군인이 타고 갈 버스의 휘발유를 빼냄으로써 '혈연'과 '국민' 사이에서 번민하고 갈등하다가 결국 스스로 '특공'이 되는 길을 선택했듯이, 취재기 「젊은 용의 고향」에서도 오영진은 조선인 지원병이 '특공'이 되고자 하는 진실된 이유를 취재하는 과정의 어려움을 은연중에 드러내고 있다. 오영진은 조선인 지원병과 어렵게 만남의 자리를 갖게 되는데, 조선인 지원병의 지원 동기가 '조선인'이라는 멸시와 한계를 벗어나고자 하는 인정투쟁임을 행간에 밝히고 있다.

둘째, 영화 <사랑과 맹서>에서 에이류가 해군성에 입대하는 마지막 장면의 '벚나무 가로수 길'은 오영진의 취재기 「젊은 용의 고향」에서 인상적으로 묘사되었다. '큰 벚나무 가로수길'은 일제말기 진해에 해병단이 설치되면서 대대적으로 심어졌고, 벚꽃은 군인의 목숨을 미화하는 선전에 이용되었다. 일본 육해군 휘장에 새겨 넣은 벚꽃의 이미지는 영화 <사랑과 맹서>와 「젊은 용의 고향」에서 만발한 벚꽃과 벚나무 가로수 길을 통해 특공으로 전사하는 조선인 지원병의 죽음을 미화하는 이미지로 사용되었다.

셋째, 영화 <사랑과 맹서>에서 마을 사람들의 전송을 받으며 떠나는 출정군인 송군의 이별식 장면이다. 오영진의 시나리오 <배뱅이굿>과 <맹진사댁 경사>의 마지막 장면은 마을사람들의 전송을 받으며 마을 밖으로 떠나는 인물들이 나온다. <배뱅이굿>에서 주인공 허풍만은 가짜 '굿'으로 받은 재물을 싣고 마을사람들의 전송을 받으며 마을을 떠나고, <맹진사댁 경사>에서 판서댁 자제와 결혼한 몸종 입분이는 마을사람들의 전송을 받으며 가마를 타고 마을을 떠난다. 영화 <사랑과 맹서>에서 마을사람들의 전송을 받으며 마을을 떠나는 출정군인 송군은 맨몸으로 마을 밖을 향해 달려간다. 등장인물들이 마을을 떠나 마을 밖 세상을 향해 떠나는 것은 오영진의 작품에서 일정한 패턴으로 반복되어 나타났다. <배뱅이굿>에서 허풍만은 재물이 바람에 흩어지고 노새가 제멋대로 달아나도 현실이 아닌 이상세계로 떠나는 도인과 같은 표정으로 걸어가고, <맹진사댁 경사>의 입분이는 결혼하여 도라지골이라는 이상세계로 떠난다. 그들이 떠나는 곳은 마을사람들이 꿈꾸는 이상세계로 그려지는데, <배뱅이굿>에서는 배뱅이가 떠난 죽음의 세계이며, <맹진사댁 경사>에서 입분이가 가는 곳은 착한 여자가 행복해지는 이상세계인 도라지골인 것이다.

하지만 영화 <사랑과 맹서>에서 출정군인 송군이 떠나는 마을 밖 세상은 송군을 영웅으로 만들어줄 세계, 즉 '해군 밖은 모두 속세'이듯 탈속의 세계이다. 송군은 마을을 대표하여 떠나며, 앞의 두 작품의 주인공처럼 개인의 행복을 위해서가 아닌 집단을 대표하여 떠난다. 그러므로 영화 <사랑과 맹서>의 주인공 에이류는 마을 사람들의 전송을 받으며 떠나는 출정군인 송군처럼 자신도 영웅이 되는 길을 선택한다. 에이류는 그러나 송군이 타고 갈 버스의 휘발유를 빼는 행위를 통해 자신의 신경증을 드러낸다. 송군과 자신이 마을을 떠나는 걸 막으려는 에이류의 행위를 에이코는 꾸짖게 된다. 송군이 입대를 못하게 되면 마을사람들이 곤란하게 된다는 에이코의 말 속에는 많은 의미가 함축되어 있다. 개인보다 자신이 속한 공동체를 위한 희생을 강조하는 에이코의 말에 에이류는 가미카제 특공의 길을 선택하게 된다. 오영진의 취재기 「젊은 용의 고향」에서 오영진은 조선인 지원병이 지원한 동기를 진심으로 알고 싶어 한다. 그러나 오영진은 그들의 지원동기가 조선인으로서 받는 차별을 벗어나고 싶기 때문이라는 것을 밝히고 있다.

마지막으로 영화 <사랑과 맹서>와 「젊은 용의 고향」에 나오는 공통적인 인물로 '무라이 소위의 아버지'와 '신병과장'을 들 수 있다. 두 사람은 아들을 특공으로 보낸 상태이고, 황국신민화 교육에 여념이 없는 교육자이다. '무라이 소위의 아버지'는 국민학교 교장이고 '신병과장'은 20년째 항공병을 훈련시키는 교관이다. 두 사람은 서예에 조예가 깊고. 명필가와 서신을 주고받으며. 우주에 대해 사고하며. 도가적인 운명론자로 현실초월적인 태도를 유지하는 인물로 그려진다. 두 사람은 자애로운 부성애로 제자를 특공으로 전사한 아들로 여기며, 죽은 아들이 제자들을 통해 살아 있다고 믿는다. 죽음의 전사를 길러내는 '무라이 소위의 아버지'와 '신병과장'은 죽음과 현실을 초월한 도인으로 그려지고 있다.

영화 <사랑과 맹서>와 오영진의 취재기 「젊은 용의 고향」의 유사점을 살펴보았다. 아울러 오영진의 시나리오 <배뱅이굿>과 <맹진사댁 경사>에서 반복적으로 나타나는 패턴이 영화 <사랑과 맹서>에서도 나타나고 있음을 살펴보았다. 오영진의 시나리오 <배뱅이굿>과 <맹진사댁 경사>에서 보여준 조선이라는 로컬리티가 영화 <사랑과 맹서>에서 어떻게 탈색되어 갔는지도 살펴보았다. 조선이라는 로컬리티는 일제 말기에 제국의 보편성으로 스며들어야 했고, 새로운 국민(병사)으로 탄생하기 위해 극복되어져야 하는 것이었다. '조선'이라는 '로컬'은 식민지 말기 오영진의 「젊은 용의 고향」에서 '혈연'과 '우주의 세포인 국민'으로 이월되었고, 영화 <사랑과 맹서>

에서 '영웅=국민'은 고아 에이류의 자존감을 '우주=영원'으로 승화시켰다.

그러나 영화 <사랑과 맹서>의 내재적인 공감은 영화 내내 남편을 잃은 슬픔을 전혀 드러내지 않던 흰 소복 차림의 조선 여인 에이코가 에이류를 꾸짖을 때 드러났다. 곤혹스러움을 드러내는 에이코는 조심스럽게 '마을공동체'에 대한 책임의식을 강조하였던 것이다. 일본에 의해 강제된 협력의 논리와 제국이 이상하게 여기는 '로컬'의 실체가 바로 이 지점에서 드러났다. 또한 제국 일본과 피식민지 조선의 공모와 불화, 긴장관계가 복합적으로 드러나기도 하였다. '로컬'은 탈색되어 희석 되었지만, 사라진 것은 아니었다. 그것은 언제든지 동일화의 기제로 되살아날 수 있는 것이었다. 두 작품에 나타난 내재된 회의는 바로 그런 질문에서 출발한 것이었다. 이 작업을 통해 조선영화와 해방 후 한국영화의 연속선상에서 '조선적인 것'과 '한국적인 것'의 기원이 좀 더 명쾌하게 밝혀질 것이라고 생각한다.

[참고 문헌]

한국영상자료원, DVD <사랑과 맹서>

오영진, 「若い龍の鄕」, 『국민문학』 1944. 11.

_____, 「朝鮮 映畵の一般的課題」, 『신시대』, 1942. 6.

座談會, 「明日への朝鮮映畵」, 『국민문학』, 1942. 12.

座談會, 「半島學生の諸問題」, 『국민문학』, 1942. 5-6 합병호.

오영진, 「조선영화론」, 『평화일보』, 1948년 4월 7일

김종욱 편저, 『실록 한국영화총서』, 국학자료원.

김여실, 『투사하는 제국, 투영하는 식민지』, 도서출판 삼인, 2006.

김윤미, 「오영진의 1940년대 초기 시나리오에 나타난 '민속'의 의미」, 『현대문학의 연구』 39, 한국문학연구학회, 2009.

김 화, 『새로 쓴 한국영화전사』, 다인미디어, 1997.

백문임, 「대동아공영권과 임화의 조선영화론」, 『문학과 영상학회 가을 정기 학술대회 발표 논문집 2005』, 문학과 영상학회, 2005.

신지영, 「전시체제기(1937~1945) 좌담회의 '로칼' 논의를 통해 본, 境界에 대한 감각의 재구성」, 『한국근대문학(문화)과 로칼리티』, 한국문학·문화/글쓰기 국제학술대회, 2007.

이경훈 편역, 『한국 근대 일본어 평론·좌담회 선집』, 도서출판 역락, 2009.

이덕기, 「일제하 전시체제기(1938~1945) 조선영화 제작목록의 재구」, 『한국극예술연구』 28집, 한국극예술학회, 2008.

이상우, 「심상지리로서의 대동아」, 『한국극예술연구』 2집, 한국극예술학회, 2008.

이승희, 『한국사실주의 희곡, 그 욕망의 식민성』, 소명출판, 2005.

이영재, 『제국 일본의 조선영화』, 현실문화, 2008.

이재명 외 엮음, 『해방전(1940~1945) 상영 시나리오집』, 평민사, 2007.

한상언, 「일제말기 통제 영화제작회사 연구」, 『영화연구』 36, 한국영화학회, 2008. 6.

_____, 「조선군 보도부의 영화활동 연구」, 『영화연구』 41, 한국영화학회, 2009, 9.

한옥근, 『오영진연구』, 시인사, 1993.

요모타 이누히코, 박전열 역, 『일본 영화의 이해』, 현암사, 2001.

오누키 에미코(大貴惠美子), 『わじ曲げちわた櫻-美意識と軍國主義』岩波書店, 2003.

지그문트 프로이트, 윤희기 박찬부 옮김, 『정신분석학의 근본개념』, 열린책들, 2007.

http://www.allcinema.net.

『每日新報』

제3장. 오영진 일기 연구

– 1958~1959년 오영진 일기를 통한
한국영화계의 문화현실 소고(小考)

1. 서론

오영진(吳泳鎭, 1916~1974)은 해방 전에는 일어로 시나리오를 쓰고 해방 후에는 아시아재단을 통해 여러 국제적인 활동을 전개할 정도로 영어에 능숙했던 인물이다. 그의 이런 언어실력은 해방 전에는 일본과 해방 후에는 미국과 밀접한 관계를 형성하게 하는 요인으로 작용했는데 그 매개는 영화였다. 일어와 영어에 능통했던 오영진은 해방 전에는 일본 조선영화사의 촉탁으로 해방 후에는 미군정하의 국방부 정훈국 영화반 및 해군 정훈감실 촉탁으로 활동했다. 일본과 미국의 문화선전부의 중심에서 활동했던 계기는 그가 일어와 영어로 글을 작성하고 현지인으로 오해할 정도로 능숙한 회화실력을 가졌기 때문이다. 그러므로 오영진은 '통역계급'[1])에 속한다고 할 수 있다.

오영진은 서북 기독교 출신으로 경성제국대학 조선어문학과를 졸업했고 이광수가 주필로 있던 1937년에 『조선일보』를 통해 영화평론가로 데뷔했다. 1938년 일본으로 건너가 영화 제작사 '동경발성'에서 시나리오와 조감독수업을 받았고[2]) 1940년 '조선영화사' 촉탁으로 활동하면서 『국민문학』에 두 편의 일문 시나리오 <배뱅이굿>과 <맹진사댁경사>를 발표했다. 일본 식민지하 조선의 엘리트 지식

---

1) 통역계급이라는 말은 영국인들이 인도를 통치할 인도인을 영국식으로 교육시킬 필요성을 언급한 토머스 배빙턴 매컬리의 진술에서 나온 것으로 영국 제국주의 체제를 유지하기 위해 기획되고 생산된 통역 계급으로서의 이러한 중간 집단은 영국 제국주의 체제에 저항하며 인도의 민족 공동체 형성을 주도한 집단으로 발전한다. (고부응, 『초민족 시대의 민족정체성』, 문학과 지성사, 2002, 212면)

2) 오영진이 영화를 배웠던 '동경발성'은 일본의 문화 영화를 주로 만들었던 곳이며, '일본'이라는 국민 국가의 표상을 영화를 통해 형성하고, 일본 군부와 손잡고 조선에 진출하여 선전 영화를 활발하게 만들었던 영화사이기도 하다. (김윤미, 『드라마와 민족표상』, 연극과 인간, 2013, 14면)

인이었던 오영진은 해방 후 북한에서 조만식을 위원장으로, 부친 오윤선 장로를 부위원장으로 하는 '조선민주당'을 창당하는데 이 일로 인하여 1947년 월남했다.

월남기독교인의 중심지인 영락교회를 기반으로 활동했던 오영진은 1953년 미 국무성의 리더스 그랜트로 미국을 다녀온 후 반공영화 제작에 참여하고 한국영화예술협회를 창립하는 등 활발한 문화정치의 중심에서 활동했는데 제3공화국에 이르기까지 극작가, 영화평론가, 『문학예술』 잡지발행인, 영화제작자, 조선민주당 정당 정치인 등 다양한 삶을 살았던 인물이다. 그러므로 그가 남긴 일기는 당대 한국 영화연극계의 제작 시스템, 전후 반공이데올로기로 재편되는 식민지 지식인의 미국화 과정에 대한 구체적인 이해 그리고 이러한 문화정치의 변화과정에 대한 새로운 인식을 얻을 수 있는 중요한 사료적 가치를 가진다.

그동안 오영진에 대한 연구는 민족주의 극작가로 국문학분야에서 주로 다뤄졌으나3) 2000년대로 오면서 그에 대한 연구영역은 영화활동과 식민지시기 활동영역으로 확장되어 갔다4). 그의 작품에서 '전통'이라는 일관된 주제는 해방 전 민속이 해방 후 전통으로 변화해 가는 과정에서 발생한 것으로 오영진이 유일한 매개자였다는 연구결과가 형성되었다.5) 이전 연구에서 그의 작품에 나타나는 '전

---

3) 서연호, 「오영진의 작품 세계」, 『한국연극론』, 대광문화사, 1976 ; 유민영, 『한국 현대 희곡사』, 기린원, 1988; 이미원, 「오영진 작품 세계와 민족주의」, 『한국연극학』 14호, 한국연극학회, 2000.

4) 최승연, 「오영진의 <맹진사댁 경사> 개작 양상 연구」, 『한국극예술연구』, 2005; 이영재, 『제국 일본의 조선 영화』, 현실문화, 2008, 258면. 김윤미, 「오영진 드라마에 나타난 민족 표상연구- 오영진의 영화론, 시나리오, 희곡을 중심으로」, 연세대학교 박사논문, 2011.

5) 권오만, 「오영진의 3부작에 대하여」, 『국어교육』, 18-20 합병호; 백현미, 『한국희곡의 지평』, 연극과 인간, 2003; 『한국 연극사와 전통 담론』, 연극과 인간, 2009. (초기 연구로는 권오만의 논문을 들 수 있고 이후 연구로는 백현미의 논문

통의 현대화'는 그를 민족주의 극작가로 명명하는 계기로 작용했으나 제국의 문화정치에 적극적으로 개입한 그의 활동들에 대한 의혹을 불러일으켰고[6], '정치와 전통이라는 두 축의 아이러니[7]'가 빚어내는 양가적인 오영진의 활동이 연구자들을 미궁으로 빠져들게 했다. 그럼에도 불구하고 오영진의 작품은 긴 생명력을 가지고 오늘날에도 호출되고 있는데 그의 작품이 보여주는 바가 여전히 해결되지 않는 채 오늘날 우리의 현실에서도 재현되고 있기 때문이다. 이런 상황에서 오영진의 일기 연구는 오영진 연구뿐만 아니라 한국이라는 국가이데올로기의 복잡성을 통시적으로 관통하는 시각을 열어주는 데 있어서도 중요한 역할을 할 것이다.

오영진 초기 연구자로 박사논문을 발표했던 한옥근은 오영진의 생애와 사상, 희곡과 시나리오, 영화론 등을 개괄 정리했는데[8] 그는 서문에 오영진의 일기를 구해서 연구해야 비로소 오영진 작가론이 완성된다고 밝혀놓았었다. 이미 오래전에 오영진의 일기는 오영

을 들 수 있다. 이들 두 연구자가 전통을 바라보는 시각은 다를 수밖에 없는데 백현미는 제국주의의 자장 아래 고안된 민속이 탈식민주의 과정에서 전통으로 변화되는 과정의 연속성을 주시한다는 점에서 앞의 논자와 차이가 있다.)

6) 권두현, 「해방 이후 오영진 작품에 나타난 정치적 무의식」, 『상허학보』 27집, 상허학회, 2009; 김윤미, 「오영진의 1940년대 초기 시나리오에 나타난 '민속'의 의미」, 『현대문학연구』 39집, 한국문학연구학회, 2010; 「영화 <사랑과 맹서>와 오영진의 취재기 <젊은 용의 고향> 비교연구」, 『현대문학연구』 41집, 한국문학연구학회, 2010; 이상우, 「월경하는 식민지 극장: 다이글로시아와 리터러시」, 『한국문학이론과 비평』 57집, 한국문학이론과비평학회, 2012; 「오영진의 글쓰기와 민족주의: <진상>과 <한네의 승천>의 관계」, 『한국극예술연구』 35집, 한국극예술학회, 2012; 이주영, 「오영진의 역사극 연구」, 『어문논집』 제65집, 민족어문학회, 2012; 김옥란, 「오영진과 반공. 아시아. 미국; 이승만 전기극 <청년>, <풍운>을 중심으로」, 『한국어문학연구』 59집, 한국어문학연구학회, 2012; 김윤미, 「제국과 로컬, 오영진의 조선영화론」, 『드라마, 내셔널 서사, 문화콘텐츠』, 일송, 2013.
7) 양승국, 전통과 정치에 대한 관심, 그 두 축의 아이러니」, 『문학사상』, 7월호, 통권 201호, 문학사상사, 1989.
8) 한옥근, 『오영진 연구』, 시인사, 1993.

진 연구에서 중요한 자료로 학계에 언급되고 있었다. 이에 오영진 일기를 발굴하여 연구할 수 있게 되었으나 오영진이 사용한 복잡한 언어를 해독하는 지난한 작업을 거쳐야 했다. 오영진은 1947년부터 1974년, 이대 정신병동에서 사망하기 전까지 일기를 썼다. 필기체로 쓴 영어와 한자를 병용하여 일기를 썼고, 말년에는 한글이 일기에서 3분 2를 차지할 정도로 한글로 일기를 썼다. 더구나 오영진이 사용한 한자는 약자로 지금은 거의 쓰지 않는 글자가 대부분이기 때문에 전문가의 자문을 구해야 했으며 해독하기 힘든 글자가 많아서 '*' 표시로 남겨놓아야만 했다.

본고는 오영진의 활동영역이 영화와 연극, 문화정치 등 최고의 정점에 달했던 1958년과 1959년에 주목하였다. 1958년 7월 17일 제헌절에서 1959년 12월 31일까지 쓴 오영진의 일기를 고찰하고자 하는 이유는 비록 짧은 기간이지만 이 시기가 한국영화의 중흥기에 속하며 오영진이 한국영화 발전에 중추적인 역할을 했던 시기이기 때문이다. 1957년에 한국영화 제작편수가 30편 안팎이었는데 1958년에는 74편, 1959년에는 111편, 1960년에는 87편의 작품이 만들어졌다.9)

그는 양적으로 늘어난 한국영화 작품에 질적 수준을 요구하기 위해 영화계에 만연한 외화표절 문제를 제기했는데 역으로 그는 표절논란의 중심에 서게 되었다. 그의 문제제기는 외화와 한국영화의 영향관계에 대한 논의를 불러일으켰다. 영화평론가 이영일은 당시 표절논란의 영화들에 대해 외국영화와 한국영화의 영향 관계는 규명이 필요한 주제이지만 내용이나 형식을 그대로 모방하지 않았다는 사실을 분명히 하고 있다. 그는 이탈리아 네오리얼리즘이 한국 리얼리즘에 깊은 영향을 준 작품으로 오영진이 쓰고 김기영이 감독

---

9) 김화, 『이야기한국영화사』, 하서, 2001, 255면.

한 <십대의 반항>을 예로 들었다. 이는 새로운 영화의식을 깨우치는데 영향을 주었으며 바로 이러한 점이 1950년대 영화가 끼친 큰 영향이라고 이영일은 평가했다.10)

한국영화의 중흥기가 시작되는 이 시기 오영진은 동아일보에 한국영화를 결산하는 글을 발표하는데 이 글에서 그는 당시 "한국영화의 50%가 일본 영화의 스토리 내지 시나리오를 그대로 도둑질해온 것"이라는 제작자의 말을 예로 들며 "우리 영화의 제작본수가 50%로 줄어드는 한이 있더라도 나라의 망신은 미연에 방지"하여야 한다고 주장했다.11) 1958년 한국영화계에서 거의 대부분의 영화제 심사원으로 활동했던 오영진의 이러한 비평은 영화인들에게 중요한 영향을 주었을 것이다. 그런데 아이러니하게도 오영진이 한국영화계를 향해 던졌던 비평이 부메랑이 되어 다음해인 1959년 그에게 돌아왔다. 그동안 발표한 오영진의 영화 시나리오에 대해 표절의혹이 제기되었던 것이다.

이 시기 오영진의 일기에는 <인생차압>, <십대의 반항>에 따른 표절시비, 이승만 일대기 영화관련 일화, 정훈위원 활동과 당대 영화제작 시스템과 해방 후 지식인의 미국화 과정이 구체적으로 나타나 있다. 오영진은 미국에서의 공식일정을 기록할 때 영어를 일상

---

10) 한국예술연구소 편, 『이영일의 한국영화사 강의록』, 도서출판 소도, 77면

11) 더불어 그는 새로 생긴 두 단체 「씨네.팬」과 「시나리오작가협회」에 대해 언급하는데 "공정한 쩌널리즘이 없는 곳에 공정한 비판이 있을 수 없다고 외치는 젊은 쩌널리스트의 「씨네.팬」 그룹도 있으니 그래도 다행한 일"이라며 긍정적인 평가를 하지만, '제작자들이 외국의 시나리오를 도둑질해온다든가, 또는 그들의 작품을 표절당하는 것에 대한 규탄이나 발언, 대책을 세우지 않고 노임 인상을 위한 스트라이크 전야의 노동조합처럼 표절에 대한 대책이 없고 시나리오 집필의 최저임금만 책정해 놓은' 「시나리오작가협회」를 비평했다. 오영진의 비평은 감독에게도 가해지는데, '이강천은 연출로 보아 타락했고, 신상옥은 불란서 영화만 우려먹고, 김성민은 후퇴했다'고 냉혹하게 평가한다. (한국영상자료원, 『신문기사로 본 한국영화(1958-1961)상』, 공간과 사람들, 2008, 140면)

어처럼 한글과 함께 기술했다. 해방 전 일어로 시나리오를 창작했던 오영진이 해방 후 영어로 공식 문서를 작성하고 일기에 영어를 일상어처럼 사용하는 과정을 살펴볼 때 일기쓰기는 오영진에게 지배자의 언어를 자기의 언어로 전환하는 자기교육의 한 방식이었던 것 같다. 이는 외부의 언어이데올로기를 수용하면서 국민의 한 사람으로 자기 정체성을 확립했던 오영진의 정치적 무의식을 드러내는 근거가 되리라 여겨진다. 그러나 이러한 논의는 오영진의 일기 (1947-1974) 전체를 대상으로 논의할 때 좀 더 명확하게 규명될 것이므로 앞으로 연구과제로 남겨두고자 한다.

일기라는 매체를 통하여 당대를 구성하는 방식에 한계가 있을 수 있지만 미시사적 연구 방법으로 진행되는 이 글은 탈식민주의적 관점에서 고찰될 것이다. 사회를 세밀하게 관찰하되 그 연구 대상의 범위를 다양하게 잡는 것이다.12) 이러한 관점은 이전의 역사 연구에서 주목되지 못했던 본질적인 여러 현상들을 가시화할 수 있을 것이다. 또한 일기에 대한 미시사적 연구는 한국의 영화연극, 문화정치와 관련된 기존 서술에 대한 사실 관계의 여부를 밝혀줄 것이다.13) 그러므로 이 논문은 오영진 일기에 대한 객관적인 사실을 바탕으로 하는 해제형식의 글이 될 것이다.

---

12) 위르겐 슐룸봄 편, 박승종 외 옮김, 『미시사와 거시사』, 궁리, 2001, 32면.
13) 이효인, 「윤봉춘 일기 연구-1935~1937년 윤봉춘 일기를 통한 조선영화계의 분석」, 『영화연구』 5, 한국영화학회, 2013, 455-486면 참조.

2. 1958년, 오영진 일기를 통해 본 아시아재단 활동과
   정훈국 자문위원 활동

　오영진이 1958년에 쓴 일기에는 크게 두 가지 활동이 나타나는
데 아시아재단 부회장으로서의 활동과 정훈자문위원 활동이 그것이
다. 1958년에 오영진은 제5회 아시아영화제 심사원으로 참가하는
데 이는 일 년 전, 제4회 아시아 영화제에서 <시집가는 날>로 최우
수 희극상을 수상한 경력 때문이다. 한국영화 사상 처음으로 해외
영화상을 수상한 기록을 세운 <시집가는 날>은 1943년 『국민문학』
4월호에 실린 일문시나리오 <맹진사댁 경사>가 원작이다.
　1958년에 오영진은 국제 극예술협회(ITI) 한국본부 부위원장에
피선되었고 피난민 정착지 시찰과 동부 휴전선을 시찰했다. 그리고
시네마 팬클럽 회장에 피선되었다.14) 오영진의 이러한 공식적인 활
동이 일기에 상세하게 기록되어 있다. 그러므로 1958년에 오영진이
쓴 일기에는 당시 군부대의 상황과 군인들의 문화적 환경이 나타나
있으며 그들을 위한 군용영화의 필요성이 어떻게 구체화되었는지
그 과정이 기록되어 있다. 1958년은 사회 전반에 걸쳐 국가재건의
움직임이 활성화되었던 시기로 문화적인 욕구가 새롭게 형성되는
시기였다고 볼 수 있다. 이러한 시기에 오영진의 행보는 한국영화
의 국제화와 문화적 기반을 형성하는 국내 문화정치의 중심에서 활
발한 영향을 미쳤다.

---

14) 이근삼・서연호 편, 『오영진 전집』 5, 범한서적주식회사, 1989, 413-415면.

1) 아시아 영화인의 연대 제의

7월 17일 제헌절에 오영진은 아시아재단에 보낼 편지 초안을 일기에 작성하면서 자신의 생각을 정리하는데, 그는 공적 문서를 작성하기 전에 자신의 생각을 일기장에 먼저 정리하는 편이었다. 이편지글은 그의 일기에 한동안 머물러 있다가 1960년 6월 3일 『조선일보』에 「아시아친구들과의 대화 -고루 함께 부는 남풍-」이라는 상징적인 부제가 달린 글로 새롭게 정리되어 발표된다. 두 글 사이에는 일 년의 시간이 가로놓여 있는데 일기에 정리한 오영진의 일기를 먼저 살펴보면 다음과 같다.

오영진은 "4월 마닐라에서 개최된 제 5회 아시아 필름 페스티벌에 심사원으로 참석할 수 있었던 기쁨"을 표현하면서, "아시아 민족 상호 이해증진을 위해 필리핀, 말레시아, 중국, 인도네시아, 태국 등 아시아 제작자 연맹 회원국의 작품이 상영되는 지역의 토어(土語)로 더빙되어야 함"을 편지초안으로 일기에 작성하였다. 그는 "Asia 전인구의 70% 이상이 농업에 종사하고 있음에도 대부분의 영화가 도시를 무대로 하고 있는 것에 대해 영화 선진국의 모방"이라며 낙후된 아시아영화계를 위해서는 "영화예술과 기술의 발전 향상과 공동 연구를 위한 특종의 institute를 설치 실현해야 한다"고 주장한다. 또한 그는 "일본 영화의 기술적 우위성"과 "인도영화에 나타나는 Soviet Russia 식의 몽타주와 표현양식 스타일"을 지적했다.

오영진의 편지글에서 흥미로운 점은 아시아 영화의 대부분이 도시를 배경으로 한다는 점에 대한 지적이다. 오영진은 해방 전에 일본의 도호영화사 전신인 P.C.L 시나리오 연구회에서 국가이미지를 위해 도회를 중심으로 시나리오를 작성해야 한다는 교육을 받았는데, 이는 대동아공영권을 구축하려는 일본 군부와 손잡은 일본영화계가 당시 시나리오 작가의 육성을 통해 시도했던 것이었다.15) 이러한 시나리오 교육을 받은 오영진이 의도적인 도회 풍경을 거부하고 농촌을 배경으로 하는 시나리오를 써야 한다고 주장하는 것은 아시아영화인에게 그들 자신의 이야기를 만들어야 한다는 의미로 볼 수 있을 것이다. 그는 아시아 영화제에 출품된 35편의 영화가 서구 영화에 비해 기술적으로 낙후되어 있으며 이런 점을 극복하기 위해서는 아시아 영화계가 서로 협력하여 단기간에 기술과 예술로서 향상된 영화를 생산해야 한다고 주장한다. 기술과 예술로서 향상된 아시아 영화는 미국과 서구 지역에 널리 전파될 것이고 아시아인은 영화를 통해 접촉하지 못했던 서구 문화에 대한 보다 강력한 관심을 가지게 될 것이라고 의견을 제시한다.

일기에 작성했던 편지글 초안을 『조선일보』에 발표하면서 오영진은 자신의 의견이 비전문가의 소감임을 밝히며 "나의 사사로운 노트에만 적어두고 간직하기가 마땅치 않아 일부를 공개한다"고 서두를 시작한다. 오영진은 아시아인에게 식민지경험이 어떤 의미인지 인도인이나 그 밖의 식민지 경험을 한 나라의 사람들에게 질문하는데 그는 이런 질문을 일본인 대표에게도 한다. 아시아인의 식민지 경험과 식민강국인 유럽과 일본, 미국에 대한 여러 아시아인의 각자 다른 감정의 차이를 오영진은 식민경험의 유무와 인식에서 찾았으며 반공이데올로기로 재편되는 국제사회에서 아시아공동체의 운명에 대해 논의를 제기한 것이 이전 일기의 내용과 차이가 있다.

오영진은 국제적인 행사 외에도 당시 한국영화계에서 영화제 심사원이자 시나리오 작가, 비평가로서 활발하게 활동했고 심지어 그는 자신의 작품을 심사하는 심사위원으로도 활동했다. 문교부에서 수여하는 국산우수영화에 <시집가는 날>, <인생차압>이 선정되기

---

15) 김윤미, 「제국과 로컬, 오영진의 조선영화론」, 『드라마, 내셔널 서사, 문화콘텐츠』, 월송, 2013, 59면

도 했고 그의 시나리오를 영화로 만들었던 감독들은 오영진의 작품을 기반으로 명성을 얻기도 했다. 당대 유명한 배우와 감독들이 오영진의 "오리지널 씨나리오"를 얻기 위해 그의 집을 찾아왔다.

오영진의 일기에는 당대 영화계 인물과의 만남과 그 인물에 대한 짧은 논평이 기술되어 있는데 이는 다음과 같다. '시네마코프'라는 <생명> 시사회에 참석한 오영진은 이강천이 점점 나빠지고 있다고 평을 하거나 (7월19일), 조민당(조선민주당)에 들러 "남산에서 하는 중복 복노리"에 참석(7월 22일)하면서 원로들에 대한 불편한 심기를 살짝 드러내기도 한다. 오영진은 "Cin-pen 주최로 열린 Non-theatrical Film에 참석하여 영화를 보고 이형표의 <제주도>를 샌프란시스코 영화제에 출품하도록" 권고(7월 날짜 지워짐)하기도 한다.

이영일은 '시네펜클럽'을 4.19혁명 이후에 자신이 결성했다고 기술하고 있지만 오영진의 일기를 보면 '시네펜클럽'은 그 이전부터 활동해왔다는 것을 알 수 있다. 이영일은 '씨네펜클럽'을 신문사 영화담당 기자가 중심으로 호현찬, 임영이 발의하고 오영진이 초대회장을 맡았다고 증언하고 있다.[16] 임영은 오영진의 <십대의 반항>에 대해 표절의혹을 제기했던 사람이다. 오영진의 1959년 일기를 보면 젊은 영화기자들에게 오영진의 힘이 필요했던 것으로 보인다. 일 년 후인 1959년 4월에 이영일과 호현찬은 오영진의 집으로 찾아가서 오영진에게 그들이 만든 몇 개의 협회 회원이자 임원이 되기를 제의했다.

---

16) 이영일, 『이영일의 한국영화사 강의록』, 도서출판 소도, 2002, 78면.

2) 정훈국 자문위원 활동과 군용영화제작 기반 조성

1958년 오영진 일기의 대부분은 정훈 자문위원활동에 대한 상세한 기록으로 채워져 있다. 견학기록문 형식의 일기에는 그가 식민지 말기에 진해 해군성을 견학하면서 썼던 「젊은 용의 날들」과 겹쳐지거나 변주되는 묘사부분이 발견된다. 식민지 시기 일본인 장교의 활달함과 조선인지원병의 무력감이 대비되어 빚어지는 에너지의 불균형이 전후 한국 군대의 중앙과 지방으로 대립되는 폭발직전의 에너지 불균형과 비슷하기 때문이다. 이와 같이 병영을 시찰하는 오영진의 행위는 1944년 식민지 말기 진해 해군성을 견학했던 관찰자로서의 시각과 별 차이가 느껴지지 않는다. 그 당시에도 오영진은 징병된 조선인 병사들의 불편사항을 알고 싶어 했다. 차이가 있다면 그 당시에 선전시나리오를 의뢰받았던 오영진은 동포인 조선인 병사들의 무력감을 해소해줄 능력이 없었다는 점이다.17) 그러나 1958년 독립된 국가의 정훈위원으로써 오영진은 병사들의 요구와 그들의 복지에 도움을 줄 수 있는 힘이 있었다.

오영진은 1958년 8월 4일에서 6일까지 '정훈 자문위원'으로 활동했던 '일선 지구 시찰여행'을 일기에 상세하게 기록했다. 그는 동해안 강원도 지구를 희망했는데 동행은 "성균관대학교의 이선근과 복혜숙이었으나 복혜숙은 말라리아로 인해 동행하지 못했고 모든 스케줄의 detail은 정훈장교에 일임되어" 진행되었다고 8월 4일 일기에 기록했다.

"영화연출가인 김 대위의 지프차로 청량리비행장에 도착"한 오영진은 정훈국 간부들의 전송을 받으면서 아침 9시에 'L-19'라는 소형 군용기를 타고 횡성 비행장에 도착한다. 여기서 오영진은 "군악

---

17) 김윤미, 「영화 <사랑과 맹서>와 오영진의 취재기 <젊은 용의 고향> 비교연구」, 『현대문학의 연구』, 2010. 참고.

대와 제1군사령부 부사령관 최석 小將과 미 군사고문단(KMAG)의 colonel과 정훈장교의 마중"을 받고 "아내의 말대로 上衣를 가지고 오기를 잘 했다"고 일기에 적었다. 의장대와 군악대의 전면을 마주했을 때 오영진은 "이것은 환도 직후 제 5사단을 방문하였을 때 경험한 일"과 비슷함을 회상하면서 그때보다 "규모가 좀 더 클 뿐"이라고 비교한다. 휴전 직후 그는 정훈의 중대성을 느꼈는데 생사를 가리지 않고 싸우던 병사의 "정신적 공백-육체적 한가함"을 메꿀 무엇이 있어야 한다고 생각했다. 그때 연대에는 라디오 한 세트일 뿐 문맹사병 교육 외에는 아무것도 할 일이 없던 당시와 지금은 얼마나 달라졌는지 오영진은 그 차이를 조목조목 상세하게 기록하고 있다

1958년 당시에 '정훈' 분야는 예산이 대폭 감소될 정도로 군대 내부에서는 미미한 영역이었다. 그런데 이 시기 오영진의 정훈자문위원 활동은 군용영화제작에 중요한 영향을 미쳤다.

송 中將 - 一者無識으로 보이는 거구의 야전사령관은 별 말도 없으나 不滿한 듯이- 구(舊) 반기(半期)의 정훈 예산이 1,300,000환 하던 것이 380,000환으로 대삭감되었다는 것이다. 이것으로 新聞, 雜誌代도 되지 않는다는 것이다. 칼칼한 참모장은 비꼬아 말하기를 "도대체 정훈이란 무엇인지 알고도 모를 일이다"라고 투덜거린다. 그걸 또 곧이듣고 "부전이승(不戰而勝)" 운운하며 손자의 병법까지 인용하는 초대 정훈 국장 이선근 閣下! 그러나 Projector는 각 사단에 一臺式(USIS에서 공급한 것이 대부분), 라디오는 大隊 單位로 Ampf를 설치하고 있다니 환도 직후에 비하면 발전이 있다. **영화가 제일 효과적이라는 것은 이구동성이며 民間 會社와 tie-up하여 군용 영화를 제작하여 주었으면 하는 것이 그들의 희망이다.**[18]

---

18) 오영진, 1958년 8월 4일 일기.

이 당시 군용영화 제작에 관련된 이야기는 다음 해 오영진이 민간영화사와 국방부와의 만남을 주선해 주는 것으로 그 성과를 이루게 된다. 오영진은 군용영화 제작의 필요성을 느끼고 다음해인 1959년 국방부로 정훈국장을 방문하여 "군영화 제작을 위하여 O.P.I, USIS 등과 협조할 것을 提議"하고 "정훈국 朱영화과장, 협이, 明사장, 한형모, 朴九 등 만남을 주선"한다.(1959.2.9) 오영진은 이어 영화실무진과 국방부의 만남을 주선하는데, " O.P.I의 이성철, 국방부의 朱國鎬, USIS의 주동걸(朱東傑), 세 영화과장과 함께 痛飮. 영화실무 과장이 합석한 것은 이것이 처음이다. 왜 나는 이런 仲介역할을 자진해서 하고 다니는가?"(1959.2.10.)라며 스스로의 활동에 대해 회의적인 소견을 일기에 적고 있다. 군용영화 제작에서 영화실무자와 군방부의 만남은 오영진에 의해 이루어진 것으로 일기에 나타나고 있다. 이 시기 정훈자문위원이었던 오영진의 중요한 활동은 민간영화사와의 연계를 통하여 군용영화제작환경을 공고히 한데 있다.

오영진이 정훈위원으로서 군부대 시찰경험을 상세하게 기록한 1958년 일기에는 군부대 내부의 생활상과 민간영역에서 군의 위상과 사회상이 잘 드러나 있다. 오영진은 야전병원과 사관 클럽을 묘사하거나 양구의 12사단에 남아있는 치열했던 전쟁의 흔적을 묘사하기도 했다. 폭격의 흔적이 남아있는 1,200 고지로 외부와 고립된 곳의 군인들은 위문영화로 〈청춘 쌍곡선〉, 〈춘향전〉, 〈풍운의 궁전〉을 보았다고 오영진은 일기에 적고 있다. 오영진은 사병들과 사진을 찍고 사병 클럽에서 사병들과 좌담을 했다. "古兵도 있으나 新兵이 더욱 많고, 中學 以上 졸업생도 있다. 사이다와 과자를 놓고 말을 하나 별로 신이 나지 않는다. 정(飣,음식)은 좋다고 한다. 그러나 고기는 보기 힘들고 생선 통조림이 가장 좋은 반찬이란다. 3時가 지나 그들과 good bye. 산을 내려 다른 고지로 향하다" 오영진이 가게 된 다른 고지는 "白石山 51연대"가 있는 곳으로 오영진은 이곳의 병사들에게 필요한 것이 무엇인지 적극적으로 질문하기도 한다.

"입대한지 몇 년?" "6년입니다." "그 전에 직업은, 농사?" "예." 확실히 농군이다. "왜 제대하지 않소? 군대 생활이 좋소?" "예." 그러나 누가 알 것이냐. 제대하고 갈 곳이 없는지를? 희망이 있으면 말하라고 했다. (중략) 젊은 송 하사가 입을 뗀다. "후방은 왜 우리들에게 그렇게 냉대를 합니까?" 나올 말이 나왔다. 나는 냉대 받는 일선의 휴가병들을 전차 간, 버스 간에서 늘 보게 된다. 전차표가 없이 승차했다가 万人衆視下에서 전차 차장에게 핀잔을 받는 하사관. 이것이 6개월 만에 한 번 오는 15일간 휴가에서 받는 선물이다. 송 하사의 질문이 "후방은 왜 그렇게 부패했습니까?" 묻지 않는 것은 아마 전전 장관 이선근의 낯을 봐서인지도 모른다.19)

오영진은 휴가를 나오는 병사가 냉대를 받는 이유가 1000환이라는 적은 휴가비 때문이지만 "40%의 보급품이 망실"되는 상황에서 군인들의 식사가 제대로 보급되는 것도 큰 발전이라고 일기에 쓰고 있다. 돌아오는 길에 "P.I.O의 소령과 사단 정훈참모인 Kim, 두 소령은 휴가 시 여비를 5000환으로 지급하여야 한다"고 의견을 모은다. 군의 휴가비 문제와 정훈장교들의 열악한 환경에 대해서도 논의하며 군의 부패와 열악함에 대해 밤새 논의를 한다.

정훈위원으로서 오영진은 당시 군의 상황을 일기에 상세하게 기록하고 있다. 군대가 사병들에게 운전교육 같은 직업교육을 시키고 예산이 없음에도 소장 개인의 역량으로 하사관 학교를 건설하고 막사를 짓고, 주민을 위해 2000동의 주택을 짓는 등 예산 없이 자체

---

19) 오영진, 1958년 8월 4일 일기.

적으로 운영되는 사단을 소개하기도 한다. "정부 예산으로 한다면 3억 환에 2년이 걸려야 하는 공사를 D.N.T만 가지고 일정 때도 못한 낙동강 물줄기를 돌리는" 도로 공사를 예산도 없이 실행하고 있는 그들의 모습에서 "O.E.C(주한 미 경제 조정관실)도 필요없다. 삼천리 방방곡곡은 기름지고 깨끗한 땅이 되고 평탄하고 넓은 신작로가 四通八達할 것만 같다"[20]고 오영진은 일기에 적고 있다.

오영진이 강원도 쪽의 정훈시찰을 지원한 것은 조금이라도 북한에 가까이 다가가고자 하는 것임이 일기에 한 줄 잠깐 드러난다. "동해물에 손을 담그고 사진을 찍고, Coca-cola를 마시고 빈 깡통을 바다에 던졌다. 밀물에 깡통은 어느덧 발아래로 다시 돌아온다. 멀리 동해 바다를 바라보며 저쪽은 이북(以北)이겠지 생각하니 感慨는 無量"[21] 오영진의 감회는 전선에 참여한 이력이 있는 병사에게 당시의 이야기를 묻는 것으로 이어지고 참전기억을 가지고 있는 탱크병의 얼굴에 드러나는 "수줍은 듯, 슬픈 듯 어쩔 줄 모르는 낭패와 자랑과 이 모든 것이 섞인 야릇한 감정"을 묘사한다.

오영진은 정훈참모단의 회합에서 "개수된 18개 도로, 인제에만 2000동 주택, 학교, 진화소, 교량 그리고 T.O와 예산 없이 만든 하사관 학교, 운전기술학교. 이것들은 모두 무에서 유를 창조"했다며 제3사단을 찬양한다. 자유당에 대한 기대와 배신, 일본 관료 출신의 협소한 시야, 아시아 연맹의 반공연맹 강화에 대해서도 나눈 이야기를 적고 있다.

다음 날 8월 6일에 오영진은 춘천으로 가서 워싱턴 대사관으로 있었던 장창국 군단장을 만난다. 오영진은 그가 군단장이 되어 있을 줄은 몰랐다고 적고 있다. 오영진은 그에게 군인이 모든 걸 다 하고 있는 것에 신선한 충격을 받은 소감을 "Army Province"라고

---

20) 오영진, 1958년 8월 5일.
21) 오영진, 1958년 8월 5일.

표현한다. 오영진은 도지사가 필요 없을 정도로 군대의 위력을 느꼈으며 군의 도움이라면 못 할 일이 없을 거라는 엉뚱한 생각을 했다고 기록한다.

오영진은 마지막 시찰지역인 화천발전소를 보고 서울로 돌아온다. 서울에 온 오영진은 군용조종사가 전선에서 푸대접을 받은 것에 대해 '제한된 전쟁'이라고 표현한다. 전선과 국방부 본부와의 대립과 정훈이라는 단체를 이용한 부패에 대해서도 오영진은 문제의식을 가지고 있지만 "빨갱이 때문에 보류하는 글"로 언제까지 "눈가리고 아옹할 수도 없는 것"이라고 쓰고 있다. 1960년 4.19혁명이 불과 1여년을 조금 더 남긴 시점에서 쓰인 오영진의 일기에는 만연한 부패, 지방과 중앙의 불평등과 농민이 대부분인 군부대 상황 등 5.16의 태동을 감지할 수 있는 조짐이 나타나고 있었다.

3. 1959년, 표절시비와 미국 체류기

1959년 오영진의 일기에는 <십대의 반항>과 <인생차압>의 표절시비에 대한 법적 대응에 대한 내용이 기록되어 있다. 오영진에게 1959년은 영화계에서의 그의 피해의식이 가중되는 시기였으나 영화계의 젊은 비평가인 이영일, 호현찬과 함께 새로운 영화운동에 동참하게 되는 시기이기도 했다. 또한 미국 뉴욕의 브로드웨이에서 <시집가는 날>을 판매하기 위해 외교관과 미국 영화 관계자들과의 만남을 오영진이 활발하게 시도하기도 했던 시기이기도 했다.

1959년에는 111편의 한국영화가 제작되었는데 이 중 이승만 일대기를 영화화한 신상옥 감독의 <독립협회와 청년 이승만>도 있다.

이 작품은 이승만의 젊은 시절 독립운동시기를 다룬 시나리오 <청년>이 원작으로, 1957년에 오영진이 『문학예술』 4월호에 발표했던 작품이다. 국립극장에서 <풍운>이라는 제목의 희곡으로 공연되기도 했던 이 작품의 영화화과정에서 오영진은 제작자 임화수에게 강제로 시나리오를 강탈당했고 이를 감수한 유치진에 대한 불편한 심기를 일기에 드러내기도 했다.

1) 영화 <십대의 반항>, <인생차압>의 표절시비와 <독립협회와 청년 이승만>

1959년에 오영진은 시나리오 <새벽에 우는 종>으로 제6회 자유문학상을 수상하는데 이는 한국영화계에서도 시나리오가 "문학의 신 영역으로 보장받았다 데 큰 의의가 있는 일"[22]이었다. 아시아재단의 지원으로 설정된 자유문학상 수상에 대해 언론은 "씨나리오의 문학성에 대한 찬부가 아직도 확실히 가려지지 않"는 상황에서 오영진의 수상은 "씨나리오의 문학성이 확실"해지는 증거라고 보도했다.[23] 오리지널 시나리오 작가로서 오영진의 활동은 <인생차압>이 우수국산영화 후보에 오르고 <초설>의 실패로 한동안 침묵을 지켰던 김기영이 오영진의 기획 아래 준비하는 오영진 시나리오 <십대의 반항>[24]도 언론의 주목을 받았다. 이런 상황에서 오영진은 <인

---

22) 이청기, 「자유문학상 수상의 의의」, 『서울신문』, 1959. 1.25, 4면.

23) 「씨나리오도 포함 제 6회 자유문학상 수상」, 『서울신문』, 1959. 1.27, 3면.

24) "출연자도 황해남, 박광수, 안성기 등의 10대 소년 연기자를 중심으로 조미령, 엄앵란이 소녀 역으로 나오고 박암, 노능걸, 주증녀, 황정순 등이 출연"하는데 "출발부터 흥행을 목적으로 하지 않은 작품이므로 연출을 담당한 김기영 감독도 작가적인 보람을 느끼면서 성공적인 문제작을 만들기에 노력하고 있는데 그 결과가 주목된다"고 언론은 보도하고 있다. (「국산영화는 올해도 풍년/ 질적인 향상여부가 주목처/ 몇 편은 해외 출품/ 중견 감독진들 활동에 기대」, 『조선일보』, 1959. 2, 1,2면.

생차압>으로 한국영화상 작품상을 수상한다. 그런데 오영진은 이 상의 심사위원으로 참여하는데, 자신에게 부여된 시나리오 상을 임희재에게 양보했다고 일기에 쓰고 있다. 오영진은 시나리오 부문에서 스스로 기권하고 "재투표 任熙宰(후배를 위한 나의 雅量)"했다고 일기에 적었다. 이처럼 오영진은 한국 영화계의 중심에서 영향력을 펼쳤던 인물이다. 그런데 이런 상황에서 오영진의 작품에 대한 표절논란이 언론에 제기되었다.

"한국영화각본이 일본각본으로부터 완전 번역 혹은 번안적 번역이라는 현상은 비단 <조춘>25)의 경우에 한하지 않는다"며 당시 발표된 대부분의 영화를 예로 들며 한국일보의 임영 기자가 표절의 퍼센트를 매겼다. "유두연 각본 <잃어버린 청춘>은 40% 각본이고… (중략)… 이청기 각본 <서울의 휴일>은 일본 각본 <스바라시끼 일요일>의 20% 번안"이라는 식으로 표절에 대한 명확한 근거를 밝히지 않은 채 표절의심 영화를 나열했고 문맥의 중앙에 "심지어는 최근 주한 미 아세아재단이 준 각본상까지 타면서 영화계 유일의 순수인으로 지목되던 오영진 원작 <살아있는 이중생 각하> 각본 <인생차압>이 일본고* <장군 새벽에 죽다>의 약 20%"라고 밝힌다.26)

이 기사를 쓴 임영 기자는 오영진이 한국일보 사장을 상대로 일천만원 청구소송을 제기하게 되자 사표를 내며 해명의 글을 발표했다. 그는 오영진의 작품 <인생차압>이 불란서나 일본 등의 문학작품에 나타난 "가사망, 가장례"의 구성요소를 빌려온 것이기 때문에 20%의 번안이라고 했다며 여원사 간행의 어느 고아의 수기인 <생일 없는 소년>도 오영진의 <십대의 반항>과 소재가 비슷하다며 오

---

25) <조춘>은 일본각본 <마고로고>(애심)의 90% 표절로 문제 제기되었다.

26) 임영, 「몰염치한 각본가군/<인생차압>, <오! 내 고향>도 한 몫/ 외국모작물이 수두룩」, 『한국일보』, 1959, 3,8,4면.

영진의 작품들은 타국, 타인의 작품들과 유사성이 많은 작품들이라고 분석하면서 다만 "몰염치한 각본가군"이라고 뭉뚱그려서 표현한 것에 대해서만 사과를 했다.[27]

1959년 초반 한국영화계는 급작스럽게 늘어난 한국영화만큼 일본각본의 표절시비가 불러져 나왔고 오리지널 시나리오 작가인 오영진의 명예에도 문제가 되었다. 오영진은 신문에서 언급되기 이전부터 자신이 표절 시비의 중심에 있다는 것을 알고 있었고 1월 9일의 일기에 자세하게 기록하고 있었다.

> 아침. 김요섭 군이 와서 성필이가 '實活'誌社에 와서 '십대의 반항'에 자기 작품 '생일 없는 소년'과 같은 부분이 있다고 呼訴하더라는 것이다. 내가 키우려고 하던 픽포켓(소매치기)에게 발꿈치를 물리는 신세. 슬프다. 나의 敵手들은 좋은 誹謗거리라고 떠들며 좋아하며 100% 성필의 허언을 이용할 것이다. 아! 쓰리꾼은 최후까지 쓰리꾼이어야 하는가? 그들을 계도하려던 내가 어리석은 자이었던가? 모든 젊은 **사업가가 한번은 봉착하는 슬픔이며, 환멸이며 ** 일지도 모르는 성필의 背信 (1959.1.9)

> 시나리오 작가협회에 대한 나의 간단한 논평이 상당한 파문을 던진 듯. 이상한 공기를 느끼는 요즈음.(1959.1.10)

1959년 오영진의 일기에는 표절시비와 그가 비평가로서 1958년 12월 31일 동아일보에 발표했던 한국영화계에 가한 비평의 여파로 시작된다. 그리고 무엇보다도 다음해 일어날 4.19혁명 직전의 사회적 불안감을 감지하는, 오영진의 예민한 감각도 기록되어 있다. 오영진은 사상계 주최로 신춘문화 방담회에서 나왔던 "신보안법"에

---

27) 임영, 「모작과 모작적 창작과 우연유사/ 오영진 씨에게 보내는 글/ 취재기자 입장에서」, 『한국일보』, 1959.5.1, 4면.

대해 "쥐 잡으려다 독 깨치는 愚法"이라고 쓰며 신문에 대한 불신을 드러내고 있다.

> 실제 생활에 있어서 신문의 고의적인 또는 의식적인 허위보도로 조민당은 몇 번 피해를 입었고 요즘은 개인적으로 나에게 이 공격의 화살을 던진다. 이 화살은 연말 동아일보에 발표한 단문과 사상계 12월 호에 발표한 '종이 울리는 새벽' 이후 더욱 눈에 띄고 감지된다.(중략) 신보안법이 어떻게 작용할지는 두고 보아야겠다… 이러한 무지감의 진공상태, 허탈의 상태는 가장 위험한 것이다. 보안법이나 경찰보다도 더 위험한 것이다.(1959.1.20)

오영진은 월남하고 난 후 총격을 입었던 실화를 바탕으로 쓴 시나리오 <새벽에 울리는 종>으로 제6회 자유문학상을 수상한다. 그와 같이 수상했던 사람은 "마해송(아동문학-모래알 고금), 柳周鉉(소설-언덕을 향하여)"인데 오영진은 신태양사를 매우 微妙한 회사라고 적고 있다.

> '십대의 反抗'을 표절이라고 떠들게 하여 성필에게 公開狀을 쓴 것을 실으라고 한 것도 여기며 曺晩植 선생의 遺言이 '反美帝 투쟁에 궐기하라'이라는 글을 실린 것도 아마 이 잡지사인 것 같다.(1959.1.22)

영화계에서 오영진은 심사원으로 활발한 활동을 했는데, 제2회 영화산업상심사회에 출석하여 후배 임희재를 지원하고(1959. 2.2) 조민당에 5만 환을 기부하고(1959.2.2) 국제신문 여기자에게 "신문편집인협회"상을 제정하라고 조언을 하고, 시네팬 주최 오영진 축하회에서 "이○내, 허○년의 악의에 찬 스피치"에 대해 "남의 축하회에 와서 악담을 하는"(1959.1.3) 것에 대한 서운함을 일기에 기록했다. 이러한 와중에도 오영진의 작품 <인생차압>은 아세아영화제 출품작 심사를 통과하게 된다. <인생차압>에 대한 표절시비는 한국일보 신문기사가 나면서 대두되었다.

누구의 모략인지 모르되 '인생차압(人生差押)'이 日本 古畵 '장군 새벽에 죽다'의 20% 번안(飜案)이라는 LY(林英)의 기사이다. 중간과 말미에는 가장 악질적인 기사가 확실히 나 자신을 공격 목표로 씌어있다. 이태희 변호사에게 9시에 전화. 전후책을 강구해 주기를 부탁(중략) 오종식이 보낸 記者(임영)의 자백에 의하여 이 기사가 순전히 나에 대한 허위 모략 기사임이 드러났다. 1.임영 자신이 '장군 새벽에 죽다'가 미국영화라는 것을 모르는 점, 또 동명의 소위 일본 고화를 보지도 못하고 그 각본도 읽지도 못했다는 점. 언제 제작되었는지 연대도 모른다. 2. 20% 번안이라는 아무런 基礎도 없다는 점. 3. 일본 영화에 정통한 두 명에 의하여 얻어 듣고 기사를 썼다는 점 등 아무런 재료 없이 나를 매장하기 위하여 조작된 것이다…(중략)… 신상옥, 최은희 내방. 春園의 '꿈' 각색을 위촉해오다. 선금 50만환 받고 승낙함. (1959.3.9)

오영진은 한국일보에 사과문과 1천만환의 명예훼손 배상금액을 이태희 변호사를 통해 요구하게 된다. 한국일보는 근거자료를 제출하겠다는 통보를 한 후 차일피일 미루게 되고 오영진은 로타리에 나가기가 부끄러울 정도로 자신을 '표절작가'로 보는 것에 대해 신경을 쓰거나 김승호가 내방하여 <구름은 흘러도>의 각색 위촉을 한 것도(1959.3.11) 다음날에 거부하기도 한다.(1959.3.12) 이태희씨에게 소식이 없자 서울신문 사설에 <인생차압>이 번안작품으로 인용되어 있는 것을 기록하며 起訴하는 길 밖에 없음을 밝힌다(1959.3.14) 오영진은 이태희 변호사에게서 한국일보가 사과문을 게재할 것이라는 연락을 받고 기다리지만 사과문이 실리지 않게 되자 이태희 변호사의 양해를 구하고 동아, 서울, 조선, 국회 문교위, 외무부 공보관 등 여러 기관에 <인생차압>에 대한 표절시비 반박문을 배포한다.(1959.3.17) 오영진은 이 사건을 金興模 변호사에게 고소를 위임하고(1959.3.19) 아세아 재단에서 아미타 씨 작품에 <장군 새벽에 죽다>라는 작품은 없고 그 외에도 이와 비슷한 제목이나 스토리의 작품도 없다는 사실을 전해 듣는데 이를 전한 사람은 한국일보 기획위원이라고 오영진은 일기에 적고 있다. 이에 오영진은 김흥모 변호사에게 이 사실을 전한다.(1959.4.2) 이러한 와중에 오영진은 이영일, 호현찬의 방문을 받게 된다.

> 이 두 친구가 오면 반드시 느끼고 **하는 검은 不安. 이것은 임영의 '인생차압' 기사가 있기 전부터의 이상하 直感的 感傷이다. 그들은 과연 적인가 동지인가? 확실히 동지가 아니 것만은 사실이다. 시네-펜을 만들고 나를 회장으로 추대하고 그러고도 임영을 그리 악평하지 않고 가끔 용건을 가지고 來訪하는 이 두 젊은 기자를 나는 어느덧 경계하게 됐다. **회원 **와 회원 **을 提議, 전자로서는 이규환, 안종화 등 ***와 홍* 등. 전자를 VETO하고 후자를 OK하다. 불쑥 또 하는 말이 '10대의 反抗'이 '生일 없는 少年'과 흡사하다는 말이 세간에 떠돌고, 이 말을 유포하는 자가 역시 임영이라고 아주 친절스럽게 뉴스를 알려준다. 기가 막힌 노릇. 그들은 항상 뒤에서만 총을 쏜다. 임영을 조종하는 자는 과연 누구? 부산 갈 때 車中에서 강이 말하듯이 李○東. ***? 이것은 틀림없다. 그러나 그 뒤의 인물은? Invisible men이 궁금하지만 나로서는 당분간 모를 것이다. 이영일과 호현찬의 위치가 나와의 距離는? 마치 수수께끼나 PUZZLE 내지 탐정소설을 푸는 일 같다. 머리가 아프다.(1959.4.4)

오영진은 그를 찾아오는 젊은 기자들을 의심하면서도 그들과 협력하는 복잡한 심정을 드러낸다. 김○필에 대한 배신감에서 비롯된 오영진의 피해의식은 이후 젊은이에 대한 경계로 나타난다. 이 시기 복잡한 상황에서도 오영진은 <꿈> 각색을 신상옥과 계약한 기

일에 끝내고(1959.4.14) 홍성기 감독이 제의한 <유정> 각색을 위탁받는다.(1959.4.13) 그럼에도 1959년은 오영진에게 영화에 대한 실망감이 가득한 해가 되었다.

　　領事館으로 해서 Trade Center에 가서 최 영사를 만나다. '十代의 反抗' 거의 가망이 없다. 최 영사도 매우 냉정하다.
　　서울에서는 '독립협회와 청년 이승만'의 광고가 대대적이다. 나의 작품은 완전히 도둑을 맞았다. 그러고도 말 한 마디 못 하고 나는 New York에 있다. 세상이 이래서 되는가. '10대의 반항'은 결국 실망. '인생 차압'은 한국일보의 모략 기사. '청년-'은 도둑맞고, 20여 년간 써 온 논문도 동○근 *에게 도둑맞고, 다음 달 잃어버릴 것은 무엇인가. '청년-'의 제작자 임화수는 김희갑에게 폭행으로 구속되었다고, 이정도 가지고는 나의 분함이 가시지 않는다. 이렇게도 지조가 없을까. 유치진의 監修도 밉다. 이래야 하나? 돈이 그렇게도 필요해선가? 과연 너는 무엇을 감수! 했는가? (1959.12.8)

　오영진은 1959년 9월 1일 미국 뉴욕에 도착하여 12월 31일까지 미국에서 생활한다. 이 시기 오영진은 미국에서 국내영화계의 소식을 듣고 불편한 심경을 일기에 기록하고 있다. 영화 <독립협회와 청년 이승만>이 오영진의 시나리오를 원작으로 한 것임을 아는 이들은 임화수제작자에 대해 어떤 생각과 태도를 가지고 있었는지는 알 수 없다. 그러나 오영진은 이를 감수한 유치진에 대해서는 불편한 심정을 느꼈던 것 같다. 오영진은 결국 金興模 변호사를 선임하여 한국일보를 상대로 손해배상을 청구하여 "1,500,000환"의 손해배상금을 받게 된다.(1959.11.11) 오영진은 미국에 체류하는 동안 브로드웨이의 다양한 연극과 뮤지컬, 영화를 관람하고 자신의 작품인 <시집가는 날>과 <십대의 반항> 등을 소개하기 위해 활동한다.

2) 미국체류기- 브로드웨이 진출 시도와 성화저작권 문제

미국에 체류하는 동안 오영진은 한국영화를 소개하는데 영향을 주는 찬보 맥카시(Chanbo McCarthy)와의 만남을 시도한다. 오영진은 맥카시와의 전화통화에서 "내주에 연도 회의를 하여 영화 교류의 문제, 또는 선택도 하겠으니 참석하라"는 답변을 듣는다. (1959. 9.16.) 오영진은 아파트로 직접 자신을 찾아온 화가 부르노(V. Bruno)가 한국사회에서 맥카시를 도와 일하면 좋을 것이라는 생각을 일기에 적고 있다. 그는 "McCarthy 씨는 군인이며 한국 사정에도 통달하고 있겠지만 문화면에 관하여 어느 정도의 지식을 가지고 있는지 의문"이라며 "옛날 도자기나 까치동저고리, 아리랑 타령이 아닌 훌륭한 소설, 영화, TV 등 대중적이면서도 예술적인 것"을 소개할 필요성을 절박하게 서술하고 있다.(1959.9.17.) 그는 "Stern's에서 Korean singer와 dancer가 출연한다는 신문광고를 보고" 극장에 가서 공연을 보기도 하는데 줄리어드 학생으로 알려진 한국여가수와 무용가의 매니저에 대해 "Korean에 출전하였다는 veteran. 의정부와 서울을 왕래한 G.I"라고 설명하고 있다. 오영진은 한국전에 참전했던 군인들의 도움이 앞으로 한국의 입장에서 많은 도움이 될 것이라고 서술하면서 "McCarthy 같은 사람이 필요하다"라고 적고 있다. 한국전쟁에 참가했던 군인들이 한국 문화를 미국에 소개하는데 매니저 역할을 하고 있다는 사실이 오영진의 일기에 나타난다.(1959.9.22.)

오영진은 자신의 작품을 미국에 소개하기 위해 개인적으로 할 수 있는 방법들을 다양하게 시도했다. 오영진은 영사관을 방문하여 "본국 정부에 요청을 하여도 여기에 보일만한 필름을 보내주지 않는다"는 최영사관의 말을 듣고 "Cultural attache(문화담당관)의 필요성"을 강조한다. 그는 서기관에게 <Wedding Day>(영화 <시집가

는 날〉)를 며칠 동안 빌려달라고 요청하고(9.24) 그것을 가지고 "Korean pietism"에 흥미 있는 영화관계인을 만나 판매를 시도한다.

12:00 (중략) 그래서 16mm로 된 Wedding Day를 가지고 어청어 청 뒤따라 나서다. 2,30분간을 오다가다 하고나서 Film이 무거운 짐이 된다. 옛날 Paramount의 studio였다는 곳. 지금은 Army의 signal corp에서 사용한다는 것. 영화 관계인이라는 Korarin(?)을 기다리는 동안 늙은 scenario writer와 이야기를 주고받다. 한동안 RKO에서 일했다는 白髮의 writer. 현재는 주로 lecture를 가진다는 것.
(중략)
영사실에 들어가 Wedding day를 영사해 보다. 성과는 別無神通. 다시 무거운 print를 들고 Times Square에서 good bye하고 집으로 돌아오다. Wedding day를 musical로 했으면 하는 생각 간절하다. 다시 adaptation 하기가 매우 귀찮지만! Adaptation 또는 (중략). – 이런 일은 거의 사무에 준한다. 특히 자기 작품을 자기가 스스로 adaptation 한다는 것은 완전히 돈을 위한 office work와 마찬가지. Creative 한다는 기쁨은 3/10. 事務라는 고역은 7/10. 7:30 P.M. Bed.28)

Hausmann 씨의 말에 의하면 Hollywood Writer Union의 strike(9월 1일)는 아마 Writer 측의 패배로 돌아간 모양. Producer 는 작가도 하룻밤에 양성할 수 있는 것으로 생각한다. 마치 star를 debut 시키듯이! U.S.는 요즘 strike boom! Steelworker는 **週 계속.29)

---

28) 오영진, 1959년 9월 24일 일기.
29) 오영진, 1959년 9월 30일 일기.

영화 <시집가는 날>을 판매하려는 오영진의 시도는 실패했지만 그는 "<Wedding day>를 New York 학생회에 빌려주기로 결정하고 South Gleinot의 학생회에도 빌려주고자 결정한다. 단 비상업용으로"라고 10월 5일 일기에 적고 있다. 그리고 학생회에서 주최한 <시집가는 날(Wedding day)> 영화회의 상연을 보러 가지만 영화는 프로젝트의 고장으로 상영되지 못한다. 오영진은 "Bruno 친구 집에 가서 Asia의 story를 musical, 그밖에 형식으로 Broadway에 소개"하라는 조언을 듣는다. "Asia의 구비전설 이야기에는 서로 공통점"이 많기 때문에 그것을 올리면 "commercial하게도 성공하고 Asia의 theatre play를 자극하는 일도 되고 아주 일석이조이다. 2:30 A.M. on "라고 일기에 쓰고 있다.(10.10) 오영진은 뉴욕에서 영화나 연극을 관람하면서 다음 작품을 구성하거나 아이디어를 얻었는데 "Some Like It을 번안하여 홀쭉이 뚱뚱이" 영화로 만들어도 좋을 것이라고 일기에 기록했다.(10.12)

10월 30일 금요일

General McCarthy와의 약속대로 10:00 A.M.까지 Korea society로 가다. (중략) 아무런 진척도 없고 그 앞에 USIS에서 빌려온 김일@의 print가 두 장 놓여 있을 뿐이다. 낯익은 얼굴이 office에 있다 하고 보았더니 Van Fleet 장군이다. 20세기-FOX와 연락하여 Korea를 무대로 한 영화를 찍고 싶다는 것. 그 생각만이야 가상이지만 show business와는 천리만리 밖에 사는 이 영감들에게 어느 정도 實踐能力이 있을 것인지 두고 보아야 할 일. '시집가는 날'을 찍으라고 권하고 싶었다. 자기 작품을 자천하는 것도 쑥스러워 가장 무난한 춘향전을 추천하고 나오다. 도무지 이 영감들의 문화 사업이란 어쩐지 서툴기 짝이 없다는 인상. 나올 때 McCarthy 영감이 여름내 나를 찾았다는 소리 -이것은 거짓말일 것이다. 나를 정말 찾았으면 telephone 하나만 가지고도 넉넉히 연락되었을 것이다. 오는 월요일에는 다시 틀림없이 연락하여 만나자는 것이다. 돌아오는 길에 영사관에 들러 국내 신문을 보다. 매우 친절한 관원들. 국내 정세는 別無神通.[30]

맥카시와의 만남에서 오영진은 아무런 성과도 얻지 못한다. 그러나 오영진은 콜롬비아사로 루시의 소개편지를 가지고 찾아가게 된다.

> 11:00 A.M.
> 다음 약속인 711 Fifth Ave.의 Columbia 社로 가다. Production 관계인 Mr.Mamaled를 만나서 Rossi의 편지를 전하다. Study 한 뒤에 다시 연락하겠다는 것. 그의 말에 의하면 Columbia Francais 의 distribution **의 Jaques Berline이나 Production 관계의 Claude Ganz(지금까지 M. Rossi가 Paris에서 contact 한 사람)에게서 아직까지 아무런 연락도 없다는 것이다. Script 자체도 모르고 있다. 英譯 copy 'Au Pays du Matin Calm'을 그에게 두고 12:00 P.M. 退去.[31]

그러나 콜롬비아 사에서도 오영진의 <고요한 아침의 나라에서(Au Pays du Matin Calm)>에 대해 흥미를 느끼지 않는다는 연락을 한다. 대본을 완성한 뒤에 두고 보자는 콜롬비아 사의 이야기를 오영진은 감정 표현 없이 사실만을 기록한다. 그날 저녁 오영진은 오프 브로드웨이로 아내와 연극을 보러간다.(11.17) 오영진은 카네기 홀의 발코니에서 레오나드 번스타인의 지휘로 이루어지는 뉴욕 필하모니의 연주를 듣기도 하며(11.26) 뉴욕에서 행해지는 공연을 거의 매일 관람하거나 출판된 대본을 읽었다.

---

30) 오영진, 1959년 10월 30일 일기.
31) 오영진, 1959년 11월 11일 일기.

4개월에 걸친 오영진의 미국 체류목적은 사실은 이광혁 장로의 성화 저작권 문제를 해결하려는 것이었다. 중국에서 선교사를 했던 에반스(Evans)를 만난 오영진은 백인 기독교인의 태도에 대해 불쾌한 심정을 일기에 길게 토로한다. 그는 뉴욕에서 만났던 택시기사나 호텔보이의 불량스러운 태도에 지칠 대로 지친 상태였기 때문에 에반스의 드러나지 않는 교묘함에 더욱 심란한 감정을 일기에 기록한다. 그러면서도 오영진은 그날의 만남을 일목요연하게 묘사한다.

Evans의 Hobart Road 11번지는 외관만으로도 굉장한 저택이지만 내부 장식은 호화찬란하다. 많은 중국 기명(器皿), 가구. 중국에 오래 있던 선교사인가?… (중략)… 목각의 병풍. Chest 위에 오늘을 위하여, 그리고 아마 오늘만을 위하여서인지도 모르는 이*혁 장로의 사진. 이윽고 나타나는 Evans 유용(悠容)한 몸가짐. 중국의 대인 같은 풍채. 백발백염(白髮白髥), 홍안(紅顏)의 위풍(威風)이나 그 입가에는 숨길 수 없는 약바른 그 무엇이… (중략)… well! 4:00.M,rk 지나서 C.C.C.의 요구를 듣다

1) 지금까지 몇 매 찍어서 몇 매 팔고 나머지가 얼마라는 것은 수요일에 편지로 알려주었다. 그리고 그가 保管하고 있는 聖畵는 마태 600매, 누가 600매, 마가 600매를 월요일에 New York 나의 주소로 보내주겠다. 그 밖에도 창고에 山積되어 있는데 처분되는 대로 보낼 것이다. (중략)

2) 저작권 등록에 관하여

나의 문: 등록은 누구의 이름으로 되어 있는가?

E의 답: 나의 이름으로 등기했다

문: 언제 했는가?

답: 자세히 모르겠다.

문: 자세히가 아니라도 좋다. 어느 해에 했는가?

답: 그것조차 변호사에게 물어봐야 알겠다.

문: 왜 당신 이름으로 했는가?

답: 판권을 법적으로 보호하기 위해서이다.

문: 왜 그 사실을 오늘까지 알리지 않고 있는가? 이*혁 장로는 아직도 저작권이 등록되었다는 것을 모르고 있다.

답: …

문: 등록된 등기를 당장 우리에게 넘겨줄 용의가 있는가?

답: (알아들을 수 없었다. 표 씨의 말로 그 내용을 적으면, print한 그림이 아직 산적해 있으니 그것이 처분되기 전에는 자기 투자에 관계되는 것이니, 당장 할 수 없을 것이라는 의견. 그러나 Evans는 단호히 *름한다.)

E: Copyright에 한해서는 변호사와 의논하여 결정할 성질의 것이다.

(중략)

표의 질문: Original copy는 돌려줄 수 있소?

E: 누가복음(뒤에 와서 요한복음이라고 자신이 정정)은 지금이라도 드릴 수 있소. 저기 이층 벽에 걸려 있소.

나: 요한복음과 마태복음은?

E: 요한복음밖에 아니 받았다.

나: 이 장로의 편지에 의하면 두 개는 1956년에 보냈다고 하는데…

E: 아니 받았다.

나: 알겠다. 다시 알아보겠다.(그러나 속으로는 이 장로가 거짓말을 하겠니? 이 도둑놈아— 나는 아주 양순하고 조용하게 그가 대답하기 힘든 결정적인 말은 우선 피해 주었다.) Chest 위에 있는 이*혁 장로의 사진을 가리키는 Evans. 이 장로의 사진이 마치 죽은 사람의 사진 같이 보인다. 다시 강조하지만 여기에 point는 등기를

1) Evans 이름으로 한 것

2) Original copy(누가와 마태)가 도중에 없어진 것.

또 오늘의 면담을 통해서 Evans가 뇌이고, 뇌이고 또 뇌인 대목.

1) 내가 투자해서 제작한 모든 copy를 C.C.C.에게 기부하겠다.

그러나 이 기부는 Through Mr. Oh, 당신을 통해서 하겠다.

2) 당신이 Akansas의 Magee co.와 계약한다고 하지만 American business man은 절대로 주의하여야 한다. tricky하다. Yankee? You know? (E는 Wels' 출신의 American이란다.)

3) 나는 어디까지나 당신과(Oh) cooperative하겠다.

그리고 Mr. 표에 대하여 상당한 호의를 보이며 당신과 나와 서로 가끔 만나자. 당신의 모든 일 처사에 Mr. Oh보다 능숙해 보인다. Brother이니 무엇이니 함 포옹(Mr. 표를) 하다시피 하는 케케묵은 gesture. 나는 그냥 E가 측은해만 보인다. 문간에서 E에게 두 개의 original copy가 유실되었다는 사실은 'terribly awful'이라고 말하다. E는 Mr. 표와 다시 만나잔다.(부탁하다시피) Dr. Tung의 차로 Boston 향. 때는 벌써 5:30 P.M. 두 시간 동안 이야기한 셈이다. Tung 씨는 차내에서 Evans는 믿을 만한 사람이고 좋은 사업 많이 했고, honest하고, 그냥 그를 추켜세우는 말을 입에 침이 마르도록 반복한다. 나는 "I hope so!, I hope so!"를 크게 반복할 뿐이다.

나의 인상과 결과는 이상과 같다. 나는 이제 C.C.C.의 treasure 를 떠나 한 사람의 reporter가 되어야 할 입장에 선 듯하다.[32]

성화저작권 문제로 에반스와 대화하는 오영진의 태도에서 알다시 피 그는 상대방의 숨은 의도를 추측하면서 그의 감정 상태를 정비 한다. 좀처럼 감정을 드러내지 않는 오영진은 상대방이 궁지에 몰 릴 수 있는 질문은 피해간다. '한 사람의 리포터'가 되어야 할 입장 이라는 오영진의 표현에서도 알 수 있듯이 문제로 인해 스스로의 감정을 격앙시키지는 않는다. 이러한 모습은 일기를 쓰는 그의 관 점을 보여준다. 그에게 일기를 쓰는 행위는 증거를 남기는 기록의 형태로서만 끝나지는 않는다. 그것은 현상을 객관적으로 바라보고 자 하는 일종의 거리두기이다. 오영진은 거리두기로 스스로의 감

---

32) 오영진, 1959년 10월 25일 일기.

정을 보호하지만 그의 무의식까지 보호되지는 않는다.

중국에서 쫓겨난 선교사 Evans는 왜 쫓겨나고 말았는가. Dr.
Tung이 중국인이 일생을 두고 잊지 못할 것이 있다고 했다. (중략)
신의 이름을 빙자한 자가 우리들의 共益을 침해하려고 할 때 우리
는 이것을 보복하지 않을 수 없는 것이다. 아무런 감정도 없는 삭막
한 감정. 넉 잔의 하이보올도 아무런 영향이 없다. 자꾸만 생각하게
되는 Christianity. America의 christianity가 부패한다면 그들은 멸
망할 뿐이다. 선교사가 가는 곳마다 '혹시' 不正을 한다면 그들은
가는 곳마다 追外를 당하고 말 것이다. 12:00 자정. New York 가
는 버스를 타다.33)

10월 26일 일요일
밤새워 Bus는 암흑의 거리를 가다. 가끔 지나치는 잠든 town. 이
상한 환각. 무인의 New York City(Film)가 순간 머리에 떠오르다.
잠을 이루지 못한다. 잘 생각도 않고 그냥 頭緖 없는 생각에 빠진
다. Ugly american. Ugly american! … (중략)… 가난의 ugly는 그
리 두드러지지 않는다. 그러나 rich의 ugly는 이야말로 目不忍見이
다. 결국 Evans가 New York으로 보내겠다는 *品을 인수하지 않기
로 결정하다. 3:20 A.M. 도중의 Dinar(?)에서 coffee를 마시고 다
시 출발하는 버스. 어둠을 뚫고, 아니 어둠 속을? America의
backbone은 Christianity. 그것이 썩어간다면?(중략) 자꾸만 ugly
american의 얼굴이 떠오른다. 사람 좋은 이*혁, 그의 死相이 또 자
꾸만 눈앞에 어린거린다. 이상하게도 말라버린 줄 알았던 눈물이 한
두 방울. 묘혈을 파는 자는 그들 자신이 아닌가? 그렇다면 "You
are burying yourself?" 5:30 A.M. 50th 8th Ave.에서 내리다.
Coffee를 마시고 걷는 것이 반대방향. 아직도 갈피를 못 잡는 New
York의 동서남북.34)

---

33) 오영진, 1959년 10월 25일 일기

일기에 오영진이 어글리 아메리카 (Ugly American)라고 쓴 것은 이 부분에서 처음 있는 일이다. 오영진은 이광혁 장로에게 전화를 걸어 보고하고 서울로 돌아가 "C.C.C.의 committee"에 보고하기로 결정한다. 그럼에도 법적인 힘이 없어서 소송도 벌이지 못하는 것을 안타까워한다. 오영진은 뉴욕에서 변호사 윌리엄 필립(Willian Philip)에게 소송을 협의하고 의뢰하지만 이광혁 장로의 권유로 소송을 포기한다.(11.30)

오영진은 일기에 자신의 행적을 시간단위로 기록하기도 했는데 솔로몬 구겐하임 박물관이나 네모 극장과 영사관을 오가며 적어도 하루에 한 편의 영화나 연극을 관람했다. 도서관에서 북한의 희곡과 소설을 찾아서 읽기도 했고 콜롬비아 대학을 다니는 유학생 하군의 초대를 받아 유학생 모임에 참석하기도 했다. 그러나 오영진과 그의 아내는 <생일없는 소년> 수기를 썼던 고아 출신인 김〇필에 대한 피해의식으로 인해 하군에게 마음을 열지 못했다.(11.9) 이러한 와중에도 오영진은 <시집가는 날>의 뮤지컬 작업을 실행한다. 오영진 일기에서 <시집가는 날>에 대한 작업부분만 정리하면 다음과 같다.

12월 2일 목요일
David Buttoph 10:00 A.M. 내방. 하루 종일 'Wedding Day'에 대하여 토론. 귀국이 또 늦어지는가 보다.

12월 5일 토요일
'Wedding Day'의 musical로서의 adaption. 밤에 Broadway로 해서 Fifth Ave. 장성환과 우리.
12월 7일

---

34) 오영진, 1959년 10월 26일 일기.

留家. Wedding Day'의 adaption.

12월 9일 수요일
'Wedding Day' Act I 脫稿(草)

12월 19일 토요일
Wedding Day'의 synopsis(영어 type *) 30 ao 완결함. Rogers Hammstein 'Sonth Pacific'의 text를 읽으며 오래간만에 relax. 그러고 보니 지난 數 週 동안 일기는커녕 신문조차 변변히 읽지 못했다.

12월 22일 화요일
이*혁 장로에게서 다시 편지가 오다. Evans에게 **하라고 했으니 다시 Magee 회사와 교섭하라는 내용. 1월 11일에 떠나게 되면 불가능이다. 더 있으려면 돈과 visa의 연장이 필요하다. David 오다. Act Two. Scene 2까지 문장을 고치다. 나의 표현은 나 자신만 아는 *法. 가장 알기 쉬운 영어로 고치다. Synopsis는 완성되었으나! 아직 producer는 나오지 않는다.

오영진은 <시집가는 날>을 뮤지컬로 완성해가면서 뉴욕에서의 생활이 주는 피로감을 스스로 극복한다. 뉴욕에서 그는 '유학생의 밤'에 번갈아가면서 초대받으며 영화와 철학에 대해 이야기를 나눈다. 그리고 소련과 미국의 관계, 아시아 국가의 군부독재, 북한 조선문학의 조류를 살피면서 그가 막연히 느꼈던 한반도의 운명을 뉴욕에서 더욱 절실하게 체감하게 된다.

Holy Picture, Musical script. 모두가 미해결이다.
Broadway의 Samüel Dolbeer 옹을 만나다. Mr. Bellows의 先輩라는 이 노인은 과연 U.S.A. mining enterprise의 pioneer인지도

모른다. Korea에 대한 관심도 깊다. 外資 導入과 지하도***을 위하여 선진국의 technical한 원조와 또 필요한 외국의 지원-공동 경영이 필요하다는 뜻을-나의 전문도 아닌 방면이지만- 강조하다.[35]

오영진이 미국에 온 목적이었던 성화저작권 문제와 브로드웨이 진출문제는 모두 이루어지지 않았지만 영화 <시집가는 날>의 뮤지컬화 가능성을 발견하고 실제로 작업을 실행하게 된다. 그리고 이러한 과정에서 미국 뉴욕의 다양한 공연계 인사들과 교류하고 한국과의 문화교류지원에 대해 설명한다. 미국의 거대한 문화자본으로 진입하려는 오영진의 시도는 번번이 좌절되지만 오영진은 브로드웨이와 영화관에서 그가 할 수 있는 이야기의 가능성을 끊임없이 모색했고 그 성과로 <시집가는 날>에서 뮤지컬로서의 가능성을 발견했다.

1959년 마지막 날에 오영진은 "뉴욕의 94번가 극장에서 3시간 45분간 상연되는 De Mille의 <The Ten Commandments> 관람"하고 프랑스 식당에서 그의 외국인 친구 "Connie, Mel과 함께 앉아 각자 1959년의 마지막 일기"를 썼다. 오영진은 그의 일기에 "이제는 어쩌는 수 없이 1960년이로구나! 어쩌는 수 없이! 어쩌는 수 없이! 어쩌는 수 없이 이제는 새로운 decade에 접어들었다"라고 적고 있다. 1960년 1월 11일에 오영진은 미국 뉴욕을 떠나게 되었지만, 그해 4.19 혁명이 일어나면서 그의 삶도 새로운 국면에 접어들게 될 것이라는 사실을 짐작하지는 못했을 것이다.

---

35) 오영진, 1959년 12월 30일 일기

4. 결론

오영진이 1958년 7월 17일에서 1959년 12월 31일 사이에 쓴 일기에는 당시 한국영화계의 실상뿐만 아니라 국방부의 정훈국을 중심으로 하는 군 문화와 미국 뉴욕을 중심으로 하는 영사관과 유학생의 생활상, 브로드웨이의 극장과 영화사, 미국 선교사와 한국기독교와의 종교 사업에서 빚어지는 이권다툼 등에 대한 실상이 상세하게 기록되어 있다. 이런 다양한 사실관계의 기록은 오영진의 활동영역이 한 분야에 국한 된 것이 아님을 보여 준다. 오영진의 일기에는 한국 영화계와 문화현실 분야의 사실관계 여부를 해명하거나 보완하게 하는 주요한 사건들이 기록되어 있었다.

영화계에 만연한 외화 표절 문제를 제기했던 오영진은 역으로 표절논란의 중심에 서게 되었다. 그러나 이를 계기로 외화와 한국영화의 영향관계에 대한 논의가 진행되었는데, 표절의 근거에 대한 상세한 자료부족과 표절의 범위를 어디까지 잡아야 하는지도 논란의 여지가 있었다. 그럼에도 불구하고 한국영화계에서 오리지널 시나리오 작가로서 오영진은 시나리오를 문학의 한 영역으로 인식하게 만드는 데에 크게 기여했다. 이와 같이 1958년에서 1959년 사이에 오영진은 한국영화계와 문화정치의 중심에서 활동했던 셈인데 그의 활동을 두 시기로 나누어서 정리하면 다음과 같다.

1958년 일기에는 아시아재단과 국방부 정훈국 자문위원 활동을 통해 국제적 네트워크와 군용영화 제작의 기반을 조성했던 오영진의 활동이 구체적으로 기록되어 있다. 일기에는 아시아 재단에 보내는 편지 초안이 기록되어 있는데 오영진은 이 편지에서 "아시아 영화제에 상영되는 작품은 그것을 상영하는 지역의 토어로 더빙"되어야 하며 "영화예술과 기술의 발전 향상과 공동 연구를 위한 특종의 institute의 설치"를 제안하고 있다. 또한 일기에는 군부대 시찰 경험과 민간영화기획사와 국방부의 만남을 주선하며 군용영화제작 환경의 초석을 마련하는 과정도 기록되어 있다.

1959년 오영진의 일기에는 <십대의 反抗>과 <인생차압>의 표절 시비와 이에 대한 법적 대응과정, 영화 <독립협회와 청년 이승만> 의 시나리오를 빼앗긴 것에 대한 울분이 기록되어 있다. 오영진에 게 1959년은 영화계에서 그의 피해의식이 가중되는 시기였으나 영 화계의 젊은 비평가인 이영일, 호현찬과 함께 새로운 영화운동 모 색에 동참하는 시기이기도 했다. 또한 오영진은 미국 뉴욕에서 영 화교류를 위해 군인출신 맥카시를 만나거나 영화 <시집가는 날> 판매를 위해 콜롬비아사 등 영화 관계자들과의 만남을 시도하기도 했다. 브로드웨이에서의 상연을 위해 <시집가는 날>의 뮤지컬 각색 을 시작하게 되는 계기와 성화저작권 문제해결과정에서 미국인 선 교사에 대한 실망감을 일기에서 살펴볼 수 있었다.

오영진은 뉴욕에 체류하는 동안 미국의 국제정세에 관한 뉴스를 일기에 정리하면서 한반도의 입장이 어떤 위치에 있는지 분석하거 나 브로드웨이에서 본 공연의 배우와 영화감독이 전 작품에서 어떻 게 나아졌는지도 기록했다. 그는 매일 공연을 보거나 대본을 읽었 으며 영어로 자신의 영화 시놉시스를 작성하여 콜롬비아 영화사에 직접 제출하는 등 미국에서의 진출을 시도했다. 비록 오영진의 이 러한 노력은 실패했지만 뉴욕에서 오영진은 뮤지컬이라는 장르를 발견하고 <시집가는 날>을 뮤지컬로 각색하게 된다.

오영진은 일기를 "인생을 위한 증빙서류(證憑書類)"36)로 여기며 그가 더 이상 관여할 수 없는 문제를 논의할 때는 '한 사람의 reporter'의 입장을 취했다. 오영진은 공적인 행사의 진행과정을 일

---

36) 오영진, 1959년 1월 1일 일기.

기에 기록했으며 이러한 기록을 바탕으로 당대 현실이념에 맞게 작성하여 일간신문이나 잡지에 발표했다. 일기에 쓴 공적 기록 사이로 오영진의 사적 감정이 분절된 상태로 기록되었으나 이 시기에 오영진은 자신의 내면을 깊게 서술하지는 않았다. 다만 그는 자신의 작품에 고뇌가 들어있지 않다고 썼는데 그 이유가 자신을 둘러싼 주변 환경이 너무 복잡했기 때문이라고 평가한다. 이러한 거리두기를 통해 외부의 문화를 전유하는 새로운 방법론을 모색하지만 결국 실패하게 되고 오영진 자신에게로 돌아오는 분기점이 오영진의 일기에서는 1958년에서 1959년까지다. 후속연구로 이 시기의 전과 후에 기술된 오영진의 일기연구가 보강된다면 한국영화연극계의 문화정치 현실을 바라보는 폭넓은 시각을 열어줄 것으로 기대된다.

[참고문헌]

1. 기본자료
오영진, 일기자료 (1958년 7월 17일~1959년 12월 31일)
이근삼, 서연호 편, 『오영진 전집』 1-5, 범한서적주식회사, 1989.

2. 단행본
고부응, 『초민족 시대의 민족정체성』, 문학과 지성사, 2002,
김윤미, 『드라마와 민족표상』, 연극과 인간, 2013.
_____, 『드라마, 내셔널 서사, 문화콘텐츠』, 일송, 2013.
김 화, 『이야기한국영화사』, 하서, 2001.
백현미, 『한국 희곡의 지평』, 연극과 인간, 2003.
_____, 『한국 연극사와 전통 담론』, 연극과 인간, 2009.
유민영, 『한국 현대 희곡사』, 기린원, 1988.
이영재, 『제국 일본의 조선 영화』, 현실문화, 2008.
한옥근, 『오영진 연구』, 시인사, 1993.
한국영상자료원, 『신문기사로 본 한국영화(1958-1961) 상』, 공간과 사람들, 2008.
위르겐 슐룸봄 편, 박승종 외 옮김, 『미시사와 거시사』, 궁리, 2001.

3. 논문
권오만, 「오영진의 3부작에 대하여」, 『국어교육』, 18-20 합병호, 1972.
권두현, 「해방 이후 오영진 작품에 나타난 정치적 무의식」, 『상허학보』 27집, 상허
　　　학회, 2009.
김옥란, 「오영진과 반공.아시아. 미국; 이승만 전기극 <청년>, <풍운>을 중심으
　　　로」, 『한국어문학연구』 59집, 한국어문학연구학회, 2012.
김윤미, 「제국과 로컬, 오영진의 조선영화론」, 『드라마, 내셔널 서사, 문화콘텐
　　　츠』, 일송, 2013.
_____, 「오영진 드라마에 나타난 민족 표상연구 - 오영진의 영화론, 시나리오, 희
　　　곡을 중심으로」, 연세대학교 박사논문, 2011.
_____, 「오영진의 1940년대 초기 시나리오에 나타난 '민속'의 의미」, 『현대문학

　　　　연구』39집, 한국문학연구학회, 2010.

_____, 「영화 <사랑과 맹서>와 오영진의 취재기 <젊은 용의 고향> 비교연구」, 『현
　　　　대문학연』41집, 한국문학연구학회, 2010.

서연호, 「오영진의 작품 세계」, 『한국연극론』, 대광문화사, 1976.

이미원, 「오영진 작품 세계와 민족주의」, 『한국연극학』14호, 한국연극학회, 2000.

이상우, 「월경하는 식민지 극장: 다이글로시아와 리터러시」, 『한국문학이론과 비
　　　　평』57집, 한국문학이론과비평학회, 2012.

_____, 「오영진의 글쓰기와 민족주의: <진상>과 <한네의 승천>의 관계」, 『한국극
　　　　예술연구』35집, 한국극예술학회, 2012,

이주영, 「오영진의 역사극 연구」, 『어문논집』제65집, 민족어문학회, 2012.

이효인, 「윤봉춘 일기 연구─ 1935-1937년 윤봉춘 일기를 통한 조선영화계의 분석」,
　　　　『영화연구』55, 한국영화학회, 2013.

최승연, 「오영진의 <맹진사댁 경사>개작 양상 연구」, 『한국극예술연구』, 2005.

최은옥, 「<시집가는 날>의 현실인식 재고」, 『한국극예술연구』12집, 한국극예술학
　　　　회, 2000.

양승국, 「전통과 정치에 대한 관심, 그 두 축의 아이러니」, 『문학사상』7월호, 통
　　　　권 201호, 문학사상사, 1989.

제4장. 해방과 분단, 오영진의 한국영화론
-1947~1953년 오영진의 일기를 중심으로

Ⅰ. 서론

이 연구는 1945년에서 1953년까지 발표되었던 오영진(1916-1974)의 영화론과 에세이를 중심으로 새롭게 발굴된 이 시기의 일기(1947-1953)를 분석하는 것이다. 이를 통해 식민지 지식인이 해방 후 새롭게 재편되는 탈 식민 상황에서 어떻게 새로운 지배체제의 이데올로기를 수용하게 되는지 그 '정치적 무의식'을 따라가는 것이기도 하다.

'정치적 무의식'은 프레드릭 제임슨에 의하면 문화내적 논리보다는 그 문화가 포함되고, 또한 그 문화를 낳는 생산 양식의 총체적 작용을 중시한 것에서 그 기능과 필요성이 나타난다. 왜냐하면 '정치적'이란 개인적이고 심리적인 차원이 아닌 계급적. 집단적. 역사적 차원을 말하는 것이고, '무의식'이란 레비스트로스의 '야생적 사고'처럼 모순적인 현실과 역사를 '살아내기' 위한 무의식적이고도 필사적인 반응이기 때문이다.1) 그러므로 급변하는 역사적 상황에서 "역사와 실재에 대한 접근은 반드시 선행하는 텍스트화, 정치적 무의식 속에서의 서사화"를 거치게 된다.2) 이는 예술과 문화의 상징적 힘 안에서 정치적 무의식의 기능이 어떤 역할을 하는지 살펴볼 수 있게 한다.

오영진은 해방 전 조선영화계에서 영화평론가이자 시나리오 작가로 활발하게 활동했던 인물이다. 해방 후에는 소련군정 하의 북한 영화계를 경험했고, 1947년 월남 후에는 남한 영화계에서 중추적인 역할을 했다. 그는 자신이 당면한 시대적 상황에 대해 에세이나 영

---

1) 프레드릭 제임스 저, 이경덕·서강목 옮김, 『정치적 무의식-사회적으로 상징적인 행위로서의 서사』, 민음사, 2015, 397쪽.
2) 프레드릭 제임스 저, 위의 책, 41쪽.

화평론으로 제언했고, '시대의 리포터'처럼 일기로 그 상황을 기록했다. 특히 1945년에서 1953년까지 한국에서는 해방과 전쟁, 분단이 일어났던 격변의 시기였다. 이 시기에 발표된 44편의 영화평론과 에세이, 일기를 분석하는 것은 해방과 분단 시기로 이어지는 한국영화와 문화예술정치계의 사실관계와 저변을 살펴보는데 있어 중요한 계기가 될 것이다. 이는 미시사적인 방법으로 "마치 현미경으로 들여다보듯이 세밀하게 관찰하되, 그 연구대상의 범위를 넓게 잡는 것"으로 "이전의 역사연구에서도 주목되지 못했던 과거의 본질적인 여러 현상의 가시화"[3]를 통해 규명될 것이다.

영화평론가 이영일은 해방과 분단이 한국영화사상 가장 큰 사건임에도 불구하고 이 시기 영화에 대한 논쟁이 충분히 이루어지지 않았다고 했다.[4] 이런 점에서 해방과 전쟁 사이 한국영화계의 현실에 대한 최근 연구를 주목할 필요가 있다.[5] 1950년대 영화비평담론을 중심으로 한국의 민족영화가 구성되어 가는 방식은 식민/탈식민이라는 하나의 축과 동서냉전의 세계구도 안에서 받아들여지고 참조된 당대의 외국영화라는 또 다른 축을 교차시키면서 남한에서 민족영화가 구성되어 가는 방식의 필연적인 모순을 보여준다.[6] 이는 미국이 제시한 자본주의 세계를 수용하면서도 지역적 삶의 고유성과 보편성을 드러낸 네오리얼리즘을 경유하며 민족영화의 지향점을 구성해 가는 과정이 한국문화예술인의 미국화에서 비롯되었다고 보는 것이다.

아메리카 영화가 미국의 점령지에 대한 문화 정책의 일환으로 중

---

3) 위르겐 슐룸봄 편, 백승종 외 옮김, 『미시사와 거시사』, 2001, 32쪽.
4) 한국예술연구소 편, 『이영일의 한국 영화사 강의록』, 소도, 2002, 60쪽.
5) 한상언 외, 『해방과 전쟁 사이의 한국영화』, 박이정, 2017.
6) 이순진, 「한국영화의 세계성과 지역성, 또는 민족영화의 좌표-1950년대 영화 비평담론을 중심으로」, 『동악어문학회』 59, 2012, 95-135 쪽 참조.

앙영화배급소를 통해 조선의 영화시장을 독점했던 것도 해방기 '아메리카 영화론'에 대한 담론을 형성시키는 계기가 되었다. 해방 직후 '아메리카 영화'를 둘러싼 다양한 담론을 중심으로 '아메리카 영화'를 통해 구현된 조선영화의 활로 모색이 생산적인 탈식민의 기획으로 이어지지 못했고 이는 '아메리카'를 넘어서지 못하고 승인하거나 외면한 채 전개되는 양상을 보인다는 것이다.7)

그런데 영화라는 매체가 가진 양가성을 전제로 한다면 탈식민의 세밀한 실체가 드러날 것으로 보인다. '영화'라는 매체를 사용한다는 건 제국주의의 권력이 작동하는 자장 안에서 생존하는 것을 의미한다. 영화라는 매체 자체가 제국주의의 산물이기 때문이다. 그러므로 영화에서 제국주의에 대한 저항은 필연적으로 '자기민족지(auto-ethnography)'8)를 기술하는 형태로 나타난다. 오영진이 해방 전 일본어로 쓴 시나리오 <맹진사댁 경사>, <배뱅이굿>에서 민속의례와 굿을 극 구조로 사용한 것은 '조선'이라는 '민족'을 시각화하려는 행위였다.9) 자기 민족지를 기술하려는 욕망은 타자의 관점에서 자기를 바라보고 싶다는 전이적인 욕망이며, 이 욕망은 외국의 시선에 비추어진 자민족에 대한 오해나 인식을 자각하게 만든다.

오영진은 해방 전에도 조선이 오랫동안 영화적으로는 실질적인 식민지이며 소비시장에 지나지 않았음을 지적했다.10) '조선민중들에게 조선인으로서 자신을 돌아볼 수 있는 기회를 제공하고자 했던

---

7) 한영현, 「해방기 '아메리카 영화론'과 탈식민 문화 기획」, 『대중서사학회』 19, 2013, 681-617쪽 참조.

8) 메리 루이스 프랫이 사용한 용어로서 '자기민족지'는 식민화된 주체가 자기를 표상하는 일에 착수하지만, 식민지배가 쓰는 말의 용법과 관계를 맺을 수밖에 없으며, 그 점이 피식민자 집단에 의한 식민지 본국의 문자문화로의 진입을 보증한다. (레이 초우 지음, 정재서 옮김, 『원시적 열정』, 이산, 2004, 67쪽)

9) 김윤미, 『드라마와 민족표상』, 연극과 인간, 2013, 90쪽.

10) 오영진, 「영화와 조선대중」, 『오영진전집』 4, 범한서적, 1989, 241쪽.

그가 선택한 '전통' 소재와 '영화' 장르가 가지는 양면성'으로 인해 그에 대한 해석은 다층적으로 이루어질 수밖에 없다.

그동안 오영진에 대한 연구는 민속의례를 극 형식으로 차용한 희곡연구가 지배적이었다.11) 시나리오와 영화평론 등 오영진의 저술 전반을 살펴보는 연구가 진행되면서 영화인 오영진에 대한 연구가 90년대에 이르러 시작되었다.12) 아울러 해방 이후 오영진의 희곡 <살아 있는 이중생 각하>에 나타난 정치적 무의식이 '청년'으로 현시되며 이는 미국에 대한 경계에서 출발하여 미국을 내면화하는 것으로 굴절 변형되는 과정이라고 분석한 논의13)와 해방 후 오영진의 좌표와 음악극 <시집가는 날>의 실험이 미국과의 자기 동일시에서 실험된 것이었다는 논의14)가 진행되었다. 해방 후 오영진의 작품에서 미국은 작품 내적 외적으로 중요한 영향을 미쳤다. 해방 전 일본과의 관계 속에서 오영진이 쓴 시나리오와 영화 활동이 궁극적으로 '민족'이라는 정체성을 표상했듯이, 해방 후 새롭게 대두된 탈 식민 상황에서 오영진은 미국과의 관계 속에서 새로운 정체성을 형성해나갔다.15)

오영진이 탈식민의 상황에서 새로운 제국의 문화를 어떻게 받아들였는지 오영진의 다양한 작품을 대상으로 하는 연구가 진행되었는데 이는 한국문화저변을 탐색하는 과정에서 중요하게 대두되었다. 오영진의 영화담론에 대한 본격적인 연구는 식민지 시기 오영

---

11) 한국극예술학회 편, 『오영진』, 연극과 인간, 2010.

12) 한옥근, 『오영진연구』, 시인사, 1993.

13) 권두현, 「해방 이후 오영진의 작품에 나타난 정치적 무의식」, 『상허학보』 27, 상허학회, 2009.

14) 최승현, 「해방 후 오영진의 좌표와 음악극 실험」, 『한국극예술연구』 51, 한국극예술학회, 2016.

15) 김윤미, 『오영진 극문학에 나타난 '민족' 표상 연구』, 연세대학교 국어국문학과 박사학위 논문, 2010.

진의 '조선영화론'이 '대동아공영권'이라는 일본의 조선영화정책과 밀접한 연관에서 비롯되었다16)는 문제제기에서부터 해방 후 아메리카 담론이나 반공영화 담론에서 오영진의 활동과 글은 필히 언급되었다.17) 특히 문화예술인의 미국화 과정에서 오영진은 안철영에 이어 아메리카 담론을 불러일으켰던 인물이다.

아메리카 영화론과 미국영화계를 시찰한 영화인들의 글에서 탈식민의 문화기획을 분석한 연구는 해방기 영화인으로 안철영을 중요하게 언급한다. 해방 후 미군정의 후원으로 아메리카 영화계를 탐방했던 안철영은 1947년 9월부터 과도정부와 미군정하에서 예술과장 직책을 맡았던 인물이다.

안철영은 미국영화계를 6개월 동안 시찰한 기록을 『성림기행』으로 출판했고 이 책에 실린 하와이 여행만을 기록영화로 담은 <무궁화동산>을 발표했는데 이는 당시 조선영화인의 위치를 소구하는데 중요한 자료였던 셈이다.18) 오영진은 안철영의 기행문이 "미주에서도 특수지역인 할리우드의 각 촬영소의 문물제도" 뿐만 아니라 "스크린을 통해서만 알았던 대 스타를 우리 신변에 가까이 끌어다 주었다"고 소개한다.19) 오영진은 실제로 안철영의 <무궁화동산>을 관람했고, 1953년 미국 국무성의 지원으로 안철영의 미국기행코스였던 하와이를 거쳐 보스턴과 뉴욕을 탐방했다. 해방과 분단 사이 안철영을 기점으로 문화예술인의 미국시찰이 한국영화계의 방향 설

---

16) 김윤미, 「제국과 로컬, 오영진의 조선영화론」, 『드라마, 내셔널 서사, 문화콘텐츠』, 월송, 2013. : 이영재, 『제국 일본의 조선 영화』, 현실문화, 2008.

17) 장세진, 『상상된 아메리카-1945년 8월 이후 한국의 네이션 서사는 어떻게 만들어졌는가』, 푸른역사, 2012. ; 정영권, 『적대자와 동원의 문화정치- 한국 반공영화의 제도화 1949~1968』, 소명출판, 2015.

18) 안철영은 안창호의 아들로 1947년에서 1948년까지 미 국무성의 지원으로 하와이를 거쳐 할리우드를 탐방했는데 1950년에 납북되었다.

19) 심혜경, 「안철영의 『성림기행』에서의 할리우드 그리고 조선영화」, 『조선영화와 헐리우드』, 소명출판, 2014, 362쪽.

정에 중대한 영향을 미쳤다고 할 수 있다.

오영진은 하와이와 하버드 대학, 뉴욕의 브로드웨이 등 미국의 연극영화교육문화시설을 시찰하고 돌아온 후 왕성하게 아메리카에 대한 글을 발표했다. 이 당시 오영진의 활동을 다시금 중요하게 살펴볼 의의가 있는데 해방 후 문화예술인의 미국화에 대한 논의에서 오영진의 활동에 대해 지금까지 상세하게 논의된 적이 없기 때문이다. 오영진의 아메리카 기행문과 에세이, 일기를 살펴보는 것도 안철영을 기점으로 시작되었던 문화예술인의 미국화 과정에서 어떤 패턴이 드러나기 때문이다. 이영일은 "1948- 49년 무렵에 월남한 이들의 입을 통해 북한의 상황이 전해졌고 이를 토대로 반공영화가 등장했다"고 했듯이 반공영화 연구에서도 오영진의 활동은 주목된다.

이 외에도 최근에 행해진 오영진 일기 연구는 1958년에서 1959년까지 기록된 일기만을 대상으로 고찰하고 있다.20) 비록 짧은 기간이지만 한국영화의 중흥기에 속하는 이 시기 오영진의 활동은 한국영화연극뿐만 아니라 사회문화정치에도 새로운 시각을 제시한 것으로 여겨진다.21) 한국 최초의 뮤지컬 <시집가는 날>을 오영진이 시도한 것은 미국인 친구 브루노의 조언에서 비롯되었다는 것도 오영진 일기를 통해 규명되었다.22) 그러나 해방과 전쟁, 분단으로 이

---

20) 오영진 일기연구에서 오영진이 아시아영화인의 연대를 제의하고 정훈국자문위원으로 군용영화제작기반을 조성한 것, 영화 <십대의 反抗>, <인생차압>의 표절시비에 대한 자신의 입장표명, <시집가는 날>의 브로드웨이 진출시도와 성화저작권문제에 개입한 활동 등 한국영화계의 문화현실에 대한 상세한 연구가 진행되었다.(김윤미, 「오영진 일기 연구-1958~1959년 오영진 일기를 통한 한국영화계의 문화현실 소고」, 『한국극예술연구』 제51집, 2016.)

21) 김윤미, 위의 논문, 130-164 참조.

22) 김윤미, 「오영진 일기 연구-1958~1959년 오영진 일기를 통한 한국영화계의 문화현실 소고」, 『한국극예술연구』 제51집, 2016. 153쪽.
   최승연, 「해방 후 오영진의 좌표와 음악극 실험」, 『한국극예술연구』 51, 한국극예

어지는 중요한 시기에 기록된 오영진의 일기는 연구되어지지 않았다. 그래서 본고는 1947년 12월 20일부터 1953년 12월 31일까지 기록된 오영진의 일기를 대상으로 연구를 진행하고자 한다. 그 이유는 이 시기가 해방 후 전쟁과 분단으로 이어지는 과도기로 오영진의 미국화과정에서 일어나는 인식의 변화를 살펴볼 수 있기 때문이다.

오영진은 월남하던 해인 1947년부터 1974년, 이대 정신병동에서 사망하기 전까지 일기를 썼다. 그는 필기체인 영어와 일본어 한자, 한글을 병용하여 일기를 썼는데 오영진이 사용한 한자는 약자로 지금은 거의 쓰지 않는 글자가 대부분이어서 해독이 불가능하다. 그래서 이 부분은 '○'으로 표시하고 타이핑하여 본문에 인용하고자 한다. 오영진은 영어를 한글로 번역하지 않고 그대로 일기에 사용했다. 한자와 한글, 간간이 섞인 일본식 약자는 일상을 표현하는데 쓰지만 공식적인 일상을 표현할 때 한글이나 한자 사이에 영어를 섞어서 사용했다.

오영진의 일기는 월남 후인 1947년 12월 20일부터 시작된다. 그의 일기는 이틀에 한 번 꼴로 상세하게 기술되다가 갑자기 뚝 끊어지고 다시 세밀하게 기록되는 일기로 이어진다. '복종이라는 법적 의무를 내면의 법으로 세우는 과정이 일기 쓰기'라면 오영진에게 일기 쓰기는 '자기 지배의 테크놀로지'[23]로 기능하는 것인지도 모른다. 새로운 이데올로기를 주입시키듯이 새로운 언어를 기술하면서 그는 해방에서 전쟁, 분단으로 이어지는 나날을 기록했다.

그는 쓸 수 있는 것과 쓸 수 없는 것을 구별한 것처럼 보였다. 그의 일기가 어느 시점에서 뚝 끊긴다는 점에서 그렇다. 쓸 수 있

술학회, 2016, 121-122쪽.

23) 황호덕, 「피와 문체, 종이 위의 전쟁-중일전쟁에서 한국전쟁까지, 덧쓰여진 일기장을 더듬어-」, 『동악어문학』 54, 2010, 139쪽 참조.

는 것과 쓸 수 없는 것을 분절하는 과정 속에서 진짜 내면화가 이루어진다면 그의 일기에서 일상이 기술되는 방식에 주목할 필요가 있을 것이다. 왜냐하면 그의 일기에는 분절된 시간의 공백이 듬성 듬성 존재하기 때문이다.

　오영진에 대한 연구는 분절된 이 시기 논의에서 문화정치의 방향이 타자에 의해 어떻게 정립되는지 살펴볼 수 있는 계기가 될 것이다. 더구나 오영진의 일기가 발굴됨으로써 해방과 전쟁, 분단을 거치며 한국연극영화계와 문화정치현실의 사실관계를 규명할 수 있을 것으로 여겨진다. 오영진의 일기를 분석하는 것은 거대서사로는 걸려 지지 않는 개인의 일상이 새로운 이데올로기를 받아들이는 과정을 드러낼 수 있기 때문이다.

2. 해방기(1945- 1949), 건국플랜으로서의 조선영화

　해방기(1945-1949)에 오영진이 기록한 것은 크게 세 부분으로 나눌 수 있다. 첫째, 오영진이 북한에서 해방을 맞이했던 1945년 8월 15일에서 1947년 월남하기 전까지의 기록이다. "하나의 증언"이라는 부제가 붙은 『소군정하의 북한』이 그것이다. 북한에서의 실상을 증언한 형식의 글로 일종의 수기라고 할 수 있다. 둘째, 오영진이 월남 후 기록한 일기로 1947년 12월 20일부터 1948년 7월 10일까지의 기록이다. 이 시기 오영진은 북에서 남파된 괴한에게 급소를 피해서 3발의 총탄을 맞는다. 이 사건으로 오영진은 남한과 미국에서 북한을 증언하는 증인으로 중요한 역할을 하게 된다. 셋째, 1949년 1월 6일부터 12월 31일까지의 일기다. 오영진은 거의 매일 일기를 썼는데 미군정하 영화인으로 문화정치계에 참여하는 과정과 전쟁 직전 긴장된 서울 거리와 풍경을 기록했다.

오영진이 증언이나 일기로 자신의 삶을 기록한 것은 결국 1947년 11월 7일 남하한 이후부터이다. 그러므로 오영진의 해방기 일기는 1947년 12월 20일부터 시작하여 1949년 12월 31일까지 기록된 것으로 볼 수 있다. 1947년 11월 7일에 월남한 오영진은 다음해 북한의 공작원에게 총상을 입게 되는데, 이 사건은 그가 반공주의자로 적극적으로 변화하게 되는 계기가 되었다.

일제 식민지 말기에 영화를 통해 조선인의 정체성을 구성하려고 했던 오영진은 해방 후 반공과 미국화를 통해 영화를 새로운 국가 재건의 플랜으로 인식했다. 그러면서도 오영진은 영화를 하나의 국가사업으로 여긴다. 그는 영화평론을 통해 북한과 남한의 영화계를 비교하면서 소련과 미국영화 등 외화의 공세가 한국 영화의 부진이라는 점, 양분된 남조선과 북조선의 영화관 수로 인해 부족한 영화관과 자본의 불안정, 영화인의 지도 이념 상실로 인한 사상적 혼란을 극복해야 한다며 영화에 대한 국가의 지원정책을 요구했다.24) 이 시기 오영진의 일기에는 미국을 대상으로 하는 새로운 문화 사업으로 박물관에 대한 언급이 드러난다.

이 외에도 남한에서 조선민주당을 창당했던 오영진이 1948년 7월에 남파된 공작원의 총탄으로 영화 <마음의 고향> 연출과 <조선영화론 3부>를 중단하게 되는 것과 다음해에 <살아있는 이중생 각하>를 공연하고 연극학회를 조직하는 등 유치진, 이해랑과 교류하며 연극으로 활동영역을 넓혀가는 과정이 기술되어 있다. 또한 일기에는 그가 '재평양회' 친목회를 발기하면서 남북출신 가르지 않고 회원을 엄선하며, 교회를 기반으로 활동영역을 넓혀가는 것도 기술

---

24) 오영진, 「영화의 당면과제-朝鮮映畵論. 第2章」, 『평화일보』, 1948.

되어 있다.

영어에 능통했던 오영진은 미군정의 통역을 거부하고, 대신 영화 평론가로서 자신의 능력을 소개하면서 미군정하 정훈감으로 촉탁되는 계기를 마련하기도 했다. 그러나 순조롭게 남한사회로 편입된 듯 보이는 오영진의 일기 속에는 분절된 시간의 공백들이 포진되어 있다. 기록된 날과 기록되지 못한, 혹은 기록하지 않은, 어쩌면 기록되었으나 누군가에 의해 잘라내어졌을 일기의 공백들 사이로 징검다리처럼 기록된 짧은 단서들을 연결하며 그 공백의 시간들을 유추하고자 한다.

1) 오영진의 증언과 조선영화론

"나는 완전한 精神分離症에 걸린 것 같다. T군과 같이 두 손을 들어 조선 독립 만세를 부를 수도 없었다. 사랑에서 안방으로 안방에서 사랑으로 의미 없이 들락날락하며 혼자 속으로 중얼거리는 것이다. 기쁜 날이 왔다 기쁜 날이. 너도 나도 다 같이 기뻐해야 한다. 만나는 사람마다 붓잡고 악수하자. 나는 히죽이죽 웃었고 만나는 사람마다 끌어안다시피 악수했다. 그러나 어쩐지 허전하고 큰 구멍이 뚫린 듯한 구석이 터엉 비었다. 日本은 인제 완전히 破産이다. 그러면 破産한 것은 日本뿐이냐?" 이 일기는 오해를 사기 쉬울 듯하다. 나 역시 기쁘지 않을 리 없다. 그러나 방송을 듣고 난 후 불안이 더 컸다. 무서움이 기쁨을 이겼다. 십오일 이전에 품었던 그런 자기 보존에 대한 불안이 아니고-막연한 공포에 사로잡혔던 것이다. 크나큰 기쁨과 공포가 동시에 이를 때 나는 결국 일기에 솔직히 고백한 바와 같이 무기력한 自己分裂에 빠질 수밖에 없었던 것이다. 자기 분열을 이렇게도 분석해 본다. (중략) 나 자신도 모르게 일본적인 독소가 30년 동안에 이미 전신 전체를 浸蝕한 것이 아닐까?"[25]

---

25) 오영진, 『蘇軍政下의 北韓- 하나의 證言』, 중앙문화사, 1952, 15쪽

이 글은 오영진이 월남해서 쓴 수기 『蘇軍政下의 北韓- 하나의 證言』중의 일부이다. 그는 북한에서 해방을 맞이했고 그날의 일기를 수기에 인용한 것이다. "이 일기는 오해를 사기 쉬울 듯하다"고 표현했듯이 그는 자신의 일기가 다른 사람들에게 오해를 불러일으킬 수 있다는 것을 자각한다. 이는 그가 일기를 스스로 검열하고 있다는 것을 의미하지만 일기 쓰기가 그에게는 일상이었음을 증명하기도 한다. 서문에서도 밝혔듯이 오영진은 이북에서 보낸 2년 동안 비밀리에 쓴 일기와 메모를 기초로 이 수기를 작성했다. 그는 수기의 내용을 '솔직하게 기록한 한 작가의 개인적 견문'이며 자신의 예술론과도 일치 한다고 밝히고 있다.26)

그런데 1947년 12월 26일 오영진의 일기에는 "「以北記」를 쓰기 시작했다"고 기록되어 있다. 「以北記」가 『蘇軍政下의 北韓』과 같은 책인지는 단정 짓기 어렵다. 그는 해방 후 2년 동안 그가 보고 느낀 감정을 솔직하게 기록한 수기 『蘇軍政下의 北韓』에 "하나의 증언"이라는 부제를 달아 1952년 그가 설립한 반공서적 출판사인 중앙문화사에서 출판했다. 해방되던 해로부터 7여 년이 지난 시기인 남북전쟁 중에 오영진은 피난지인 부산에서 수기를 출판한 것이다. 그는 왜 북한에서의 생활을 생생하게 전달해야만 했던 것일까.

오영진은 해방되는 날로부터 월남하기 전까지 북한에서의 생활을 기록하고 증언해야 하는 현실적인 필요성을 느꼈던 것으로 보인다. 역사적인 순간을 돌아보고 기록하는 시점과 그 기록을 현실에 발표하는 시점 사이에 일정한 거리가 있을 것이다. 오영진이 자신의 '예술론과도 합치'한다고 말한 이 증언집에는 해방을 맞이한 8월 15일 평양에서 신사가 불타는 장면을 묘사하는 부분에서 시작되어 북한 영화계와 소련영화인 소좌와의 교류와 단절에 대한 기록으로 끝맺

---

26) 오영진, 『蘇軍政下의 北韓- 하나의 證言』, 중앙문화사, 1952, 6쪽.

는다.

　오영진은 일본어와 영어에 능통했으며, 러시아어도 조금 할 줄 알았다. 특히 뛰어난 영어실력으로 그는 소련, 미국의 영화관계자와 교류할 수 있었다. 이 증언집에서 주목해야 하는 부분은 북한영화계에서 오영진의 입장과 역할이다. 해방 후 북한에서 소련 중위와 소련의 고려인 작가로부터 오영진은 일제식민지 시기에 왜 일어로밖에는 작품을 쓰지 못하게 되었는지 그 경위를 조사받았다. 일어작품 외에는 작가의 창작활동이 불가능한 전쟁 말기의 상황과 일본경찰의 추적 등을 설명하며 일본어로 2, 3편의 시나리오를 발표한 자신의 경험에 대해 자기변명을 하는 것 같아 스스로 불쾌함을 느꼈다고 오영진은 기술한다. 그러면서도 한편으로는 북한에 대한 소련의 영화지원을 기대하지만 역사적인 영웅들을 작품화하라는 소련 중위의 제의를 받고 오영진은 실망하기도 한다. 월북한 영화계 조수들과 극장지배인으로부터 영화위원회를 조직하자는 제의를 받던 오영진은 그 과정에서 소련군영화인을 만났던 것이다.

　본고는 이 과정에서 오영진의 역할에 주목하였다. 북한영화계에 대해 알지 못하는 소련군 영화관계자는 오영진으로부터 북한영화계의 사정을 전달받게 되었다. <소련의 하루>라는 기록영화로 스탈린상을 받은 '리트낀 소좌'는 오영진에게 북한의 영화계에 대한 지원보고서를 써 주기를 요청하고 오영진은 '이쁘도흐낀'과 '또브젱꼬' 두 감독에게 편지를 썼고 그에 대한 답장은 9개월 후인 1946년 여름에 받았다고 수기에 쓰고 있다. 오영진은 그 편지를 '빨라사노프'의 통역관인 남씨에게 번역을 부탁했으나 어찌된 일인지 편지는 물론 번역문도 돌려받지 못했다고 기술하고 있다.[27] 오영진은 해방 직후 북한에서 소련영화인과 교류했고 북한영화에 대한 소련의 지

---

27) 오영진, 위의 책, 135-145쪽.

원을 전달했다. 이것은 북한영화인에 대한 소련의 적극적인 지원정책과 어느 정도 관련 있는 것으로 여겨진다.

오영진이 소련군 관계자와 교류할 수 있었던 배경은 그의 부친 오윤선 장로와 조만식 선생이 조선민주당 창당에 구심적 역할을 한 정치인이었기 때문이다. 해방기는 정치의 대중화를 가져왔다고 할 정도로 정치적인 집회가 연일 이루어졌던 시기였다. 1946년 모스크바 3상회의에 반대했던 이유로 조선민주당이 강제 개편되고, 1947년 7월 조선민주당 당수였던 조만식이 감금되며 그의 비서였던 오영진도 감시를 받게 되는데 이러한 이유로 오영진은 1947년 11월 해주를 경유하여 서울로 남하했다.

조선민주당이 강제 개편되기 전까지만 해도 오영진은 북한에서 남한의 조선영화사와 연락하며 평양의 해방을 기록할 촬영기사를 구하기 위해 서울에 다녀오기도 했다. 해방 되던 해에 서울에서 '조선영화건설본부'를 조직하고 평양에서 '예술문화협회조직'에 참여하는 등 오영진은 문화정치의 중심에서 활동했다. 오영진에게 서울은 영화의 모든 시설과 구성원이 집중되어 있는 곳이었다. 월남하기 전부터 남한의 영화계와 밀접한 관계를 가졌던 오영진은 해방 전 일제의 조선영화정책에 의견을 낼 수 있는 몇 안 되는 시나리오 작가이기도 했다.

소련군정하의 북한 영화계를 체험한 오영진이 월남하여 한국영화계를 살펴보고 북한과 남한의 영화정책에 대한 글을 발표했던 시기는 1948년이었다. 오영진은 평화일보에 <조선영화론>(1948.4.7.)과 <영화의 당면과제-조선영화론 제2장>(1948)을 발표하면서 조선영화의 부진을 분석했다. <조선영화론>에서 오영진은 일제식민지 시기 검열과 일본인 제작자로 인해 자유롭지 못했던 제작환경이 조선영화의 문제점이었음을 분석했다.

'조선영화론 제2장'이라는 부제가 붙은 <영화의 당면과제>에서는

'건국플랜으로서 조선영화의 정치성'에 대해 논의했다. 해방 후 조선영화의 부진 이유를 그는 북한의 소련영화, 남한의 미국영화 공세 때문이라고 보았다. '미 군정하의 남조선'과 '소련 군정하의 북조선'은 양 지역의 차단으로 인해 '99대 62'의 비율로 남북 영화관이 분할됐으며, 소련 영화가 영화관을 메우고 있는 북한의 현실과 미국 영화의 대량 수입에 따른 남한의 영화 현실은 다를 바가 없다고 진단했다.

소련이 입장료 총액의 50퍼센트를 거두어 가는 것과 마찬가지로, 미국 영화 배급 출장소인 중앙영화사를 통한 구대영화사의 1년 수입이 4억 원에 이르는 막대한 이윤을 남기고 있다는 것이다. 이러한 현실에서 북한은 극장을 국영화하고 극장세를 면세하며 극장 신축과 증축, 개수를 하는 동시에, 30세 이전의 청년을 소련으로 유학 보내는 등 영화 사업을 국가사업으로 추진하는 반면, 남한은 기획의 자유성과 제작 강제성이 없다는 것 외에 별다른 규제가 없다고 오영진은 분석했다.

여기서 주목할 점은 오영진이 북한에 상영되는 소련영화를 "사회주의선전의 강력한 전초부대, 선전부대"로 보고 있으며 이를 기민한 문화정책으로 인식하고 있다는 점이다. "강력한 선전무기로써 영화의 중요성을 북한이 인식하고 있다"는 것을 오영진은 거듭 강조하고 있다. 이러한 상황에 대비하기 위해 남조선에서 영화는 "민족계몽과 문화향상"을 해야 하며 이는 국가정책으로 가능하기 때문에 영화를 "건국 플랜의 중대한 한 부분"으로 해야 한다고 주장했다.[28] 오영진이 주장하는 강력한 영화정책이란 '자유로운 기획과 제작활동 지원', '시설과 기재를 관과 문화인으로 구성된 위원회에 일임하여 최저경비로 영화제작에 대여지원', '조선영화보호를 위해

---

28) 오영진, 「영화의 당면 과제」, 이근삼·서연호 편, 『오영진 전집』 4, 범한서적주식회사, 1989, 262~273쪽.

외국영화의 수입을 제한', '흥행세의 면제', '영화관 신설과 순회 영화소 조직', '영화재료의 국내생산기관과 영화공업을 국가사업으로 추진'하는 것이었다. 오영진이 제시한 건국플랜으로서의 영화육성정책은 한국영화정책에 어느 정도 반영되었다고 할 수 있다. 오영진에게 영화는 국가를 표상하는 중요한 도구이자 국가사업이었기에 가능했다.

2) 조선민주당 활동과 영화 <인생차압>의 원작 <살아있는 이중생 각하> 공연과정

영화가 국가이념을 전파하는 중요한 매체라는 것을 오영진은 인식하고 있었기 때문에 그는 정치와 밀접한 관계에 놓일 수밖에 없었다. 1948년 영화평론 <영화의 당면과제>에 이어 조선영화의 정치성을 논하는 3장을 준비하던 중에 오영진은 남파된 공작원의 권총 피습을 받았다.

> 7월 10일
> 朴承煥, 朴在昌과 金秉麒. 金東元 氏를 訪問하고 돌아오늘 길에 承歡妻男과 저녁 먹고, summer time으로 10時 10分, 光熙洞 1-185의 1. 寓居 앞. 三〇보前에 이르자 뒤에서 擧銃發射三方. 一發은 流彈, 二發은 命中됐다. 然이나, 天佑神助로 急所를 피함.
> 순간 나는 큰 音響에 咸〇되었으나 死力을 다하야 집 앞 妙法寺들로 뛰어들어가 넘어지다. 팔이 저리고 다리가 무거워지고 뜨끈뜨끈한 피가 팔에서 샘솟듯함. 偶然이 來訪하였든 金健永씨와 石明根 其他 家人의 協力으로 곧 市立病院에서 應急治療하고 金晟鎭外科로 옮겨 이곳에서 六日間 入院.
> 그 후 赤十字病院外科로 옮기고 級?三週日 加治療後 退院.
> 凶〇으로 해서 「마음의 故鄕」의 演出은 永永 中止되고 「朝鮮映畵

論」 第三部는 아직 中斷中. 半年을 無爲와 焦燥로 지내다.[29](○는 확인불가 글자임. 필자 기재)

1948년 7월 10일 밤 10시에 오영진은 급소를 피한 3발의 총탄을 맞게 되고 이로 인해 <마음의 고향>[30] 연출을 중지하고 '조선영화론 3부'도 중단한 채 반년을 무위로 지냈다고 일기에 기록하고 있다. 오영진이 피습당한 지 4개월이 지난 후에야 영화 <마음의 고향>은 윤용규 감독의 첫 작품으로 촬영이 완료되었다.[31] <마음의 고향>을 오영진이 연출하기로 했다는 사실은 오영진의 일기에서만 확인된 사실이다. 7월 10일 이전의 일기에 영화 <마음의 고향>에 대한 내용은 기술되어 있지 않았다.

오영진은 1947년 11월 8일 남한에 도착했고[32] 그 해 일기는 12월 20일부터 31일까지 8일간 기록되었다. 1948년에 오영진은 권총피습으로 인해 7월 10일까지 총 6일 정도만 일기를 기록했다. 6개월 후 건강을 회복한 오영진은 1949년에는 이틀에 한 번 꼴로 꾸준히 일기를 썼다. 그러므로 월남한 오영진의 본격적인 활동은 1949년부터 시작되었다고 할 수 있다. 이 시기 오영진의 일기에서 주목할 점은 그가 월남한 평양인들과의 친목회를 발기하고 조선민주당 모임에 참여했다는 점이다. 월남한 조선민주당 중앙위원들은 1946년에 이미 서울에서 조선민주당 중앙본부를 재건했던 것이다.[33]

---

29) 오영진 일기, 1948년 7월 10일.
30) <마음의 고향>은 함세덕의 1939년 희곡 <동승>을 원작으로 한 작품으로 볼 수 있다. 오영진이 연출하고자 했던 이 작품은 다음해인 1949년 2월 9일 윤용규 감독에 의해 최은희, 남승민, 석금성, 변기종, 최운봉, 민유 등의 출연으로 개봉되었다.
31) 『경향신문』, 1948. 11.20.
32) 오영진 일기, 1947년 12월 31일
33) 김선호, 「해방 직후 조선민주당의 창당과 변화」, 『역사와 현실』 61, 한국역사연

'모스크바 3상회의' 결정에 반대한 조민당의 조만식 계열은 공산주의 세력의 개조활동에 적극적으로 대응했는데 남한의 이승만, 김구 세력과 연합해 반탁투쟁을 벌이는 한편 미군정과 형성하고 있던 연결망을 통해 3상회의 결정에 대한 입장 표명 문제를 상호 조율했다. 한편 조만식은 직계인물들을 월남시킴으로써 자파의 정치적 생명을 보존하고자 했고, 월남한 핵심세력들은 중앙본부를 재건해 이북에 남아있던 조만식계열의 활동을 지원했다.34) 오영진은 월남한 조민당의 후원으로 조만식을 구하기 위해 '기독자유당'을 출발시키려고 했지만 실패하게 되고 이로 인해 월남한 것으로 일기에 기록하고 있다.

三月에는 金昌○이 서울로 向하얐고 五月에는 朴在昌이 美蘇共委를 訂診하려 上京했다. 五月九日에는 아버지의 餘光으로 그나마 敎鞭을 잡든 崇仁에서 쫓겨나오고 共委의 進展을 따라 曹 先生을 救出할 手段으로 五月二十四日 尹海均을 또 다시 上京시키는 一方 答申書를 (共委에서 陳述할) 作成하야 未備한 대로나마 曹 先生을 얻으려고 基督敎自由黨이 出發하려다가 준비도 채 되기 前에 일망타진되여 귀중한 全俊三과 車在鎰을 뺏겼다. 뿌라운 小將 一行이 오자 義弘과 ○昶은 高麗호텔서 쫓겨나오고 曹 先生 房은 해빛을 볼 수 없는 六疊房으로 移轉되었다. 호텔內에서 完全한 行動自由를 빼끼고 家族과에 面會面談도 一切 禁止당했다. 車在鎰 검속後부터 蘇聯特務의 손이 나에게도 뻐치기 始作하얐다.35)

오영진이 규칙적으로 참여한 모임은 '재평양회 친목회'와 '조민당'인데 '재평양회 친목회'는 1948년 1월 15일에 발기되어 다음해

구회, 2006, 301쪽.
34) 김선호, 위의 논문, 306-309쪽 참조.
35) 오영진 일기, 1947년 12월 31일.

1949년 2월이 될 때 12회를 맞이했을 정도로 매달 모임을 가졌다. 이때 '남북출신 가르지 않고 회원을 엄선'하기로 결정하는데, '재평 양회친목회'의 요원들 중에는 '조민당'의 요원을 겸하는 인물도 발견된다. 이들은 조만식의 권유로 월남한 서북 기독교인들이 대부분이다. 특히 오영진의 일기에 자주 등장하는 박재창은 고려호텔에서 조만식을 보좌하던 청소년부장으로 1947년 5월 서울을 다녀오라는 조만식의 밀명을 받고 월남한 인물이다.[36]

> 3월 14일
> 會則도 없이 우리 親睦會가 發起했다.
> 政治的 色彩를 떠나 完全한 ○ 的交際로 親睦을 圖謀하자는 主旨이다. ○的임으로 必然的으로 自己周圍의 친구를 추천케 된다.
> 박승환, 박재창, 나 三人이 前부터 말해오든 것이 계우 오늘에 와서 實現된 셈이다.
> 第一回 會合 午後 二時 金里煥宅
> 會員 : 朴承煥, 朴在昌, 林泰楨, 金星煥, 金秉麒, 梁好民, 韓心錫, 全(金?)國聲?, 田達秀, 孫元泰, 白行寅, 方昌善, 吳泳鎮, 李光錫
> 常任幹事 三人(朴承煥, 朴在昌, 吳泳鎮)이 選定되고 當番幹事도 每○ ○○. 輪番으로 擔當하고 集會는 每月一回. 會費 二百円이 決定됨.
> ○式會가 끝난 후 金星煥 君의 好意로 晚餐席上 特選區問題로 林泰楨과 韓心錫, 大論爭. 獲得하야 한다라고 韓은 韋政長官의 拒否가 이미 發○된 오늘 떠든댓(댔)자, 소 잃고 외양간 고치기라 하야 朝民黨의 無能을 ○○. 午後 七時 넘어 散會.[37]
>
> 3월 24일
> 朝民黨 中執. 67名(?) 中 겨우 半數以上에 出席으로 會議成立. 席上 副黨首 一人(現在 缺○) 加薦 問題도 訂議. 22票로 朝根○○ 當選

36) 김선호, 앞의 논문, 304쪽.
37) 오영진 일기, 1948년 3월 14일.

됨. 朴善準 西書를 업고 陰謀는 점점 露易化함.

   副黨首 一人을 한편에서는 (林泰楨, 金東鳴 等) 白永赫 牧師를 推戴하고 대강 그러케 推進하여 오는데 朴善準은 一旦에 자기 勢力(出席 中執員數)의 큼을 믿고 無記名 投票로 이러케 맨들어 놓았다.[38]

오영진이 참여했던 '재평양회모임'은 정치적이 아닌 친목모임으로 조민당보다 젊은 세대로 구성되었다. 조민당의 무능함에 실망한 월남한 젊은 세대의 새로운 모임으로 구성되었다는 것을 오영진의 일기에서 알 수 있다. 이는 남한에서도 조민당의 전망이 그리 밝지 않다는 것을 의미한다. 오영진은 월남한 자신의 정치적 입장표명을 요구받는 것에 대해 불편함을 느꼈고 이를 일기에 기술하기도 했다.

   모든 技術中에 自己를 民主와 共産 두 主義者로 보이려는 技術처럼 無益有害한 技術 아니 이는 技術以下이다.
   「何如튼 살아야만….」
   「제가 죽구 볼 지경이면….」
   이것이 保○文化室 事務局長의 이얘기다. 나보고 너무 딱딱스리 굴지 말고 何如튼 살래는 忠告일까?
   「生死에 어떻게 條件이 있겠소."
   나의 ○○에 반드시 아직도 左翼인 듯 ○은 金思根?이 會心의 웃음을 웃었다.[39]

오영진의 일기에서 알 수 있듯이 그는 생존을 위해 어떤 입장을 요구받은 것으로 보인다. 그는 이데올로기를 '하나의 프로세스'에서 발견할 수밖에 없는 동력에 지나지 않는다고 일기에 기술하고 있

---

38) 오영진 일기, 1948년 3월 24일.
39) 오영진 일기, 1949년 2월 23일.

다. '민주도 공산도 아니며 자유는 자신에게 아예 없다'고 일기에 기술한 오영진을 움직이는 유일한 동력은 영화였는지도 모른다. 그런데 이 당시 '정치이데올로기 허무주의'는 오영진뿐만 아니라 유치진에게서도 나타난다. 오영진의 일기에서 유치진은 자주 언급된다. '정치이데올로기 허무주의'는 좌익 측의 이데올로기가 '사회주의'라는 나름의 논리를 확보하고 있던데 비해 뚜렷하게 내세울 만한 논리적 거점을 지니지 못한 우익 측의 논리적 응전방식으로 보는데[40], 1948년 남한의 단독정부 수립 후 오영진과 유치진은 적극적인 태도로 변하여 반공과 국자재건을 위한 작품을 쓰는 극작가로 손을 맞잡게 된다. 해방 직후 오영진의 정치적 무의식을 드러낸 작품으로 논란을 일으킨 작품은 희곡 「살아있는 이중생 각하」이다.[41] 오영진 자신의 반공 이데올로기를 분명하게 드러내는 정치적 입장표명으로 「살아있는 이중생 각하」를 보기도 하는데 해방 직후 친일 잔재 청산의 문제를 우익 측의 입장에서 대변하는 작품이라는 평가를 받기도 했다[42] 그런데 이 작품은 오영진이 이미 북한에서 창작한 희곡으로 월남할 때 가지고 내려온 작품이다.

  2월 22일
  朝鮮日報 社長 方應謨 氏의 要請으로 戱曲 「살아있는 李重生 閣下」(三幕四場)을 가지고 新聞社로 가다 學藝部에서는 예약이 山積하야 매우 困難한 모양. 적지않이 不愉快함을 느끼고 方社長을 찾았드니 그는 나에 作品의 政治的 效果를 느꼈음인지 자기게 맥겨달라 한다. (중략) 나의 戱曲은 나에 政治的意志下에 쓴 最初의 戱曲이다.

---

40) 이상우, 「해방 직후 좌우대립기의 희곡에 나타난 현실인식의 양상-우익 측의 유치진, 오영진, 김영수 희곡을 중심으로」, 『한국극예술연구』 2, 한국극예술학회, 1992, 130쪽.
41) 권두현, 위의 논문.
42) 이상우, 위의 논문, 143쪽.

方氏에게 주고 나오는 순간 發表하고 싶지 않은 충동을 不禁했다.43)

3월 11일
原稿 "살아있는 二重生 閣下"가 었지뢌나 하고 朝鮮日報 方應謨를 차잤다. 영감 ○曰, 演劇脚本이고 또 豫算이 가득 차서 ○○○○○不能이라니 (생략) 朝民黨 常執會議에 들럿드니 어제밤 (以北朝鮮民主黨에게 告함)이라는 放送을 中心으로 甲論乙駁이다. 朝民黨의 이름으로, 朝民黨의 許可없이 放送해도 그 內容이 당 方針의 어긋나지 않으면 黙認하자는 韓副委員長의 提案은 黙殺의 價値밖에 없었다. 林泰禎이 自動車로 집까지 同道해도 좋아는 好意를 물리치고 博文書館의 들럿다 皈家.44)

오영진의 일기에는 희곡 「살아있는 이중생 각하」가 조선일보에 실리지 못하는 경위와 공연되는 과정이 나타나 있다. 희곡이고 예산부족으로 실을 수 없다는 조선일보 방사장의 말에 원고를 가지고 나온 오영진은 「살아있는 이중생 각하」를 '정치적 의지를 가지고 쓴 최초의 희곡'이라고 자평한다. 이 작품은 박민천이 가져가서(4월 7일) 1949년 6월 1일에서 6월 6일까지 중앙극장 극예술협회의 이진순 연출가에 의해 초연되었다.45) 오영진은 "사람 들지 않는다. 이러그야 어떻게 극단을 경영해가누?"라고 안타까운 심정을 일기에 기록했다. 희곡 「살아있는 이중생 각하」는 초연에서 별다른 성공을 거두지 못했으나 1957년 극단 신협이 <인생차압>으로 제목을 바꾸어 이해랑 연출로 국립극장에서 공연했을 때는 걸작으로 주목받았다. 그리고 이러한 성공에 힘입어 다음해인 1958년 영화 <인생차

---

43) 오영진, 1949년 2월 22일 일기.
44) 오영진, 1949년 3월 11일 일기.
45) 김윤미, 『드라마와 민족표상』, 연극과 인간, 2013, 100쪽.

압>으로 제작되었다.

희곡 「살아있는 이중생 각하」는 해방 후 북한에서 쓴 오영진의 첫 희곡이라는 점을 중요하게 고려해야 한다. 「살아있는 이중생 각하」는 온갖 수단과 방법을 동원하여 재산을 축적해온 '이중생'이 거짓 죽음을 내세워 재산을 지키려고 하지만 결국 자살하게 되는 희곡으로 '사실주의극인 동시에 재물에 대한 탐욕으로 반민족적인 행위를 하는 자본가의 모습을 그린 것'이다. 중요한 것은 이 작품에 등장하는 청년 '하식'의 입장이다. 오영진 자신의 정치적 무의식을 등장인물 '하식'이라는 인물을 통해 드러냈다는 것이다. 지원병인 하식이 공산주의자와 소련을 악으로 내세움으로써 친일에 대한 문제를 비껴간다는 것이다.46) 이러한 결과는 공산주의에 대한 혐오감이 우위에 섬으로써 상대적으로 친일 인사들의 재등장을 과소평가했기 때문이다.47)

그런데 이 작품에는 다양한 해석이 가능하다. 표면에 드러난 이중생의 몰락이 탈세하려는 그의 개인적인 부정행위라면, 실제적인 몰락의 원인은 '국민의 의무'를 망각한 데 있다.48) '국민의 의무'는 세금을 내는 행위이다. 이중생에게 '국민' 되기는 수의를 벗는 행위와 연결된다. 수의를 벗는 행위는 굴복하는 행위이며, 자기 삶의 방식을 부정하고 자기 수치를 직면해야 하는 문제와 연결되어 있기 때문에 그는 수의를 벗지 않고 자살을 선택한다.

오영진이 자신의 정치적 무의식을 투사한 작품 속 인물이 지원병이었던 하식이라고 단정하기는 어렵다. 분명한 것은 희곡 「살아있는 이중생 각하」의 주인공인 이중생이 식민지 시기에는 일본의 신

---

46) 권두현, 위의 논문,

47) 김재석, 「「살아있는 이중생 각하」의 자기모순성」, 『어문학』 제59호, 한국어문학회, 1996, 8월, 211-234쪽.

48) 김윤미, 『드라마와 민족표상』, 연극과 인간, 2013, 108-109쪽.

임을 얻기 위해 아들을 지원병으로 전쟁터에 보내고, 해방 후에는 딸이 미국인을 사칭한 '란돌프'와 연애를 해도 묵인하는 태도를 보였다는 것에 주목해야 할 것이다. 이중생은 해방 전에는 일본에, 해방 후에는 미국에 편승해 나라의 흥망성쇠와 상관없이 부를 축적하는 인물로 그려지는데, 일본에 이어 등장하는 미국이 경계의 대상이었다는 것이 흥미롭다. 오영진 스스로도 수기에 썼듯이 그는 미국군인보다 소련병사에게서 더욱 친근함을 느꼈던 인물이다.49) 그런데 1949년을 기점으로 오영진은 서서히 미국에 우호적인 태도로 변화해 간다.

3) 미군정하 영화계와 전쟁 직전 서울거리

1949년 오영진의 일기에는 그가 관람한 미국영화에 관한 짧은 소감과 'O.C.I 영사과'에서 통역제의를 받았으나 수락하지 않았고, 이를 계기로 영화에 대한 자문위원으로 추천되는 과정, 김구 선생의 장례식 참석과 연출가 이해랑, 유치진, 영화감독 유현목과의 만남 등이 기록되어 있다. 이 무렵 유치진과 안석주는 오영진에게 영화 사업을 하자고 권유하게 되고 오영진은 남한에서의 영화 사업을 고민하기도 한다.50)

> 4월 20일(수)
> 金輿榮한테서 가분○○ 편지를 받았다. O.C.I 映寫課에서 通譯을

---

49) "解放 直後에 서울에서 美國軍人의 進駐를 보고 왔습니다만 왜 그런지 나도 모르게 미국인에게 대해서 보다 당신들에게 더 친근감을 느낍니다."라고 오영진은 순수한 동양계 소련 군인에게 말했다. 그들의 "소박한 표정에는 우리들과 가까운 어떤 맛이 풍기고 있는 것 같다"고 고백하는데 그들은 서로 굳은 악수를 나누게 된다.(오영진, 『蘇軍政下의 北韓-하나의 證言』, 중앙문화사, 1952, 145쪽)

50) 오영진, 1949년 7월 9일 일기.

求하니 ○하지 않겠는가? 卽答해달라고. 卽答도 難事이거니와 어떻게 通譯의 일을 마타보느냐 말이다.

4월 21(목)

어제 일로 半島Hotel로 金奭榮을 찾고, 金吉俊氏를 찾았다. 通譯은 到底히 勘當치 못하고 또 할 수도 없다는 나의 意見을 吐露하니 金吉俊氏도 그럼 單純한 通譯이 아닌 方面으로 推進시켜보겠단다. 映寫課 Tanner 氏에 對한 ○○을 받아가지고 皈家? 요즘 二三日은 아주 나도 제법 분주하다. 오는 길에 朴善準이 한턱내니 무엇 때문인고? ○○서 온 吉○○○○과 ○○하는 朴文瑾 氏. 映畵○○에 對하야 나의 協助를 求한다고?(생략)

4월 22일(금)

全○○國際 結成式. 四萬學徒가 市內을 行進하다. 덕택에 전차를 못타고 中央廳까지 걸어 Mr. Tanner를 만나고 좋은 印象을 받지 못하고 皈家 나는 그이 아래서 일하지 못할 것을. 그는 아를 막 부래먹지 못할 것을 느꼈으니 결국 금번 金奭榮氏의 紹介는 그의 好意도 不拘하고 가장 當然하고 나 自身에게도 자연스럽게 中斷된 모양. Tannersms 나의 ○○과 나의 映畵批評家로서의 ○○에 對하야 必要以上으로 나는 信用하는 듯.51)

오영진은 1949년 4월에 'O.C.I 영사과'의 통역제의를 받는다. 김석영의 소개로 김길준을 반도호텔에서 만난 오영진은 통역을 거절한다. 오영진의 답변에 '단순한 통역이 아닌 방면으로 추진' 시켜보겠다는 박문근의 답변을 듣는다. 영사과의 'Mr. Tanner'를 만난 후 오영진은 그가 영화비평가로서의 오영진을 필요 이상으로 신뢰한다고 일기에 기록했다. 이 시기 영화비평가로서의 활동과 영어실력은

---

51) 오영진, 1949년 4월 20일-22일 일기.

오영진을 미국 영사과와 인연을 맺게 하는 계기가 되었다고 할 수 있다.

오영진은 영화평론 <영화와 정책>에서 민간단체의 작품수가 관변단체의 영화보다 월등히 많아야 하며 이를 지원하는 정책마련을 촉구했고, 영화인을 계몽하고 국민에게 영화예술을 재인식시킬 영화저널리즘의 필요성을 피력한 <제작과 저널리즘>을 발표했다. 또한 빈약한 영화계를 결산하며 공보처와 대한영화사, 민간영화단체의 연대로 영화문화를 건설해야 한다는 희망을 피력한 <영화계의 전망>52)을 주장했다. '조선영화의 문제는 민족전체의 문제(계몽문화)로써 국가주도의 강력한 영화정책'만이 해결할 수 있다고 제시한 <영화의 당면과제>53)에서 알 수 있듯이 오영진은 다양한 방면으로 국가의 영화정책을 제시했다.

문화정치에 대한 그의 견해는 '재평양회 친목회'와 '조민당' 회원들이 가진 다양한 연결망에 의해 형성된 것으로 보인다. 이들은 1946년에서 1947년 조선민주당의 창당에 관여한 광범위한 북한지역의 부르주아 민족주의세력과 평안도지역의 보수적 장로교들과 연계된 인물들로 조선민주당이 탄압을 받게 되자 남하한 사람들이다. 자유민주주의적 자본주의사회를 건설하고자 하는 보수적인 성향으로 조선민주당은 모스크바 협정문제가 발발하지 않더라도 공산주의자의 통일전선정책과 충돌할 수밖에 없는 내적 요인을 안고 있었다54) 오영진은 이들 모임을 통해 "白行寅의 미국시찰담"55)을 듣거나 "안창근 목사의 도미"56), "정일영 박사에게서 UN총회에서 한국

---

52) 오영진, 「영화계의 전망」, 『국제일보』, 1949. 8. 15.

53) 오영진, 『평화일보』, 1948; 이근삼 · 서연호 편, 『오영진 전집』 4, 1989, 262-273쪽.

54) 김성보, 「북한의 민족주의세력과 민족통일전선운동-조선민주당을 중심으로」, 『역사비평』, 역사비평사, 1992. 2, 395쪽.

55) 오영진, 1949년 4월 18일 일기.

이 승인되는 전후의 경위"57)를 듣는 등 국가수립과정과 미국의 영향력을 구체적으로 발견하게 된다.

오영진이 영화를 통해 미국의 할리우드를 주목하게 된 직접적인 계기도 도산 안창호 집안과의 친분에서 비롯되었다. 오영진은 <도산선생과 영화>58)에서 도산 안창호의 임종을 지켰던 시기를 회상하며 할리우드 배우로 유명한 아들 필립 안을 자랑스러워하는 도산 선생의 마지막 모습을 회고했다. 오영진은 안창호에게 "민족을 계몽하고 교화하는 문화 사업으로 영화를 선택"했음을 고백한다. 여기서 알 수 있듯이 오영진은 영화를, 교육을 위한 일종의 문화 사업으로 인식했다.

필립 안은 루이스 마일스톤의 영화 <장군 새벽에 죽다>(1936)에서 중국 장군의 부관으로 출연했던 배우이다. 오영진은 필립 안의 연기에 대해서 극찬하며 도산 선생의 전기 영화를 만들지 못한 자신을 자책하는 것으로 끝맺는다.59) 도산선생의 두 아들 안철영과 필립 안은 오영진뿐만 아니라 당대 영화인들에게 심상지리로서의 할리우드를 좀 더 가까이 받아들이게 한 영화인이었다고 할 수 있다.

오영진의 일기에는 안철영의 <무궁화동산>을 관람한 사실도 짧

---

56) 오영진, 1949년 2월 15일 일기.

57) 오영진, 1949년 2월 16일 일기.

58) 오영진, 「도산선생과 영화」, 『경향신문』, 1949. 3. 10.

59) 오영진의 희곡 「살아있는 이중생 각하」가 표절논란에 휩싸였을 때 필립 안이 출연했던 <장군 새벽에 죽다>라는 작품이 언급되기도 했다. 기사를 쓴 임영 기자는 오영진의 희곡 「살아있는 이중생 각하」를 시나리오 각색한 영화 <인생차압>이 불란서나 일본 등의 문학작품에 나타난 "가사망, 가장례"의 구성요소를 빌려온 것이기 때문에 20%의 번안이라고 했고 오영진은 임영 기자의 기사를 실은 한국일본 사장을 상대로 일천만 원 청구소송을 냈다.(김윤미, 「오영진 일기 연구-1958~1959년 오영진 일기를 통한 한국영화계의 문화현실 소고」, 『한국극예술연구』 제51집, 한국극예술학회, 2016. 3, 146쪽.)

게 기록되어 있다. 1947년에서 1948년까지 미 국무성의 지원으로 하와이와 미국영화계를 시찰했던 안철영이 하와이에 체류한 4개월 과정을, 총천연색 기록영화로 담은 <무궁화동산>을 1949년 시공관에서 상영했고[60] 오영진은 이를 관람한 것이다. 이 영화는 '문교부 추천 3.1절 경축기념영화'로 개봉했고, 미국여행을 담은 『성림기행』은 그해 10월에 출판되었다. 오영진이 『성림기행』의 신간 평을 쓰며 심상지리로 다가온 '아메리카의 헐리웃'에 주목한 것도 바로 이때라고 할 수 있다.[61]

오영진은 자신이 관람한 영화제목과 영화에 대한 짧은 평을 일기에 기록했다. 미국 영화 <대지의 딸(The Farmers Daughter)>, 프랑스 영화 <최후의 망루(la bandera)>[62]를 보았으며(2월 23일), 수도 영화관에서 에른스트 루비치 감독의 영화 <모퉁이 가게(The shop around the corner)>를 관람하고, 시공관에서 안철영의 <무궁화동산>과 최남주의 <자유만세>를 관람했던 것이다.(3월 9일) [63] 그런데 1949년 말에 이르면 전쟁 직전의 긴장감과 징후를 오영진은 예리한 감각으로 포착한다. 갑자기 늘어난 군사영화에 대한 우려를 표현하는 글을 발표했던 것이다.

오영진이 쓴 영화평론 <치밀한 계획성의 결여>(1949.11)에 보면 "금년에 들어서 웬일인지 군사영화가 쏟아져 나왔다"며 '군사영화'에 대해 쓰고 있다. "<전우>가 그렇고 <성벽을 뚫고>가 그렇다"며

---

60) 심혜경, 「안철영의 『성림기행』에서의 할리우드 그리고 조선영화」, 『조선영화와 할리우드』, 소명, 2014, 347쪽.

61) 오영진, 「신간 평 헐리웃드 기행」, 『동아일보』, 1949.11.18, 2면.

62) 오영진은 <최후의 망루>에 대해 "La Bandera 十五年만에 다시 보다. 大學時代에 그러게까지 감격하였던 Duvivier의 걸작이 오늘에 와서는 그리 깊은 色彩가 없다"고 2월 23일 일기에 기술하고 있다. 경성제국대학 조선어문학과 재학 중에 오영진은 프랑스 영화에 빠져들었고 영화동호회를 조직하기도 했다.

63) 오영진, 1949년 2월 23일 일기.

기획과 제작이 모두 군대에서 후원한 것이며 영화뿐만 아니라 연극 악극 기타 흥행이 육해군에서 여러 차례 제공 혹은 기획되었다며 "일초동안에 영사되는 이십 사포의 필름이 이십 사발의 탄환"이 되도록 군과 영화인의 광범위한 연구와 재인식이 필요하다고 조심스럽게 쓰고 있다.64) 영화도 하나의 심리적 무기임을 오영진은 알고 있었던 것이다. 그러나 오영진도 다음해 일어날 전쟁을 예상하지는 못했다.

> 3월 8일
> 學生護國隊(서울市) 결성式이 서울運動場에서 盛大히 열리고 그것으로 因해서 전차가 不通하이다. 집에서 朝民黨까지 걷기를 결심하고 나섰다. 마침 式場에서 退場하는 學生의 行進. 前에 비하면 外見上으로는 퍽 整頓되여 秩序있으나 아직 氣魄이랄까 意氣라 할까. 勇猛性이 不足하다.
> 市立病院 조금 지나서 어린 아해 추럭에 場 치었다. 강아지 소리와도 恰似한 悲鳴. 나는 귀를 막고 싶었다. 行進하던 學生도 조금 動요 했으나 곧 收拾되여 <호국대>의 노래를 부르며 如前히 行進한다. 나도 속으로 그 노래를 쫓으며 걷는다. 어린 애의 죽엄은 곧 하루만 지나면 다 이저버리고 말 것이다. 光化門까지 이르는 途中 李喆赫을 만났다. 서울映畵社로 놀러나오라는 것이다. 蔡萬植을 만났다. 今明間 다시 시골로 가겠다고.65)

분주한 서울 거리에서 오영진은 영화인들을 만나고 소설가 채만식도 만난다. '전차에 치인 어린 아이의 죽음이 하루만 지나면 다 잊어버릴 것'이라고 기록된 오영진의 일기에는 서울 거리에서 공공

---

64) 오영진, 「치밀한 계획성의 결여」, 『오영진전집』 4, 범한서적주식회사, 1988, 292쪽.
65) 오영진, 1949년 3월 8일 일기.

연하게 이루어지는 피살과 총격의 일상도 드러난다. 대낮에 경찰이 노상에서 사살되거나(5월 1일) 모윤숙 대신 다른 부인이 피살되거나 (3월 22일) 경찰전문교장 함대훈 장례식(3월 25일)과 개성전투에서 전사한 5촌 조카 조문(5월 14일)을 하거나, 김구 선생의 피살과 장례식 풍경(7월 5일) 등 폭풍전야의 긴장감이 드러나는 서울 풍경이 오영진의 일기에 그려져 있다.

3. 전쟁과 분단, 분절된 기록과 아메리카 탐방

전쟁과 분단(1950-1953) 시기에 오영진이 기록한 일기는 분절된 기록이라고 할 수 있다. 기록된 날보다 기록되지 않은 날들이 많았다. 특히 1950년과 1951년의 일기는 모두 합쳐도 20여 일밖에 되지 않는다. 오영진은 전쟁 당시 영화기자재를 싣고 피난하는 과정과, 피난지 부산에서의 생활을 대부분 영화와 관련된 일들로 일기에 기록했다. 부산에서 오영진은 전쟁 뉴스와 해군정훈감실에서 사관학교기록영화를 제작했고 나운영, 유치진, 이해랑 등 연극, 영화인들과의 교류를 시작했다. 오영진의 일기에서 주목할 부분은 1952년 베니스에서 열린 유네스코 세계예술회의에 한국대표로 참석한 기록과 1953년 미국 국무성의 Leader's Grant로 3개월간 대학 미술관 영화 라디오 방송국을 방문한 아메리카 탐방일기다.

이 당시의 일기를 바탕으로 오영진은 다양한 아메리카 문화시스템을 소개하는 글을 발표했다. 영화와 관련된 공적인 기록 외에 오영진의 사적인 기록은 일기에서 극히 제한적으로 기록되어 있다. 분절된 기록 사이 텅 빈 시간들은 오영진의 삶이 결코 단순하지 않음을 보여준다. 왜냐하면 그는 일기를 기록할 때 이틀에 한 번 꼴로 성실하게 기록하기 때문에 중간에 텅 빈 기간은 의구심을 불러일으킨다. 그래서 이 기간에 기록된 오영진의 일기에서 개인적인 신변을 짧게 기록한 문장에도 세밀하게 분석하고자 했다. 왜냐하면 전쟁으로 인해 오영진은 전보다 더 많은 활동을 했으나 그의 일기에는 더 많은 침묵이 자리하고 있기 때문이다.

1) 전쟁과 군사영화, 유네스코 세계예술회의

6.25전쟁이 발발하면서 한국영화계는 새로운 전시체제에 돌입하게 된다. 1949년부터 1953년 휴전협정 전까지 한국 영화는 미군정 하에 종군 다큐멘터리로 채워졌다. 1950년에서 1953년까지 전쟁기의 영화 제작은 군사 기록물이나 반공물이 주류를 이루었고, 영화 행정 업무도 국방부 소관이었다가 1955년부터 문교부로 이관되었다. 당시 군과 영화는 밀접한 관계일 수밖에 없었다. 오영진은 6.25전쟁 발발과 함께 국방부 정훈국 영화반 및 해군 정훈감실 촉탁으로 위촉되어 활동했던 것이다.

1950년 12월 12일에서 16일까지, 오영진은 매일 일기를 썼지만 그 전이나 후의 일기는 남기지 않았다. 오영진은 그해 10월 수복된 평양에서 조선민주당 재건에 착수하고 '평양문화단체총연합회'를 조직했는데, 당시 상황은 일기에 기록하지 않았다. 다만 4일간의 피난 일지는 자세하게 기록되어 있다. 오영진은 피난을 가기 위해 대한영화사 기재를 군용트럭에 싣고(12월 12일) 다음날 새벽, '2019 배차'에 영화기재를 싣는다.(12월 13일) 그는 대구를 거쳐 청도에 12월 15일에 도착하는데 "機關車는 우리 貨車三輛(O.C.I, 政訓局, 撮影隊)"을 떼어내고 달아났다고 오영진은 일기에 썼다. 다음 기관차를 기다리다 못해 12월 16일 오영진은 한형모 감독과 부산의 해군본

부정훈감실을 찾아갔으나 어떤 편의도 기대할 수 없었다고 일기에 적었다.

12月 12日

今日中으로 서울을 出發할 豫定이라는 尹大尉에 通告에 撮影隊一同 마즈막 짐을 싸가지고 待機함. 公報處에서 朴玄煜統計局長을 만나고, 저녁에 撮影隊事務室로 가다. 서울 거리가 유난히 새로움게 보인다. 추럭으로 위선 機材를 停車場으로 運搬하다. ○○橋下에 뎅그렁 놓여 있는 無蓋貨車 No.2091-이것이 우리에게 配定된 貨車이다. 66)

12月 13日

비가 부슬부슬 내린다. 2.00A.M. 추럭은 밤중에 서울 거리를 달인다. (중략) 2091貨車에는 第二局 撮影隊와 大韓映畵社 機材를 滿載하고 待機하고 있다.67)

12月 14日

水原을 지나 天安에 到着했을 때는 이미 해가 中天에 있다. 가다가는 쉬고, 한번 쉬며는(쉬면) 떠날 줄 모르는 疏開列車. 앞간에는 UN軍 慰問團이 탔다. 東洋人들이다.68)

12月 15日

5.A.M. 大邱驛에 到着. UN 慰問團과는 여기서 作別. 10.00. A.M. 淸道에 도착하자 連結不足으로 機關車는 우리 貨車三輛(O.C.I, 政訓局, 撮影隊)를 떼어버리고 다라난다.69)

---

66) 오영진, 1950년 12월 12일 일기.
67) 오영진, 1950년 12월 13일 일기.
68) 오영진, 1950년 12월 14일 일기.
69) 오영진, 1950년 12월 15일 일기.

12月 16日

　釜山鎭驛에서 온다는 機關車를 기다리다 못해 어머니를 다시 無蓋貨車로 옴기고 9.30.A.M. 한형모와 둘이 釜山으로 向하다. 途中 朴善準의 弔을 만나 釜山驛前에서 작별하고 곧 海軍本部政訓監室을 찾아 ◯長 鄭◯◯ 少領을 만나다. 無力한 政訓監인지 또는 特別한 協力은 하지 않음인지 그에게서는 아무런 便宜도 期待할 수 없었다.70)

　오영진의 영화평론 <한국영화제작계 동향>(1952.3.문총회보)71)을 살펴보면 전쟁 후 영화기재가 있는 곳에 영화인이 모이는 기현상에 대해 말하고 있다. 6.25전쟁으로 군에서 제작하던 <북위 38도>, 서울영화사의 <하얀 쪽배> 등은 제작 도중에 연출자 안진상의 납치, 윤용규의 월북 등으로 중단되고 '대한영화사'와 '오리온 영화사'의 공동기획이던 <사나이의 길>의 스텝만이 촬영 중으로 무사했으나 곧 종군 촬영 반으로 개편하여 '장편전쟁기록영화' <정의의 진격>을 완성했다고 오영진은 쓰고 있다.

　그런데 '대한영화사'의 위원이었던 오영진은 '오리온 영화사'를 창설했고 영화제작에도 참여했다. 오영진에게 전쟁은 영화 사업을 위한 새로운 기회를 제공한 셈이다. "휴전회담이 성립되면 그 다음에 오는 것은 열전이 아니고 선전전이며 문화공세"일 것이며 "앞으로 다량으로 문화인을 유인납치"할 것이라고 오영진은 예측했다.

　오영진은 1951년에 8월, 9월 두 달 동안의 일기를 남기고 있는데 이 당시 유치진, 이해랑과 연극 영화에 대해 논의하고 교류했으며 <處容郎> 무용 각본을 완성해서 정인방에게 전달했다.(8.28) 또

---

70) 오영진, 1950년 12월 16일 일기.
71) 이근삼 · 서연호 편, 『오영진전집』 4, 범한서적주식회사, 1898, 332-335.

한 해군정훈감실에서 사관학교기록영화제작을 위해 예술가들을 만나거나 뉴스제작비와 뉴스의 가치를 모르는 사람들에 대한 불만을 기술하기도 했다. 여기에서 흥미로운 점은 오영진이 해군정훈감실의 각본집필을 요구받았다는 점이다. 오영진은 해방 전에도 거제도의 해군성에서 해군생도들을 위한 시나리오 집필을 의뢰받았다[72]. 일본에서 미국으로 영화자본의 헤게모니가 바뀌는 과정에서 전쟁은 중요한 역할을 했고 오영진은 그때마다 영화자본을 자국의 영역으로 점유하려고 했다. 오영진의 활동은 부산 피난지에서 더욱 활발했고 장기영, 박화성 외에 유치진 이해랑 등 문화예술계 인물들과의 연대로 활동영역을 넓혀가기 시작했다.

부산 피난지에서 오영진은 1952년 반공영화를 개최했고 『문학예술』지를 창간했으며, 반공 서적을 출판하는 '중앙문화사'를 창립했다. 오늘날은 전쟁이 끝난 1950년대를 폐허라기보다 새로운 출발과 변화를 열망하는 시대로, 대중문화의 출발기로 보고 있으며[73] 당시 오영진은 대중 잡지와 영화가 발달했던 1953년을 "새로운 르네상스" 시기로 규정했다.[74] 오영진이 창간했던 『문학예술』은 번역 추천제를 실시하는 등 서구를 중심으로 한 미국 문학을 번역하여 실음으로써 '세계주의'에 주력하였다. 그런데 『문학예술』의 편집진이 월남 문인들을 중심으로 구성되었다는 것에 주목할 필요가 있다.[75] 『문학예술』은 해방과 분단으로 점철된 시대적 상황에서 월남 문인들과 오영진이 그들의 문화적 정체성을 모색하기 위한 장(場)이었

---

72) 김윤미, 「영화 <사랑과 맹서>와 오영진의 <젊은 용의 고향> 비교 연구」, 『현대문학의 연구』 41, 한국문학연구학회, 2010.
73) 오영숙, 『1950년대, 한국 영화와 문화 담론』, 소명출판사, 2007, 198쪽.
74) 오영진, 「영화의 기록성과 사회성-서론적으로 제작 근황을 말함」, 『민중공론』, 1953년 1월호.
75) 손혜민, 『잡지 「문학예술」 연구-'세계주의'와 현대화의 기획-』, 연세대학교 국어국문학과 석사학위 논문, 2008.

고, 그 중심에 '반공'과 '미국'으로 대변되는 '세계'가 있었던 것이다.76)

오영진이 1952년 9월 6일에서 10월 25일까지 기록한 일기에는 베니스에서 개최되는 유네스코 주최 세계예술회의에 참석한 과정과 여정이 담겨있다. 그런데 1952년 전쟁 중에 한국에서 비행기를 타고 일본, 인도, 방콕, 이태리의 베니스를 거치는 동안 오영진은 이제 막 신생국인 한국의 국가정체성을 인식하게 된다. 인도청년이 유창한 영어로 오영진에게 던지는 질문은 그가 어디서 왔는지 묻는 것이었다.

> "어데서 왔소"
> "Korea"
> "아! 아직도 전투를 하고 있지요."
> "그렇소"
> "아! 悲慘한 일입니다. 왜 同胞끼리 서루 싸워야만 합니까. 같은 種族이지요."
> "동포끼리 싸우는 것이 아니다. 우리 北쪽 同胞는 大概가 우리와 같은 생각이며 우리와 싸우기는 커녕 우리와 協力하고저 하고 있다. 80%는 우리와 같은 생각이다. 우리가 싸우는 相對者는 赤色中國이며 또 그 背後의 勢力이다. 그런데 印度와 Pakistan은 ○○서도 感情이 融和되었소?"
> "천만에요. 우리들은 다른 種族인 걸요."
> "네-루 首相의 人氣는 어떠하오."77)

오영진은 일기에 인도 청년과 나눈 대화를 상세하게 적고 있다. 왜 동포끼리 싸우느냐는 인도 청년의 말에 오영진은 북한과의 싸움

---

76) 김윤미, 『오영진 극문학에 나타난 '민족' 표상 연구』, 연세대학교 국어국문학과 박사학위 논문, 2010, 57쪽.
77) 오영진 일기, 1952년 9월 21일.

은 중국과 그 배후세력 때문이라고 답변한다. 그리고 인도와 파키스탄에 대한 질문으로 넘긴다. 인도와 파키스탄은 다른 종족이라는 인도 청년의 반론에 오영진은 네루 수상의 인기에 대한 질문으로 피해간다. 오영진은 매점 직원인 인도 청년과의 대화를 마치 자기 자신이 들어야 하는 이야기처럼 기록한다. 불합리한 전쟁을 받아들이기 위해 오영진은 중국과 그 배후세력으로 책임을 넘긴다. 그런데 이런 피해의식은 실제로 회의에 능숙하지 못한 외국어 실력과 약소국가에 태어난 자괴감으로 이어진다.

> 나 自身부터가 애당초에 自信이 스지 않는다. 가끔가다 한두 마디의 會○를 자지고 會議의 全狀況을 理解?하리라고는 도저히 믿어지지 않고 또 어느 程度 理解한다쳐도 어떤 機會에 發言할 수 있는 경우에 나의 ○○力으로 充分히 意思를 傳達할 수가 있는가가 疑問?이다. 아니 疑心할 餘地없이 나 자신이 잘 알고 있지만 不可能하다. 우리 一行은 대개가 不幸하게도 ○○○ 의 ○○力과 청취력이 나만도 못하다. 그러나 **모든 議事는 佛, 伊, 英語로 進行된다는 것이다. 不幸하게도! 眞實로 西洋, 英, 佛, 伊 가까이 태어나지 못하고 中國에 가까운 東洋 半島에 태어났기 때문에!** (이것이 오늘에 와서는 큰 不幸가운데에 하나로 우리는 看○하여야만한다.)우리는 ○○○의 流行을 正確히 傳達해주고 우리의 意思를 正確히 表現하여 줄 사람이 各分科마다 必要한 것이다. (중략). 할 이야기는 태산같은데 ○成한 입은 하나도 없는 형편이다.[78]

오영진에게 중국은 적국으로 거듭 언급된다. 영어와 불어, 이태리어로만 의사소통이 가능한 국제회의에서 오영진이 느끼는 것은 "中國에 가까운 東洋 半島"라는 지정학적 위치에 대한 불행감이다. 지리적 위치가 갖는 반도의 운명에 대한 불행을 극복하기 위해서는

---

78) 오영진 일기, 1952년 9월 21일.

외국어에 대한 능력이 필요하다고 오영진은 일기에 쓰고 있다. 해방 이후 조선의 지식인들은 '아시아'라는 단어를 자주 '약소민족'을 의미하는 광범위한 메타포로 사용했다.79) 오영진은 '동양'이라는 단어를 쓰고 있지만 미국 중심의 '아시아'라는 단어를 사용하기에는 아직 시간이 필요했다. 특히 방콕에서 발견한 코카콜라 마크가 일본 국기를 연상시킨다는 묘사는 미국에 대한 오영진의 정치적 무의식을 자극한다.

> 東洋의 고도이며 적어도 一國의 수도인 이 거리는 이로 말미암아 마치 코카콜라 會社의 거리 같고 이곳 住民은 그 從業員 같지 않은가. 미국이 反對陣營에게서 받는 혹독한 批난의 原因?은 바로 여기에 있는 것이다. 그네들은 혹은 一種의 會社事業으로 생각하고 또 이나라 사람에게 좋은 ○○○○를 供給하고 있다고 제딴은 생각할 것이고 또 이 供給을 더욱 많이 하기 위하여서는 간판을 눈에 띄우기 쉬운 곳이라면 어데나 부치는 것도 상업 上 당연한 일이라고 생각할 것이다.80)

오영진은 거대한 미국기업의 공격적인 경영방식이 동양의 오래된 나라의 국민을 종업으로 만들고 말 것이라는 불안감을 일기에 드러내고 있다. 오영진의 일기에는 신식민주의 세계로 포섭되는 아시아의 운명이 예견되어 있었다. 그런데 이태리 여행 전에 이미 오영진은 "'이태리안 리얼리즘'을 발전시키는 것은 '코리안 리얼리즘'"이라고 주장하면서 "전후의 이태리안 리얼리즘의 영화가 기술적 불비에도 불구하고 전 세계적인 최우수작이 되었다는 전례에서" 한국영화의 희망을 제시했다.

또한 세계영화제의 참여를 독려하면서 "베니스와 칸느와 미국의

---

79) 장세진, 『슬픈 아시아』, 푸른 역사, 2012, 28쪽.
80) 오영진 일기, 1952년 9월 21일.

아카데미쯤에는 명함을 들여 놓을 수도 있는 것"이라고 한국영화에 대한 낙관적인 미래를 전망했다[81] 오영진은 1951년 일본영화가 베니스국제영화제에서 대상을 수상하고 구로사와 아키라 감독이 영화감독상을 받게 되자 오영진은 한국 영화에 대해서도 자신감을 가졌던 것이다. 오영진은 해외진출을 위한 영화인단체 조직을 위해 1953년 '한국영화예술협회'를 창립했다.

2) 아메리카 기행과 실험영화 발견

1953년 오영진의 일기에는 '도미여행시작일'인 11월 23일부터 그해 말 12월 31일까지 기록되어 있다. 오영진은 미 국무성의 프로그램에 참여하는 와중에도 한인교회에서 동포들과 유학생들을 만나고 그 상황을 매일 일기에 기록했다. 일본 하네다 공항에서 미국행 비행기를 탄 오영진은 하와이, 샌프란시스코, 워싱턴, 보스턴을 거쳐 뉴욕에서 그 해 마지막 일기를 썼다. 오영진은 공식적인 프로그램 행사 외에도 가는 곳마다 한인교회를 중심으로 형성된 한인동포와 유학생들을 만났는데 이광혁의 그리스 상 그림을 한인교회에 기증하거나 <병사의 적> 같은 영화를 영화사에서 직접 구매하기도 했다.

오영진에게 미국은 새로운 예술세계의 실험이 시작되는 장소였다. 아메리카 탐방을 가기 전에 이미 오영진은 미국의 다양한 실험영화들을 알고 있었다. "2차 대전 후 <가스등>이나 <영원의 처녀>, <잃어버린 주말> 같이 할리우드의 영화제작자들이 소위 '뉴로틱 영화'라고 부르는 심리적 테마를 취급했다"는 사실에서 오영진은 영화예술의 새로운 탐험이라고 보았다. 그리고 형식면에서도 미국영

---

81) 오영진, 「국제영화콩쿨과 한국영화예술의 방향」, 『자유세계』, 1952, 5월호.

화는 "세미·도큐멘터리즘"이라고 하는 새로운 형식을 개척했다고 평가했다. 그것은 반기록영화로, 극적인 요소와 기록적인 요소가 반반이 배합된 것을 말한다. 아메리카 영화계에서 실제 장소에서 촬영하고 기록함으로써 극적인 세계를 창조하는 것은 세트 제작 없이 촬영하여 제작비를 절약하기 때문에 기업 면에서도 새로운 시험으로 보았다. 그리고 이러한 기록의 정신과 방법이 이태리영화에서 영향을 받은 것이며, 이러한 정신의 원연을 오영진은 르네상스 예술에서 찾았다.[82]

> 우리가 의식적으로 사회적인 테마를 또는 정치적인 테마를 선택하지 않아도 우리의 현실이 우리의 생존이 너무도 사회적인 관련하에 살고 있고 정치의 문제가 하나의 특수층에 국한되는 현상이 아니라 우리들 생활에 깊이깊이 들어왔기 때문에 우리의 작품활동과 그 성과가 다분이 사회적이며 정치적이 되지 않을 수 없는 것입니다.[83]

오영진은 예술과 문화의 상징적 힘 안에도 지배체제의 정치적인 이데올로기가 작동하며 그것에 반하는 의지가 살아있다는 것을 상기시킴으로서 정치적 무의식의 원리를 이야기하고 있다. 오영진은 아메리카 탐방 중에 3개월간 대학, 도서관, 미술관, 영화, 라디오 스튜디오를 방문하며 미국 대학 연극영화과의 수업 제도 등을 관람했고 이 경험을 다음해 아메리카 문화탐방에 대한 글로 발표했다.[84] 「미국 영화계의 동정」, 「아메리카 영화 대학」, 「미국의 연극

---

82) 오영진, 「영화의 기록성과 사회성- 서론적으로 제작근황을 말함」『민중공론』 신년호, 1953; 이근삼·서연호 편, 『오영진전집』 4, 범한서적주식회사, 1898, 340-343쪽 참조.
83) 오영진, 위의 책, 343쪽.
84) 이근삼·서연호 편, 『오영진 전집 5』, 범한주식회사, 1989. 411~417쪽 참조.

과 영화」, 「뉴욕의 연극 학교」, 「아메리카의 소극장 운동」, 「하버드 대학 연경학회를 보고」, 「아메리카 기행」, 「헐리웃의 인상」과 같은 글을 1954년 잇따라 발표했다. 오영진에게 미국은 세계로 향하는 출구였고 상상으로만 접했던 아메리카를 오영진은 직접 대면하게 된 것이다. 그런데 오영진의 일기에서 일본은 미국과 비교되어 자주 언급된다.

오영진의 일기를 살펴보면 그는 일본의 하네다 공항에서 이틀을 보낸 후 11월 28일 하와이에 도착하는데, "일본은 어쩐지 불쾌하다"(11월 23일)거나 "동경은 소란하고 사람의 신경을 시달리게 한다"(11월 28일)거나 "동경거리에서는 활기 있어 보이는 일본인이 하네다에서는 조용하고 더구나 비행기 안에서는 처녀 이상으로 얌전하다"고 표현하기도 한다. 오영진은 비행기 옆자리에 동승한 일본인과 제법 원활하게 대화를 나누지만 한국에서 일하고 싶다는 일본인의 말에 한국을 식민지로 아는 게 아닌지 속으로 불쾌하다고 일기에 썼다. 일본에 대한 오영진의 감정은 이와 같이 친숙하면서도 거슬리는 불편함 같은 것이다. 이와 달리 미국은 오영진에게 물질적인 풍요 외에도 실험정신이 가득한 나라로 다가왔다.

하와이 동포와 영사관에서 만남을 가진 오영진은 이민 2세가 정치적으로 갈라진 두 집단을 하나로 통합시키는 역할을 하고 있는 것을 흥미롭게 여겼다. "호놀룰루를 미국이면서 미국 같지 않은 도시"(12월 1일)라고 일기에 기록한 오영진은 워싱턴 인터내셔널 센터에 도착하여 각국 아시아청년들과 대화를 나누지만 FBI의 'Mr. Hoower(Calif)'는 오영진의 호텔방까지 따라와서 이야기를 나누었다.(12월 4일) 오영진의 미국기행 일정에서 미군묘지 교대행사관광(12월 5일)과 서북출신 교포들과의 만남(12월 6일), 콘그리스(congress) 도서관에 한국이 일본 부스의 일부로 있는 것에 불쾌감을 느낀 오영진은 중앙문화사의 책 리스트를 보내기로 한다.(12월

14일) 또한 보스톤에 도착한 오영진은 국무성에서 예약해준 벤돔 (Vendome) 호텔에서 인터뷰 요청을 받는다.

> Boston Post의 女記者는 매서운 눈을 가진 여자이다. 타-반으로 머리를 동이고 누리끼한 얼골이 날카롭다. Miss Ann Thomas는 이 것저것 질문을 한다. 政治問題를 묻는 것은 姑捨하고(의미 : 더 말할 나위도 없고) 飯還을 願치 않는 22人의 美兵에 관한 질문은 그 중에 서도 질색이다. 이것을 說明하려면 多分히 心理的이고 分析的이여야 한다. 이러한 文學的인 동시에 精神病的인 이얘기를 充分히 表現하 기가 힘들다. 最初 단계에 그들이 받았을 고문과 그 後에 오는 reaction 等… 전쟁문제도 難問 中의 하나이다. 美國은 확실히 총을 들고 다시 싸우려고 하지 않을 것이다. 하지만 우리는 各己의 方法 과 分野에서 南北의 統一을 위하여 총집중하지 않을 수 없다는 것 을 결론으로 강조하고, 사직을 찍고 나오다. Boston Post社 사진실 에서 Korean을 사진 찍기는 이번이 처음이라는 것이다.[85]

오영진은 미국무성의 지원으로 미국기행을 하는 아시아인으로 미 국언론의 주목을 받았다. 그의 일정은 미국무성의 프로그램에 따른 것이지만 그는 개별적으로 한인교회와 유학생들과의 만남을 가졌 다. 하버드 대학의 서두수 박사를 만나거나 하버드 대학의 역사학 자 에릴세프 교수와도 만남을 가진다. 크리스마스 장식으로 평화로 운 보스턴 마을을 드라이브하면서 오영진은 한국현실에 우울해하기 도 한다. 11월 21일 뉴욕에 도착한 오영진은 콜롬비아 대학, 브로 드웨이, 월넷 금융가를 돌아보고, 다음날 버드여사를 만나 영화관계 자를 만나게 해 줄 것을 요청하기도 한다. 록펠러센터와 포에닉스 극장을 관람하고(12월 23일), 한인교회에 참석하여 윤응팔 목사에게 서 이광혁의 그림을 찾아오기도 하는데 오영진은 주로 한인교회에

---

85) 오영진 일기, 1953년 12월 16일.

서 유학생들과의 만남을 가졌다.(12월 27일)

오영진은 3일 동안 진행되는 <speech and drama conference>
에서 아서 밀러의 "정치도 넌센스다"라는 짧은 연설을 듣기도 하
고, 같은 행사에서 진행된 미국교육연극단체에 관심을 가지기도 했
다.(12월 28일) 그는 버너드 교수의 학생연기지도 강의에 참석하기
도 하고(12월 30일), 맨해튼 칼리지 교수 존 미첼교수를 만나고, 세
계각지에서 연극계를 시찰하고 온 사람들의 보고연설을 듣는 등 미
국을 중심으로 모여든 세계 각국의 다양한 사람들을 만났다. 1953
년 12월 31일 마지막 날에는 <The King of Khyber Rifler>라는
컬러영화를 혼자 보았다고 오영진은 일기에 썼다.

오영진은 미국 여행을 시작한 1953년 11월 23일에서 1953년
12월 31일까지 매일 많은 분량의 일기를 세심하게 기록했다. 일기
와 일기 사이에는 공백이 여러 날 계속되지만 일기가 시작되면 거
의 매일 기록된다. 오영진에게 일기쓰기는 증언해야만 하는 역사적
순간을 기록하고자 하는 정치적 행위로 여겨진다. 그러므로 일기
쓰기는 그가 자신의 삶으로부터 거리를 두고, 낯선 세계를 인식하
고 받아들이고자 하는 정치적 무의식으로, 일종의 자기교육으로 여
겨진다. 아메리카 문화예술과 교육에 대한 적극적인 모방은 오히려
지워진 얼굴과 이름을 찾으려는 복화술사의 절박한 자기 교육으로
도 보인다.

4. 결론

해방 후 발표된 오영진의 수기와 영화론, 발굴된 오영진 일기는

해방과 전쟁, 분단으로 이어지는 이 당시 한국문화예술정치의 지형을 살펴보는데 있어서 중요한 단서가 될 수 있다.

오영진이 1947년부터 1953년까지 쓴 일기에는 그가 월남 후 문화정치의 중심으로 진입하는 과정이 드러난다. 해방과 전쟁, 분단으로 이어지는 과정에서 오영진은 영화를 건국플랜의 도구이자 국가의 문화 사업으로 인식했다. 이는 영화자본의 헤게모니가 일본에서 미국으로 이행되는 과정과 밀접한 관계가 있다.

오영진은 해방되던 날로부터 1947년 7월 월남하기 전까지 북한에서 조선민주당 활동을 했고, 북한영화계지원을 소련군정에 요청하는 편지를 쓰기도 했다. 또한 1946년에서 1947년까지 북한에서의 조선민주당 창당과 해산과정을 오영진의 일기에서 살펴볼 수 있었다. 오영진은 월남한 조선민주당의 후원으로 북한에서 조만식을 구하기 위해 '기독자유당'을 출발시키려고 했지만 실패하게 되고 이로 인해 월남한 것으로 일기에 기록하고 있다.

월남 후 남한에서도 조선민주당 활동을 했던 오영진은 1948년 7월에 남파된 공작원의 총탄으로 영화 <마음의 고향> 연출과 <조선영화론 3부>를 중단하게 되었다고 일기에 밝히고 있다. 이 사건으로 오영진은 적극적인 반공주의자로 변화하게 되고 오영진은 미군정의 통역 대신 영화평론가로서 자신의 능력을 소개하면서 미군정하 정훈감으로 촉탁되는 계기를 마련했다.

오영진은 뛰어난 언어실력으로 영화자본을 자국의 영역으로 점유하려고 했다. 그는 영화론에서 '조선영화보호를 위해 외국영화의 수입 제한', '흥행세의 면제', '영화재료의 국내생산기관과 영화공업을 국가사업으로 추진'하는 등 영화정책을 제시하기도 했다. 그는 북한과 남한의 영화계를 비교하면서 소련과 미국 영화 등 외화의 공세가 한국 영화의 부진이라는 점, 양분된 남조선과 북조선의 영화관 수로 인해 부족한 영화관과 자본의 불안정, 영화인의 지도 이념 상실로 인한 사상적 혼란을 극복해야 한다며 영화에 대한 국가의 지원정책을 요구했다.

오영진이 제시한 건국플랜으로서의 영화육성정책은 한국영화정책 초기에 어느 정도 반영되었다고 할 수 있다. 일제 식민지 시기 영화를 통해 조선인의 정체성을 구성하려고 했던 오영진은 해방 후 반공과 미국화를 통해 영화를 새로운 국가재건의 플랜으로 인식했다. 오영진에게 영화는 제국과 교류하는 중요한 거래수단이었고 이 과정에서 전쟁은 중요한 역할을 했다.

한국전쟁기간 동안에 대한영화사의 위원이었던 오영진은 한형모 감독과 영화기자재를 부산으로 옮겼고 오리온영화사를 창립하고 전쟁과 뉴스영화제작에도 참여했다.

오영진의 일기를 살펴보면 미국무성은 언론과 FBI 요원까지 동원하며 문화예술인 엘리트를 미국화 하는데 적극적이었고, 영어를 잘 하는 오영진은 다양한 프로그램에 참여할 수 있었다. 그에게 미국은 세계로 표상되었으며 새로운 문화제국이었다. 개인의 심리에 천착하는 미국의 '뉴로틱영화'와 프로덕션 형태인 영화의 새로운 제작방식을 오영진은 한국에 소개했다. 영화론과 에세이, 수기와 시나리오, 희곡을 통해 오영진은 자신이 겪어왔던 한반도라는 지정학적 위치에서의 생존방식을 적극적으로 기록했다. 그리고 영화 <인생차압>의 원작으로 오영진이 북한에서 완성한 첫 희곡「살아있는 이중생 각하」를 공연하고 연극학회를 조직하는 등 유치진, 이해랑과 교류하며 연극으로도 활동영역을 넓혀갔으며 국제활동에도 참여했다.

유네스코 주제 세계예술회의에 참석한 오영진은 오랜 전통을 가진 아시아인이 코카콜라라는 미국의 거대기업에 의해 종업원처럼 변화할 것에 대한 우울감을 드러내기도 했다. 일본에 대한 피해의식과 중국에 가까운 지정학적 위치로 인한 불행감을 극복하기 위해 오영진은 그 대안으로 외국어에 대한 능력을 길러야 한다고 일기에 쓰고 있다. 오영진에게 일기쓰기는 증언해야만 하는 역사적 순간을 기록하고자 하는 정치적 행위였으며, 자신의 삶으로부터 거리를 두고, 낯선 세계를 인식하고 받아들이고자 하는 일종의 자기교육이었다고 할 수 있다

해방과 전쟁, 분단으로 이어지는 혼란스러운 시기에 기록된 오영진 일기는 오늘날 위태로운 한반도의 지정학적 위치를 성찰하는 데 있어 중요한 인식을 심어줄 수 있을 것이다. 한국문화예술교육과 문화정치의 초석을 다지고 한국영화의 국제화에 첫 길을 열었던 오영진의 활동은 오늘날 한류문화의 근간을 이루는데 작은 주춧돌이었다고 할 수 있다. 추후 소련에 보낸 오영진의 북한영화지원정책에 대한 편지를 발굴하여 연구한다면 남북한영화계의 초기형성과정을 조망하는 근거가 될 것이다.

[참고문헌]

1. 1차 자료
오영진, <오영진 일기>, 1947-1953.
오영진, 『蘇軍政下의 北韓- 하나의 證言』, 중앙문화사, 1952.
이근삼·서연호 편, 『오영진전집』, 범한서적주식회사, 1989.

2. 논문 및 단행본
권두현, 「해방 이후 오영진의 작품에 나타난 정치적 무의식」, 『상허학보』 27, 상허
　　　학회, 2009.
김　균, 「미국의 대회 문화정책을 통해 본 미군정 문화정책」, 『한국언론학보』 443,
　　　한국언론학회, 2000.
김선호, 「해방직후 조선민주당의 창당과 변화」, 『역사와 현실』 61, 한국역사연구회,
　　　2006.
김윤미, 『드라마와 민족표상』, 연극과 인간, 2013.
＿＿＿, 「제국과 로컬, 오영진의 조선영화론」, 『드라마, 내셔널 서사, 문화콘텐
　　　츠』, 월송, 2013.
＿＿＿, 「오영진 일기 연구- 1958~1959년 오영진 일기를 통한 한국영화계의 문화현
　　　실　소고」, 『한국극예술연구』 제51집, 2016.
김재석, 「<살아있는 이중생 각하>의 자기모순성」, 『어문학』 제59호. 한국어문학회.
　　　1996, 8월.
김　화, 『새로 쓴 한국 영화 전사』, 다인미디어, 1997.
김한상, 「1945-48년 주한미군정 및 주한미군사령부의 영화선전」, 『미국사연구』 34,
　　　2011.
남기웅, 「민족과 계급 사이의 영화비평 그리고 아메리카니즘」, 『해방과 전쟁 사이
　　　의 한국영화』, 박이정, 2017.
문원립, 「해방 직후 한국의 미국영화의 시장규모에 관한 소고」, 『영화연구』 18, 한
　　　국영화학회, 2002.
심혜경, 「안철영의 『성림기행』에서의 헐리우드 그리고 조선영화」, 『조선영화와 헐
　　　리우드』, 소명출판, 2014.

_____, 「안철영 텍스트를 통해 본 대한민국 설립 초기 '조선영화' 연구」, 중앙대학교 대학원 박사, 2012

손혜민, 『잡지「문학예술」연구- '세계주의'와 현대화의 기획』, 연세대학교 국어국문학과 석사학위 논문, 2008.

이순진, 「한국영화의 세계성과 지역성, 또는 민족영화의 좌표- 1950년대 영화 비평 담론을 중심으로」, 『동악어문학회』 59, 2012.

이상우, 「해방직후 좌우대립기의 희곡에 나타난 현실인식의 양상-우익측의 유치진. 오영진. 김영수 희곡을 중심으로」, 『한국극예술연구』 2, 한국극예술학회, 1992.

이영재, 『제국 일본의 조선 영화』, 현실문화, 2008.

오영숙, 『1950년대, 한국 영화와 문화 담론』, 소명출판사, 2007.

조혜정, 「미군정기 뉴스영화의 관점과 이념적 기반 연구」, 『해방과 전쟁 사이의 한국영화』, 박이정, 2017.

_____, 『미군정기 영화정책에 관한 연구』, 중앙대학교 대학원 박사, 1997.

조희문, 『영화사적 측면에서 본 광복기 연구』, 중앙대학교 대학원 석사, 1983.

전지니, 「건국 이후 영화잡지에 대한 고찰-『신영화』(新映畵)와『은영』(銀映, The Silver Screen)을 중심으로」, 『해방과 전쟁 사이의 한국영화』, 박이정, 2017.

장세진, 『상상된 아메리카- 1945년 8월 이후 한국의 네이션 서사는 어떻게 만들어졌는가』, 푸른역사, 2012.

_____, 『슬픈아시아』, 푸른 역사, 2012.

정영권, 『적대자와 동원의 문화정치- 한국 반공영화의 제도화 1949~1968』, 소명출판, 2015.

_____, 「해방 이후 8년 북한의 소련영화 수용과 영향」, 『해방과 전쟁 사이의 한국영화』, 박이정, 2017.

정종화, 「해방기 한국영화계의 '예술영화' 지향: <해연> 관련 잡지를 중심으로」, 『해방과 전쟁 사이의 한국영화』, 박이정, 2017.

정태수, 「<내 고향>과 <용광로>를 통해 본 초기 북한영화의 특징」, 『해방과 전쟁 사이의 한국영화』, 박이정, 2017.

최승현, 「해방 후 오영진의 좌표와 음악극 실험」, 『한국극예술연구 51』, 한국극예술학회, 2016.

한상언 외, 『해방과 전쟁 사이의 한국영화』, 박이정, 2017,

　　　　　『해방공간의 영화.영화인』, 이론과 실천, 2013.

　　　　　『해방기 영화인 조직 연구』, 한양대학교 대학원 박사, 2007.

한옥근, 『오영진연구』, 시인사, 1993.

한영현, 「해방기 '아메리카 영화론'과 탈식민 문화기획」, 『대중서사연구』 19(2),
　　　　　2013.12.

＿＿＿＿,「해방과 영화 그리고 신생 대한민국의 초상」, 『대중서사연구』 26, 대중서
　　　　　사학회, 2011.

＿＿＿＿,「해방기 한국 영화의 형성과 전개 양상 연구」, 성신여자대학교, 2010.

　　　　　한국예술연구소 편, 『이영일의 한국 영화사 강의록』, 소도, 2002.

프레드릭 제임스 저, 이경덕・서강목 옮김, 『정치적 무의식- 사회적으로 상징적인
　　　　　행위로서의 서사』, 민음사, 2015.

위르겐 슐룸봄 편, 백승종 외 옮김, 『미시사와 거시사』, 2001.

제5장. 오영진 일기 자료(1947-1953)

* 오영진 일기는 1947년 12월 20일부터 시작되지만 참고가 될 자료만
을 편집하였다.

1947년

12월 22일(월)

家妻(아내)와 동반외출. 방이 치워서(추워서) 안해에(아내의) 건강상태가 좋지 않다.

京電의 오기영(吳基永) 씨를 오래간만에 만났다. 그 역시 서울의 형세를 아주 못 마땅히 여기고 있다.

朴在昌과 王超山家 訪問. 南弘, 承煥, 昌善 等과 會食. 林仁植이란 새로운 친구를 그 자리에서 알았다.

자리에 누워 달이 기울도록 두서없는 雜念에 빠졌다.

"映畫의 秘密은 여기에 있다. - 가장 不幸한 政治家(Hitler)도 이것을 利用하였고 가장 多幸한 政治家도 이를 利用하고 있다. 조선 企業家가 이를 이용하여 한몫 보려다 不幸한 企業家가 되었고, 또 美國(?)의 그는 이를 이용하여 가장 多幸한 기업가가 되었다. 가장 優秀한 藝術家도 이것을 自己에(자기의) 表現手段으로 하고 가장 低劣한 藝術家도 역시 그렇다.

나이가 많아 갈수록 여러 現象을 究明하는데. 映畫에(영화의) 一見 複雜하야 풀기 힘든 듯한 秘密이 스스로 露現되는 것이다.

12월 24일(수)

X-mas eve를 朴啓周와 崔永秀와 지냈다. 시나리오 文學의 성을 力說하고 崔의 同感을 어덨다(얻었다). 崔 自身 이번 처음으로 映畫人들과 맞나(만나) 같이 일해보고 幻滅을 느꼈다 한다. 그러나 나는 崔가 쓴 시나리오 중 두 편, <最後의 밤>과 <黎明>을 읽고 崔에 대한 기대가 적잖이 어그러졌다. 차라리 通俗이고 아무런 모랄(moral)도 없지만 金永壽의 <悲○> 가운데 신선한 감각이 엿보인다.

그러나 大衆的玄場에서 볼진대 金, 崔 이런 이들이 映畫製作에 직　　○○한 대는 것은　映畫界를 위하야 경하로운 일이 아닐 수 없다.

12월 25일(목)

방용구, 이석곤과 X-mas를 마저 보냈다. 第二戰線의 必要性을 말하고, 統一을 봄.

그러나 그 方法에 있어서 나는 좀 더 積極的이고 방은 消極的.

徐日影을 茶房에서 만났다. 演劇界에 對하여 매우 失望하고 있다.

12월 26일(음력 11월 5일)

내 生日. 世烈, 東 과 저녁을 같이 하고, 오늘부터 <以北記>를 쓰기 시작한다.

12월 29일(음력 11월 18일)

아버지 생신이다. 以北에서 어떻게 지나시는지(지내시는지). 눈앞에 삼삼하다.

용구, 석곤, 재창, 창선이 오다. 新堂洞에 있는 立法議院 朴 氏, 明根 氏, 文人까지 參席하여 초라한 주안일망정 나에게는 기쁜 잔치였다. 점심은 健永 氏의 招待로 本町(현재 명동)에서 日本 스시. 우리 夫妻와 丈人, 丈母, ○○ 五人(다섯 사람)이 會食.

12월 30일

白南弘 君의 招待로 흠 없는 몇이 모여 남부럽지 않은 忘年會를 가졌다.

모인 사람, 朴在昌, 金信鳳, 方昌善, 朴承煥, 林泰楨, 李○煥, 白南弘, 나에(까지?) 八人.

以北에서 拘留당하고 있는 여러 同志와 曹 先生을 爲하야 祝盃(祝杯?, 하지만 내용상 축배는 아닌 듯.)를 올리고 限量없이 슲었다(슬펐다). ○中에도 悲威?한 공기가 떠돌았다. 場所는 咸豊館이란 장국밥집이어서 주위와 옆방이 매우 번거로웠지만 우리의 座席만은 그래도 한동안 엄숙했다.

白南弘의 自己批判이 나서자 나는 급작이(갑자기) 거기에서 비약하야 同志論으로 話題를 발전시키고 말았다.

허울 좋은 同志, 체면 차리는 同志라는 것은 同志랄 것이 없다. 相對者에 日常生活까지 꿰뚫고 서로 도웁고(돕고) 批判하는. 아침 멧時(몇 시)에 이러나고(일어나고) 밤 멧時에 자는 것까지 서로 아는 程度로 긴밀한 連絡과 ○○과 같은 理想下에 맺어져야만 비로서(비로소) 同志라 稱할 수 있는 것이다.

그렇치 않은 이름뿐인 同志, 外交 會的인 동지는 도려혀(오히려?) 서로 害가 될 수 있는 것이 아니냐. 白南弘이가 只今까지 事務局次長으로 악전고투하다가 결국은 쫓겨나와 現在에 苦味를 맛보는 것도 그에 路線이 어긋나서 그랬다는 것보다 한 사람의 同志를 갖지 못한 데 起因한다 할 수 있는 것이다.

○으로서도 1948年에 第二의 白南弘이도 있을 수 있게 第三의 아니 無數한 白南弘이가 있지 않으리라고 누가 豫言하겠는가.

만일 그럴진댄 이는 一個人에 悲運이래기보담 ○의 不幸이오 右翼의 不幸이오 朝鮮全體의 悲運이다.

나에 主要論点은 대개 이러한다.

술이 지나치자 또 나에 最大缺陷中의 하나인 妄發이 시작되어 집에 돌아와서는 안해를 울렸다. 이 惡習은 하루바삐 淸算하여야겠다.

뜨뜻미지근한 同志는 株式會社 株主보담 共同目標를 向하야 투쟁할 수 없다.

낮에 李○煥, 金治根, 韋?永根 來方.

12월 31일

말성 많든 丁亥年도 오늘로 마즈막(마지막)이다.

宿醉에서 깨어나니 天地에 가득한 白雪이요. 저녁 때까지 白雪이 ○○하다. 너머나(너무나) 더러운 現實을 끝끝내 조금이라도 깨끗이 씻어주려는 하늘에 好意인가.

昨年 이날엔 十余同志가 같이 밥 먹었고 그 中에 車在鎰, 尹海均, 金景夏, 全俊三은 지금 감옥사리(살이)를 하고 있다. 秉諸(?)氏 또한 애매한 고생사리(살이)다.

三月에는 亦是 오페렛다 示威를 求景(?)하고 五月1日에도 거리 벽돌

집 二層에서 '奴隷'의 行進을 슮이 보았다. 三月에는 金昌○이 서울로 向하얏고 五月에는 朴在昌이 美蘇共委(?)를 訂診(?)하려 上京했다. 五月九日에는 아버지의 餘光으로 그나마 教鞭을 잡든 崇仁에서 쫓겨나오고 共委의 進展을 따라 曺 先生을 救出할 手段으로 五月二十四日 尹海均을 또 다시 上京시키는 一方 答申書를 (共委에서 陳述할) 作成하야 未備한 대로나마 曺 先生을 얻으려고 基督教自由黨이 出發하려다가 준비도 채 되기 前에 일망타진되여 귀중한 全俊三과 車在鎰을 뺏겼다.

뿌라운(브라운?) 小將 一行이 오자 義弘과 ○昶은 高麗호텔서 쫓겨 나오고 曺 先生 房은 해빛을 볼 수 없는 六疊房으로 移轉되었다. 호텔 內에서 完全한 行動自由를 빼끼고(빼앗기고) 家族과에 面會面談도 一切 禁止당했다. 車在鎰 검속後부터 蘇聯特務의 손이 나에게도 뻐치기 始作하얏다.

七月에 안해가 道立病院에 入院하야 張基呂 博士 執刀下에 脱肛手術을 하였고 七月十九日에 金景夏, ○日에 康義弘, ○一日에 尹海均이 檢擧되고 九月十九日에 蘇聯特務員이 나를 찾았다. (午前十日時) 巧妙하고 幸運쓰러이 避身한 나는 그날부터 1개월 집에 密室에서 살았다. 十月十七日 낮 12時, 저녁 七時, 밤 11時 45分, 세 번 特務에 습격을 받고 十九日 아버지만 잠간 뵈옵고 집을 떠났다.

十一月四日 평양을 떠나 十一月七日밤 경계선을 넘어 八日 서울에 倒着하니 희황(휘황?)하고 어지러운 自動車에 行列이오 日帝時代와 같은 서울이니 결국 투장한 곳이오 地○○○에 들어갈 時代이다.

倒着하자 金秉麒? 집을 찾아 묵었고, 그곳에서 새로히 만난 친구 梁好民에게 "죽은 者로 하여금 죽은 者를 葬事(?) 지내게 하라. 산 사람으로 하여금 산 사람을 다스리게 하라"는 나에 抱負를 말하였다.

오! 丁亥年이여 多事한 一年이여. 宋鎮禹가 죽고 呂運亨, 張德秀를 맞어간 丁亥年이여.

오는 戊子年은 투쟁하는 巨物에 해가 되지 말지니 다스리는 사람에 해가 될 지어다.

저녁이 되어 눈이 끊저다.(그쳤다.?) 方昌善이 장작 한 평(五千円?) 실어다 주니 그 好意에 ○謝하고 술 안 먹고 조용히 둘이 앉아 對談하다.

1948년

1월 15일
二十年來 처음이라는 降雪이 채 녹지 않아 서울運動場은 두꺼운 눈
으로 덮였다.
나, 근○조○ 歡迎會. 數十萬群衆集會. 메논 博士. 조선南北問題에 關
하여 꿈과 奇蹟이 나타나기를 기다린다고 第一聲.
印度에 瞑想이 눈 덮인 東大門 ○頭에 피어오른다. 大亞細亞의 進路
를 暗示하는 듯한 氏에(의) 演說에 감격함.

1월 20일
大同館에서 朴在昌, 朴承煥, 나, 三人의 發起로 在平壤과 在京 親舊
에(의) 親睦會를 여럿다(열었다).
모인(모인) 사람
朴在昌, 朴承煥, 李崇鉉, 金炳淵, 白南弘, 朴賢淑, 金昌德, 宋泰潤, 金
信鳳, 朴善準?, 曹然明, 吳泳鎭, 林泰禎, 方昌善, 金翼鎭, 林碩茂 外 一
名
서울 와서 現朝民常執과 共同會食으로서는 和氣靄靄하야 성공이었
다.

3월 5일
「서울 映畵街散步」(200자 24매) 脫稿. 「民聲」四月號에 주었다.

3월 14일
會則도 없이 우리 親睦會가 發起했다.
政治的 色彩를 떠나 完全한 ○的交際로 親睦을 圖謀하자는 主旨이
다. ○的임으로 必然的으로 自己周圍의 친구를 추천케된다.

박승환, 박재창, 나 三人이 前부터 말해오든 것이 계우(겨우) 오늘에 와서 實現된 셈이다.

第一回 會合 午後 二時 金星煥宅

會員 : 朴承煥, 朴在昌, 林泰楨, 金星煥, 金秉麒, 梁好民, 韓心錫, 全(金?)國聲?, 田達秀, 孫元泰, 白行寅, 方昌善, 吳泳鎭, 李光錫

常任幹事 三人(朴承煥, 朴在昌, 吳泳鎭)이 選定되고 當番幹事도 每○○○. 輪番으로 擔當하고 集會는 每月一回. 會費 二百円이 決定됨.

○式會가 끝난 後 金星煥 君의 好意로 晚餐席上 特選區?問題로 林泰楨과 韓心錫, 大論爭. 獲得하야 한다라고 韓은 韋政長官의 拒否가 이미 發○된 오늘 떠든댓(댔)자, 소 잃고 외양깐 고치기라 하야 朝民黨의 無能을 ○○. 午後 七時 넘어 散會.

3월 24일

朝民黨 中執. 67名(?) 中 겨우 半數以上에(의) 出席으로 會議成立. 席上 副黨首 一人(現在 缺○?) 加薦 問題도 訂議. 22票로 朝根○○ 當選됨.

朴善準 西書○을 업고 陰謀는 점점 露易化함.

副黨首 一人을 한편에서는 (林泰楨, 金東鳴? 等) 白永赫 牧師를 推戴하고 대강 그러케 推進하여 오는데 朴善準은 一旦에 자기 勢力(出席中執員數)의 큼을 믿고 無記名 投票로 이러케 맨들어 놓았다.

○○나 政見보다도 商才에 能난한 李崇鉉, 朴善準 一派의 농낙이 滋甚하여 党은 하루 하루 타락함. 常執 26名도 선정함.

4월에 들어서.

二月末부터 그랬지만 ○○○○의 선거를 싸고 物議가 끓는다.

○○○ 氏를 ○○○에서 비난하는 만큼, 一般(中間)

金九 氏을 ○○식하야 결국 이것이○케 된 모양.

4월 18일

「우리 親睦會」第二回 會合. 儆新 柳唐基 氏의 好意로 儆新學校로 가

기로 함.

集會. 午前 十時 三十分. 敦岩洞停留場

人員. 朴承煥, 朴在昌, 吳泳鎭, 金秉麒, 李泰熙(신입), 白行寅, 全(金?)國聲?, 梁好民, 文炳基(新入), 孫泰○, 李光錫, 柳廣基(新入), 方昌善

北漢山麓에서 커피와 菓子를 먹으며, 白 氏의 美國視察談을 듣고, 내려오는 길에 會食. 徽新그라운드에서 東小門敎會靑年勉勤會員과 蹴球試合 3-0으로 졌다. 6時 皈路.

다음 當番 幹事 文炳基, 全(金?)國聲?

新入會員은 五人의 推薦으로 滿場一致의 贊○을 얻기로 하고 定例會는 每月第二週日로 決定.

오늘 伊太利서는 總選擧요 서울運動場에서는 선거인 등록 成功祝賀大會.

金圭煌, 金昌德, 四月九日(金九 氏 信任狀을 가지고 北行하였다는 소식을 어제 들었다.)

7월 10일

朴承煥, 朴在昌과 金秉麒. 金東元 氏를 訪問하고 돌아오늘 길에 承歡 妻男과 저녁 먹고, summer time으로 10時 10分, 光熙洞 1-185의 1. 寓居 앞. 三○보前에 이르자 뒤에서 學銃發射三方. 一發은 流彈, 二發은 命中됐다. 然이나, 天佑神助로 急所를 피함.

순간 나는 큰 音響에 咸○되었으나 死力을 다하야 집 앞 妙?法寺 들로 뛰어들어가 넘어지다. 팔이 저리고 다리가 무거워지고 뜨끈뜨끈한 피가 팔에서 샘솟듯함.

偶然이 來訪하였든 金健永씨와 石明根 其他 家人의 協力으로 곧 市立病院에서 應急治療하고 金晟鎭外科로 옮겨 이곳에서 六日間 入院.

그 後 赤十字病院外科로 옮기고 級○三週日 加治療後 退院.

凶○으로 해서 「마음의 故鄕」의 演出은 永永 中止되고 「朝鮮映畵論」第三部는 아직 中斷中. 半年을 無爲와 焦燥로 지내다.

1949년

1월 6일

아버님 생신날. 이리저리 흩어지는 생각을 걷잡을 수 없어 한 글자 적어 놓고 소자는 잠 못 이루는 긴긴 밤을 고히 ○ 지낼가 나이다. 아버님 무강허기를 소자는 이렇게 비나이다.

소자 어렷을 때 쥐나라 그리시든 아버님. 소자 철들어 까마귀 전설 이애기하시든 아버님.

소자 성장함에 외유내강하라 하신 아버님. 아버님 무강하시길 소자는 이렇게 비나이다.

2월 23일

人格을 通하지 않는 思想은 없다.

現代에 있어 思想은 없어도 技術?은 있다. 내가 李承晩大統領을 尊敬하는 点은 무엇보다 그가 ○○○ 政治技術○人이기 때문이다.

나난 트루맨, ○○○, 스탈린을 다만 이렇게 한에서 칭찬한다. 現代에는 Socrates도 없고 그렇다고 Alexander 大王과 징기스카안의 ○계도 아니다.

우리 韓國民은 技術?이라는 짓을 너머도 蔑視○했다. 그 複答은 오늘에 왔다.

한 가지 일을 數十年하면 대개 그 일의 輪廓을 안다. 그런데 어떤 機會에 偶然하게 自己가 專門이 아니던 일을 텃취(?)하게 될 때 어리석은 그 친구는 十年동안 하든 자기 일과 금세 조금 맛을 보고 배운 ○○○的인 일과를 協同하게 된다.

인간의 自己擴大의 本性○은 이런 곳에서도 하나의 罪惡(?)을 양성(?) 한다.

法學을 아는 척하는 藝術人이 ○○인 것은 누구나 다 알고 이를 비웃지만 예술을 ○○한등에 올려 놓? 法曹人을 아무도 비웃으려 하지 않는다.

한 동안 사랑사랑 했다. 그를 ○○가 비웃어 노래하되 사랑이란 모

난 것이드냐 둥근 것이드냐. 오늘에 와서는 人〇 25億의 〇무가 한 거름 뒤로 물러

自由自由 하고 축음기의 바늘은 더 나아가지 않고 같은 자리를 뱅뱅 돈다. 自由가 둥글드녀 세모꼴이드냐? 이 自由를 機會主義者들이 自由로 〇〇한다.

우리 一 人間에게는 不幸하게도 또는 多幸하게도 禽獸와는 달라, 오늘은 民主主義者요 來日은 共産主義者가 될 自由는 없다. 더군다나 나는 民主도 아니요 共産도 아니랠 自由는 원체 없고.

自由를 視覺化할 수 있겠는가. 세모꼴도 아니고 네모꼴도 아니다. 이것은 하나의 Process에서 發見할 수밖엔 없는 動〇에 지나지 않는다.

모든 技術中에 自己를 民主와 共産 두 主義者로 보이려는 技術?처럼 無益有害한 技術? - 아니 이는 技術?以下이다.

「何如튼 살아야만….」

「제가 죽구 볼 지경이면 ….」

이것이 保〇文化室 事務局長의 이얘기(이야기)다. 나보고 너무 딱딱스리 굴지 말고 「何如튼 살」래는 忠告일까?

「生死에 어떻게 條件(?)이 있겠소.」

나의 〇〇에 반드시 아직도 左翼인 듯 〇은 金思根?이 會心의 웃음을 웃었다.

술 먹고 아깝게도 두 page를 건너뛰었다.

李大統領은 來日이라도 韓日同盟을 맺을 듯싶다. 그런데 國內에서는 아무 批判도 없는 축에서까지 反日感情은 〇〇되지 않았다. 카페서는 일본유행가를 부르고 싶고 싶어 죽겠고 혹은 흥에 겨우면 적은 소리로 멜로듸를 읊으지만 이야기는 아주 딴판이다.

〇帝36年의 體驗이 없는 大統領이 과연 이 難題를 어떻게 處理하겠는가가 〇〇이다.

그런데 하나의 曙光은 우리가 하는   〇〇가 매우 좁아졌다는 데 있다. 空間뿐 아니라 時間도 매우 단축됐으니 水素彈以前의 十年은 그 以後의 一年에도 該當치 않는다. 그러니 解放後의 午年과 그 以前에

五十年은 回○ 日 ? 一 에 論할 바가 아니니. 이것이 소위○○ 계적, 時○적 ○○이라 할까?

이럼에도 不拘하고 十九世紀의 一個學說을 二十世紀 前의 信仰과 混同하는 同胞(!)를 어찌할고? 우리 民族은 ○方의 未開人들처럼 이처럼 愚昧하든고?

오! 大韓民國이여.

四千年의 歷史를 자랑말지어다. 왜 過去에만 살려고 하느냐. ○○○○에 ○○○○을 ○하던 日本族의 構○는 흐려졌으니.

우리○○ ○○한 것은 四千年의 歷史보다 四千年 아니 四年의 將?來이로다.

2월 15일

宋昌根 牧師, 渡美 轉途으로 驛前 朝鮮神學校로 갔으나 이미 出發後, 유감.

黨에서 平北知事로 決定된 白永燁 牧師와

黨에서 朴在昌과 함께 韓國日報에 가서 韓根祖, 金聖柱, 諸氏와 雜談後 社會部에 林泰楨 私書室長을 잠간 만나 白南弘 君 就職件을 걱정하고 皈家. 在昌도 現在 失業中. 나도 亦是 그리고.

2월 16일(수)

우리 親睦會에서 鄭一亨 博士를 招聘하야 UN총회에서 한국이 承認되는 (48對 6) 前後의 經緯ff 仔細히 듣다. 영보그릴, 2P.M. 간단한 tea party. 4時의 散會. 會員 十八名 參集.

鄭 氏ssm 副師의 자격으로 떠났었다. 印象은 매우 溫○하고 모가 없는 紳士. 常識家

돌아오는 길에 辛五憲 집에서 金聖煥, 朴承煥, 朴在昌, 朴유현 등과 마작.

2월 20일(일)

남산 성도교호에 가다. 오늘 길에 朴在昌 宅에 들러, 환담 후 本町서

안해와 뎀뿌라 먹고 皈家. 안해에 健康 최근 不良.

2월 22일

朝鮮日報 社長 方應謨 氏의 要請으로 戱曲 「살아있는 李重生 閣下」 (三幕四場)을 가지고 新聞社로 가다 學藝部에서는 예약이 山積하야 매우 困難한 모양. 적지안이(적잖이) 不愉快함을 느끼고 方社長을 찾았드니 그는 나에 作品의 政治的 效果를 느꼈음인지 자기게 맥겨(맡겨)달라 한다.

方社長이 金東元 같은 이와 사이가 좇이 안은것은(좋지 않은 것은) 事實, 日語로 "○○○○○○" ○○는 相爭(?)하니 오! 一鶴은 어데 있는거. 西北人은 통환할만한.

나의 戱曲은 나에 政治的意志下에 썬(쓴) 最初의 戱曲이다. 方 氏에게 주고 나오는 순간 發表하고 싶지 않은 충동을 不禁했다.

京鄕新聞서 朴啓周, 崔永秀를 만났고 tea room Hanpain○에서 宋志英과 文化의 집 主人 宋 氏를 만남.

2월 23일

The Farmers Daughter(Loretta Young. Jobsepe Cotten in : H. C. Potter 감독) 재미난 美國映畵. 좋은 ce~ 이 橫溢. scenario 寶石을 걸어 틀림이 없고 ○○는 Esel ~~~~~의 助演까지 ○○農夫의 딸이 國會下院議員으로 당선되는 것도, 또 그 여자가 名門의 下院議員과 결혼하는 것도 american에서만 상상할 수 있는 ○○이다.

"La Bandera" 十五年만에 다시 보다. 大學時代에 그러게까지 감격하였던 Duvivier의 걸작이 오늘에 와서는 그리 깊은 色彩가 없다. 나 自身의 感受性이 낡었는가. Duvivier의 藝術이 新時代의 感覺에 반하야 不退?됐는가. 하여튼 감개무량.

돌아오는 길에 안해와 주몽과 가치 西來館?에서 국수를 먹다. 안해 집에 돌아와 全部 吐해버렸다. 이즘 嘔吐가 빈번하다. 안해 건강이 현저히 不良. 外出後 白行寅 君 來訪. 재미있는 사람.

2월 24일

날이 그슬거린다. 밀렸던 日記를 쓰고 집에 들어 앉아 ‘手記’를 綠績?함.

2월 26일(土)

우리 親睦會 十二回 例會 於永保그릴. 3.P.M. 十七名 出席. 成績不能이다. 全員은 嚴選할 것. 南北 出身을 가르지 않을 것이 겨우 通過.

이로써 金豊永 氏가 推薦한 金永煥 氏 新會員으로 加入 承認되다. 數三個月에 걸친 문제 解決됨. (조민당은 李宗鉉 氏 農林長官으로 물끓듯)

皈路. 호민과 茶房에서 간단한 이얘기. 政府批判이다.

3월 2일

協力을 求함.

3월 3일

利子 ₩27,500 入○

朴善準 氏. 인텔리層을 ○○라고 의견○○. 信用받지 못하는.

3월 4일

5.P.M. ○○○ 집에 가다. 그의 長男 ○○君과 만났다.

아내의 胃腸은 아직 快치 않은 모양. 올 때 甚한 경련으로 단단히 곤란한 모양.

3월 5일

친모의 아들 정유君 來訪. ○○을 부탁한다. 愉快한 靑年이다.

3월 7일

朴白○ 氏 招待로 鳳山麵屋에서 쟁반을 먹다. 그곳에서 新聞팔러온 少年에게

"너, 이것 안 먹으련. 한 사리는 손대지 않은 게다."

少年은 두 말도 않고 쟁반 앞에 닥아 안자, 처음에는 좀, 거북한 듯한 눈치였으나 곧 젓갈을 들고 먹기 시작하였다.

"너 어디서 왔니?"

小學生服을 입은 少年은 "황해도요"

우리는 어린 피난민이 安心하고 다 먹을 수 있기를 중머리에게 부탁하고 국수집을 나왔다.

그날밤 林仁植 氏와 집에서 歡談.

"島山先生과 映畵"라는 수필 30枚 脫稿. 京鄕新聞에 매끼다(맡기다).

(이날 車在鎰 氏의 不?確하다고 生覺되는 別世消息을 들었다.)

3월 8일

學生護國隊 (서울市) 결성식이 서울運動場에서 盛大히 열리고 그것으로 因해서 전차가 不通하이다. 집에서 朝民黨까지 걷기를 결심하고 나섰다. 마침 式場에서 退場하는 學生의 行進. 前에 비하면 外見上으로는 퍽 整頓되어 秩序있으나 아직 氣魄이랄까 意氣라 할까………인 勇猛性이 不足하다.

市立病院 조금 지나서 어린 아해 추럭(트럭)에(경관 場(?))예 치었다. 강아지 소리와도 恰似한 悲鳴. 나는 귀를 막고 싶었다. 行進하던 學生도 조금 動요 했으나 곧 收拾되어 「호국대」의 노래를 부르며 如前히 行進한다. 나도 속으로 그 노래를 쫓으며 걷는다. 어린 애의 죽엄은 곧 하루만 지나면 다 이저버리고 말 것이다.

光化門까지 이르는 途中 李喆赫을 만났다. 서울映畵社로 놀러나오라는 것이다. 蔡萬植을 만났다. 今明間 다시 시골로 가겠다고.

"외(왜) 글을 안슴니까(안씁니까?)"

"어디 干涉이 많아서"

"아직도요?"

"그럼으로"

"그러지 마시고 어서 좋은 것을 좀 써 내시죠. 어듸 요즘 볼 것이 있어야지요"

둘은 웃고 헤어졌다.

乙支路 入口에서 奇勳이를 보았다. 역시 못 본 척 한다. 나도 그랬다.

姜(牧師)도 만났다. 항상 ○○ 좋은 前道學務課員. 당에서 朴在昌, 朴承煥, 李 煥 等.

五時頃 皈家. 李載明을 市公館에서 보았다.

만정이가 가져온 日本雜誌 "올" 讀○. "호옴"을 읽고 글은 안 쓰고 잤다.

3월 9일

아침부터 안해와 求景나섰다.

首都에서 Ernst Rubitsch(Ernst Lubitsch가 맞을 듯)의 "The Shop Around the Corner(통신연애)". 市公館에서 안철영의 "무궁화동산"과 崔南圭의 "自由萬歲".

Craftsman 崔德?漢?圭는 결국은 演劇監督이다. 그러나 그가 W.S.Vandyk (W.S.Van Dyke?)의 將來?만 있으면 우리로서는 한 개의 收○.

朴在昌을 만났다. 계획하는 事業이 퍽 進陟되는지 大滿足之態.

안해와 淸料理 먹고 皈家.

京鄉에 나기 시작했다. "島山先生과 映畵"

3월 11일

原稿 "살아있는 二重生 閣下"가 었지됬나 하고 朝鮮日報 方應謨를 차잤다. 영감 ○曰, 演劇脚本이고 또 豫算?이 가득 차서 ○○○○○不能이라니 주책없는 영감같으니. 그런 줄 모르고 原稿를 두어두라고 했는가. 公然이 나를 망신만 싴였다.

朝民黨 常執會議에 들럿드니 어제밤 (以北朝鮮民主黨에게 告함)이라는 放送을 中心으로 甲論乙駁이다.

朝民黨의 이름으로, 朝民黨의 許可없이 放送해도 그 內容이 당 方針의 어긋나지 않으면 黙認하자는 韓副委員長의 提案은 黙殺의 價値밖에 없었다.

林泰禎이 自動車로 집까지 同道해도 좋아는 好意를 물리치고 博文書館의 들렀다 皈家.

3월 12일(토)

waterloo Road(Gainsbourg, 映畵)

안해와 周賢과 가치감. 三流作. 오늘 길에 首都에서 朴民天, 李康?洙를 맞나(만나) 李와 함께 茶房으로.

成東鎬, 金基鎭, 南承民 等을 만남.. 남로당이 활보하는 서울거리 呵呵.

右翼에는 우수치 못한 分子들만 남았고, 그나마 不安해 하며 一部 親日行動을 한 文人들은 反民法이 무서워 쩔쩔 매니 과시 可親이다.

3월 13일(일)

오후 두時부터 永保그릴에서 金○○ 氏의 日本視察談을 들었다. 金博士의 話術은 매우 ○○하다. 2時間에 걸친 재미있는 이야기에 ○○들도 大滿足. 約 20名이 ○○○○이다.

3월 14일(월)

朴在天 企劃으로 Herman Heirmans의 "帆船○○ 2號"를 國都에서 上演한다. "○藝時舞臺"는 殘存한 ○○의 ○○○○들 망나하야 즉, "時的"인 演劇을 하재는 ○○이다. 成長하면 좋겠지만 第十四○○에 "○○"를 ○한 그 意圖가 매우 ○○○○.

왜 그러냐하면 위선 右翼的인 ○○가 있는 作品을 上演하는 그 企劃이 ○로 ○로 ○○한 만큼 ○○的이매, 機會主義的이다.

케케묵은 ○○○○으로 케케묵은 自然主義○○의 잘못을 오늘 이 세상에서 누가 눈떠보겠느냐 말이다. 공산당들도 웃을 것이요, 民○黨에서 우서버리고 말 것이다. 그러나 웃지못할 事實(?)은 八方美人的으로 左翼에는 ○○을 보내고 경찰당국에는 이만 ○○의 作品까지 ○스라면 우리 藝術人들은 어떻게 하란 말이요. 하는 藝術人답지 않은 ○○. 서

눈 인테리의 동○을 ○的으로 ○○해 놓은 웃지 못할 그림이다.

詩人? 李雲龍은 엔간한 才人같으나 이런 ○○이고 객○는 연극을 손 대기에는 아직 멀었다.

3월 15일(화)

「기다리는 民族」계속 점점 쓰기 어려운 대목에 가까워 온다. John Steinbeck의 "○○ 소비에-트 紀行, 重譯이므로 全然 신이 나지 않고 原稿紙만 아깝다. 原文이 있으면 英語工夫도 되련만은.

병기에게 나는 모슨 藝術은 變○○간다고 말했다. 오늘 이 세상에서 Dostoevskii의 人間像을 築造하는 것은 不可能한 일이다. 오늘 우리의 方向은 단지 創造된 여러 Type의 人間의 足跡을 忠實(?)히 더듬어 記錄하면 그만이다. 藝術은 사실은 이제 ○○ 경험한 藝術性보다도 作家의 sense와 눈을 거쳐서 된 '記錄性(?)'에 있는 것이고 그밖에는 藝術을 받아드리는 者에게.

○는 ○○의 快樂을 享受케 할 수 있느냐. 卽, 그○○性 以下 아무 것도 없다. 보아라. 20世紀藝術 아니라도 지금가지의 傑作品이 걸적이 될 수 있는 것은 그 記錄性(偉大한 作家들은 옛날부터 그러해왔다.)의 綿密하고 纖細하고 緻?密한테 있지 않느냐. Dostoevskii는 라스코리니 포프의 ○○心理를 끈기 있게 忠實(?)히 記錄함으로 "罪와 罰"은 世界的傑作의 地位에 올려 놓았다. - 이랬다. 强力한 ○○的, 社會的 壓力 아래 呻吟하는 나머지의 - 藝術家의 悲鳴일까?

이런 이얘기가 끝난 後이다. 병기와 주몽과 서루 좋지 않안것은!

3월 16일

薰에 金炳淵(?) 씨를 만나 국수를 얻어먹고. 朴在昌과 朴承煥 宅으로 갔다. 白行寅, 金奭英?榮? 諸氏와 우리 親睦會 一週年 記念行事件에 關하여 協議.

朴承煥은 記念事業으로 ○○○○ 意見을 提出했다. 나는 時機尙早라는 理由로 다음과 같은 이얘기를 함.

"안나와 섬나(라)? 王"은 眞實을 말하고 事實을 말하는 映畵이다. ○

○나, 眞實임에도 不拘하고 그것을 보는 東洋人의 知識層이 약간 不快히 생각하는 理由가 ○○에 있느냐. 眞實을 傳達하는 技術이 不足했기 때문이다.

醜女에게 당신은 밉게 생겼군요 하면 이 事實을 듣고 그 醜女는 성를 낼 것이다. 事實이 事實의 ○○이는 못하고 도리어 逆效果를 招來하고 마는 것이다.

○○의 ○○는 美의 意思이며 眞實일 것이나 이것이 ○內部에서는 또는 ○外的으로나 亦效果를 가져오게 되맨 안함만 같지 못한 것이다.

○○○가 그런 ○○을 할 만큼 成實하고 튼튼해지게 ○○하게 하는 것이 ○○의 ○○○가 아닌가. 결국 그렇게하자고 意見은 統一됐다. 저녁 먹고 왔다가는 어둡겠지. 한 발자욱 먼저 자리를 일어났다.

一週年記念式辭를 내가 하기로 했다. 難中難事이다. 이 記念辭에 成功하면 大統領의 ○○이 있다. 벌써부터 마음이 무거웁다.

3월 20일

동암동 林仁桓 氏 집에 招待 받아 갔다. 朴在昌과 同行. 昨日, 또 前前날, 3日(사흘)에 왔던 報答인가? 중국요리 먹고, 마쟝하고 집에 오니 8.P.M.

3월 24일(목)

어제 밤새도록 한잠도 못 이루었다. 在昌이가 提出○한 黨綱領 改○○○에 對한 생각이 不然듯(불현듯이) 일어나 궁리가 많다. 몇 번씩 술을 먹었으니 不眠.

政黨의 政綱과 政策?는 一個人에게 있어서는 生活原理이고, 生活規範인 듯이, 政黨人에게 있어서는 原理?이며 行動規範이다. 이것을 ○○○, 改正 或 은 新制定?하는 데는 그럴듯한 蓋?然性이 있어야 한다. 그러면 從來의 政綱, 政策과 오늘의 그것과의 差異点(?)은 무엇이냐? 修正改革委員에게 ○○的으로 ○○는 要請함이 ○然치 않느냐. 우리가 이 Programma 때문에 ○○○ 얼마나 苦生하고 얼마나 싸우고 했느냐. 理念的 根據와 或은 差異와 現實的 意味?없이 경술히 人爲的 目的으로

修正 或은 改正할 바 ○○의 것이 아니다.

○○○는 政治的 目的으로 簒奪○한 우리 黨의 一部를 改○神?하면서 처음 九條項으로, 다음 十四條項으로 바꿨다.

그러면 以南에서도 衆議? 에 물음이 없이 이것을 곤치는 것이냐. 곤치려거던 그 ○○이나 확실이 말할 것이다. 나는 3월 26일의 中執을 ○○○○.

이렇게 궁리궁리에 어언간 날이 새였다. 6時 ○, ○○○, ○○○ 많은 안내가(?), 얼굴을 찡그리며 부스스 일어났다.

3월 25일(금) 曙

警察專門校長 咸大勳氏 葬禮式에 갔다. 많은 人間이 모였다. 가장 슬픈 사람과 가장 無關心한 두 種族이 모이는 곳이 葬禮式이다. 各界의 名士는 弔辭를 하고 유족들은 울고, 一般 參席者는

「저게 누군가?」

「오! 中○申○익히. 호분이 괸찬은데,」

「응. 그래두 이얘긴 신통칠 않군그래. ... 오늘두 날씨가 좀 산산하지?」

「春來不似春이군... 오- 저것 보지. 채정근이도 왔네.」

「흥. 채정근이가? 함대훈이 장렌 않을 사람같드니만」

「이번은 누군가? 백남훈... 그럴테지. 함창훈이 낯을 봐서두.」

「조민당에선 弔詞가 없나? 함은 조민당이래는데.」

「글세, 누가 알어... 자네 장지까지 가려나?」

「글세」 여기에서 - 參席者? -은 생각한다. ○○ 名士의 틈에 끼어 가기도 갔지만, 사실인즉 자기는 故人의 生前에는 그렇게 親近치도 않었다.

黨으로 돌아오니, 常執이란다. 政綱과 政策은 ○○한다고? ○○도 14○○자지만, 그 以前이 더욱 큰 문제야. 萬一, 來日 中執에 나놓았다는, ○○할 터이라고. ○○했더니, 朴善準이 당장 그 자리에서 ○○하자고 ○○. 결국 抹殺(?)되다. 23~24일에 걸쳐 잠 못이룬 보람이 있다. 痛快!

집에 오니, 강○○, 白行寅, 朴承煥, 가치 저녁 먹다.

3월 26일(토)
中執.
黨憲改正. 李允○, 李宗○, 兩長官 出席.
　朴善準 一派와 李○○ 氏의 ○○이 차츰 表面化. 最高委員制로 하되 그 中에 一人은 首席委員으로 할 것. 그 首席委員을 朴一派에서는 最高委員 中에서 互選하자고 하고, 李○○는 中執에서 首席까지 推薦하자고. 李○○ 氏의 主張이 通過됨.
　(네 줄 정도 빔)

3월 27일(일)
　雅敍園에서 우리 親睦會一週年定例會. 31名 中 16명 出席. 매우 寂寂하나마 恒常 出席하는 ○○이다. 튼튼하다.
　一週年記念辭를 豫定대로 내가 했다. 네 사람의 장님과 한 마리의 코끼리에 對한 寓話를 引用하야.
　"그 네 사람 中 한 사람이 만지고, 나머지가 못 만졌던들 또는 그 네 사람이 한 곳을 만졌던들 人間은 서러 싸우지 않고, 獨裁와 或은 ○信 下에 全部가 ○○되고 말았을 것이다. ○○나 이것은 우리가 取한 바 아니다. 우리 親睦會도 內心的(?)으로 正規이고, 理想主義者이며, 同時에 人間主義者의 ○○性을 가지고 또 모든 ○○○○○○ 知識과 人生知識이 豊富한 사람들의 모듬이다. 우리는 이미 ○○의 事實을 通하야 眞實을 把握했고, 部○은 Touch하니, 全體를 構○할 만한 모든 힘을 가진 者이다. 단지, 코끼리 - 울리기며 , 사람을 나르고, 짐을 나르고, 정글을 ○○하기만 바란다. ○○의 記念辭.

3월 28일(월)
蟄居, 無爲

3월 29일(화)

蟄居, 無爲

3월 30일(수)
京鄕新聞에서 朴啓周, 金永壽, 崔永○, 白恩○과 만났다.
金永壽의 「素服」을 받고, 한잔 얻어먹고 ○○
一般大衆의 慾求를 滿足시키지 못하는 ○○○○ 있는가?
구경꾼을 많이 잡으려는 Producer에게 있는가?

3월 31일(목)
朴承煥 집에서 점심을 먹다. 席上에서 朴在昌이 林○根을 攻聲.

4월 1일(금)
大學病院 가는 전차 안에서 朴○鳴氏를 만났다. 은새 세상에 입이
쓴 모양.
○○에게 아내의 약을 부탁하고 은행 ─ 朴承煥 ─ 의 利子. 가는 길
에 金東錫?을 만나
그의 ○○○○을 얻고 다시 ○○. 李仁秀 等을 만나다.
黨에서 在昌과 만나 다시 한영치과에서 승환과 만나고 ○○.(皈家?)
東錫?이는 내 앞에서는 한풀 죽는 것 같다. 왜!

4월 2일(토)
朴在昌과 白南弘과 이얘기하고.
大學病院에 들려 아내 常備藥을 ○○에게 얻어 가지고 ○○.(皈家?)

4월 3일(일)
오래간만에 金永彦이 왔다. 金星煥, 兩朴. 유현목
마쟝꾼이 모여 밤까지 놀고 승환이 한틱(한턱?) 했다.

4월 6일(수)
오늘은 寒食.

동무들과 함께 島山陵을 찾았다. 朴在昌, 朴承煥, 白行寅, 林○楨, 曺善○, 우리 夫婦(夫妻?).

林의 自動車를 利用할 수 있어서 매우 便利했다.

陵에서 싸가지고 갔던 점심을 먹고 그곳에서 鄭一亨 博士와 ○○를 만나 記念撮影.

返路. 一行은 林의 好意로 誠南그릴서 食事하고 返家.

島山陵에 學生들. 그래도 그리 쓸쓸하지는 않다. ○○氏, ○烈君의 ○狀을 매우 걱정한다.

4월 7일(목)

和信에서 朴炳敬?氏를 만나 ○烈君의 ○○을 말하니 매우 걱정하야 ○○○ 五萬円을 선뜻 내준다. 주는 그에게는 적은 돈이나, 받는 사람에게는 所重하고도 貴한 돈이다.

받는 나보다 주는 朴氏가 더욱 기뻐하니 아지못할 일이다. 아니 別로 아지못할 것도 없다. 朴 씨, 反民特裁로 고생하니 이 機會에 조금이라도 善心하려는 것이다. 善心할 機會만 있으면.

주는 사람은 어쨌던 받는 사람으론 당장 필료한 금전이니 매우 기뻤다.

朴炳○ 氏에게 말을 꺼낼 때까지는 나도 약간 망설이어 朴在昌, 承煥 等에게 의논했으나 주기만 하면 받아도 無○할 것이다 作定했던 것이다.

아츰에 朴民天이 와서 「살아있는 李重生 閣下」를 가져가라.

4월 8일(금)

요즘 이삼일은 매우 날씨가 싸늘하다. 韓○錫 君에게 特請하야 ○烈君을 ○○하려 新雪洞까지 갔다.

돈을 傳하니 善○氏 어쩔 줄을 모른다. ○烈도 매우 반가와하니 나도 기뻤다.

돌아오니 林仁柱?氏가 기다리고 있다. 그가 크게 한턱해서 玄昌屋?에서 저녁을 먹고 ○錫은 自動車로 돌려 보냈다.

4월 9일(토)

우리 親睦會第三回 Tea Party. 於 永保Grill.

博物館長金載○氏 出席.

歐美의 博物館 이야기.

조선에서의 博物館事業의 隘路. 自己月給은 美貨로 換算하면 $7.에 不過. 美國?의 同職은 $500이란다. 듣고 나니 充分(?)이 암담했다.

販路. 종로거리에서 應?灘를 만났다. 서울 와서 처음으로.

나「어데있나?」

배「응 四大門에, 자네는.」

나「동대문 밖에.」

배「變했지.」

나「변했네. 참 三四年 동안에. 자네 신변은 괜찮은가.」

배「응」

나「우리 한번 허심탄회하게 이야기함세.」

배「그러지. 용구헌테 연락해」

종로 길거리에서 가끔 말이 끊기군한다.

가장 친하던 친구가 이렇게 서먹해졌다.

4월 11일(월)

낮에 白行寅이 왔다.

가치 거리에 나가 朴民天을 만나고 ○○發表에 對한 그의 不滿을 들었다. ○戰○의 同盟에 對한 脫退聲明을 하기 前에는 모든 藝術活動을 禁止한다고. 이것이 大恐慌이 되어 있다. 李○○, 金○○, 成東鎬 等을 거리와 茶房에서 만났다.

白의 집에서 두서없으나 眞摯한 이 애기로 한동안 .

아츰에 ○○○○과 崔祥○이 찾아왔다.

4월 12일(화)

J. E. Le Rossignol의 「from Marx to Stalin」을 읽기 시작.

유도히라는 작자가 찾아와서 ○○文化人親睦會를 만들겠다고 發起人
이 되란다.

cosmopolitan이야할 文化人을 地方別로 금그을려고?

나는 「○○的으로 支持할 수 없다. ○○○○할 必要도 느끼지 않았
다. 어차피 成功히 못할 것을!」

4월 14일(목)

朴在昌과 朴炳○氏를 처음으로 紹介시켰다. 한턱낸 朴炳敬?氏.

朴善準氏 紹介로 朴文勤?을 알았다. 香○靑年○人으로 文化事業으로,
映畵事業을 하겠으니 協力해달라고.

4월 16일(토)

3月 26日의 中執을 오늘 계속하다.

政綱政策을 修正함. ○○(○号)는 朝鮮民主黨이요, ○○○○은 四改
綱 開案?. 없는 것이 없이 豊足하다. ○○ ○○하고 슬픈 것은 ○○○
에 놓을 作品도 不足이다.

理○이 없는 것을 가지고 卓上空論과 수○○○○닌 文字○句를 가지
고 甲論乙駁하야 ○○○○時間. 나는 이 자리에서 처음 發言을 連續的
으로 하야T다. ○○흐는 議長도 미천의 不足하고 ○○하는 中執도 좀
모자른 可觀. 思戱.

오는 길에 承煥에 잠간 들러,

오바 없이 걷는 포근한 봄 밤을 유현과 가치 집에 까지 오니 이미
9.P.M.

4월 20일(수)

金奭榮한테서 가분○○ 편지를 받았다. O.C.I 映寫課에서 通譯을 求
하니 ○하지 않겠는가? 卽答해달라고. 卽答도 難事이거니와 어떻게 通
譯의 일을 마타보느냐 말이다.

4월 21(목)

어제 일로 半島Hotel로 金奭榮을 찾고, 金吉俊氏를 찾았다. 通譯은 到底히 勘當치 못하고 또 할 수도 없다는 나의 意見을 吐露하니 金吉 俊氏도 그럼 單純한 通譯이 아닌 方面으로 推進시켜보겠단다. 映寫課 Tanner 氏에 對한 ○○을 받아가지고 飯家

요즘 二三日은 아주 나도 제법 분주하다. 오는 길에 朴善準이 한턱 내니 무엇 때문인고?

○○서 온 吉○○○○과 ○○하는 朴文瑾 氏. 映畵○○에 對하야 나 의 協助를 求한다고?

서글서글한 靑年이나 점심 그릇을 놓고 祈禱올리는 게 僞善的이다.

偶然히. ○○○君을 만나 文○○으 崔玄喜 氏와 朴在昌과 가치 Beer 를 마시다. ○○ 李孝俊을 만났다.

4월 22일(금)

全○○國際? 結成式.

四萬學徒가 市內?을 行進하다. 덕택에 전차를 못타고 中央廳까지 걸 어 Mr. Tanner를 만나고 좋은 印象을 받지 못하고 飯家

나는 그이 아래서 일하지 못할 것을. 그는 아를 막 부래먹지 못할 것을 느꼈으니 결국 금번 金석영(金奭榮) 氏의 紹介는 그의 好意도 不 拘하고 가장 當然하고 나 自身에게도 자연스럽게 中斷된 모양. Tannersms 나의 ○○과 나의 映畵批評家로서의 ○○에 對하야 必要 以上으로 나는 信用?하는 듯.

4월 23일

第十三會 우리 親睦會 定例會.

牛耳洞, 十大名, obsenre?로 痲溶九? 君 出席.

朴○○, 大○, ○中. 朔漠해지다.

벗꽃은 만발, 軍人이 많이 탔다.?

4월 24일(日) ○, 曇, ○

西靑出身 戰死軍警의 合同慰靈祭?가 市公館?에서 열리다.

이슬비를 마자가며 正刻보다 約 四,五十分이나 느께 式場에 到着하니 於 式이 시작되려 한다. 式場은 많은 弔花로 현란했으나 어쩐지 ○이 없었다.

도무지 感激되지 않으니 웬일인가. 천연덕스럽게 눈물 흘리며 弔辭를 말하는 李○○. 文鳳○ 諸氏에게 공연히 僞善을 느끼니 너머도 ○○가 가중해진 탓인가?

오늘 길에 朴承煥, 白行寅을 찾았으나 다 不在.

집으로 일즉 돌아왔다. 안해는 요즘 내가 너머 쏘다닌다고 항상 짜증이다. 만일 내가 취직했드래면 어떻게 했을 것이냐.

오늘은 特別히 일즉이 돌아왔다.

周鳳? 영어복습을 돌보아주고 오래간만에 한껏 散步라도 갈려고 했던 것이 ○○가 와서 그만 주저 앉고 마랐다.

저녁이 되어 일기를 - 밀렸던 - 쓰면서 그러면 ○○ 오늘밤을 어떻게 지낼가를 생각하야 할 만큼. 또 나도 가분재가 한가로워진듯 싶다.

5월 1일(日)

May Day는 매우 한가하다.

아무런 ○○도 없고.

단지 白晝에 경관이 路上에서 射殺되였다.

5월 7일(土)

金弘一 將軍을 招請하야 Tea Party(우리 親睦會). 大盛況이고 金 氏도 매우 재간있는 이애기를 한다. (於 信託銀行會議室)

金爽榮? 氏와의 約束을 아직 이행하지 못했다. 前日, 벌서 지난 달 22日의 일이다. Tanner 氏에게 나의 朝鮮映畫論을 번역해주기로 약속하고, 아직 實行치 않았으므로 金爽榮? 氏가 독촉이다. 그 동안 張억직, ○○○ 諸氏와 만나 ○○ 「○○○○ 執中○○를 받은 일이 있었다. 나는 이것을 拒絶하노라고. 천신만고 했다. 그러노라고 결국 Tanner 氏와의 約束을 이행치 못하게 되고 만 것이다. 요즘은 이런 저런 거절하기에 골머리다.」

5월 9일(월)

무더웁다. 孫彰圭 氏를 차자 映畵論의 번역을 付託하고 皈家. 상당히 돈이 먹을 것이 염려된다.

5월 14일(土)

開城전투에서 人共軍이 토-치카를 肉彈으로 ○○한 十勇士의 報導가 大大的으로 新聞에 發表되다.

5월 27일

그들의 敎育隊部隊長이 五月七日에 역시 開城에서 戰死 - 그는 나의 5寸족하 金星輝.

매부? 貞落? 氏를 찾아갔다. 할 말이 없다. 合同慰靈祭에서 參席함.

5월 30일

演劇○會 發會式에 出席.

내가 열두당토않게 幹事에 被選.

6월

나의 第一團?製作 「살아있는 李重生 閣下」오늘부터 中劇에서 上演되다.

李○○의 ○ 不好

○○○ 외 裝置도 不良.

사람 들지 않는다. 이러그야 어떻게 극단을 경영해가누?

6月 6日

公演끝나다.

6月 7日

劇協 친구 尹○一, 李○淳? 李海浪, 宋○○를 집에 招待. 한잔 먹었

다.

6月 10日
○○○○ 大會를 Y.M.C.A에서 3.P.M
世界○○者들의 激勵○. 마치 擴 大會와 같다. 그러나 그보다도 名士들의 講演에서 ○○○을 느끼다.
오다 林○貞과 朴在昌과 저녁먹고 헤여지다. 나제 金吉俊과 -公○○○으로 內定됨. 金奭榮○等 諸氏를 만남.

6月 26日(日)
우리 親睦會. ○○○에서.
金星煥이 午後四時頃? 金九先生 被襲 絶命의 悲報를 가져오다.
午後한時 ○○○에게 被襲되었다고 어안이 벙벙하야 一同○○이 깨지다.

6月 27日
박광호氏 밤에 와서 家○兩○親○이 이미 평양서 別世하신 듯하다는 風聞을 傳한다.
　　　　　　들었다 한다. 나는 믿지 않는다. 믿고 싶지 않다.
金九先生宅 를 찾았다. 韓　氏보다 朴在昌과.
弔客이 ○○하고 故人의 身體?는 꿈과 같이 죽어 누워있었다. 虛無한 생각이 가슴에 찼다.

7月 4日(월)
金景鎭? 執事를 通하야 病狀을 完全히 알았다. 아름답지 못한 消息?은 完全히 虛報이고 病勢는 快差하시매 자리에서 일지는 못하나 근심할 程度는 아니라는 것이다.
점심을 鄭 ○ 長老와 金弘軾 牧師와 李　求 公報處 次長과 함께 가치 먹었다.

7月5日(火)

金九先生葬儀式.

아침 東大門 가까이 가서 列 行列을 觀했다. 나는 白凡의 葬日을 當?하야 뜻밖에 우리 民族의 最大缺點을 새삼스러히 再認識했다.

사라있을때에는 코우슴치다가도 한번 셰상떠나면 큰 일이나 난듯이 떠들어대는 이 民族. 수다스럽고 변덕스러운 우리 民族.

오늘의 이 人山人海도 眞實로 白凡을 애껴서이냐? 구경거리로 몰래 나오고, 밀려 나오고, 수다스럽게 떠들고 우는 것이냐?

眞實로 眞實로 우리가 民族의 指導者를 사랑하고 소중이하고 貴해 한다면 아니 오늘 山에서

들에서 강에서 골목골목을 메여서 洪水와 같이 밀래 모여든 長安의 人士들이 眞實로 白凡을 貴해 하고 指導者를 ○○이 액였더라면 南北 朝鮮의 獨立과 統一은 임이 벌서 오래 전에 定○되었을 것이 아니냐? 죽은 白凡을 ○○해 울기 前에 왜 ○○이라도 白凡이 그렇게 사랑했고 걱정한 조선을 爲하야 손구락 하나 까딱할 생각도 아니하고 그저 비박?만 하고 코우슴만 쳤느냐 말이다.

白凡이 反政府的이였기 때문에 오늘의 이 人山人海란 말인가? 아니다. 決코 오늘의 ○○는 그런 ○○的인 것 아니였다. 純粹한 民族的인 感情 그것이다. 그러 ○○! 不幸할 진리!(?) 이는 나 自身의 비꼬인 性格, 觀察? 때문인지는 모르되 이 民族感情에 一○에 ○○있고, 誇張이 있고, 잔체 氣分이 있다. 이것이 나 個人이 抗辯?한 偏見이래면 오히려 ○○과 民族을 爲하야 多幸한 일이겠다.

7月8日(金)

비가 안 온다.

金九先生 入棺式날. 가랑비가 조금 뿌리고는 통 소식이 없다. 모내기를 못하면 대신으로 밀이라도 심어야겠단다. 지난 겨울엥 눈이 없어서 이 한말인가?

오늘은 우리 結婚한 지 滿十週年. 간소하게 自祝하기 爲하야 없는 돈을 주현에게 꾸어가지고 안해와 함께 거리로 나가다.

대체로 많은 紀念○들을 해마다 하는 것이라면 꼬집어 솔직히 말해서 紀念日이란 기쁜 것인지 슬픈 것인지 모를 일이다. 거저 虛飾을 좋아하는 人間이 外飾的으로 기뻐하는 척하는 것이 아닌가?

十年이 지난 오늘 우리는 겨우 요꼴이다.

우리는 이만큼 됐다는 - 이므로 映畫館으로 ○○식으로 쏘다녔으나 공연이 마음만 하고 서글퍼진다. 안해도 그럴사해 지 모르되 기분이었다. 물론 經濟的으로 ○ 핍박해서 그런지도 모른다.

그러나 그보다도 하나의 人生里程標? 앞에 서서 ○○ ○○할 때 야릇한 人生의

○하나 그것이 우리 民族의 ○○主義, 外飾主義에 起因한 것이래면?

鐘路 네거리에서도 시구문에도 구리개에도 人山人海이다. 求景나온 사람이 大部分이다. 가끔 그 틈에 끼어 눈물지며 "先生은 일본놈들도 죽일려다 못죽였는데 우리 사람의 손으로 죽다니 말이 돼요? 나는 ○에도 있어서 잘 알아요" 하며 목이 메애하는 老婦人(초라한 ○)도 있다.

그러나 대개는 구경꾼이요 어제까지는 金九하면 코우슴까지 쳤을 그런 爲人들이다.

그러나 白凡의 存在가 民族的이고 特히 中○人 가운데 많은 ○○者를 가진 것은 오늘 歷歷히 證明되었다.

長官들은 自動車를 탄 채로 行列에 끼어 葬儀式場으로 간다. 그 短距離도 걷지 못하겠습니까요, 閣下들 어끄제까지는 電車나 겨우 얻어 타시든 先生림?들이.

行列은 ○○에 가까울수록 점점 더 散漫하나 永訣式場에 들어가는 것을 보고는 도라와 朴在昌, 韋?永根과 ○○.

退場하야 다시 ○○○으로 向하는 것을 또 나가 보다.

아침에 잠깐 들렸던 ○○○이 "金九 氏는 잘 죽었지. 金九 氏는 죽을 때를 만났다. 安斗熙가 金九 氏를 英雄으로 만들었다." 말했다.

조선의 뚜렷한 人物이 죽었을 때 항상 듣는 말이고 항상 하는 말이다. 또한 ○○하기 힘든 가장 人生的인 말이다.

7月 9日(土)

장익진의 연락으로 유치진과 안석주를 만났다. 그들은 그들의 용건이 있었던 것이다. 영화 사업을 하야겠는데 결국 人的不足이다. 그러니 나더러 한 몫 끼이래는 것이다. 자, 어떻게 하란 말이냐. 남한에서의 映畵事業을 한번 손아구에 쥐어 보란 말이냐. 그렇지 않으면 빈 生으로 그냥 살아가란 말이냐.

7月 10日(日)

나 個人으로선 紀念할 만한 날이다. 昨年 오늘밤 열 時를 생각해 본다. 紀念할 날이지만 모든 紀念日이 그런 것과 같이. 別다른 感興(?)이 있는 것이 아니다. 사람들은 모든 紀念日을 무신(?) 꾸며낸 儀式과 感傷으로 지낸다. 만일 그런 「行事」가 人類의 向上을 위하야 必要하다면 그러나 나의 紀念日인 오늘은 나에게 아무런 ○○도 없다.

하로종일 비가 온다. 昨年의 오늘은 무섭고 타올라 견디기 힘들었거늘.

金東元 長○집. ○內 하기 바루 前 빵집에서 빵과 아이스크림을 한 잔 ○었지.

南大門市場 어구에 있는 조선음식점.- ○○ 승환이 처남이 한턱 냈어 - 다다미 방이 어떻게 무더웠던지. 그런데 오늘은 어젯밤부터 오는 비가 아직도 끊지지 않는다. 기다리고 기다리던 비. 오늘 夕刊은 이번 비로.

줄기찬 비도 아니고 봄비처럼 가늘고 부드럽게 뿌린 비가 모든 것을 ○○했다는구나.

낮에 너무나 가깝해서 周鳳? 이와 ○○○ - ○○를 두 판이나 벌리다. 그러나 오래간만에 펜을 들어 ○○ 를 쓰려고. 題目을 부쳐 曰 "○○○○"라 했다. 내 人生觀과 ○○觀은 더욱 깊고 넓은 것이로되 쓰는 作品의 世界는 작구만 좁아 들어가는 것만 같으니 웬일일까.

그것을 이렇게 생각해 본다. 果然 한 作家의 活動(?)이란 어떤 때가 제일 좋으냐 말이다. 植物과 動物의 生活과 繁殖에 氣候와 환경이 不

可缺의 要件인 것처럼. 作家에게도 그런 制約이 있는 것이 아니냐.

「배뱅이」를 25歲에 쓰고 「孟進士宅慶事」를 28歲에 썼다. 그러면 34歲인 오늘날 내가 自信하듯이 人生觀과 世界觀이 깊고 넓어진 오늘 그 以上의 作品을 쓸 수가 있느냐 말이다.

「간이무역社」라는 戱劇?은 絶對로 그러한 評○ 못차겠고, 李重生 그렇다. 그러면 그 理由는 어데 있느냐. 나의 創作力이 벌서 涸渴 됐단 말이냐.

絶對로 그렇치 않다. 우리 作家가 결국은 時代的 感情의 多少間支配를 받는 것이 證明되고 만다. 「孟進士」를 썼을 때는 ○○18年, 아직 우리들 젊은 知識人에 대한 ○○과 그들 일본인의 ○○的 탄압이 없었던 때이다. 우리에게는 餘裕가 있었다. 그러나 그 以後로는 점점 힘이 줄어갔다. 그래서 나보다 더 ○○○○. 또 마음에 없는 글도 썼다. 그러니 그 글이 진작 좋은 글이 될 리도 없어지. 그後로 1945년을 맞고 또 四年을 지나는 동안, 事態는 점점 험악해 우리들은 더욱더 살기 힘들어졌다. 나에게서도(?) 作品이 안 나오고 나온댔자 시시했고.

결국 우리 작가는 약간의 ○○○○을 ○○시킬만한 時期가 이르러야 가장 좋은 作品을 쓸 듯 하다.

우리의 現勢?는 그러나 너머도 긴박하다. 일반의 ○○○○이라 ○○하는 감정과 자장?으론 어쩔 수 없는 상태에 到達했다.

그러면 이런 상태에 우리 작가가 行動할 수 있는 行動○○는 ○○○는 ○○○ 것이냐?

마음 좋고 약간의 文化的○○○은 最大○○로 作品上에서 完璧히 할 수 있는 건가?

결국 時代的感像?情?과 感覺은 作家를 어느 程度 ○○한다. 作家도 人間이고 人間은 움직여야 할거 아니냐. 아니 그러지 않을 수 없지 않느냐 말이다.

아직 보슬비가 온다.

오줌 누며 내다보니 어느새 달이 떴다. ○○이는 하로종일 침울하고 밤 늦어 베개에게로 끼도 있다.

12월 31일

己丑年의 마즈막 날.

回顧해 보니 거리에 나와 半年間 . 그래도 나는 일을 많이 한 셈이다.

「살아있는 李重生 閣下」를 中劇에서 端午公演을 했고, 演劇學會를 조직했고, 全國男女大學演劇(學會主催)競演大會의 나의 創作劇「正直한 詐欺漢」(一幕을 政治大學에서 上演했고 12月 27日에서 오늘까지 「도라지公主」(三幕五場)을 市公館에서 劇協이 上演하고 있다.

그 中間에 演劇과 映畵에 關한 論評을 ○○新聞과 雜誌에 發表하고 文化映畵 「武器?없는 싸움」을 構成하고 戱?劇脚本 「五穀打鈴(슁이 맞음)」을 執筆했다. 단, 지난 九月初旬에는 約一週日동안 ○○○, 劇協 幹部會員, 孫一平? 等 25,6名의 member로 三八線 軍警을 慰問했고 지난 12月 3日에는 ○○文學者클럽을 結成하고 11日부터는 신명○ 大尉를 알게 되어 韓國文化硏究所에 하루 한 번 나가게 되었으니 생각하면 ○○한 半年이었으나 ○○다.

1950년

12月 12日

午前 2時 政訓局에서 보내준

今日中으로 서울을 出發할 豫定이라는 尹大尉에 通告에 撮影隊一同 마즈막 짐을 싸가지고 待機함.

公報處에서 朴玄煜統計局長을 만나고, 저녁에 撮影隊事務室로 가다. 서울 거리가 유난히 새로웁게 보인다.

추럭으로 위선 機材를 停車場으로 運搬하다. ○○橋下에 뎅그렁 놓여 있는 無蓋貨車 No.2091-이것이 우리에게 配定?된 貨車이다.

7.P.M.부터 나르는 짐이 子正이 되어 겨우 끝나고 다음으론 隊員家族을 運搬키로 한다.

12月 13日

비가 부슬부슬 내린다. 丙中을. 추럭○○.

2.00A.M. 추럭은 밤중에 서울 거리를 달인다. 우선 敦岩洞, 新設洞으로 해서 梁柱南隊員의 家族-별안간에 모든 살림사리를 내던지고 훌훌히 집을 나서는 梁夫人의 心情-우리는 3年前인 1947年 11月에 겪었다.

乙支路六街로 와서 지난 4日에 평양서 到着한 老母와 승구네 夫妻와 丈人家族과 周翼가족, 周夢과 明根家族-어린애까지 合치니 적지 않게 30餘名. 4.A.M까지 No.2091의 貨車로 驛으로 가다.

언제 떠날지 모르는 汽車.

어머니는 다시 한 번 光熙洞으로 드러(들어)갔다가 해 퍼진 後에 尹大尉 車로 다시 모셔오다.

午前열時까지는 全隊員이 大槪 集合되다. 日氣는 맑게 개였다. 그리 춥지도 않다. 疏開하는 우리들에게는 多幸한 日氣이다.

2091貨車에는 第二局撮影隊와 大韓映畵社 機材를 滿載하고 待機하고 있다. 저녁이 되여도 기차는 안 떠난다.

4.30.P.M. 機關車가 우리들의 貨車를 끌고 서울驛 앞으로 入換했다. 韋永根夫妻가 달려와서 올라탔다. 한 사람이라도 더 타자.

저녁해가 누엇누엇 西山을 넘을 때 西南方에서 검은 煙氣가 높히 넓히 하늘로 오른다. 爆音같은 것이 들린다. 쓸쓸하고도 荒凉한 貨物車○의 客.

11.30.P.M. 이윽고 汽車는 떠났다.

어데로 갈 셈인가? 遊離의 民族아!

12月 14日

水原을 지나 天安에 到着했을 때는 이미 해가 中天에 있다. 가다가는 쉬고, 한번 쉬며는 떠날 줄 모르는 疏開列車.

앞간(앞 칸)에는 UN軍 慰問團이 탔다. 東洋人들이다. 김밥을 사 먹고 엿을 사 먹고 그냥 기다려서 列車는 간다.

大田市 到着 2.00P.M.頃.

무연한 벌판이 돼 버린 大田市.

市街地의 繁華街는 荒凉한 廢墟이다.

貨車 안에는 꼼잠할 餘地도 없다. 어린애들이 울고 어른들은 짜증을 내고.

이리하야 期約없는 遊離의 旅行은 계속되는 것이다. 기다리든 民族의 宿命이 이것이다.

그러나 이제는 報答도 아무것도 기다릴 그럴 때가 아니다. 恐怖에 떨 때도 아니다. 絶望에 울 때도 아니다. 그냥 가야만 한다. 潮水에 흐름에 따라 흐르는 難破船의 乘員처럼.

世界思潮의 흐름에 그대로 몸을 매껴야한다.

大邱 마루 前驛에서 오래 오래 기다린다.

午後부터 어머니와 妻와 順福이를 有蓋車 안 스토-브 옆으로 옮겨 (옮겨) (異人MP의 好意로) 하룻밤을 여기서 지내시게 한다. 어머니의 健康이 恒常 걱정이다.

12月 15日

5.A.M. 大邱驛에 到着.

6.25 以後 犧牲이 없은 ○○ 周夢이 여기서 下車하다. 驛前에서 간단한 조반.

UN 慰問團과는 여기서 作別.

어머니는 다시 無蓋車로 옮기다.

해가 퍼저 9.00.A.M.頃 汽車는 다시 떠나다.

10.00.A.M. 淸道에 도착하자 連結不足으로 機關車는 우리 貨車三輛 (O.C.I, 政訓局, 撮影隊)를 떼어버리고 다라난다(달아난다).

하염없이 기다려야 하는 時間. 다음 機關車가 올 때까지 우리는 또 기다려야 한다. 어머니에게 따뜻한 국박(국밥)을 사다 대접하고 3.30.P.M.頃 까지 기다려 汽車는 다시 움직인다.

○○期다이야. 한두 時間 기다리는 것은 普通이다. Tunnel을 지날 때마다 담요를 뒤집어 쓴다. 釜山驛에 16日 새벽녘에 到着.

12月 16日

釜山驛 폼에 들어선 汽車는 또 좀처럼 움지기려 하지 않는다. 어머니를 잠시 車掌宿直室 스토-브 옆 寢臺 위에 옮기고, 우리 貨車를 釜山 機○까지 넣기로 交涉中이다.

車中에서 지나는 二,三日 동안 우리는 全혀 戰爭?을 몰랐다. 鐵條網의 山積과 가끔 軍用列車 또는 추럭隊의 北?上을 보았을 뿐.

서울은 어떻게 되었을까? 中共은 三八線을 넘을 것인가? 우리는 장차 어데까지 가야만 하는가. 現在의 目的地인 釜山이 과연 安全한 疏開處일까?

釜山鎭驛에서 온다는 機關車를 기다리다 못해 어머니를 다시 無蓋貨車로 옮기고 9.30.A.M. 韓澄模와 둘이 釜山으로 向하다.

途中 朴善準의 짚을 만나 釜山驛前에서 작별하고 곧 海軍本部政訓監室을 찾아 ○長 鄭○○ 少領을 만나다.

無力한 政訓監인지 또는 特別한 協力은 하지 않음인지 그에게서는 아무런 便宜도 期待할 수 없었다. 도중 비가 내린다. 無蓋車 위의 老母를 걱정하다.

2.00.P.M.가 훨신 넘어 鎭驛에 들어온 貨車에서 家族을 내리우고 우선 金健永宅으로 家族과 짐보따리를 옮기다.

비는 아직도 보슬보슬 끊치지 않는다. 大邱驛이 그렇고 釜山鎭驛 構內가 그런 것처럼 釜山驛의 構內에도 발드듸 놓을 자리가 없을 程度로 避難民과 그들의 보따리로 꽉 차 있다. 그글은 大槪 서울과 그 以北?에서 온 사람들이다.

UN軍이 或是 그곳까지 進駐하지 않았던들 그들은 아직은 자기 집에서 발펴고 자고 있었을 것을!

太極旗를 門간 처마 끝에 달았던 것이 罪이다. 그 때문에 그들은 五年 동안 구겨백여 숨소리 하나 크게 못쉬고 살다가 기어코 짐을 내놓고 定處없는 길을 떠나 여기에 왔다.

그러나 이 경우는 그들만이 아니다. 地球全體는 現在 크게 動搖하고 있다. 우리 民族과 땅에 미치는 激動이 가장 큰 것이다. 사람도 數없이 죽을 것이다. 韓國에 地形도 크게 變할 것이다. 그 中에서 누가 살아남을 것이냐. 이는 하나님만이 안다.

輝煌한 釜山市街. 破壞없는 釜山市街는 外國都市 같다.

配車關係로 짐과 隊員?을 Platform에 둔 채 中央洞 金◯永 氏 宅에서 우리 家族一同은 釜山의 第一夜를 지내다.

1951년

8月 26日(日)淸明

午前中에 梁好民이 왔다.

政黨組織에 對한 相互의 抱負를 交換.

十一皆?日. 海兵隊將校로 前線에 있던 元錫이가 夫妻同伴으로 왔다. 전번 休暇로 왔을 때보다는 얼굴에 潤氣가 있어 可. 九月十五日에 留學生將校團의 一員?하게 된 仁錫이가 自己 兄이 돌아간 直後에 왔다. ◯◯하고 ◯◯한 코-스를 밟는 靑年이다.

저녁 먹고 있을 때 金◯泳이 왔다. 演劇, 映畵에 對한 放談.

오늘은 내가 이야기를 많이 했다. 執筆中◯의 scenario에 對한 計劃 等.

이런 有識한 젊은 친구와 친척들의 來訪dmfh 오래간만에 누어서 新刊雜誌나 한가로이 읽으려든 計劃은 中途敗産? 그러나 中央公論誌의 "아메리카人의 錯誤는 무엇인가"(바트랜드 랏셀卿- 버트런드 러셀)과 "英國人은 우리를 ◯◯하야할 것인가"(클렌 불린톤)의 Look 紙上의 論爭轉載記事?는 나에게 적지 않은 shock를 준다.

停戰會談, 如前. 中斷. 淸明하고 더운 날씨와는 反對로 궂인 날씨와 陰鬱한 開成의 空氣.

8月 27日(月) 晴. 暑

海軍政訓監室에서는 그냥 士官學校記錄映畵를 製作하겠단다.

外務部에서도 文化映畵의 註文이 있고, 公報處에서도 長篇記錄을 劃

○하고 대단히 요즘은 영화○이 旺盛하시다.

　Mr.Rowe를 約반달만에 만났다. Necktie의 선물을 받았다. 日本 갔
다온 선물이다. 公報處 를 들러서 金剛○○. 불상한 文化藝術人의 集合
所.

　가득 차 있는 作家들. 그들은 여기서 아무 것도 않는다. 가끔 原稿註
文이 서로 왔다갔다할 뿐. 柳致眞과의 連結을 부탁하고 鄭寅芳의 舞踊
硏究所를 찾았다.

　金綺泳과 作曲의 羅運榮과 裝置의 金重業과 함께.

　너머도 貧弱한 團員에 失望. 내 이름을 걸지 어떨지 주저.

　물 아닌 땀에 젖은 솜처럼 고단하야 晬家. 金秉龍 氏 왔다 갔다고.

8月 28日(火) 曇. 雨

오래간만에 柳致眞 氏를 만나 映畵와 演劇에 對하야 의논했다.

海軍政訓監室의 脚本執筆. 星火와 같다.

밤에 L.C.L 船上에서 會食.

"處容郎" 舞踊脚本完成. 鄭寅芳에게 傳達.

하여튼 두고보자.

어두어서 晬家.

8月 30日(木) 晴

京鄕新聞의 文化部에서 對談要請.

李海浪과 映畵와 演劇에 關한 對談.

8月 31日(金) 晴

아침에 旅館?에서 退出?命令이 내리다. 朴南秀? 君 來訪.

　不愉快하야 그 緣由를 물었더니 任 中士라는 撮影隊에서 와서 그렇
게 指示하였다고.

　곧 尹 少領을 만나 따졌다. 錯誤일 것이라는 이얘기. 可笑. 나는 아
직 文官이라는 것이다.

　어제 對談記事를 읽고 晬家.

scenario 執筆 〇〇.

저녁에 Rowe를 만나러 가야한다.

9月 1日(土) 晴

하로종일 公報處에서 살다.

News 製作費. 아직도 오늘도 안 나온다. 우리 政府?에서는 항상 일이 더디다. 特히 官吏 中에서 News의 News Value를 아는 사람은 퍽 드물다. 돌아오는 길에 柳致眞, 張基榮을 만나다. 일즉암치(일찌감치) 皈家. 이제 글을 좀 써 보련다.

9月 2日(日)

例와 같이 梁好民 來訪.

오늘은 別로 이얘기에 신이 나지 않는다. 내가 아마 좀 피곤한 탓인가.

宋礼根 君 來訪. 그는 지금은 뻐젓한 海軍 大尉이다. 中學校同窓 가운데 가장 印象的이고 아직까지 〇히 親近한 친구다.

그를 볼 때마다 나는 작년 겨울에 평양에서 본 몇몇 친구를 생각한다. 그 中에서도 朴南秀와 朴和淳. 南秀는 아직까지도 生活對策을 세우지 못했고 和淳은 人民〇〇냈다는 〇〇로 서울中學 英語教師에서 一轉하야 現在는 捕虜收容所에 있다. 軍籍에도 登錄치 않은 和淳. 그가 眞正한 共産主義者가 아님을 온 평야이 다 아는 和淳. 그러기에 李太熙? 檢事?長도 保證을 했고, 나도 그러도. Rowe 氏도 首肯하였던 그가. 不可避한 事情으로 한두 달 입었던 軍服 때문에 살기 싫어 피해 나온 저 편쪽?軍隊의 捕虜로 拘禁되여 있다. 이 얼마나 ironical한 運命의 작난이냐.

戰爭이 낳은 悲劇이냐. 그를 어데까지나 보호하래든 만큼 그의 얼굴이 자꾸만 눈에 떠올라 困難이다.

밤 李〇환, 그도 現在는 空軍大尉이다. 來訪. 취해있었다.

낮에 張基榮 氏를 방문.

9月 3日(月)

金結泳과 ○泰國과 아침부터 公報處에서 살았다. 뉴-Tm 製作費 2,870,000円을 타내오노라고. 벌서 半달 전부터 日參?이다.

官廳일이 이렇듯 복잡할 줄 또 ○○한 줄은 오늘에 와서 안 것이 아니지만 官○의 ○○○과 이 故意의 ○○○의 理由가 奈○에 있는지 어렴풋이나마 짐작할 것 같았다.

그러나 여기서 神經質을 부려서는 않된다. 나는 이제 하나의 scenarist에서 producer로 다시 말하면 一方에 藝術을 들고 他方의 Business를 들고 韓國映畵의 新發足?을 爲하야 ○進하여야만 하는 것이다.

저녁 다섯時가 훨신 넘어서 그것도 半額인 1,435,000円의 手票를 받아들고 나왔다. 이것으론 먹을려는 者들에게 饗應하기에는 너머도 不足이다. Korean Times의 李○○과 ○○○○○과 ○○○을 ○련하는 對策을 講究하고 집으로 오니 6.00P.M. 퇴근하다.

하지 않던 일이라 남보다도 더 疲困을 느끼는 모양이다. 걸핏 지난 全○이 P.Rowe가 "Mr. 뭣는 basiclly?하게 말하야 businessman이기보다 writer"라는 말이 귀에 쟁쟁하다.

저녁을 먹고 밤 Lesson에 가다. 피곤하여 쉬고 싶었지만.

다행히 Rowe가 ○○으로 外出하였다. 韓心錫과 함께 약주를 조금 먹고 皈家.

들어누어 ○○와 놀고 兩 新聞社에서 請託받은 映畵論?을 생각하였다. 그 中 한 新聞에 "映畵製作一年生"이란 題目으로 쓸까하고 혼자 생각하면서 잠이 들었다.

9月 4日(火) 曇. ○丙

어제 手票를 現金化하야 노봉국에게 一部를 매껴 위선 ○○○○부터 매련하야 곧 오늘부터라도 現像○○에 着○하도록 指示.

Korean Times의 業務關係 친구들을 교제하야 겨우 ○○○에서 나오는 紙○를 ○○하야 ○○. 1,435,000円을 받기로 ○○이 成立.

나는 지금 매우 神經質的으로 되어 가는 듯하다. 이래가지고는 "敎

人命令?"이 언제. 初稿(草稿?)이나마 脫稿될지 감감한 노릇이다.

張기영과의 약속도 있고, 京鄕新聞과의 約束도 있어 늦어도 十日頃 까지는 初稿(草稿?)를 떼 놓으야 할 터인데-. 마음만 조급하다.

9月 7日

만난 사람. 張基榮. 방용구. 이태히. Rowe. 한심석.

Rowe와 한국의 文化에 關하야 閑談.

9月 8日

「Manon」의 試寫. 푸레보-(프레보)의 原作을 現代化한 ○○劇.

Last에 若干 異彩로운 点이 있으나 오늘의 나의 食性엔 百% 滿足이 라 할 수 없다.

高漢圭? 長老님 訪問. 病患中.

周翼家屬 訪問.

韋永根이 한턱 내여서 야끼니끼(야끼니꾸) 잘 먹었다.

9月 12日

石○○ . Bridge에서-

1.00P.M. 出○.

朝鮮海運株式會社의 三等기관사이던 S가 그 船長이다. 海洋号

社長은 Rusian, 副社長은 오기섭

途中 巨濟島에 들려서 巨○○의 捕虜의 집에서 막껄레 한잔

바다는 거울처럼 빛났어라.

6.00P.M. 지나 ○○ 着

中央旅館 投宿

全金宰龍 主士 宅을 訪問.

9月 13日

公報○의 Ridgway氏를 만나 作業依賴를 했다가 拒絶 当하고 매우 落心.

結制社에 가서 政訓室을 訪問. 그 자리로 海士에 가다.

11月 15日
1.26A.M. 어머니 돌아가시다
3.00P.M. 葬禮

1952년

9月 6日(土)
UNESCO 會談에 派遣決定이 됬(됐)다는 通告를 文敎部에서 듣고, 곧 外務部로 갔으나 오늘은 土曜日이니 月曜日 다시 오라고 한다. 만일 가게 ○면 한 時間이 急한데...
　文敎部에서 推薦決定된 名單은 아주 豫想과 달리 特히 文總決定과는 顯著히 달라.
　金末峰 金壽雲 (文)
　尹孝重 金重業(視藝)
　吳泳鎭(泳)

9月 7日(日)
아직 갈지 말지

9月 8日(月)
　外務部에서 午後에야 海外旅行者 旅券申請에 關한 要提出書類 ○○를 알아가지고 도라오다.
　아직 갈지말지. 旅路가 걱정일다.

9月 9日(火)
　사진을 찍고 書類를 작만(장만)하면서도 아직 갈지 말지. 旅費用 弗을 政府에서 補助하지 않을 뿐 아니라 公定率?로 바꾸어 주지도 않는다고 한다. 가고저 하는 希望은 점점 더 없어지다.

9月 10日(水)
몇 번式 外務部에 가서 결국 印紙代 20,000W을 지불함.
財務長官을 訪問하니 公定率?로 바꿀려면 文敎長官의 推薦이 있어야
한다고.
文敎長官은 現在 入院加療中. 文化局長이 그곳으로(病院) 가게 되다.
나는 아직 아무런 旅費가 準備되지 않았다. 나는 抛棄할 생각이다.
景武臺에서 5人의 最小限旅費 合 $10,000을 公定率로 바꾸어 줄理 萬
無하다. 公定率로 바꾸어 주지 않는限 나는 抛棄할 생각이다. 바꾸어
줄려면 可及 速히! 14日에는 떠나야 會期에 닿는다. 이 点을 白斗鎭 氏
(財務長官)에게 强調 또는 哀訴.

9月 11日(木)
Northwest 豫約. 갈지말지도 모르고.

9月 12日(金)
免疫症 申請

9月 13日(土)
大統領官邸 警備室에서. 白斗鎭 氏가 官邸에서 나오기를 기다리다.
五人이 뭉쳐 앉아서 기다리는 동안에 財務長官의 車는 우리를 부르지
않고 쏜살같이 미끄러지듯 언덕을 내려간다. 밖에서 기다리던 우리는
그만 어안이 벙벙했다. 尹○○은 "白財務長官이 우리를 찾지 않고 갔
으니 결국 結果는 No!인 모양이군"하고 悲觀的인 推測을 한다. 바꾸어
주지 않는 모양. 그러면 모든 希望은 사라지고 만다.
불이아 불이아(부랴부랴) 우리는 다시 白財務의 車를 쫓차 財務部로
갔다. 秘書室에서 마음을 조이며 焦燥히 기다리는 一行. 이게 무슨 꼴
인고! 이윽고 6,000臺로 바꾸어 준다는 吉報가 깊숙이 長官室에서 나
오다. 그러나 몇일의 心勞?를 생각하니 하나도 반갑지 않다.

이제 알프스를 또 한 고개 넘었으나 그러면14,000,000₩의 円貨를 어떻게 매련하느냐의 最大의 險○가 아직도 앞에 가려놓여 있다. 그러나 이렇게 바꾸어까지 준다는데 못가서야!

金素雲은 東京서 받을 돈이 있으니 먼저 先行한다. 來日 出發.

9月14日(日)
金素雲 出發

9月 15日(月)
出發與否 아직 未定

9月 16日(火)
Mrs. Mccune과 高漢奎 長老를 對面시키다. 방 君의 好意로 임시 國際實業에서 借金. Traveller cheque를 사기로 하고 이제야 出發決定.
C.A.T에 豫約.
밤에 韓國每日新聞의 招請. 朴琴俊?, Bruno, 金末○과 會食.

9月 17日(水)
韓國銀行에서 換弗. 아침에 樹○가 手帖을 주다.
낮 3.00P.M. 映畵人의 歡送.
밤 7.00P.M. 北韓文總? 친구들의 歡送.

順序不調

9月 18日(木)
비행기 사무소에 확기, 종원, 文化局長 等.
누구나 다 그런지는 모르지만 수영 비행장에서 이윽고 이제 항공기에 오르라 하게 되는 순간, 긴 한숨이 나간다. 결국 가는구나. 가게 되는구나. 하는 것이 萬人의 感懷일 것이다.
金天愛? 氏가 우리들 一行을 爲하야 봉선花와 그밖에 一節?을 노래

한다. 나만은 왜 그런지 쑥스러웠다. 비행기를 타도 別로 感懷가 없다. 안해가 전송 나왔다. 약간 sentimental해진다.

1.00P.M. 離陸. 山脈이 끝이고 곧 바다.

2.00 ○가 육지가 보인다.

重業(이)가 Air Girl에게 "오끼나와"이냐고 물었다. Air Girl은 웃고 말았다. 벌서 Okinawa일 理가 없다. 그러나 프를(푸른?) 山川이 결단코 우리나라는 아니다. 바다 앞 飛行場에 2.20P.M. 着陸. "岩國"라는 곳. 일즉이 알지도 못하는 곳.

台北?에서 오는 CAT機 연락 關係로 六時間?을 무의미하게 Kinsuiken Hotel에서 지나다. 末峰 女史는 完全이 Knockout. 피곤한 모양. 重業은 修學旅行나온 中學生모양으로 말이 많다. ○○도 마즈막에는 약간 피곤한 듯.

○國비행장 待合室에서 마침 台北서 온 Mrs. Kim(中國領事)를 만나 台北 消息, 特히 Smyth의 죽기 直前의 이야기를 듣다.

8.30P.M. 出發?. 二發. 보다 좋은 旅客機.

10.00P.M. 機下에 寶石이 깔렸다. 밤하늘 아래 星○이 깔린 大阪 市街는 마치 보석 방석 같다. 역시 같은 寶石 방석이 11.30P.M.에도 나타났다. ハネダ ○○○○○○○로, 八重主口旅館에 四人 投宿.

丈○소바를 먹고 자다.

○○의 옷과 가방, 南秀의 손가방을 얻어가지고 이것이 나의 행색. 1700의 ○○ 旅行.

9月 19日

하로종일을 伊太利 Visa를 얻노라고 떠돌아 다니다. 아침 이러나 오래간만에 味噲汁로 조반을 먹고 곧 一行은 代表部?를 찾았다. 商務官으로 있는 吳○泳 氏. 海運公社○長으로 이LT는 韓正熙? 君을 Wiseion?에서 만났다.

代表部에는 방금 公使?는 外出中이고 ○領事슬 만났으나 別로 우리를 반가워하는 氣色이 없다. 勿論 매일같이 往來하는 사람을 ――히 반기다가는 볼 일도 못 볼 것이니. 그리 탓할 것은 아니로되 그러나 소 위 國際會議에 出席하는 代表들이 왔는데 이렇게 冷情할 수야!

特히 事務官인가 한 사람이 어떤 ○○音이 들어올 때는 아주 喜色? 이 滿面한 것을 볼 때 나는 와락 이상한 感이 떠오르고 公使조차 만나 볼 생각이 없어지고 말았다. 小使를 시켜(원문에 밑줄이 처짐) 案內하 겠다는 것을 拒絶하고 一行은 그냥 그대로 三回?경찰 근방에 있는 伊 太利大使館으로 向하였다. 日人事務官은 매우 親切하다. 우리 公使館事 務員보다 훨씬 親切하며 ──이 손을 잡아 가르키듯 한다. 나는 그의 親切이 고마우면서도 一方 一種의 또 다른 不快感을 느꼈다. 나의 神 經은 벌서 이지러지기 시작하는 것인가?

日人事務官은 「公用」Passport로 하여야 편리하다고 한다. 그러면 本 國에서 왜 이런 措置를 해주지 않았을까. 또 다시 대표부로 가다. 金公 使는 아직도 안 보인다. 事務官이 ○○○인데 하면서 그냥 Passport에 몇 字 적어준다. 이번에는 혼자 伊太利大使館에 가서 五人의 旅券을 化置하고 돌아왔다. ○○하다!

(점심에는 韓 列 總裁와 ○○○의 招待로 一行은 韓國料理店 權禮苑 에서 맛있게 점심을 먹었다. 席上에 ○○○, 李丙○, 趙?○元 等이 있 었다.

밤에는 釜山서부터 同行한 宋政勳의 案內로 日本小料理, Bar, Cavalet를 돌았다.

八中州 Hotel에서 UN軍 總司令部 放送局에서 일하는 金永壽, 金福 子를 만나고 Mr.Hwang, 그리고 美國人 製作者 ○○○ 氏를 만나 whisky와 Beer의 招待를 받았다. 一行이 宋政勳 君 함께 밤거리를 쏘 다닌 것은 바로 그 뒤에 일이다.

○○거리는 ○○○○○과 May Day 소은 事件의 公判으로 떠들썩하 고 一行은 벌써 金素雲의 旅費로 困難한 之場?에 빠졌다.

저녁켠이 되어서야 金素雲의 旅費의 ○○○○이 되었다는 기별.

旅費뿐 아니라 一行이 서로 깊이 마음 和合이 아니되어 이죽삐죽하 기 시작한다. 그 도가니 속에서 神經은 더욱 ○○해진다.

9月 20日

아침에 金素雲이 한바탕 Venice까지 안 간다고 지랄발광을 하다가 결국 一同을 代表하야 어제 付託했던 Visa件으로 伊太利大使館에를 가고 나는 張 郁?博士 있다는 곳에 들러서 결국 만나지 못하고 이발을 하고 그래도 비행기 안에서 伊太利 말 한두 마디라도 배운다고 伊太利 ○○週間?이라는 冊과 中央公論를 사들고 理髮하고 - 釜山서는 이발할 틈도 없었다- 어젯밤에 約束대로 Yaesu Hotel로 金永壽를 찾았다. 그의 말로는 金振厚가 가치 點心을 하자는 것이다. 그를 만나서 가치 日本製 Frano 바지를 3,300yen을 주고 사입고 鷄湯?을 먹으로 갔다. 招待한 金振厚에게는 돈이 없고 결국 내가 치렀는데, 그의 말만은 크다. 머지 않아 King vidore?를 招請하야 國際的인 映畵?를 찍겠다고 - 이것이 在日僑胞의 一○이다.

3.00P.M. 李○○이 自動車?를 가지고 Hotel로 오다. 이것도 一面, ○○히 入○한 Visa를 가지고 다시 ○○○로 가다.

寫眞을 찍는다기에 전송하는 사람도 없는 전송꾼에게 손을 저으며, 搭乘. SAS의 ○○○은 잠시 滑走를 계속하다가 離陸. 머지 않아 左手로 富士山이 보이다. 富士山은 아래서 우르러 보는 것보다 위에서 내려다 보는 것이 예쁘다. Okinawa 근처에 와서 飛行機가 요동한다. 키가 큼직하니 으리으리한 西歐女子 AirGirl이 "天氣가 좋아졌으면은 하고 아주 걱정스러운 表情이다.

Okinawa에 ○時 到着. 내리지 못하고 자리에 그냥 있다가 다시 이륙. 비행기의 요동은 점점 없어져간다. 이윽고 잠이 들다.

9月 21日

몇일 동안의 피곤이였다. 떠나기 前날밤까지 원고정리다 여비조달이다 여권관계다 새벽부터 밤 열두 시까지 숨쉴 틈 없이 돌아다니다가 동경서는 동경대로 또 분주했고 이러한 十數日여의 피로가 처음 경험하는 비행기 위에서도 제법 일등침대처럼 편히 잠들게 할 것이다. 과연 우리가 타고 가는 pc-6는 공중열차와 다름이 없다. 또는 공중의 배와 다름이 없다. 항공기가 오르고 내리는 때 이외에는 아무런 진동도 없다.

기내의 과우온드? 스피-카- 가 잠을 깨운다. 벌서 방콕에 도착한 것이다. 아직 채 밝지 않은 타이랜드의 首都. 나의 시계는 여덟時가 넘었는데 비행장은 어둑시근하다. 그것도 그럴 것이 우리는 每時 의 속도로 밤의 어둠을 접어 온 것이다. 여기서는 아직 五時 20分.

착륙할 때 잘못되여 한 바꾸가 滑走路에서 미끄러져나다. 우리는 한 時間 定留의 豫定이 四, 五時間 늦게 되었다. 이 時間을 이용하야 비행회사에서는 市內구경을 관강버스로 써-비스한다. 時가 구경은 뜻하지 않은 일이어서 좋지만 ○○, ○○○으로 가도 本日 ○○ 午前에는 참석 못하고 겨우 午後에야 들어 닫게 되는 것은 여기서 다시 四, 五時間 늦으면 첫날 會議에는 완전이 不參이 되어 버린다. 비행기의 사고도 사고이려니와 이렇게까지 다급하게 출발하지 않을 수 없는 우리의 신세가 가련했다.

유람버스는 一行을 태우고 約30分간 郊外의 길을 달린다. 물소와 누른 服裝의 나마(라마) 僧. 그리고 路邊?에 무성한 街路樹. 金重業은 路邊의 住宅?을 가르키며 더운 地方의 건물이기 때문에 窓門을 넓이 잡고 땅 위에서 약간의 공간을 두고 다락 같이 지은 주택을 손으로 ○○라딘다. 路邊? 못에는 紅蓮이 활작 곱게 피였고 農夫들도 논밭에서 농사짓기에 바쁘다. 그러난 그들의 服裝은 남루하고 대개가 맨발이다. 2,3meter마다 지나치는 나마 僧들도 ○○○을 들고 퍽들이나 수척해보인다.

이와 對比하야 또 하나 旅人의 마음을 敬○케 하는 것은 가는 곳마다 눈에 띄우는 coca cola의 廣告간판이다. 일본 국기 같은 붉은 円속에 대담하게 흘려갈긴 이 눈에 띄우기 쉬운 간판이 마치 일정 때의 인단 광고처럼 논과 밭에도 걸렸고 私宅에 담에도 전선주에도 걸려 있다. 시내로 들어갈수록 간판수는 많아진다. 심지어는 빈약한 전차 콧등에까지 걸려 있다. 그 會社에서 전차를 경영할 지도 모른다. 그대신 손해보는 -승객이 많지 않을 것을 보다 확실이 이윤많은 사업은 못된다-코카콜라의 廣告를(○○無人?하게도 전차콧등에 매달고 다니는 것일까. ○○○○으로서 ○○한 일이고 또 이 市街주민이 이로 말미암아 교통의 편의를 보는 것도 確實하다. 그러나 住民들의 마음이 어떻고 생각이 어떻든 간에 우리처럼 잠깐 들린 旅人들에게 주는 印象은 매우 아름답지 못하다.

東洋의 고도이며 적어도 一國의 수도인 이 거리는 이로 말미암아 마치 코카콜라 會社의 거리 같고 이곳 住民은 그 從業員 같지 않은가. 미국이 反對陣營에게서 받는 혹독한 批난의 原因?은 바로 여기에 있는 것이다. 그네들은 혹은 一種의 會社事業으로 생각하고 또 이나라 사람에게 좋은 ○○○○를 供給하고 있다고 제만은 생각할 것이고 또 이 供給을 더욱 많이 하기 위하여서는 간판을 눈에 띄우기 쉬운 곳이라면 어데나 부치는 것도 상업 上 당연한 일이라고 생각할 것이다. 물론 상업상식으로 이것을 비난할 수는 없다. 그러나 이 솔직하고 또는 상식적인 미국의 상업기술의 하나의 표현밖에 안되는 간판이 反對陣營에서 모든 ○○과 비난의 모든 材料와 口實을 제공하고 있는 것을 그들은 모르고 있다. 아니 알면서도 그들은 그들의 방식대로 강잉히 그들의 방법을 여기에서 그냥 발현하고 있는지도 모른다.

宮殿은 유리모자이크와 금박으로 ○○ ○○처럼 아름답고 七寶가 찬란한 건물과 殿內는 천국의 一部分처럼 호화롭다. 그러나 그 반면 궁전 밖에 잡? 저자거리에서 바나나를 구어 파는 여인네, 담배꽁초를 줏고 있는 老人, 맨발 벗은 반라체의 어린이들은 너머도 극단적인 대조이다. 서민생활의 번핍성은 華麗한 宮殿과 ○○을 無色하게끔한다. 나는 우리의 ○○한 여기보다도 數十갑절 비참한 우리의 現實을 잊고 이 두 風景에 머리가 敬?화해진다.?

첫 번 찾는 동양의 古都, 西洋人과 함께 사뭇 幸福스럽고 八字좋은 유람객인듯 이 古都를 유람버스로 周遊하는 나 自身의 存在가 문득 이상해진다. 하나도 놀랠 것이 없고 기쁜 것도 없고 침울해간다.

Oriental Hotel에서 Sam Swich? 와 ○○로 요기를 하고 샤우어-를 끼언고 비행장으로 도라오다. 비행장에서 ○○에게 電報를 쳤다. $15.-. Venice로 와달라는 부탁편지이다. 文敎部에서 ○○ 했으니 駐佛 金公使도 와주겠지만 이제 우리 一行이 제가끔 노니여 各分科 會議에 들어가게 되면 ○○이 큰 ○○○○가 큰 國○이다. 나는 괸치 않으리라고 ○○과 ○○하는 나 自身부터가 애당초에 自信이 스지 않는다. 가끔가다 한두 마디의 會○를 자지고 會議의 全狀況을 理解?하리라고는 도저히 믿어지지 않고 또 어느 程度 理解한다쳐도 어떤 機會에 發言할 수 있는 경우에 나의 ○○力으로 充分히 意思를 傳達할 수가 있는가가 疑問?이다. 아니 疑心할 餘地없이 나 自信(自身?)이 잘 알고 있지만 不可能하다. 우리 一行은 대개가 不幸하게도 ○○○의 ○○力과 청취력이 나만도 못하다. 그러나 모든 議事는 佛, 伊, 英語로 進行된다는 것이다. 不幸하게도! 眞實로 西洋, 英, 佛, 伊 가까이 태어나지 못하고 中國에 가까운 東洋?의 - 半島에 태어났기 때문에! (이것이 오늘에 와서는 큰 不幸가운데에 하나로 우리는 看○하여야만 한다.)우리는 ○○○의 流行을 正確히 傳達해주고 우리의 意思를 正確히 表現하여 줄 사람이 各分科마다 必要한 것이다.

金公使와 閔이 와주면 적어도 우리는 두 입을 얻고 만일 두 분 中에 한 분만 와도 큰 도움이 된다. 議事項目 가운데에는 藝術家의 國際的 ○○다던가 詩?人 養?成, 文化 교류, 國際的 協助, 우리와 切實한 關聯이 있는 것도 있고 또는 關○ 著作權, 또는 ○○ 等 당장의 우리의 악○한 現實로 볼 때는 약간 神仙노름 같은 項目도 있다. 그러나 이러한 豫定된 項目 以外에 우리는 우리로서 할 말이 태산 같다. 金末峰 氏는 文化(一般文學)기관의 보조와 우리의 참담한 現實을 ○○○○할 생각이고 金素雲은 特히 ○○文學, 金重業은 破壞된 우리나라의 住宅과 記念物, 古건물, 破壞된 都市의 ○○ 等○○은 박물관의 古美術品? 할 이얘기는 태산같은데 ○成한 입은 하나도 없는 형편이다.

1.00P.M. Bang Kok ○.

9月 18日(木)
see memo p.1-3

9月 19日(金)
see Memo p.8-11

9月 20日(土)
see Memo p.12-14

9月 21日(日)
see memo 10A-F

1.00 P.M. Bang Kok를 出發. 會議에서 H에 詩議事項을 돌려보며 제각금(제가끔?) 생각에 잠긴 채 5.10 P.M. culeutta에 到着. 한 시간에 碇泊이다. 賣店의 印度靑年과 一問一答을 하다. 印度?人의 表情에는 나쁘게 말하면 狡猾?이지만 좋게 解釋하면 豹범과 같은 ○○한 氣像이 있다. 靑年은 流暢한 英語로 묻는 것이였다.
  "어데서 왔소"
  "Korea"
  "아! 아직도 전투를 하고 있지요."
  "그렇소"
  "아! 悲慘한 일입니다. 왜 同胞끼리 서루 싸워야만 합니까. 같은 種族이지요."
  "동포끼리 싸우는 것이 아니다. 우리 北쪽 同胞는 大槪가 우리와 같은 생각이며 우리와 싸우기는 커녕 우리와 協力하고저 하고 있다. 80%는 우리와 같은 생각이다. 우리가 싸우는 相對者는 赤色中國이며 또 그 背後의 勢力이다. 그런데 印度와 Pakistan은 ○○서도 感情이 融和되였소?"
  "천만에요. 우리들은 다른 種族인 걸요."
  "네-루 首相의 人氣는 어떠하오."
  "그는 훌륭한 사람입니다. 당신은 그를 어떻게 생각하오."
  "매우 클레버- 하다고 생각합니다. 그러나 그도, 어서 速히 態度를 快定하여야 할 段階에 있다 생각하지 않은가."
  "네 물론, 態度를 결정할 것입니다."
  靑年의 ○○한 얼굴에는 一種의 自慢?의 빛이 있었다. 그뿐 아니라 印度空港의 모든 印度人의 表情에도 ○○. 나는 自信을 얻기 시작한

217

東洋의 靑年에 對하야 一種의 親近感을 느꼈다. 내가 求하는 佛像의 畵集을 우리가 도라올 때까지는 求해 놓겠다고 靑年은 約束한다. 나는 印度 映畵雜誌 두 卷을 사들고 다시 航空機에 올랐다.

印度女子에 보이는 東洋的 또는 一種의 神秘로운 情熱?과 魅力. 가는 곳마다 그곳 사람과 이애기하는 것이 차츰 재미스러워진다. 6.10 P.M. culeutta를 發.

11.50 P.M. 한밤중에 Pakistan의 카라치에 到着하였다. 印度人에 보는 情熱?과 自信은 그들에게서 찾아 볼 수 없었다. 金素雲이 꽥 고함을 지르자 늙은 Pakistan의 ○-이는 어쩔 줄을 모르고 굽실거린다. 金素雲은 그들이 白人에게는 너머도 順從?하고 같은 東洋人에게는 無禮하다는 것이 그의 비위에 맞지 않은 모양이나 이것은 完成히 素雲의 誤解이였다. 잘 알지도 못하고 東洋의 一文人이 같이 悲慘한 有色人種의 ○會?의 老人을 不安케 할 必要는 全혀 없었다. 그들의 敏活?치 못한 service는 가끔 西人들의 화를 도꾸기도 한다.

그러나 이 點도 白人의 잘못이다. Pakistan 사람이 영어로 "Coffee"와 "Tea"의 區別을 얼떤? 못한다고 그를 나무랠 必要는 全혀 없는 것이 아니냐. 그 老人의 눈에는 저렇게도 ○從의 그림자가 잼겼고 哀愁에 저저있지 안는가. 그는 그대로 가만 두어도 그는 누구보다도 슬프고 외로운 것이다. 영어를 잘 解得치 못한 탓으로 service가 좀 不滿타고 그에게 對하야 侮辱的 態度를 取할 理由는 全혀 없지 않은가.

印度人에 對할 때 나는 오히려 이러한 感傷이 없었는데 어찌하야 Karachi에서 나는 이렇게도 sentimental해지는가.

1.00 A.M. 卽 오늘은 22日. 會議가 시작되는 오늘 22日, Karachi를 떠나다. 이제 來日 會議에 參席하는 것은 絶對로 可望이 없다.

9月 22日(火)
5.00 A.M. Israel의 Lyda 到着.

우리나라 基督敎人이 이곳에 온 것을 알면 얼마나 感謝해 할까. 그러나 이 聖地의 空漠은 그리 아름답지 못하다. 무덥다. BangKok에서도 그랬지만 새벽인데도 不拘하고 여기는 더웁다.

6.00 A.M. Lyda를 出發하야 一踏? Rome로. ○○ 約17,000feet 이윽고 地面의 모양 그대로 Italy 半島가 보인다. Sweden의 Air-Girl이 Napoli가 右便으로 보인다고 하기에 내려다 보니 絶壁의 地中海岸線을 조차 아름다운 都市가 - Napoli가 보인다.

11.30 A.M. Rome 空港到着. 여기서 처음으로 우리는 service를 支佛했다. S.A.S의 Buss 로 南歐의 古都 Rome의 中心地로 들어가 가장 繁華한 자리에 하나인 ○○○○街 SAS의 office까지 오고 그곳에서 다시 LAI 國內航空社로 가서 세 時間 後에는 Venice 가는 飛行機를 잡아탔다. LAI會社의 伊太利 職員이 south korea에서 온 우리를 매우 新奇하게 생각하며 우리 事情을 묻는다. 우리나라 돈을 구경시켜 달라고 하기에 1000円 紙幣를 주었더니 이런 多額의 紙幣를 받을 수 없다고 한다. 一行 中에 100円 紙幣를 가진 사람이 없어 그냥 그대로 그가 要求하는대로 李博士의 肖像이 있는 1000圓?짜리 紙幣에다가 싸인을 해서 주다. 그러나 그들은 우리의 선물에도 不拘하고 받을 것은 꼬박꼬박 받았다. 東京서 宋政勳이 준 Korea라는 畵報가 手荷物로는 무게가 超過되였던 것이다. ○○에서는 超過料金을 支佛하지 않았지만 國內航空社에서는 規定대로 支佛하여야 한다. 그 金額 5,700리레. 米○도 約九弗.

金素雲은 하마터면 ○○부치노라고 飛行場 郵便局?에서 어물거리다가 하마터면 비행기를 노칠뻔했다. Cuba로 가는 戀?人을 Rome 비행장에서 작별(약간의 情 이 벌서 通하야 그는 우리들의 最後의 goal in 을 祝福한다)하고 2.20P.M. Rome 發.

4.20 P.M. Venice 到着. 人夫에게 또 service. Motor Boat로 곳 짐을 옮겨 싣고 會議場所로 가자고 했다. 特別貸切 Motor Boat의 運轉手는 一言之下에 알아차렸다는 듯이

어정쩡하게 끝남

9月 25日
Cini foundation의 招待로 Cini 宮에서 Cocktel(Cocktail) Party. 여

기서 Marc Conelly

　Mrs?(佛女優) D'oliviera, Pen club의 R.Newmann, David Carver, Egypt의 Hussein 等을 만났다.

　B. 10F. 10월 1일

　10月 12日 밤?부터 每日 밤 돈 계산을 하게 되다. 좀. 빨과 만는다.

　C.

　10月 19日 밤~20日

　6時에 번화한 비졸라티街의 SAS비행기 회사로 가다. 주머니에는 180Lire가 남았을 뿐. 역시 로-마에서도 어데 썼는지 모르게 10,000Lire를 소비했다. 그런데 이탤리를 떠나기 前에 리라를 털어 버리기로 생각했던 것이 잘못이었다. 회사에서 airport까지 바스料로 ○ 500Lire가 필요한 것을 全혀 몰랐다. 東京에서는 洞內?에서 여관까지 무료로 보내주었길래 로-마에서도 그리러니 했던 것이 나의 誤算이다. 이럴 줄 알았다면 어젯밤의 Romantic한 電?車 드라이브(600Lire-30分)를 안 했을 것을. 또 金素雲 氏에게 1,700Lire를 주지 않았을 것을. 또 Hotel 앞 Cafe 영감과 Cognac 마시는 것을 그만 두었을 것을 하고 後悔하나 莫及. 그러나 會社의 好意로 결국 無料 service로 落?着이 되다.

　180Lr에서 100Lr를 運轉手에게 service(이것이 유롭에서의 最後의 tip)로 주고 Bus는 한창 市街 번화가를 달리다가 郊外로 빠져나가 거진 30分 의 거리를 달린 後 Rome 空港에 到着.

　四五名? 日人 乘客 그들은 벌서 여기저기서 많이 보인다. Venice에도 Paris에도 있고 그들이 타지 않는 비행기가 없다. 비행기 約 30分 遲延되여 8.30 P.M. 離陸.

　日人中 한사람과 知人이 되다. 그의 座席이 바루 내 옆이기 때문에 . 그는 아주 이상한 表情으로 나에게 "니혼진데스까"하고 묻는다. "한국입니다. 코리아 올시다"

　彼?는 제네바에서 열린 국제노동조합회의에 참석하고 독일을 도라서 귀국하는 中이라 한다. 무뚜뚝하고 조야하니 진실성이 있어 보인다. 사회주의자이며 자기 나라에서의 공산주의 아닌 사회주의의 발전을 기대하고 있다. 이번 노동조합회의는 완전히 기술적인 것으로 그의 전문은 화학이라는 것이다.

Martini와 Vine에 기분이 좋아져서 그와 한동안 한일(원문에 밑줄) 문제를 토의하다. 가장 自然스러운 듯이 그러나, 결과로 보아서는 가장 不自然스럽게 그는 우리나라의 일을 묻는다. 나는 最近 일본이 ○○ 37산을 요구한 길건내각을 비난하자 그도 나와 완전이 동감이라는 듯 "그것은 참 잘못하였다"라는 것이다.

나는 또 일본에 있는 한인의 상황을 물었다. 그는 가엔빙(원문에 밑줄)을 비난하며 공산당의 앞재비가 되어 일하고 있는 우리 동포를 비난하며 아주 어린애 같은 ○○이라는 것이다. 나는 우리 동포라고 아니할 수도 없고, 또 그렇다고 공산당의 지령만을 쫓아 일하는 그들에게 對하야 책임질 수도 없고 약간 난처한 귀○○였다.

그는 독일의 파괴상을 말한다. 구라파는 확실이 모든 制度와 정책이 社會주의화하고 있다. 이태리의 노조도 그 멤버-의 근 半數가 공산당 세력하에 있느나 그들은 영리하야 가엔빙같은 것은 사용하지 않고 있다는 것이다. 그러나 그들은 영리해서가 아니라 아직 그럴 필요가 없기 때문에 사용치 않을 뿐. 필요하면 그 以上의 것도 사용할 것은 이 ○는 모르고 있다. 나는 이차대전 전에는 공상주의자이다가 종천 後에는 온건한 사회주의자로 돌아간 이 중연신사 (사십 오륙세)에게 더 설명할 필요를 느끼지 않았다. 쏘련서 돌아온 병정들은 어떻게 됐소하고 물으니 "젠젱 가왔데다아-"하고 껄껄대고 웃는다. 그도 쏘련과는 대반대이다.

늦은 저녁을 끝내자 곧 카이로. 한 시간의 여유가 있다. 공항식당에서 또 다시 간단한 식사. 여기 음식은 계란밖에 먹을 것이 없다. 커피-와 빵은 부산보다 못하다. 카이로에 내리자 우리는 시계를 돌려 노아야 한다. 필시 삼십분에 떠나 數시간밖에 안 왔는데 여기서 떠날 때는 벌서 다음날인 이십이일의 새벽 세시 반이다. 비행기는 축지 뿐만 아니라 축시까지 한다.

카이로에서 이륙하고 또 얼마 안 가서 이상한 일이 생겼다. 벌써 機窓이 밝아오는 것이다. 향로-그렇고 우리 비행기는 동쪽으로 향하고 있다. - 에 하늘이 붉으스레 물들고 아래에는 힛득 힛득 어떤 形象이 보이기 시작한다. 완전이 나에게는 하로 ㅅ? 밤이 절반은 없어진 셈이다. - 밤이 들자 새벽이 왔다. 神秘스러운 일이다. 비행기는 밤과 낮을 섞어 노았다. 나는 잠자기를 단념하고 노-트를 끄낸다. 지금까지는 천천히 일기 적을 시간도 없었다. 힛득 힛득 하던 것이 차차로 자세이 보인다. 사막이다. 동쪽 하늘은 더욱 붉게 밝아지고 사막이 붉게 물드러간다. 나는 이 자연현상과 (시간의 돌변 등)으로 이상한 신비감을 느끼고 한참 명상에 잠겼다. 17000feet나 上空에서 보면 바다나 沙漠이나 形狀이 꼭 같다. 地面에서 보듯 빛깔이 약간 다를 뿐. 잔주름이 짧인 넓고 끝없는 空間이 움직이지 안는 것은 꼭 마찬가지이다. Arabia의 沙漠이 끝나자 곧 바다. 바다가 끝나서 다시 육지가 낱아나면 이곳이 Pakistan.-약간 지리한 course이다. Pakistan의 첫 入口부터 不毛?의 地, 貧乏의 땅 같이 보인다. 前번 올 적에 이곳에 들러서도 느낀 바이지만 그들 Pakistan 사람 눈에는 ○○, 무언지 모를 哀愁가 잠겨 있다.

짧은 시간을 이용하여 들린 空港의 이발사의 눈에도, 또 올 적에 金素雲 氏의 말을 못 알아듣고 꾸지람 받은 늙은 ○○ waiter에게도 哀愁가 있었다. 인도人의 精○하기도 하고 狡猾한 듯 하기도 하고 따라서 정신들어 보이는 눈동자와는 아주 딴판이다. 그러면서 一方, ○○를 하는 ○○사람 또는 空港사람에 눈에는 一種의 自慢의 빛이 있기도 하다. 마치 "나는 영어를 할 줄 안다"는 듯. 이러한 복잡한 표정은 어데서 왔는가. 英?國人의 오랜 統治의 結果라면 오늘의 그들의 ○○은 하로 速히 파키스탄 사람들에게서 哀愁와 함께 이 옳이 않은 自慢의 빛을 除去하는 데 있을 것이다.

젊은 이발사는 나의 bag에 남은 最後의 外國貨 5franc 한 닢, 5lire 한 닢, ○ 1lire, 2lire 한 닢. 너머도 값산 값을 받고도 즐거이 면도를 해주었다. 勿論 service밖에 안 되지만 現金이 없어 困惑?해하는 旅客을 위하야 즐거이 희생하는 것이었다. 그는 면도질을 하며 "당신은 불란서人입니까?"하고 묻는다. Paris에서 Rome로 가는 三等車間에서는 젊은 이태기 技術노동가에게 "英國人인가"하는 질문을 받았고, Venice와 Rome의 Restaurante에서는 美國人인가라는 질문을 받았고, 같은 좌석의 일본인에게는 일본인인가라는 질문을 받았고, Paris 코메디-흐랑세-즈 근방에 Bar에서는 개르송이 나를 독일人으로 보았는지 佛語를 잘 못 알아듣는 나에 돌연이 獨일어로 회계한 돈 액수를 웨쳤다.

젊은 이발사에게 나는 코리안이다.- 본래 南北에 차이는 없었지만 지금은 南에서 와서 사니 south korea이라고 설명하니, 그는 깜작 놀랜다. 그에게 나는 우리나라에 유엔 대표로 와있는 이를 안다고 했으나 이에 관하여서는 ◯◯ 及◯이 없었다.

4.00 P.M. 離陸.

Karachi에서 많은 사람이 자리는 절반이나 뷘 것 같다. 다시 누른 不毛地 같은 Pakistan의 땅 위를 지나다. ◯◯ 때문인가, ◯◯이 생기고 강에는 물이 말랐다. 山에는 Roman Alphabet 같은 주름이 팼여 있다. 위에서 UMANUY MANAY 같은 巨大한 글자로 보인다. (물론 의미는 없다)

넓은 ◯을 지나가 白雪이 개개한 峻嶺을 지나고 - 그러나 인가는 볼 수 없고 무성한 산림도 안 보이는 황막한 지대를 지나고 또 지난다. 山이 풍토작 용인지 지각의 變動인지 모르되 직선을 으로 집을 같이 또는 어린애들의 작난깜인 쓰미끼같이 된 丘陵地帶를 지나 어언간 박모. 해는 저물어 인제는 山도 들도 없고 항공 뒤편으로 붉은 띠를 두르고 우리 비행기는 동을 동으로 向한다. 西쪽의 붉은 노을 - 띠도 순간 순간 빛깔이 회색으로 그리고 완전이 어둠으로 - 오늘밤 또라도름 항공기 내에서 쉬이면 내일 밤은 동경이다.

이 밤 시간 육지와 바다와 하늘이 모두 어둠에 잠기는 이 밤 시간만이 나에게는 조용히 메모를 계속할 수 있는 시간인 것이다. 6.00P.M.

10月 21日
東京 到着.

同乘한 岡本(오카모토?) 氏가 사회민주 Asia의 ◯◯이 第一◯◯가 되어야 한다는 理由에 反對. 日本人의 自信은 너머 ◯◯하다. 그리고

Asia 自身이 ○○○의 聯合?을 爲하야 위선 統一하고 그 Hegemonie를 日本이 쥐어야 한다는 것은 마치 大東亞共榮圈과 방불. 日本人 社會主義者의 限界를 본 듯하야 不愉快.

밤 10.00時 가까이 羽田(하네다)에 到着, Taxi를 얻기까지 (SAS가 주선한) 約 한時間 걸렸다. 羽田의 日本人은 日本말 할 줄 아는 외국인을 輕蔑한다. 이것도 不愉快. 旅館(一?富士 Hotel)에서 麥酒? 한 잔 먹고 熟眠.

새벽(22日에) 아버지와 안해의 꿈을 꾸다. 깜짝 놀래 깨이니 7.00 P.M.

아침(航空機), 雲海 위를 飛○.

Hotel에 오는 동안 運轉手와 韓人의 가엔빙(火炎瓶?)으로 우리 동포가 미움 받는 이야기. 그의 ○論은 일하기 실허하는 者가 共産主義者이라는 것이다. 항공기에서는 岡本(오카모토?)人(氏?)와 日本人 阪○○의 韓?向?. 그는 ○○ 韓國事情을 묻는다. 特히 ○○○○(김, 술 等 음식물과 ○○ 關係) 그의 ○○가 內○하는 듯 하야 역시 不愉快. 그는 韓國을 쵸-센이라 稱한다.

Okinawa에서는 電氣(水力 38kw의 獨日?發電所를 視察하고 오는 日人技術者)와 ○○, 韓國에 가서 技術敎授?를 하고 싶다고. 고마워하야 야 할지, 웃어야 할지. 그들은 아직도 東亞의 盟主?라는 꿈을 잊지 못하고 있다.

10월 22일
9.00 P.M. Hotel을 나갔다. 代表部로 갔으나 ○○.

韓銀으로 가서 列?總裁와 支店長과 "金明煌"을 만나다. 尹○○도 만났다.

∤Mr. Cooper를 3.00 P.M. 自宅으로 訪問.

낮에 雪?然郁을 만났다.

돈을 바꾸고 기관지를 몇 권 어더가지고 Mr. Copper를 お萬円札○으로 찾아가다. 이곳에서 와서 Mr.Copper의 紹介로 日活? ビル로 Japanese Committery(committee?) Cultural Freedom을 찾아 小堀

甚二(小堀 甚二? (こほり じんじ、1901年8月28日-1959年11月30日) は、日本の作家、評論 家、社会運動家) (平林 たい子 (ひらばやし たいこ、1905年 (明治38年) 10月3日-1972年 (昭和47年) 2月17日) は、日本の小説家)의 男便, 事務局長)을 만났다. ○代大會를 日本서 하고 싶다고. 이도 또한 日本의 誇大妄想的○○. 茶를 마시며 ○談.

日本은 아직 自己自身을 좀 더 反省할 필요가 있다. 가장 進 爲인 그들이 이 꼴이니. 그와 ○○ Radio of free Asia를 찾아 Mr.Bertrandias 氏를 만나 NKFCO를 紹介하고 協力을 求하다. (Root 411日? ビル)

Mr.B의 紹介로 Mr.Steel 또 그밖에 한 美 老人을 만났다. Mr. Cooper도 ○參?

저녁 "慟哭"이라는 日本 映畵?를 보고 皈家.

十一月 二十三日(月) 晴

2.00 P.M. 水營을 떠나다. N.W.A機.

안해가 전송 나왔다. 석 달의 이별을 매우 쓸쓸해 한다. 機上에 오르자 곧 離陸.

祖國의 땅이 十分도 못되어 눈앞에서 사라져, 안개 속에 잠기고, 드디어 육지와 바다와 하늘이 한 빛이 된다. 하늘에는 점점이 흰 구름. 이렇게 하여 나의 최초의 도미 여행이 시작된다.

(N.W.A 機上에서)

東京上空을 날을 때에는 벌써 어두워 大都市가 보석 방석처럼 눈앞에 버러진다. 세끼 여관으로 가다. 銀座?를 산보하고 곧 就寢. 10.00 P.M.

十一月 二十四日(火) 晴

아홉시, 미국 대사관에 가서 Mr. Bartz를 만나다. 나의 여행 스케듈에 대한 확실한 플랜이 아직 서지를 않았다. Cultural Center에서 근무하는 밧츠 氏가 우진? 大使館으로 쪼차와 PAA와 연락을 취한다.

PAA事務所에 가서 결국 결정된 나의 여행 코-스는 다음과 같다.

PAA로 28日(土)	1.00 P.M. Haneda 發
	5.00 A.M. Honolulu 着 }航續? 11時間
	8.30 A.M.　　" 　　 發
	7.30 P.M. San Francisco 着
29日(日)	桑港에서 休息
ALL로 30日(月)	6.30 P.M. 桑港 發
1日(火)	7.55 A.M. Washington D.C. 着

Honolulu에 三時間밖에 못 머므는 것이 유감이다.

저녁에 유창순 韓銀支店長 送別 cocktail party에 가다.(帝國Hotel) 이 자리에서 全用淳

金公事, 總領事 等을 만나다. 日人과 外國銀行家도 많이 참석.

밤. 沈載弘 氏에 好意로 여관을 떨처나와 Hotel YAESU로 가다. 日本을 떠나는 날까지

여기 留宿할 예정. 일본은 어쩐지 不快하다.

十一月 二十五日(火) 曇, 晴

낮에 Mr. Lury를 만나서 映畫 契約을 이얘기하고 WB의 Mr. Boyd, FOX의 Hoabimi, Sulliban 유니버-살 等을 歷訪.

하로 종일 영화일로 지나다.

저녁 日活 Bldg에 가서 편지를 朴冠?三에게 보내고, 밤에는 日比谷 (히비야)劇場에서 에리아 카잔의 The man on the tight rope를 구경했다. 美國映畫로서는 상당한 反蘇映畫. 그러나 政治的目的과 商業的目的을 겸하여 노렸기 때문에 나에게는 象이 약하다. Circus團이라는 集團을 그렸기 때문에 獨裁下의 個人의 悲劇이 浮刻되지 안는다. Circus 團은 이 映畫의 商業的○○로서는 좋으나 個人의 悲劇을 强調함으로 오는 人間의 悲劇性은 그만큼 稀薄해진 것이 아닐까. 이런 弱點은 있으나 最高의 傑作.

하이볼 두 잔과 보고난 映畫에 흥분하여 Hotel YAESU를 가서 잠이

들기 채 前, 子正에 난데 없는 美軍人 將校가 侵入, 九州(큐슈)에서 온 中尉로 매우 人相이 험상궂다. 그는 친구의 寢臺를 찾아 온 것이다. 나에게 잠자리를 양보해 주기를 ○한다. 日語가 通하지 않을 그를 위하여 선선이 나왔으나, 적잖이 나 自身 不快하였다.

재3시 밤중에 손가방만 들고 나오니 신세가 처량하다. Taxi가 결국 안내한 여관은 panpan Hotel. 올적마다 한 번씩 자야 하는가? 이런 Hotel에서? 새벽 세 時에 强震. pan pan 들이 客室에서 얼굴이 파랗게 찔려 뛰쳐 나온다. 戰後 最大의 것이라고. 日本은 自然의 威脅으로 항상 마음이 안 놓일 것이다.

十一月 二十六日(水)

Thanks Giving Day를 美國人은 유가(휴가?). 그걸 모르고 昨夜의 사건을 沈載弘 氏에게 알리려고 CIE로 갔으나 물론 그는 出勤하지 않았다.

하로반의 滯留延期를 부탁하기 위하여 羽田(하네다)에 갔다. 이걸로 午前은 完全 疲勞?. 어제 뛰인 速達로 金素雲, 金乙漢?, 鮮于宗源?을 만났다. 낮에 다시 'United Artist 社'를 찾아 Henry Hatherway의 '砂丘의 敵'의 사기로 하다. $1,900弗. 따로 밤에는 金素雲, 金乙漢? 氏와 저녁을 하고 旭? Hotel로 짐을 옮기고 素雲과 밤이 깊도록 麥酒를 마시다.

十一月 二十七日(金, 목?)

代表部에 人事. 張과 高를 만남. 楊○ 氏를 11.30 A.M에 만나 ○○料, 其他로 (招請?費 代用으로) 30,000円 ○○.

Mr. Bartz의 招待로 Tokyo Cutural Center를 訪問, 그와 함께 Siba Pank Hotel에서 ○食. 韓國弘報?物의 日本紹介方法을 이얘기하다. 그에게 金乙漢?을 추천. 2.00 P.M.에 金 氏를 만나 Committee for Free Asia의 Mr. Shields를 소개. 우연히 桑港(샌프란시스코)에서 본 Mr. Stewart를 반가이 만났다.

3.00 P.M. 鮮于宗源과 함께 入院中인 Rowe?를 訪問했으나 그는 아

침에 退院했다. 도라와 O.S.S에서 張利○ 博士를 만나고 저녁을 대접 받고 돌아오다. 밀렸던 日記를 쓰고 일즉이 就寢.

十一月 二十八日(土, 금?) 晴

아침에 조용한 30분, Hotel 이층에서 外務省 앞 골목을 내려다보며 간단한 食事.

Mr. Rodregues를 Colombia社도 訪問하여, KAFA와 KAFC의 關係를 說明하고 KAFC 역시 配給業을 繼續?하니 응원해 주었으면 하는 부탁을 하고 불이야 불이야 PAA 事務所로 갔으나 약 세 시간 延發한 다는 말을 듣고 다시 끝나지 않은 일을 보려 新橋(심바시)로 가다. U-A를 訪問하고 日本文化自由委員會로 갔으나 아무도 없으므로 小掘 甚二 氏에게 글을 써놓고 (매우 섭섭했다고) 다음 銀座(긴자)로 나오다.

하네다 비행장은 역시 번잡하다. 많은 日本人, 美國人 그리고 구라파 사람들. 그런데 이상한 일이 아니냐. 東京 거리에서는 그렇게도 活氣있 어 보이는 그들 일본인이 항상 그렇지만 하네다에서는 매우 조용해진 다. 더구나 비행기 안에서의 일본인은 얌전하기가 처녀이상이다. 이 인 상은 작년, 구라파 갈 때에도 느낀 것이다. Double-Decked의 P.A機는 4.00 P.M. 하네다를 이륙. 二層으로 된 것이나, 內部의 장치와 食事는 SAS만 못하다. 물론 食前에 마신 두 잔의 Champaign은 別? 차이지만. 그러나 이 Champaign에 關하여 Stewardess가 나에게 첫 잔을 붓다가 잘못하여 술병을 떠러트렸다. 고귀한 술은 carpet와 나의 양복을 적시 고 동시에 ○席의 妙齡의 女性의 양말과 스카-트를 적시고 말았다. 그 女性은 Burma의 Rangoon에서 오는 기술자. 미안해서 쩔쩔매는 Stewardess에게 나의 옷이 Champaign을 마시는 것도 허울이거니와 이것을 뿌리며 가니 이 얼마나 호화로운 여행이냐고 위로를 하다.

夕飯後 술이 모잘라 Cocktail Lounge 에 내려가(下層) Bourbon 두 잔에 기분이 좋다. 올라오다. 이번 첫 出?發에서 가장 기억할만한 것은 작년 구라파 여행보다 퍽 마음이 놓여 초조치 않은 것. 日本 여관이나 東京거리보다 이 좁은 PAA의 Cabin에서 더욱 安道感을 느끼는 것. 東京은 소란하고 사람의 神經을 시달리게 한다.

十一月 二十八日(土, 금)

역시 토요일. 나는 하루 이득을 보았다. 緯度 關係로. 機는 어두운 太平洋上을 그냥 날르고 있다. 時速 260〇, 高度 1500〇-2500 〇〇, 밖앝 온도는 -13도, 실내 72도.

열목의 冊을 읽다가 어느듯 잠이 들다. 잠이 깨니 밖이 훤히 밝았다. 아직도 28日. 길지만 지루하지 않은 28日이었다. 토스트와 코피와 Tomato Juice로 간단한 食事. 機는 한참 구름 위. 太平洋을 내리다 보며 한동안 날르다가 이윽고 육지. HAWAII 섬들이다. 그 중 큰 섬이 首都 Honolulu가 있는 오아후(아오하?, 원문 그대로임)島. 9.30 A.M. 착륙. 비행기 회사 사람이 한아름 레이를 담은 상자를 가져오다. 내리는 사람마다 레이를 목에 걸어준다. 란초의 一種이라는 花〇에 彈力이 있는 보랫빛 꽃. 그러나 레이를 목에 걸고 하와이의 浪漫을 맛보기에는 너머도 많은 일이 한꺼번에 생겼다. 第一로 檢疫官이 요구하는 X-Ray 사진은 트렁크 안에 있었다. 第二로 나의 여권은 이미 8月 24日로 無效가 되었다는 것이다. 外務部에서 왜 이 事實을 몰랐을까. 第三으로 나의 지갑이 없어졌다. PAA 안에 묘령 女子가 절대로 따귀꾼 일리는 없으니 필경 機內에서 웃옷을 벗은(잠자느라고) 동안에 떨어졌을 것이니, 이것은 별로 걱정이 없다손 쳐도, 第四로는 이러는 동안 비행기 표를 空港 안 어느 Section 안에다 놓았는지 잊어버렸다. 이것도 PA에 말하면 어떻게 되겠지만. 合計하면 내가 이번 여행에 必要한 모든 것을 한꺼번에 잊어버렸거나 失手한 셈이다. 나에게는 그리고 이곳 空港 사람들에게도 珍珠灣攻襲以來의 最大의 놀램일시 분명하다.

다른 것은 다 그만두고라도 Expire된 여권을 살리기 위하여서는 Honolulu의 영사관에 연락하지 않을 수 없었다. 吳重政 領事가 오기를 기다리며 멍청하니 밖앝 風景을 바라다 본다.

常綠의 HAWAII, 눈이 부시도록 밝다. 물매미 같은 자동차가 이것저것 할 것 없이 찬연한 太陽 아래에 은빛으로 빛난다. 亞熱帶 植物의 〇〇한 綠色, 〇花妖草라는 말은 짐짓 여기를 두고 하는 말이다. 지튼 꽃이 크고, 적은 花〇이 정열적이고 五色의 바탕이 된 綠色의 草木도 시언하기를 지나 어찌도 잘지고 유들유들헌가. 이 常綠의 섬을 그냥 지나치기가 퍽으나 섭섭했다. Scherbacher 氏에게는 皈途에 꼭 여기를 지나 二, 三日 留하기로 願했던 것을! 在○同胞들의 生活狀態, 그들의 思考方式도 알고싶어든 나는 한 時間 後 領事館에서 와서 Certificate 만 하면 곧 떠나여야 한다. 그러는 동안에 P.A 직언이 잃었던 乘機票와 지갑을 가져다 준다. 吳 領事가 우진 自動車를 몰아 空港으로 왔다. Imigration officer와의 二三語 交換으로 모든 것이 O.K. 특히 來 火요일 아침까지 留하게 됨은 不幸中萬.

吳 領事는 방금 副領事로 昇進한 31歲의 젊은 外交官. 이전에 한 번 서울에서 나를 만났다는 것이다. 閑靜한 거리에 있는 총영사관에서 잠간 쉬어 同○會報?를 찾았다. 방금 Organ Weekly인 「태평양주보」를 ○字中인 朴鎭翰 氏를 만났다. 편집 기타 혼자서 마타 본다는 것이다. 그는 一週日에 土曜日 下午 4.00-4.30까지 KULA 放送局을 通하여 한국어 放送까지 한다. 오늘이 바루 放送이 있는 날, 나에게 mike를 通하여 人事를 하라고 한다. 快히 承諾.

"Lee's Place"라는 한국음식점에서 간단한 食事. 밀국수이다. 우리나라에서 밀까루 배급으로 맨들어 먹는 것에 지지 않게 맛이 난다. 이 '맛'이라는 것이 확실이 이상하다. 일본의 冷麵은 모든 式이니 材料과 우리 것과 같은 것이지만 어딘지 모르게 그 솜씨와 국에는 한국 독특의 그 무엇이 있다. 東京음식점에서 못 찼던 그 風味를 완전이 먼 나라이며 西洋化했으리라고 생각했던 이곳에서 발견할 줄은 꿈에도 생각 못했던 일이다.

아스팔트가 쭉 깔리고 검부락지 하나 없는 길을 나는 YMCA Hotel까지 吳 領事와 가치 왔다. 여기가 제일 싸다는 것이다. 出發日字인 火요일 아침까지 $7.50. Shower를 끝내고 쉴 사이도 없이 朴鎭翰 氏가 令孃 金夫人을 同伴하여 車로 왔다. KULA Station에서 在○僑胞에게 5分間 人事를 하다. 1週日 30分의 우리말 放送의 全 Staff는 이 朴 氏 父女. 그런데 이 간단한 國?內news 放送을 僑胞들은 빠짐없이 듣는 것이다. 카이무키街를 지나서 朴 氏의 車로 4.30 P.M. 다시 總領事館으로 가다. 그와 점심 前에 만났던 Mr. Min과 밤의 Waikiki를 놀러 가기

로 약조했던 것이다. 그것이 突然 예정이 바뀌어 近間 Philiphine 公使
로 任命된다는 金琦영 氏 송별을 위한 Mr. 徐의 (主催) Party에 가다.
金 氏 夫妻를 主賓으로 Host 夫妻, 그리고 건축가인 Mr. Sam Kim,
Mr. Choi 等 夫妻. 모두 Aloha를 입었고 婦人들도 간단한 One-piece.
이 色多彩한 豊饒?한 나라에서는 周圍와 어울리어 Aloha가 유난스럽게
보이지 안는다. 氣候와 風土와 色?多?彩?로운 환경이 人間의 옷의 色調
까지 決定지어 준다.

49年 前에 왔다는 徐 氏는 茶?房을 경영한다. 溫厚?한 그의 容貌는
어데까지나 조용하면서도 多年의 困難을 克服한 사람만이 가질 수 있
는 깊은 '休息'의 그늘이 있다. 夫人은 徐 氏에 比하여 엄청나게 人品
이 떨어지는 典型的인 移民. 30年 前에 온 金琦영 氏도 절대로 好人.
公使라는 것이 아무것도 않하는 職이라면 그는 가장 적당한 사람일 것
이다. 崔 氏는 한국사정도 잘 모르고 말도 잘 못하는 平凡한 분. 가장
印象的인 이는 건축가인 朴三 氏. 그의 夫人은 梨花出身. 평양에도 있
었다고 한다. 韓人教會에서는 Minister of music. 검은 안경테가 쑥스
럽게 보이지 않는 intelligent한 분. 朴 氏는 한국말을 잘 못한다. 언
제 왔느냐고 물었더니 31年 前, 나도 모르게 가벼운 한숨이 그 뒤에
잇는다. 그는 가장 情熱的이다. 韓國의 再建은 經濟面부터 하여한다고
主張. 나는 精神과 道德에 뒷받침 없는 經濟는 오히려 危險千萬이니
文化 復興과 並行하여야 한다고 力說. 마츰내 그도 同意하다. 北韓 이
애기. 나의 이애기, 한국이애기도 한동안 꽃이 핀다.

나는 그들과 이야기하면서 문득 아까 "Lee's Place"에서 먹은 랭면
생각을 했다. 50年 ○ 30年의 海外生活에 나는 아무런 "Korea"的인
것을 기대할 수 없는 特殊○○의 사람이겠거니 생각했다. 그러나 그들
이 本國을 생각하는 마음은 오늘에 이르기까지 없어지지 않았다. 아마
주위의 他國人보다 生活條件이 나쁘면 나쁠수록 母國을 생각하는 마음
은 더욱 간절했을지도 모른다. 그들이 50年을 두고 잊지 않은 母語. 그
들이 50年을 두고도 잊지 않은 깍두기와 김치와 冷麵의 風味. 나는 눈
시울이 뜨거워짐을 느꼈다. 그런데 오히려 Juior의 世代는 六年을 물론
이지만 High School, College에 다니는 젊은이들은 우리말을 통 몰은

다는 것이다. 그들은 아버지와 하라버지가 가진(갖은?) 고초를 겪그며 自手成家하는 오늘날까지 오매에도 잊지않은 母國을 이제 완전히 잊어버리려는 것일까. 祖父와 아버지의 첫 時代보다 生活이 ─ 美國民으로서의 生活이 安樂해졌기 때문에 이제 母國이라는 마음의 支柱가 必要치 않아졌다는 말일까?

이러한 時代感은 Hawaii에서 完全히 두 世界를 形成하고 있다. 우리들 사이에 조선말로의 이야기에 꽃이 피고 있는데도 徐 氏에 막냉이는 귀를 기우릴 생각도 않고 ─ 내가 잘 알아듣지 못하는 TV에만 열중하고 있다. 이러한 Junior의 生活感情이 가끔가다가는 퍽 有力하고 有效하게 쓰일 때도 있다. 吳 領事의 말에 依하면 이 좁은 Hawaii에도 朴容만 氏의(당시이 과격파) 系統?을 밟는 國民會?의 反 李승만 派와 李박사 直系인 同志會가 感情的 ─ 政治的까지는 갈 수 없다 ─ 으로 對했던 것이 咸 副統領이 移民 50周年 祝賀式에 來訪?하는 데 있어서 서로 協力하고 共同行動을 取하였다는 것이다. 이 中間의 調節 役割을 한 것이 이제 와서는 이미 朴 派도 아니며 李 박사 派도 아닌 Junior들이라는 것이다.

9.00 P.M. 徐 氏 宅을 辭하다. 나오는 임박에 건축가인 朴 氏는 나의 손을 굳게 잡으며 "We are living in narrow world."하고 愁然히 한 마디 던진다. 나는 이상하게도 피부가 찌릿함을 느꼈다. 氣高萬丈한 情熱漢? Mr. Sam Park에게 이런 Pathos가 있을 줄이야!

十一月 二十九日(日) 晴, 曇

스콜이 오는 듯한 소리에 잠이 깨었다. 아스팔트를 달리는 自動車에 소리인 것이다. 11.30 P.M. 아직 28日이다. 다시 이불을 폭 쓰다.

깨이니 이미 10.10 A.M. 느러지게도 잤구나. 吳 領事와의 약속은 10.30 샤와를 하는 불이야 옷을 입자 Ring. 가치 간단한 조반을 먹고 韓人敎會로 가다. (長老敎)

金 목사는 처음에 영어로 강설하고 다음에 우리말로 강설한다. 늙은이와 Junior의 두 세대를 위한 것이다. 내용도 각각 다르다. Junior를 위한 영어강설에서는 정치적 사상을 많이 담았고 늙은이들을 위하여는

마음의 안락을 위한 說敎인 것이다. 아침 예배가 끝나고 (12.00) 나는 목사에게 그리스도의 畵像을 이 교회에 X-mas 선물로 선사하였다. 이 광혁이가 그린 이 그림이 여기서 같이 좋은 gift가 될 곳은 없을 것이다.

光化門을 본따 지었다고 하는 白璧의 敎會는 화려하나 지붕 처마의 채색이 어쩐지 천한 感을 준다. 信徒들은 뜰에 모혀 이런 이얘기에 저런 이얘기에 꽃이 피었다. 나는 여기서 많은 늙은이를(女子)만났다. Junior들은 별도 예배당에 나오지를 안는 것이다. 그 ○은 婦人들을 대할 때 나는 와락 고향의 山亭懷? 敎會를 연상한다. 산정회교회는 中○級의 善良한 信徒들이 많이 모였던 것이다. 여기 婦人들도 대개가 韓人으로 또는 中○ 以上인 것 같다. Hawaii 온 지 30年, 50年된 이들. 처음 그들은 世手空擧?이였으나 白? 오늘은 自手成家로 自慰와 自己滿足의 生活을 누리고 있는 것이다. 同志會 系統인 婦人救濟會?會長인 Mrs. 정, Mrs. Kim 등 그들 가운데에 또 하나 異彩는 감투를 쓴 파파 老人이다. 어디서 본 얼굴이다 했더니 역시 昨年, 釜山 어떤 restaurant에서 만났던 老人이다. 그는 양복에 泰然이 감투를 쓰고 다닌다. 이것이 어울리니 이상한 일이다. 移住한 지 50年된 이 老人들이 아직도 우리말을 잊지 않고 유창히 하는 데에는 두 번 세 번 놀라지 않을 수 없는 것이다.

敎會에서 나와 吳 領事와 함께 全島(OAHU島)를 drive하며 一周하기로 했다.

우리 차는 갑파랍지 않은 傾斜를 위로 위로 달린다. 일요일이라 그런지 郊外에도 自動車가 끊지지 않는다. 3人에 한대라는 이 엄청난 數字는 나로서 ○○을 뛰어넘어 他世界의 現實로밖에는 생각되지 않는다. 路邊에는 내가 아는 限의 가진 亞熱帶植物이 鬱鬱?하여 길을 건너 Tunnel을 이루운다. papaya, 椰子, pannana, 棕櫚, 그밖에 이름 모를 ○○○. 이것들이 욱어지고 서로 엉키어 흡사히도 Jungle을 이룬 곳도 있다. 涼氣가 떠돈다. 꽃에도 無窮花(우리나라의 것보다는 흠뻑 크고 복스럽지만)을 비롯하여 가지각색이 있더니. (나무)植物 역시 몇 가지인지 모르겠다. 어느듯 Pali고개(Nanua Pali)에 이르렀다. 一 年 열두

달을 두고 强風이 멎지 않는다는 pali고개. 古代의 英雄이 병풍처럼 둘러친 山을 넘어 와서 HAWAII를 평정하였다는 이 고개, 동전을 던져도 强風에 불리워 돌아온다는 이 고개는 Honolulu의 名勝地의 第一이다. OAHU 섬의 後面이 一望에 내려다 보이는 곳이다. 여기서부터는 내려봐지이다. 바닷가까지 九曲의 길을 車는 미끄러져 내려간다. 海岸가 전체가 海水浴場. 「토끼섬」이 바라다 보이는 海岸. 이곳 저곳에서 사진을 찍었다.

오늘 길에 Mr. Kim이라는 늙은 꽃장사의 집을 찾았다. 1.5Acre의 Carnation을 재배하는 이 老人도 역시 移住한 지 49年이다. 그는 우리를 반가히 마저준다. 2男9女의 大家族은 그 밖알도 꽃밭이지만 집안도 꽃밭이다. 여기에 釜山서 유학한 족하딸까지 하며 그야말로 女人國이라고 할 수 있다. 一年을 가도 끊임없는 꽃 栽培로 그는 治足한 生活을 하고 있는 것이다. 每日 아침 다섯 時이면 활작 피인 Carnation을 따서 꽃집에 갖다 준다. 이걸로 日收600弗은 된다고 한다. 그 三分之二가 實收라고 해도 한 달 400弗 가까이로 그는 누구 부럽지 않게 살수 있다. 그런데 七十老人인 Mr. Kim은 항상 滿足하지 않는다. 그는 故國이 그러운 것이었다. 老人과 하마께 사진을 찍고 난 後에 Mrs. Kim의 請하여 室內로 들어갔다. Mrs. Kim이 손수 만든 포도 Juice와 팟보숭을 발른 찹살 떡! 나는 여기서 또 이상한 감동을 느낀다. 팟 보숭떡을 이 老人은 50年간 계속하여 맨들어 먹은 것이로구나! 老人의 아들은 다른 많은 Junior처럼 이번 전선에 從軍하였다. 이 老人에게는 母國에 대한 思慕가 뼈에 사모친 것이다. 자기의 딸을 결코 外國人과는 결혼시키지 않는 것이다. 자기의 망낭딸이 어떤 外國人과 Love Affair가 있었을 때 그는 우리나라의 어떤 老人보다도 완고하게 反對하였다는 것이다. 그 때문에 自殺 소동(물론 未遂이지만)까지 이르켰으나 老人은 영영 承諾하지를 않았다. 老人은 "우리나라 사람이라면 병신이라도 좋다." 그는 처음 만난 내 앞에서 두 번 세 번 뇌이는 것이다. 우리나라 사람이라면!

老人이 오신 지가 얼마나 되지요?하고 묻는 말에 老人은 "49年이요" 하고 이가 다 빠진 이를 꽉 다물었다.

"四時常春이 돼서 그런지 나는 이제 三年이난 된 것 같은데 벌서 49年이요." 武陵桃源을 갔다 온(갔다 온) 사람이 느낄 이 허전한 哀愁! 老人의 눈에는 눈물이 글성한다. 그의 말에 의하면 이곳이 四時常春이란 말은 故國을 떠나는 50年 前 에는 거즛으로 생각했다는 것이다. 한 뙈기 땅을 어더 오늘의 1.5Acre의 꽃밭에 주인이 될 때까지 堂堂히 그 품팔이 날을 보내고 보니 어느듯 덧없이 50年 의 세월이 흘렀다. 그렇다고 故國의 山川을 잊을소냐. 老人은 자기가 뜻허지 않고 잃어버린 祖國을 딸 자식에게는 틀림없이 억지로라도 찾어줄랴는 듯이 "한국 사람이면 병신이라도 좋다"하고 딸에게 嚴布하는 것이였다. 그의 夫人은 老人에 比하면 퍽 젊어보였다. 그는 독실한 Christian으로 모든 것을 하누님의 攝理에 매끼는 것이다. 自己의 아들이 한국전선에 出征하여 母土에 ○化?(아들의 이름이 壽?國 이라고 그는 자랑한다)하게 되어 故國의 땅을 밟는 것도 또는 이번 전쟁으로 말미암아 Junior들이 아주 까맣게 잊어버렸던 祖國을 다시 인식하게 된 것도 다 하나님의 攝理라는 것이다. 이 天理를 무시하고 自然의 힘에 抗拒하여 確?固하게 自己의 생각만 고집하는 늙은 男便을 그는 가끔 타일르듯한다. 七十老人은 마치 어린애가 다 된 것처럼 묵묵히 夫人의 말을 듣고 있으나 역시 老人의 눈에서 눈물이 글성글성할 때 왁작지걸하고 어린애들과 며누님과 딸과 족하딸이 거리에서 돌아왔다. 우리는 언제까지 남아 있어 金老人을 위로하고 싶었으나, 그만 자리를 일어났다. 한 포기 Carnation을 받아들고 寫眞을 찍고 손을 흔들어 작별한다.

車 안에서도 나는 金老人-이가 다 빠지고 七十이 된 이 老人. 살아서 고국에 돌아갈지 조차 기약 못할 金老人을 잊을 수가 없었다. 그렇게도 그는 故國을 사모한다. 오시지요 하면 왜 그런지 한숨만 내뿜는 이 老人. 입을 악물고, 눈물이 고이는 이 老人의 얼굴이 깊이 깊이 나의 서리에 사직(사진?) 찍혔다.

Waikiki에서 麥酒(prino라는 土産, 日本 것만 못하다)한 병을 내고 우리는 일단 헤여졌다. 저녁 여관에서 일기를 정리하고 혼자서 中國요리집에서 간단한 저녁. 8.00 P.M. 吳 영사와 같이 다시 Waikiki 海岸으로 가다. Cafe에서는 Show가 있다. 한 곳을 찾아 들어가 약 30分 .

Samoa의 춤과 노래, 소위 現代化한 훌라 춤을 구경하고 Hotel로 돌아와 就寢. 10.00 P.M.

連日의-한국에서부터의 피로가 한꺼번에 온다.

十一月 三十日(月)

요란한 ring에 소스라쳐 깨이니 벌서 10.00 A.M.

地方新聞 The American Advertiser紙에서 女記者가 전화를 건다. interview를 하고 싶다는 것이다. 11.00 A.M.를 약속하고 곧 Hotel 식당에서 간단한 조반.

中國出生인 女記者 Chun과 30分 以上에 걸친 interview. 그는 主로 나 自身과 HAWAII의 印象과 以北에서의 이야기를 묻는다. 사진을 찍고 돌아가다.

吳 영사와 함께 婦人救濟會?의 Lunch Party에 招待를 받아 큰 中國料理집으로 가다. 10名 가까운 老婦人이 모였다. 이 Group이야말로 이 대통령이 가장 믿고 사랑하는 사람들 中의 하나이다. 家庭이 쓸쓸하고 國內에 同志가 적고 새로이 친구를 사귀기에는 地位가 너머도 높은 이 박사는 그의 亡命時代의 故鄕인 이곳 HAWII를 자기의 가정과 같이 또는 여기 사는 老人들은 아들, 딸, 족하와 같이 하나의 家族으로 생각할지도 모른다. 老 博士의 心情으로 있을 만한 일이다. Mrs. 정도 박사의 부르심으로 最近에도 한국을 찾아 地方을 巡廻하고 강연하고 地方事情을 博士에게 報告하고 돌아왔다 한다. 吳 領事의 말에 依하면 이 분들은 자주 경무대에게 直通하는 편지도 하고 또 母國으로 나아가면 경무대에 無常出入한다고 한다. 그의 이곳에서의 몸가짐의 조심性을 넉넉히 짐작할 수 있다. 婦人들에게 가지고 왔던 ○○○(피난민)을 구경시키고 O.P.I의 pamphlet와 X-mas card를 선사하고 또 그들의 好意를 감사하고 첫날 radio로 한 것과 거진 같은 의미의 table speech를 하고 돌아왔다. 食堂을 나오는 길에 會長 Mrs.閔이 나의 故鄕을 묻는다. 평양이라고 했더니 그는 퍽으나 반가와하며 50年 前에 떠나왔지만 자기도 故鄕이 평양이며 章台峴敎會(?)엔가를 다녔다 한다. 같은 故鄕이라는 事實에 이 老人의 얼굴은 生氣가 떠도는 것 같았다. 어제밤에도

경험한 일이지만 이곳에 사는 7,000名의 僑胞들 사이에 누구를 支持하느냐로 感情의 咀唔가 있는 동시에 出生地가 南쪽인가 北쪽인가로도 약간의 感情의 對立이 있는 듯 했다. 어젯밤의 (金, 朴, 崔)人士들은 南쪽 出身이다. 그들은 나의 고향이 평양이라는 말을 듣고 여기는 北쪽 사람들은 세도가 없다는 ○○를 농담삼아 ○○한 것이 나는 새삼스러히 생각이 났다. 확실이 50年 前의 HAWAII 移民에는 北쪽 出身이 매우 적었다. 그들이 여기서 ○○(?)할 수밖에 없는 것도 當然한 일이다. 그러면 이 老會長의 同鄕이라는 親近感을 더욱 두텁게 해주는 데에는 南쪽 사람에게 억눌려 있다가 나를 만났으니 더욱 반가운 것이었는가? 그러고 보면 같이 食事를 한 Hilo에서 온 Mrs. Kim의 사투리도 확실히 北쪽이다. 同席한 會員들이 그가 最近에 아무 말 없이 조선에 갔다 온 것을 빈정대듯 농담 삼아 뇌까리고 있었으니 西北사투리의 Hilo의 夫人이 그들 同志에게 아무 말 없이 갔다 온 그 이면의 心情도 같은 ○○에서 나오는 것이 아닐까. 나는 물론 내가 너머 神經過敏으로 넘처 생각하는 것이기를 바랬다. 아무리 그들에게 地方觀念이 强하다고 하드래도 이 좋은 곳에서 그런 對立感이 있을 수 없다. 그러나 어제 敎會 뜰에서 서울 出身인 어떤 婦人은 나의 말투가 서울말이며 평양사투리가 없는 것을 못내 기뻐하듯 감탄했다. Mr. Sam Park이 우리는 좁은 世界에서 살고 있다고 하는 말이 또 다시 귀에 울린다.

吳 領事가 영사관으로 돌아왔다. 電話로 역시 이곳 地方新聞인 "The Honollulu Star-Bulletin紙의 interview를 받았다. 午前의 것에 比하면 간단한 것이였다.

領事館을 찾은 한국 청년 그는 UN의 TAA Program으로 金融을 연구차 Australia의 Sydney 은행에서 8個月間 견학을 하고 이제 US Maid land? 를 거쳐 英國 Lawson으로 가는 Mr. 文이였다. 出發?前에는 財務部의 管理課長을 지낸 ○壯○○이다.

또 한 분, Mrs. Poe Pae-Kim Cho가 전화에 應하여 나를 찾아 왔다. 그는 金末峰 女史의 家娣로 末峰 女史의 紹介로 만나 보게 된 것이다. 七十이 가까운 人品이 좋은 老人으로 ○乙○ 博士의 養女라는 것이다. 文 氏는 金 女史에 집에 留하게 되고 내가 YMCA Hotel에 루하는 것을 못내 못마땅이 역이며 그러면 저녁이라도 먹고 가라고 영사관에서 길 하나 건너인 아담한 自宅으로 우리를 請한다.

金 女史 역시 嶺南會를 조직하고 國民會의 最高○○의 한 사람인 것이다. 同志會에서 너머 앞장서서 떠들었기 때문에 그는 咸副統領의 來布哇 時에도 맞우 안나갔다는 것이다. "왜 안만나보았어요"하고 물으면 "오라야 가지"하고 툭 쏜다.

그는 위선 정치적 입장보다 學力, 出身으로서 同志會를 멸시한다. 移住하기 前인 (50年 前)에 그는 故國에서 尖端을 걷는 intellectual한 modern 女性이였고, 敎편도 잡았으며 學校團體?會議에도 代表로 出席한 분이다. 그는 아직도 쉬운 漢字를 기억하고 있다. 그것이 그에게는 큰 자랑인 것이며, 또 다른 늙은 교포를 - 낫 놓고 기역 字도 모르는 - 멸시하는 이유도 되는 것이다. 그는 동지회를 一種의 非文盲的인 "成り上り者"로 멸시하는 一方, 同志會 系統은 Mrs. Kim Cho를 異端者이며, 위험사상을 가진 者로 ○○○○한다. 이러하여 그는 國民會와 그리 밀접한 因緣도 없으면서 그 幹部로서 自援하고 있는 것이다. 그는 내가 同志會 사람과 점심을 가치한 것을 그리 不快해 하지는 않았으나 내가 李 大統領을 가까이 본 일이 없다고 말하자 손벽을 치면서, 그럴 것이라고 感歎한다. "初代 영사가 여기 왔을 때 同志會에서 우리 영사님 하고 춤추던 꼴이란! ㄱ字도 모르는 것들이!" 그는 또 말을 이어 "그러나 태극기가 펄펄 날리는 것을 보구는 얼마나 울었을까!"

사소한 감정을 떠나서 그들은 眞心으로 마음으로 太極旗를 보고 울 수 있는 사람들이다. 이 点에 있어서는 國民會나 同志會나 매 마찬가지인 것이다. 그럼에도 不拘하고 이 外地에 나와 50年이나 되는 老人들은 ○○하고 이유없는 이유?를 가지고 서로 이죽삐죽하는 것이다. 兩班 ○民으로, 有識無識으로, 貧富로 또 나의 領事이고 너의 領事로! 大統領이 자기를 귀해하고 안하는 것으로! 老人들의 이러한 감정, 한 家庭과 다른 家庭의 말다툼은 우리나라 어떤 동리에도 있는 것이다. HAWAII에 있는 우리 동리 사람의 수효는 本國의 한 동리보다는 數字가 많다. 그럼으로 이것이 보다 크게 close up될 뿐인 것이다. 나는 Mrs. Kim Cho의 悲憤강개 調에, 또 낮에 만났던 老婦人 等 을 回想하며 惡意없는 우슴이 터저나오려는 것을 걷잡을 수 없었다. 나는 金 老人에게 더 늙기 前에 故國에 한번 가자고 했더니 (늘 하는 인사의 말로 그러나 眞心으로) 그는 千不當萬不當하다는 듯이 "헝! 영감이 오라나?"한다. 영감이란 大統領을 의미한다. 나는 그의 말에 늙어갈수록 어린이가 되는 그 엉석(응석)을 느꼈다. "安島山先生의 아드님 Philip도 불렀는데 할머니보구 머라겠어요?"했더니 老人은 對句를 아니한다.

末峰 女史와 죽은 宋昌?根 牧師와 그의 수영아들이라는 黃 大 等 共通히 아는 사람들의 이얘기로 時間가는 줄을 몰랐다. 콩나물 꾹에 딱, 되지고기, 김치 등 ○ 한국식인 저녁을 먹고 Mr. 文과 吳 領事와 가치 Down Town으로 가다. 나에게 마즈막 HAWAII의 밤이다.

土人의 Hot Swing Jazz와 어색해하는 吳 영사를 끌고 日本人 경영인 Ginza라는 cafe에서 동경에서 왔다는 Show를 구경하고 거나하여 Hotel로 돌아오다. 오늘은 늦어따. 子正이 가깝다.

12月 1日(火)
아침 다섯 時에 일어나 행장을 꾸미고 6.20 A.M. 비행장으로 가다. Bus 값이 $1.50.

d;제 Honolulu를 떠나는 곳이다. 미국이면서도 미국 같지 않은 都市. 500,000 人口에 180,000이 日本人이고 그밖에도 많은 東?洋人이 사는 Honolulu. 東洋人이 절대 多數이면서도 내가 아는 限 東洋의 어떤 다른 都市와도 같지 않은 이 太平洋의 섬. 美國이면서도 美國 같지 않은 이 섬. 四時常春이며 多彩로운 色感으로 눈부신 이 都市. Bus를 타도 밖앝에 色彩를, 그 대로 떠다 놓은 듯이 多彩로운 Aloha의 꽃이 핀다. 東洋人이 많이 살면서도 먼지 하나 없이 깨끝한 이 都市. 東洋과 西洋人의 얼굴이 이곳처럼 自然스러히 調和되어 사는 곳은 없다. 黃 , 黑, 白의 色調의 ○○ance가 周圍의 多彩한 빛깔에 그 色感이 壓倒되였기 때문일가. 生活方式은 모두 다 같다. Samoa는 그들의 음식을 먹고 Korean과 Japanese도 그들 독특의 김치와 사시미를 먹겠지만, 生活과 家具와 住宅은 꼭 같다.

周圍의 生活條件의 同一性이 人種의 빛깔까지 서로 調和시키는 것일까. 東洋人의 劣等感도 오히려 Pakistan이나 그밖의 Arab 地域보다 없는 것 같다. 많은 二世가 그들의 人種에 對한 觀念을 消滅시킨 것일까. 刺戟?이 없고 文化活動과 藝術이 없을지는 모른다. 그러나 이곳에는 無限한 安息이 있는 것 같다. 나는 近來에 처음으로 여기서 푹 쉬었다.

太平洋의 一点인 HAWAII는 하나의 國際都市로서 나에게 새로운 興味를 提供하는 것이다. Airport에서 오래간만에 그림엽서를 샀다. 이 都市의 色彩感에 끌리어.

7.30 A.M. 이륙 PAA(○○)

옆에는 한국에 아들을 파견한 中年紳士가 앉았다. 아들을 공항에서 만나보고 고향으로 돌아가는 길이라 한다. 6개월만에.

Hotel에서는 The American Advertiser에 나의 사진과 記事가 나있다. ○○은 곧 나를 알아보았다.

San Francisco까지 航續 9時間. Clipper는 260mile, 약 15,000~20,000f 上空을 끊임없이 날은다. 바다 위에 구름이 흐른다. 水面과 구름 사이에는 거리가 없다. 구름 사이로 바다가 솟는다. 永遠하고 無限한 ○○인 양. 구름이 깔린다. 氷山처럼 구금이 뭉치고 흐르고. 湖水 위에 흰 솜을 뜯어 던진 듯. 점점이 구름이 깨지고. 끝없는 평면이, 구름이 혹은 푸르다 못해 검은 바다가 아래에 전개되는 것이다. 저녁 겸 점심이 들어온다. 포도주와 닭고기와 샴펜. 아이스크림 等. 샴펜과 치-즈와 먹는 맛도 괜치 않다.

이윽고 해가 저물어 機尾에 붉에 달린 太陽을 바라보며 우리는 두터운 구름 위를 날른다. 눈 아테 보이는 雲海. 빛깔은 時時刻刻이 빛이 달라진다.

莊嚴한 光景이다. 自然○라고 하기에는 너머도 Scale이 크다. 崇高한 宇宙○라고 할까. 時速270mile, 23,000○의 時間과 空間. 成層圈. 우리는 太平洋 위를 달리는 것이다. 地球와 地○ 밖의 - 宇宙로 통하는 그 어떤 空間을 달리고 있는 것이다. 이윽고 눈 아래 보이는 인공의 星○, 銀河보다 多彩한 不夜城은 San Francisco인 것이다. 하늘에서 보는 車○의 夜景이 곱다하나 그보다 훨씬 아름다운 太平洋海岸에 最大의 美都인 것이다. 故鄕이 이곳인 옆 자리의 中年 신사는 (Mr. Hellkman)

자랑하듯 이리저리 손짓하며 가리킨다.

7.30 P.M. 나는 最大의 旅客機로 最大의 空港에 着陸한다. Airport 에는 국무성에서 Irvin C. Scarbeck 氏가 일부러 自動車를 가지고 나왔다. 그는 西獨에 七年이나 駐在한 外交官인 것이다. 그가 예약해 놓은 Powell St.의 Hotel Manx까지 가는 동안 우리의 戰爭이야기와 桑港의 이야기를 주고 받는다. 그의 말에 의하면 桑港은 美國에서 第四의 大都市. 都市를 橫斷하는 데 Taxi로 세 時間이나 걸린다는 것이다. 그럼에도 不拘하고 人口는 800,000人. 서울의 절반이다.

機上에서 내려다 본 寶石 알의 行列이 눈앞에 展開된다. 많은 언덕과 골작이. 언덕에도 골작이에도 六七層?에 건물이 네온과 전기로 몸을 장식하고 느러 서 있는 것이다. 別로 높지 않은 建物과 별로 넓지 않은 건물이 나에게 一種의 安堵感을 준다. 옛날에는 언덕과 골작이였던 이 거리가 오늘은 크나큰 商業都市로서 繁榮을 하고 있다. 初期 그대로의 古式電車. 電氣Bus. 그리고 자동차! 자동차! 二人半当一台의 自動車라 하니 적어도 300,000 이상의 자동차이다. Hotel 앞에서 Mr. Scabeck와 작별, Hotel에 짐을 풀고 United Air Line에 가서 Washington行 豫約을 확인하고 China Town에 가서 Whisky 한 잔.

11.00 P.M.에 자리에 누었으나 좀처럼 조림이 아니온다. 떠블 벤이 ○○할만지 호화스런 방이다.

12月 2日(수)

역시 늦잠을 자다. 어제 밤, 잠 못 자고 몇 차례씩 깨인 연고이다.

10.00 A.M. Committee for Free Asia에 전화를 걸어 Charles Tanner와 11.00A.M.에 만나다. 東京서 지난 봄에 만나고 처음이다. Bank of America에서 換金을 하고 기다리고 있노라니 Tanner氏와 동도한? John Reedze氏가 왔다. Seoul USIS에 있었다는 것이다. 그리고 보니 낯 닉은 이름이다. 두 분과 가치 아이스크림을 Mayflower에서 먹고 Co.F.A(Market Street, tel YU-kon 2-4640)으로 가서 Mr. Sullivan, Miss ○○○○(한국관계) 또 한 분(이름 기억 안 된다)과 雜談을 하고 李光赫의 聖畵出版을 의논하다. 그들은 光赫 氏의 努力과

着○을 경단하고 Pierce 牧師에게 의논하겠다함으로 모든 것을 Tanner 氏에게 一任한다. 나오다가 Tanner 氏와 함께 Macy 百貨店에 들려 Over Coat($51.70)를 사다. 연한 灰色. 나에게는 좀 ハデ이지만 이 값으론 이것밖에 없다. 그는 나를 총영사관까지 다려다주었으나 Clay st.로 이사갔다고 한다. 전화로 연락하여 주소를 알려달랬더니 書?記官인 宋 氏가 3500, Clay st.를 0 하나 잊어먹고 350번지라고 하여 헛거름을 하고 다시 Taxi를 집어 타고 No 3500, Clay st.에 가다. 독립한 건물로 내가 본 中 에는 第一 크다.

가자마자 宋 氏는 申告用紙를 내민다. 상당히 오래 걸리는 記○을 (꼭 같은 것을) 넉 장 TJ야 한다. 들어가자마자 調書를 쓰는 듯한 不快. 한 장만 쓰면 좋을 것을(必要하면 영사관에서 기록하여야 할 것 아닌가) 꼭 같은 것을 넉 장씩 쓰게 한다. 이것이 太平洋을 건너 온 故國의 旅行客에게 하는 첫 人事이다.

내가 만일 여기 안들였더라면 그들은 과연 어떠했을까? 그들의 報告件이 하나 덜해주었으니 rmemff은 時間을 消費하지 않아서 매우 좋았을까? 천만에 대통령에게 報告함으로써 自己의 存在를 잊지 않게 하고 일 잘한다고 칭찬 받을 것이니 오히려 나의 訪問—모든 旅行客의 訪問은 그들에게 有利하다. 그들은 그들을 유리하게 하기 위하여 나에게 꼭 같은 四枚의(調書와 같은) 書類를 꾸미게 한다. 이것은 나의 邪?推가 아니다. 그들이 나에게 한 일은 이밖에 아무 것도 없다. 國內 事情 하나 물어보지 않는다. 아마 11月 28日의 釜山大火도 그들은 모르고 있을 것이다.

그들이 아는 친구의 문안조차 하지 않는다. 그들은 텅 뷔인 방에서 그만큼 분주하다.

宋 氏의 ○○ 朱영한 총영사를 만나다. 가지고 온 冊 네 권으로 그래도 선물이라고 주었더니 감사하다는 말도 없이 "어듸 時間이 있어야지" 한마디. 준 명함을 보고 The Northern Korean Federn 을 부치라고 說敎一吟. "미국놈들도 Northern California, Southern Cal 이러지 않소? 北韓이라는 것도 안 되지. 以北이면 以北이지. 어데 두 나란가? 저이 놈들이 갈라놓군!"

나는 어리벙벙해서 입을 다물 수가 없었다. 1907年에 이곳에 와가지고는 아직 한번도 故國에 돌아가 본 일이 없단다. 軍政時代에는 놈들 앞에서 통역이나 번역이나 할 것밖에 없구 독립 後 에는 이 박사께서 여기 있으라고 하니...

"그래도 한번 왔다라도 가서야죠." 억지로 한 마디했더니 "바빠서ー. 글쎄. 一年동안에 1千五百萬弗?의 물건을 사보냈구려. 배, 인쇄기, 할 것 없이."

나는 속으로 웃었다. 그가 海運會社로 사 보낸 것이 얼만큼 ○○○ 이며, 얼마큼 비싸며, 그가 $15,000,000의 去來에 얼마쯤 comission 을 먹었을지 짐작이 간다. 과연 그럴 것이다. 그는 物品購買하노라고, 또 될 수 있으면 나쁜 것을 빗싸게 사드리노라고 그는 눈코뜰새가 없을 것이다. 그는 말을 이어 "二三人 직원으로야 어데 손이 돌아가오. 아직까지 總영사관 ○○下에 地域 한번 못 돌아봤죠."

그러고도 自己 夫人을 office에서 일하게 하는 것에 대한 변명인지.

"어데 다른 여자를 救한댔자 高給이고 내 안해가 두 사람 일을 하죠. 우리는 밤에 일을 합니다. 모든 것을 안해와 의논하여 解?決하고 그러지요."

그러고 보니 옆방에 앉아있던 험상궂인 老夫人이 바루 그의 안해인 것이다. 不快한 印象. 더 앉아 있지 못하고 나다. 이상 興味에 끌려 宋 氏의 紹介로 Mrs. Choo의 얼굴을 가까이 보고 영사관을 나왔다.

Clay街 주택 넓다 란 영사관에는 不正直한 Broker가 높이 도사리고 앉아 돈 버리에 골몰이다. 그의 business를 원로하기 위하야! 는 두 번 길이나 $4.00을 浪費하여 찾아 다녔다.

오늘 길에 China Town에서 저녁. 中國映畵館을 잠깐 들여다 보고 Hotel로 오다. 9.00 P.M. 내일 아침은 이곳을 떠난다. 東京보다도 조용하고 넓고 安堵感을 주는 都市. 本土 첫 都市.(入口인) 桑港의 印象 은 매우 좋았다.

(타이핑 용지로 덮여있음)

243

(어딘가에 끼워넣기)

Great Salt Lake에 (11.20A.M.)에 이르면 여기에 물과 白色의 흙이 風景 안에 한 幅을 차지한다. 무겁게 가로노힌 Salt湖 가 無限히 눈앞에 가없이 展開된다. ○○로운 Fantasia! 주검의 靜寂과 함께 自然의 威嚴, 地球의 悲壯이 있다.

○○을 날르는 것이다. 이 넓은 空間이 여기서 부터는 모두가 農場이다.

眼界는 곧 구름으로 가로맥혔다. 어데로 가는지 아무도 모른다. 구름 위를 그냥 나들 뿐이다. 雲海가 끝나자 어둠이 내린다. 우리 비행기가 어둠의 장막을 펼치며 날느는 것 같다. 지구 위에는 어둠이 깔렸다. 地上의 星○가 - 크고 적은 것이 어둠 속에서 반짜거린다.

곧 Chicago. 5.00 P.M. 지나 도착. Chicago에는 비가 나린다. 보슬비에 neon과 전등이 저젔다. 空港에는 15台나 되는 航空會社가 전방을 채리고 있다. 白人, 黑人 少年들이 구두를 닦는다. "몇 살이냐?" "9" "학교는?" "낮에 가요" 그들은 내가 처음 만난 少年 노동자들이다. 그러나 多幸히 學校에를 간다. 손원태에게 전화했으나 없다. 氣候관계로 30分 늦게 이륙. 11.00 P.M. Washington D.C.에 도착.

Presidential Hotel로 가다.

歐羅巴에 있는 듯한 古色이 창연한 집들이 사람 없는 거리에 가즈런히 서 있다.

아주 첫 印象이 San Francisco와는 다르다. 낡은 그러나 沈着한 건물. (고층의 별로 없다) 넓은 거리(桑港은 좁다) 넓은 人道.

잠이 오지 않는다. 보슬비가 나린다.

12月 4日(金) 보슬비

State Depart.의 Mrs. Hussey의 전화에 잠이 깨다. 걸어서 10分인 State Dep. 分館?에 그를 訪問하고, 곧 Mr.Mangman?과 Miss Jorgik, Mrs. Diehl를 만나 약간의 인사를 교환하고 길 건너편인 Washington International Center를 가서 Mrs. Donohue를 만났다. Irish Origin에 매우 아름답고 친절한 夫人이였다. 그곳에서 대강한 Schedule을 알고

보슬비 나리는 거리를 걸어서 미사츄셀 街에 있는 Korean Embassy 訪問, 양 大使와 한표욱 參事官, 박동진 書記官, 武?官 Conel Chang을 만났다. Mr. Han의 초대로 中國집에서 晝食. 그와의 談話로 WASH.D.C.에도 두 派가 있는 것을 쉽사리 알아채릴 수 있었다. Mr. 한은 能力이 있어 보인다. 그러나 輕薄해 보이며, 더구나 그가 여기 있는 교포를 포섭할 수 있으리라고는 도저히 믿어지지 안는다. 2.00 P.M. 시작인 것을 15分 늦어서 Inter. Center에 도착, Howert University(○○人大學)의 歷史學部長 Lagon 敎授의 강의가 있다고 한다. "Civil Liberties" - 特히 A.F of L, C.I.D 等 Worker의 문제와 Negro에 문제를 論하다. 入國하자마자 가장 흥미 있는 제목이나 한 時間의 강의로 도저히 point에 들어갈 수 없다. 內容은 主題만 알아들을 수 있었다. 童顔?의 敎授가 퍽 좋와보인다. Negro 문제에 있어서 그는 Seperate but Equal Accomodation Law의 ○用을 力說, ○○한다. Equal에 대하여는 물론 찬성이다. 그런데 Separate를 어떻게 잘 하느냐에 그 技術에 美國의 人種問題의 解決의 key는 存在할 것이다. 의미 있는 강의였다. 모인 사람, Hungarian, Indian을 위시하여 總十餘名 .

저녁 8.00 P.M.부터 같은 곳에서 Informal discussion이 있었다. Visitor로서 참석. Brazil에 靑年은 Coffee 이야기. Lebanon의 靑年은 자기나라 자랑, Pillipino, 그리고 India에 靑年은 遞信關係의 技術者, 전화 이야기 等 나에게는 美國人이 아닌 사람의 미국말이 더욱 알아듣기 힘이 든다. 낮에 司會하는 Center의 夫人이 나보고도 이 얘기를 하다고 當然히 要求하기에 약간 당황했더니 다행 New Comer라고 해서 그런지 나까지 차례는 오지 않았다. 이 Center에서 徐?라고 하는 警衛?를 만났다. 中央大學 出身의 sportsman 氣質. 아주 기분좋은 靑年이다. 그와 같이 Center를 나와 - 이 Center는 絶對로 必要하다. 그러나 여기서 politial한 문제를 토론하기 시작하면 아무런 存在價値도 없을 것이다. India의 靑年, 우표전문가인 Egypt의 好感을 보이는 靑年, Germany의 女醫士, 日本의 心理學者, Iraq, Hungary, Iraq, USA 等等. 14個國의 專門家가 모였지만, 이곳에서 서뿔리 politics를 이얘기하면 이 분위기는 파괴될 것이다. - 이 Center를 나와, 같이 Cocktail

Bar에서 Mr. 徐의 이얘기를 듣다. 그는 上官의 Beuro Croc을 ○○하며 이래서는 안 된다고 비분강개한다. FBI의 Mr. Hoower(Calif)도 만났다는 것이다. 솔직한 이 下級警官?에 好意를 느끼다. 내 방에까지 조차와 이얘기. 12.00 너머서 자다.

12月 5日(土, 검색에는 금) 晴, 後 曇, 小丙
아침 9.00 Inter. Center를 떠나 一行 14名 (國際的인)이 Bus로 市内求景를 떠나다. Camera를 메고 나아가다. (아침에 Mr. Koh에게서 전화가 오다) Arlington National Cemetry에 가다. Unknown Soldier의 墓所이다. 本○에서 떨어진 곳에 第二次大戰의 戰士의 무덤이 있고, 한국쟁생의 無名戰士의 十字架의 흰 빛이 無數히 꽂쳐있다. 그 白色이 눈물을 자아내게 한다.

Cemetry에 本館에 있는 第一次大戰 때에 戰士(戰死아닐까?)한 사람들을 위한 各國에서의 紀念品과 훈장과 牌가 陳列되어 있다. Guard가 交代하는 것을 보았다. 한 將校?가 다음 Guard를 帶同하고 本館 뒤에서 나온다. 嚴肅하고도 規○있게 交代의 절차가 끝난다. 交代된 Guard는 역시 一定한 짧은 시간의 간격을 두고 本館의 앞을 오고간다. 아주 엄격한 行動이다. America는 아주 格式도 아무 것도 없는 곳이라고 생각했다가는 오해이다. 死者의 ○에 對한 崇仰의 念은 日本의 神社와 같이 迷信的은 아닐지언정 그 엄숙한 形式은 어떤 나라에 지지 않는 것이다.
이곳까지 오는 동안 Licoln 廟에서 사진을 너머 찍었기 때문에 Arlington에서는 한두 장 찍고 film에 다했다.
Pentagon을 左便(그 앞 광장에는 10,000台의 자동차가 park한다)으로 보며 Mount Vernon으로 가다. Washington은 과연 富農의 아들로 태어났다. 넓은 Kitchen garden을 보고 문득 大○집을 연상하다. 아버지가 生視?의 地인 여기에 굉장한 집을 지었고, 어머니는 이 집 앞으로 kitchen을 위한 garden과 果樹를 심었었다. 아마 Vernon의 garden도 모르기는 허지만 Washington의 어머니가 그의 男便과 George를 위하는 마음에서 매련했고 이곳에서 손수 菜蔬를 걷우고 栽培했을 것이다.

그의 墓와 하루의 생활을 이얘기하는 이곳저곳을 보고 이상한 그에 대한 人間味를 느끼다.

Film을 다시 fix 못하여 사진은 한 장도 못 찍었다. 나는 사진을 찍기만 했지 film을 넣는 것은 一種 사진 ○이 했었다. 스스로 實踐하지 않은 이 조고만 일이 이런 때네 나의 無識과 不便으로 나타난다.

Smithsonian Institute

Mt. Vernon에서 Smithsonian Institution으로 가서 National Museum (Arts and Inderstries Bldg.)을 보다. 미국의 역사와 發展이 있다. White House Gown이 제일 흥미있고 다음을 Automobile의 발전. Main Floor와 Gallery를 보는 동안에 어느듯 2.30 P.M. 아침에 빵 한 조각으로 매우 시장하여 Cab을 잡아 Hotel로 오다.

留學生

高昌○ 氏의 아들 고병철 氏에게 電話와 그가 Hotel까지 왔다. 市外 Maryland 그의 집으로 가서 점심과 저녁을 먹다. 그는 中立論者이다. 그는 이곳 自由世界의 中心地에 있어서 모든 情報를 듣고 있다. 그의 判斷은 그러므로 이러한 情報에 依한 것이고 그의 信念도 역시 여기에 기초한 것이다. 그는 皈國하여 國會의원에 立후보하겠다는 것이다. 그의 政治活動에 대한 抱負에도 不拘하고 그가 내게 주는 인상은 이상하게도 하나의 '學者'이다. 學者가 가지는 가장 ○○的인 合理主義를 그는 가지고 있다. 政治는 - 아무것도 그렇지만 - 하나의 實踐活動인 것이다. 一定한 政見을 가지고 信念이 서면 이것을 實踐에 옮기여야 한다. 나는 이 正直하고 젊은 情熱이 있어보이는 이 學者에게 은근히 "그럴해면 故國으로 돌아가야 한다"는 의견을 말했다. 또 가가 政府의 腐敗를 통격할 때 A,Gide의 '간나이의 목깐물'의 例를 들어 말했다. 그의 이 애기에는 마듸 首肯할 수 있는 点이 많으나 그의 말에 무게(원문에 밑줄)를 주지 못하는 것이 그가 祖國이라는 現實的 地點?(원문에 밑줄)을 떠나 있기 때문이다. 皈國을 종용하자 그는 때를 기다린다고 한다. 녹쓸지 않기를 ○할 뿐.

점심과 저녁에 同席한 外交를 연구하러 온 Mr. 林이라는 친구는 아직 未成年的存在. 오래간만에 김치를 먹고 Mr. Koh의 車로 2時間半이나 밤의 거리를 drive하다. Haus point에 停車한 車안에는 男女의 rendezvous, 집도 있고 Hotel도 있지만 露天의 車안이 또한 別味라는 것이다. 부자동리 Silver Spring도 보고 外交學으로 유명하다는 George Town University, 高 氏가 일하는 Army의 Office Bldg. 貯水池, Jefferson Memorial 等 낮에 본 건물을 一部分은 복습하며 12.00 가까이 되어 麥酒 한 잔 먹고, 도라오다. 오늘은 無限히 피곤하다.

韓人敎會

2.30 P.M. Hotel로 돌아와 Mr. 高의 案內로 한인敎會로 가다. 閔 氏의 말에 依하면 이 敎會에 가서는 말을 주의하라는 것이다. 약 20名의 敎徒. 美國人의 說敎. 이얘기 처음에 Bermuda 會談에서 Laniel과 Eisen Hower가 言語不通으로 일이 잘 안된다는 것을 들어 자기의 英語 說敎를 humorous하게 이 얘기한다. 이곳에서 이승만이란 海 ○○로 온 崇仁 出身, 姜大雄?이란 젊은 工○을 만났다.

4.30 P.M. National Archive에 가다. 獨立宣言, 官, 藝?, Right of Bill의 宣言 等의 原本을 비롯하여 降日條約 署名, ○獨 署名 等, 歷史的인 文獻의 實物을 볼 수가 있었다.

僑胞

高 氏가 다시 崔 氏라는 政治外交를 공부하는 사람을 데리고 왔다. 같이 中國요리, 그곳에서 姜大雄?을 다시 만났다. Drive하며 高와 崔가 한편이 되어 姜과 論爭. 中立論(高의)은 여전하다. 그의 熱烈한 이론보다 나는 北進論?과 이박사를 지지하는 姜의 소박한 정영?에 나는 더욱 好意를 가지게 되는 것이다.

崔○○ 氏이니 姜인 高이니, 모다가(모두가) 西北出身이다. 이상하게도 Honolulu의 사람들은 대개가 南部인데, 오늘 여기서 만나는 사람은 모두가 西北이다. 그리고 그들은 우리 政府에 대하여 大○이 批判的이다. 그러나 그 批判的이 심하여 金〇中 氏 같이 될 때에 즉 이것이 안 됐으니 북이 잘한다던가, 좋다던가 할 때 이러한 극단한 論은 삼가여야 한다. 어제 나는 國內에서 가치 투쟁하고 고생하지 않은 一部 〇成 人士에게는 '發言權'이 없다는 말을 했으나 政見이라는 것은 항상 그 現實에 立脚하고 그곳의 人民의 生活感情을 〇〇하여야지 이론과 情報와 設?計만 가지고 結論지으려는 것은 매우 危險한 것이다. 崔 氏에게는 高 氏 이상, 多分이 이러한 危險性이 없다. 더구나 그가 姜과(軍人인) 論爭하는 方法은 政治學徒라고 생각할 수 없을 만큼, 拙劣했다. 우리는 Haus point - 남은 rendezvous하는 이곳을 이얘기하는 장소로 擇한 것이다. 나는 묵묵이 들을 뿐. 나는 점점 그들이 疲困해졌다. 茶房으로 가자는 것을 사절하고 - 그들의 舌戰이 고단하여 - 헐 수 없이 그들과 떨어지려고 초열의 Apt.로 갔다. 여기서 다시 閔 大領과 정이라는 空軍大領을 만났다. 아주 ノンキ한 武官들이다. 그들과 함께 不得不 Airport에 가서 이 기회에 삿삿히 空港구경을 하다 돌아와 밀렸던 日記를 쓰고 편지를 쓰고 나니 2.00A.M. 신문 읽을 시간도 없다.

America 日記
1953
Nov. 1953 - Dec. 1953

타이핑 된 문서 (2p, 일단 생략)

일기 아닌 손글씨 메모(7/12, 3p, 일단 생략)

十二月 七日(月) 晴
어제밤, 세 時가 지나서 잠이 들었다. 얼마 자지 않어 전화의 Bell이 울린다. 벌서 일곱시이다. 일상 가는 곳에서 간단한 조반. 곧 Inter. Center로 가다. Director인 Dr. Wann의 인사가 있은 後, 곧 예정된 program이 진행된다. Wann 氏는 이곳의 Director. 상당이 溫厚해 보이는 紳士이며 그의 얼굴에는 무어라고 꼬집어 말할 수 없는 널비 -

나는 많은 國際的 人物의 얼굴에서 항상 이것을 발견하는 것이지만 - 國制性을 發見할 수가 있었다. 고러고는 본 스태프의 소개.

낮에는 프리드만 女史의 案內로 미국의 명물인 '캐피테리아'로 런취를 먹으러 가다. 미국 서민이 모이는 곳. 도시 노동자와 月給쟁이들이 모이는 self service하는 食堂이다. 이 案內에 나는 미국 독특한 方式과 原則?을 감득했다. 로서아에서는 이렇지 아니할 것이다. 그들은 文化使節이나 또는 視察團이 온대면 아주 모범저이고 最善 最美한 곳만 선택하여 보일 것이다. Mass, Mob 또는 一般 中級?以下의 市民이 모이는 곳은 그들은 보이려고 하지 않을 것이다. Capiteria(Sboll's) System을 ○○하고 다시 Inter. Center로 가다.

Mr. Robert B. Knapp의 American History를 재미있게 듣다. 아침과 오후 강의를 거침없이 알아들을 수 있는 것은 多幸이다. 그에게 "Yankree"의 ○○을 물었을 때 Dr. Knapp는 확실이 不快한 表情을 했다. 이 質問에서 얻은 다른 하나의 새로운 의문은 그들 자신은 서로끼리 "Yankree"라고 하면서 왜 外國人이 그들을 이렇게 불으면 不快 ○서 하나 하는 의문이다.

(낮에 Capiteria에서 돌아오늘 길에 Miss friedman의 好意로 Hotel Mayflower에 들러 봤다. 호화로운 Hotel이며 Business man의 meeting이 있었다. 예쁜 아가씨가 Fashion show에 出演하려고 복도에서 기다리고 있다.)

I.C.의 program이 끝난 後 Mr. Mauswann? 을 찾아 나의 ○○ 二三日 동안의 program을 결정하고 우리 大使館으로 副統領이 Mr. Eisenhower에게 보내는 선물과 관혁(광혁?)의 그림을 가지고 가다. 마침 退勤時間이어서 그런지 韓 參事官, 朴秉진, 兩 氏가 모두 초조이 돌아가려고 하면서 그 物品이 무엇인지 보려고 하지도 안는다. 바다를 건너 멀리 일부러 가지고 온 보람도 없이.

저녁 길가에서 늙은 美國老人이 coffee나 저녁 먹을 돈을 달라고 한다. 十仙 ○捨. 주고 나서 생각했지만, "당신은 왜 일자리가 없는가"를 물을 것을 깜빡 잊었다. 하여튼 美國에도 구두 닦는 애가 있고 乞人이 있다는 事實은 흥미있는 일이다.

8.30 P.M. 정말 피곤해서 잠을 자다.

8/12라고 시작하는 부분 생략
이어지는 타이핑 면(2p) 생략, 12월 8일 일기 중 (p49~50)

十二月 八日(火) 晴
와이샤쯔와 rain coat 洗濯이 됐기에 오래간만에 깨끗이 옷을 바꾸
어 입고 나아가다. 아침 강의 (p49~50)가 끝나고 곧 점심. Film을
Hotel Mayflower에서 넣다. 흑인 店員이 30分 가까이나 씩씩 거렸다.
그러나 내가 못한 것을 그는 용히 해냈지만.

점심 後 I.C.의 一行은 Bus로 市內求景을 하게 딘다. Mr. Knapp가
案內를 한다. 여러 國籍을 가진 구경꾼을 인솔하는 그는 美國一等美人
을 이끌고 다니는 사람보다 더욱 기고萬丈이며 행복스러워 보인다. 나
는 Knapp 氏의 어제의 不快를 잊어버리고 그의 ○○性에 대하여 차츰
好意를 갖게 된다. (그는 大學敎授의 일도 본 知識人이다.) White
House를 비롯한 여러 官衙, USSR의 大使館 等 여기 저기 있다. 처음
들린 National Archives는 전번에 혼자 와서 본 바이다.

Capitol에서 1800年代의 Italian이 彫刻한(8○) 正門을 들어가 美國
獨立을 描寫한 벽화와 天井의 그림이 있는 Hall을 지나, 다음 방 各州
의 代表的人物의 立像이 陳列되어 있다. Statuary Hall.

그러고는 House of Representatives. 最近에는 和蘭의 Queen
Juliana가 訪問한 곳이다. 많은 Visitor가 있다. Senate를 보고 地下
Car로. 地上 저만큼 Senator office 옆을 끼고 다음을 간 곳이
Supreme court이다. 方今 開廷中. Chief인 Mr. Warren이 中央에 着
席하고 9人 의 Judges가 左右로 나라니 앉아 있었다. 黑人 辯護人이
council desk에 번갈아 선다. 문제는 Segregation이다. 요즘 매일처럼
Head Line에 큰 글자로 報道되는 바로 그것이었다. 黑人 辯護人의 辯
論의 要旨를 도모지 알아들을 수 없으나 어끄제 들은 Separate but
equal accommodation의 하나의 subject로서 出現되였으리라고 생각
되는 것만은 틀림없을 것이다. 그때 나는 Separate에 있어서 그

251

technique가 상당히 힘들 것이라고 추측했다. 果然 힘이 든다. Separate라는 原則은 아무도 反對못할 것이다. 단지 이것이 Rich와 Poor, Black과 White의 문제로 提起될 때에는 social problem과 Humanity의 문제를 惹起시키고 마는 것이다. 그럼에도 不拘하고 무엇에 基準을 두었는지, 世上은 자연이 Separate하게 된다. 같은 國內에서 民族에서도 Separate는 現在 있지 않는가? 男女共學을 한동안 主張한 사람도 Sex의 差異로 오는 不均等 - 生理의 條件으로 말미암아 그들은 가끔 Separate된다. 하물며 Intelligence에 差異가 있다면 低와 高를 같이 하며 敎育한다는 것은 오히려 高의 發言을 抑壓하는 것이고 人類의 高○○의 發展이 맥히고 마는 것이다. 나는 Supreme court - 黑人이 半數나 가까이 占領한 裁判廷을 나오며 깊은 생각에 잠겼다. 大理石(白)의 建物內部가 아름답고도 엄숙하다. 冷情이 생각하여 Separate는 하여야 한다. 그러나 이것이 優劣感에 Basement를 두어서는 아니 되고 發展의 보다 많은 可○性을 위하여야 하고 이 目的을 위하여서는 最高의 技術이 必要할 것이다. Equal 역시 두말할 것 없이 찬성이다. 그러나 Equal이 形式에 빠져서는 않되는 것이다. 人口比例로 White man과 Negro를 따져 適○?한 數量에 學校를 施設할 수는 있는 것이다. 그러나 그곳에 ○○하는 敎師가 黑人學校라고 해서 보다 많은 salary를 要求하고 또는 보다 많은 salary를 주지 않는다고 해서 黑人學校에 가기를 싫어한다면 Equality는 있을 수 없다. Separate를 위해 最高의 技術이 必要한 것과 같이 Equal을 위하여서는 같은 程度의 高度의 Humanity가 要請되는 것이다.

Library of Congress

The Library of Congress는 1800年代 Renaissance 時代의 Style을 모방하여 지은 荒凉?한 건물이다. Elevator로 三層에 올라가 열람실을 굽어보고 二層에 陳列된 最初로 印刷된 Guttenberg의 Bible(500年前)과 1452년에 ○寫된 Meinz의 Bible을 구경하다. 前者의 價格은 三卷 合하여 $1,000,000이라는 것이다.

Dr. Keller의 Phone Number를 알아가지고 전차로 State Dept.로

오다. Mr. Mousmann이 好意로 Catholic University의 Father Hartko
를 내일 4.30 P.M.에 만나고, 뒤이어 Antigone(Sophocles)(學生劇)을
구경하게 약속이 되었다. 그는 친절히 National Gallery of Arts의 사
람을 소개하여 내일 나를 案內하며 自動車까지 提供키로 하였다. Mr.
Vinocour와 木요일 점심을 약속하다. Koran Embassy에 전화를 걸어
○然히 그의 招待를 받아 6.20 P.M. 大使館으로 가다. 그가 나를 대리
고 간 Party는 나의 一生에서 가장 記憶할 만한 것 가운데에 하나이
다. 이 Dinner Party의 主催者는 The International Christian
Leadership League이다. 大使館 바루 옆에 있었다. 主人인 Mr.
Vereide는 이 League의 General Secretary인 것이다. 白髮○○의 이
老人에게는 숨길 수 없는 威嚴이 있었다. 여기서 Dr. Pierce를 만났다.
桑港에서 Tanner 氏에게 듣고 이전부터 알고 있던 그 人物. 여기에서
나는 일즉이 알지 못했던 America人과 그들의 굳은 信念과 感動을 뜻
하지 않고 느끼게 된 것이다.

　　主人인 Vereide 氏 를 비롯하여 피어스 牧師, 웹버쉬 牧師(두 분은
地球를 좁다고 돌아다니는 傳道師이며 事業家이며 視察家?이다)장군,
商工會議所會談, 國務省 사람, 希臘, Pakistan Moslim 敎人, ○國인
Mr. Marc, 十餘名의 知名男女人士가 集合했다. 저녁이 들어오자 차례
로 돌아가며 Table Speech라고 할까 - 가장 ○台式的인 談話가 돌려
가며 있었다. Moslim, 希臘 그리고 차례로 돌아와 韓 參事官. 李博士의
忠僕?인 그 - 또 다른 사람의 忠僕?이 될 수 있다고(나는 생각된다).
그는 이 자리에서까지 李博士를 宣傳하는 것이 약간 귀에 거슬렸다.
그러나 그것이 그의 義務라면 할 수 없는 일이다. 다음 차례가 여기서
偶然이 만난 韓 判事. - 李光錫이가 오게 된 것을 그에게 빼끼고 光錫
은 Sydney(濠)로 갔다는 事實을 나는 알고 있지만. 그러고 이력저력
뜻하지 않은 내 차례까지 왔다. 아무 준비도 생각도 없었다가 그래도
한마뒤. 105人 事件에서 北韓基督敎人의 受難을 간단히 소개하다. Dr.
Pierce는 물론 여기 분들은 대개 다 알고 있는 事實이지만 조용히 들
어준다. 약간 興奮한 나는 나의 Speech가 第一 길고 時間초과라는 것
을 인식 못했다.

나의 옆에 앉았던 General, 그리고 다른 Table에 손님들. 마즈막으로 Dr. Pierce와 그의 同僚. 웸버쉬 博士가 일어나 자기들의 금번의 國際旅行의 경험을 이얘기한다. Dr. Pierce는 印度, ○(南部) 原始基督敎 이얘기를 했다. 웸버쉬 博士는 情熱漢이며 信念의 人이다. 그들의 이얘기에는 近接, 體驗한 사람만이 가질 수 있는 確固한 信念과 힘이 있는 것이다.

마즈막 Vereide 氏는 Love와 World에 대하야 간단한 말을 했다. 그의 肅嚴한 목소리는 내가 일즉이 못 들엇던 소리이다. 하늘에서 내려오는 목소리라고 하면 誇張일까? 스스로 머리가 숙으려지고 皮膚細胞의 하나 하나가 緊張하는 이 感動. 人間이 하는 일에 近十餘年을 (○○○○의 ○○○○에는) 또 人間에서 오는 感動을 받아보지 못하고 오히려 이러한 感動을 옛날의 것으로 잊어버렸던 나에게 Vereide 氏의 大音聲, World와 Love를 부르짖는 - 그 音聲에 나는 소스라쳐 놀래며 一種의 神秘한 感動에 ○○를 잃었던 것이다.

그들은 Vereide 氏, Pierce, 웸버쥐 氏를 막론하고 그들은 가장 굳센 사람들이다. 아직 西洋의 政治家를 알지 못하지만 오늘의 그들은 世界의 어떠한 政治家들보다 또는 經濟人보다 - ○된 모든 힘을 具備한 사람보다 强하다고 느껴지는 것이다.

甚히 긴 듯도 하고 짧은 듯도 한 感動의 時間이 지났다. 우리들은 食卓에서 일어나 손을 서로 잡고 기도를 올렸다. 韓 參事官은 祈禱가 끝난 後 光嫌의 그림을 夫人들에게 紹介한다. 光嫌의 그림이 이곳에서 感動을 일으키게 된 것도 多幸이다.

韓표육 氏의 車로 Hotel로 오다.

韓 判事가 뒤딸아오다. 조용히 지나고 싶은 한 時間이였으나 韓 判事의 씨먹지 않은 소리 - 裁判 見習 - 나에게는 별로 필요도 없는 -를 듣노라고 한 시간 반이나 지났다. 이 때문에 돈 절약하노라고 사다 두었던 Whisky를 飮畫(酒겠지?)

I.C.에 光嫌 그림과 D.P.I Pamphlet와 나의 冊(C.C.C) 四卷과 Christmas Card를 寄贈함.

12月 9日(水) 小丙

밤에 Sandwich를 먹다가 지갑이 없어진 것을 발견. Catholic University 근처 Cafeteria에서 지갑을 끄내서 1弗을 내줄 때까지는 확실이 있었다. 다음은? 아무 기억도 없다. 비참한 나의 生日. 집으로 돌아가고 싶은 생각이 난다.

12月 12日(12일 일기가 왜 여기 있는지? 뒤에 또 나옴)

나는 이 일기를 다시 쓰기 시작한다.

어느덧 돈 찾으리라고는 斷念하고 어떻게 새로히 節約?計劃을 세워야겠다고 이제 단단이 각오가 되어있다.

National Gallary og Film Arts

아침 9.00~10.00까지 Elma H. Ashton 女史의 "Health and Welfare"의 강의를 듣고 뒤이어 Father M. Manus와 Mr. Reiseig (Washington Federation of Chures의 Excutive Secretary. 어제밤 Mr. Vereide 宅에서 만난 분 같다.)이 끝난 後 I.C.의 알선으로 American Association of University Woman (그의 支部는 全州에 無數히 있다)에서 I.C.의 Staff (Director Woman을 비롯하여 Dr. Knapp等과 점심을 가치하고, 점심에 Finland 친구와 동석. ○의 文化 運動이 우리나라의 그것과 같다는 것 - 즉, 民族운동, 정치적 의미를 가졌다는 것을 이얘기하다. 어제 약속대로 National Gallery of Arts에 가서 Assistant Director인 Mr. Mcgill James를 만났다. 그의 親切한 案內로 넓은 Gallary(世界에서 第一 크다. 伊太利에서 가져온 黑大理石 기둥이 옛날 호화로운 궁전과 같고, 여기저기 體○所에는 南方의 花草가 욱어지고. 絶? 大理石의 호화하고도 simple한 건축물이다.)를 ○○ 觀覽?搭?으로 一周했다.

Renaissance 以前의 그림(Venice에서 많이 본 Bizantin)을 一切 割愛하고 Rembrandt, Vandyk, 그리고 19世紀末과 20世紀初의 佛蘭西 (Picaso, Utrilo, Goch, Cezane 等)그림, 植民地 時代 美國 그림, 英國 그림 等 그야말로 다름박질하다싶이 구경하고 그 길로 약속했던

Catholic 大學으로 向했다.

Catholic University, School of Drama

國務省에서 보내준 自動車로 中心地에서 멀리 떨어진 大學까지 가서
4.30 P.M. Father Hartke를 만나다. 가장 精?力的으로 생긴 사람이다.
그를 만나기 전 위선 나는 大學建物과 넓은 構內에 ○○을 마지 아니
했다. Dominic 等 法衣를 입고 구내를 오락가락하는 學生들을 보고 나
자신도 어느듯 學生의 한 사람인 듯한 錯覺에 빠진다. Music
Auditorium으로 가서 Hartke 神父는 곧 만날 수 있었다. 그가 指導하
는 Speech and Drama Dept.는 全國的으로 有名하며 그의 學生劇은
定期的으로 年五個의 公演을 가지고, 國內와 場外?로 公演旅行을 떠난
다는 것이다. 韓國에도 軍隊慰問으로 왔었고 그 功勞로 歷代大統領
(Truman과 Eisenhower)의 감사를 받았다 한다. 그는 이 演劇部르를
紹介하는 Pamphlet를 주고 Brady 敎授를 소개했다.

Brady 敎授 역시 Play Wright(Writer겠지?)이다. 그는 그의 講義室
에 나를 안내했다. 劇作班이다. 우리나라의 學校를 위하여 ○○材料와
演劇書籍을 추천받고 敎授科目을 알아 두었다.

講義는 Dialogue에 關한 것이었다. 臺詞는 Clear하고 省略의 ○과
Dialogue의 sensitive하여야 한다는 것. 그러고 한 人物의 臺詞는 그이
대로 統一되어야 한다는 것, - 統一의 문제에 들어가기 前에 時間이
끝나다. 講義時間 60分. 受講學生 男 4人, 女 6人, 劇作으로 職業을 하
려는 것이 아니고 그들이 敎會에서 또는 學校에서 일할 때 이 面으로
奉仕하기 위한 것이다. Speech and Drama Dept. 出身으로 職業的인
演劇人이 되는 것은 매우 드물다. 演出과 演技科도 마찬가지인 것이다.
아마츄어 演劇(各 직장에서)을 지도하기 위한 學習?인 것이다. 敎室이
道路에 面했기 때문에 講義室이 소란스럽다.

6.00 P.M. 강의가 끝나자 學生이 안내해 준 附近의 Cafeteria로 가
서 간단히 저녁을 먹고 大學근방을 散步한다.

7.30 P.M. Hartke 神父는 X-mas 祝賀로 學生劇 演習을 하는
Music Hall로 안내하다. 學生의 自作劇, 演出로 一幕자리(짜리?) (女學

生의 作品으로 그가 自身, 연출하고 있다.)

8.00 P.M. 역시 Hartke 敎授의 안내로 大學劇場으로 가다. 600席 가량의 단층 小劇場. Sophocles의 悲劇 Antigone이다. 부러운 것은 照明. 演技는 Antigone를 扮하는 女學生이 壓倒的으로 조왔다. 肉體며 聲量이며 공부하면 크게 될 條件을 갖추었다. Creon으로 扮하는 學生은 前半에서 Over Acting이였으나 後半에 들어와 아들과 妻가 죽은 것을 알고 난 後의 Climax에 있어서 感情을 抑壓한 一瞬의 演技는 可○. 全體的으로 後半이 조왔다. 全體的으로 豫想과 期待보다는 감명을 받지 못했다. 希臘劇이란 가장 쉽기도 하면서 가장 힘든 연극이라고 생각된다. 특히 이러한 小劇場에서는 無理이다. 舞臺가 크고 空間이 넓으면 넓을수록 좋다. 大自然(空間) 속에서 움지기는 小人間의 悲劇이 오히려 效果的인 하나의 對照로서 人間의 運命感을 깊이 주게 되는 것이 아닐까. 이러한 意味에서 希臘劇의 人間이 悲劇을 强調하기 위하여서는 넓고 큰 空間을 可及的 이용하여야 가장 效果的인 것이다. 10.30 P.M. 겨우 Taxi를 잡았다. 차는 많지만 Taxi 잡기란 - 더구나 밤거리. 외따른 곳에서 - 그리 수월치 않다. Taxi 운전수는 대개 하루에 12時間 노동 160miles를 달린다. 물론 밤과 같이 6時間~8時間 노동도 할 수 있지만 그걸 가지고는 여유가 안 생기는 모양. 돈을 더 벌라고 12時間 달린다는 것이다. 비 멎은 밤거리를 Hotel로 오는 길로 夜食으로 Sandwich를 먹고 나니 지갑이 없어진 것을 발견하다. 6.30 P.M. 以後 어데서 어떻게 잃었는지 모른다. 식당 老人에게 70cent 빚을 지고 나온다. 現在 所有金 3仙.(cent?)

十二月 十日(木) 晴
바람이 세다.

I.C.를 다 집어치고 Police Station(3)dp 가서 紛失申告를 하다. 美國에 와서 경찰서 出入을 할 줄은 몰랐다. 10.30 A.M. Mr. Mausmann은 State Dept. 分室로 訪問. 그도 이얘기하는 도중 자연히 알고 매우 민망해 한다. Police와 Hartke 神父한테 緊急?히 連絡한다. 번번이.

"外國人의 것이니 특별이 자세히 찾어 보아달라"는 것이다. 생전 이런 大金을 잃기는 처음이다. 다른 돈보다도 利錫이 양복천 값과 會社 돈이 걱정이다. 무엇이라고 그들에게 說明하여야 하나? Mausmann 氏가 一佛을 주다. 3cent밖에 없는 나에게는 감사하다.

K.P.P

점심에 Mr. Vinocour를 Korean Pacific Press社로 찾았다. 그는 두 사람의 美國 女子와 한 사람의 韓國 女子를 쓰며 한국 선전 事業을 하고 있다. 우리나라 악보(아리랑, 천안三巨里)를 인쇄하여 돌리기도 하고 Monthly도 내고 Pamphlet도 發行하고 있다. 그가 한국 있을 때에 찍었던 Film을 가지고 解說者가 地方巡廻도 한다는 것이다. 이러한 단체는 지극히 필요하다. 나는 좀 더 Systematic하고 大規模로 Korean Cultural Center를 조직, 운영하기를 권고하였다. 이것은 절대로 必要한 것이다. Korea에 대한 美國人의 關心은 이제부터는 차츰차츰 줄어가기 매련이다. 戰爭이라는 制?載的 事件이 끝나고 政治라고 하는 一般이 그리 關心을 두지 않는 이 段階로 들어가고 또 항상 하루하루의 時間에 쫓기어 다름박질하듯 사는 이 사람들이 언제까지나 하루같이 Korea만을 염두에 둘 理는 萬無하다. 그들에게는 항상 Dr. Knapp의 말처럼 New하고 Wonderful하여야 하는 것이다. 美國과 우리와의 關係를 깊이 굳에 그리고 넓게 맺기 위하여 Cutural Center의 必要는 오늘처럼 큰 때가 없을 것이다. Vinocour 氏가 自身의 事業으로 어느 ○○의 營利를 目的으로 하는지는 모르지만, 보다 큰 사업으로서 發展시켜야 한다는 것이다. 만일 그가 가장 한국을 이해하고 사랑하는 사람이면 그러고 그가 이러한 事業에 利益을 초월하여 興味를 가지고 있다면 그가 가장 적임자일지도 모른다. 白○의 寫眞 석 장을 Magazine에 소개하라고 매끼고 Vinocour 氏와 가치 점심을 먹다.

大使館으로 가서 韓 參事官의 紛失件을 말하고 $25.-을 취하다. 그 길로 Evening Star紙로 가서 紛失 광고를 내다. $2.15. 廣告係의 영감이 자기 잘못이나 되는 것처럼 "Sorry"하고 한 마디. 이것이 나에게는 큰 위안이 된다. 절대로 돌아올 理는 없겠지만 幸여나 하고 記事를 부탁하고 나니 매우 어처구니없다.

돌아와 Hotel에서 休息-도 못하게 한 판사가 찾아왔다. 약간 승거운 친구. 紛失했으니 그냥 갔으면 좋을 것을. 끝내 앉아 있다. 데리고 나와 麥酒 한 잔 먹여 돌려보내다. 어제밤 빚을 갚고 나니 $20 미만이 수중에 남았다. Hotel 費用은 가지고 온 Leica를 低(抵이겠지)當 잡어 내기로 궁리하다.

十二月 十一日(金) 晴
Library of Congress
역시 바람이 세다. 나오는 길로 大使館에 가서 Camera를 저당잡아 주기로 매끼로 그길로 Library of Congress로 가다. Dr. Keller는 분주해서 못 만나고 그의 ○○인 Mr. Abott를 만나 月灘의 선물과 나의 선물(冊, Weekly, Pamphlet) 그리고 光爀의 그림을 贈呈하다. Abott 氏의 紹介로 Korean Section에서 일하는 Key.P.Yang(양기백) 氏를 만나다. 古典, 現代, 南北 할 것 없이 혼자서 일하고 있다. 분주하기도 분주하겠지만 이래가지고 어느 세월에 Korea에 關한 整理가 끝날지 의문이다. Mr. Yang은 모르기는 하지만 最近의 우리나라 事情에는 매우 어두울 것이다. 文學人의 動靜(南下와 生死)에 關하여 나의 Check를 요구한다. 文學人에 대한 도서관의 ○○는 오로지? 南○의 "○治 六年의 北韓文壇"이라는 冊에게 依存하였을 뿐. 그밖에 各分科別로 圖書 Card가 되어 있다. 생각했던 것보다 적은 데에 약간 失望했다. 그 中에서도 쓸 만한 것은 몇 卷 書名만 check해가지고 오다. 이것만이라도 있으면 K.R.I의 친구들에게는 ○ 도움이 될 것이다.

K.R.I에서 要求한 冊의 寄贈을 Abott氏에게 付託했지만 이럭저럭 寄贈과 구입만 잘 되면 K.R.I도 머지 않아 Library 하나쯤 가질 것으로 생각되어 미리 기쁘다. 그러나 모든 것이 순조로히 될는지?

Folger library
Library에서 점심을 먹고 옆집인 Folger Library에 가다. Folger 氏의 Collection 寄贈으로 된 Shakespeare 도서관이다. Garrik 氏의 - 그는 유명한 Shakespeare 俳優 - 많은 유물과 Prompter book, 臺本

等 또 Elizabeth朝에 쓰던 俳優의 衣裳, 小道具 등 數百点 이상(?)의 Collection이다. 같은 건물 안에 있는 Elizabeth 時代의 劇場(그대로 만들어 놓았다)을 구경하다. 영화 "Henry V"의 program에서 본 set 와 꼭 같은 것, 小規模이다. 잠시 數世紀 옛날에 돌아가 冥想.

오늘 하루 종일 어쩐지 學者 氣分.

4.00 P.M. Mausmann 氏를 만나다. 나의 紛失을 걱정하다. 오늘 신 문에 72歲 노인이 12年 예금 $1,100을 도적맞은 일을 말하며 너머 걱정말라고 내가 Mausmann 氏를 도리혀 위로하여야 할 처지이다.

國內旅行에 대한 Scedule을 大略 革案해 놓았다. 이대로 하면 Bruno와의 New York에서의 打?合이 全然 不可能하다. 再編을 依賴하 다.

밤에 오래간만에 International Center에 가다. Informal한 meeting (discussion)이다. 먼저 Liberia에서 農業공부를 하러 온 적은 黑人이 자기나라 - 그야말로 어데 부텄는지도 모르는 南阿의 一地方 이얘기를 하나, 그의 英語는 다른 歐羅巴나 Pakistan 人의 영어보다 알아듣기 쉽다. 그는 有色人種이라는 劣等感을 벗어나서 壹壹이 이얘기하는 데 에는 경탄했다. 다음은 항상 나에게 사진 찍은 것을 달라고 하던 不快 한 건방진 巨大漢. 알고 보니 Iraq의 知事라는 것이다. 官僚는 그 나라 에서도 이처럼 건방진 存在인가. 기쌔?가 Jordin의 사람. 매우 淳朴하 다. 마즈막이 Philippine人. 마즈막에 들어가 너머 讚美的으로 나오는 데에는 역시 一警?. 말하자면 比律賓이 美國의 아들이다가 지금은 Step Child쯤 됬으니 그럴 법도 하고 또 日本의 寬容으로 獨立되기보 다는 美國의 Democracy 덕택으로 독립한 것이 몇 갑절 安心하고 믿 을 수 있으니 比律賓의 이러한 讚美도 당연하다고 할 수 있다.

마즈막으로 (British Trade Union에서 온 英人, ○○은 ○○를 웃기 였으나 (三個月 前○에 그는 왔다. 돌아가는 길이다) 혼자 아는 척 또, 聽衆 앞에서 감추지 못하는 ○○的 態度가 不快. Friedman 女史가 있 었으면 나에게도 이야기를 請○했을 것을 多幸이도 機會를 놓쳤다. 오 늘도 印 , 파키스탄, 이란, 이락, 독일, 요르단, 라이베리아, 英○, 美○, 比 等 10餘個國이 모였다.

十二月 十二日(土) 丙

Do Not Diturb를 걸고, 11.30 A.M.까지 bed에 있다. 커-텐을 여니 밖은 비가 온다. 레인 코-트를 뒤집어 쓰고 밖으로 나아가다. Washington 일기는 Over Coat가 必要없다. (겨울 추위에 단련된 나에게는)

National Theatre

비오는 가운데를 걸어서 National Theatre로 가다. Katherine Cornell이란 人氣女優의 Political Comey "The prescott proposals" 3막 4場. Cornell의 演技는 壓倒的. 그가 없었더라면 演劇의 興味는 半減하고 單純한 寓話?劇이 되고 말았을 것이다. 美國의 政治家가 다 그런지는 모르지만 그가 扮하는 UN 美 代表는 政治家로서의 職業性보다 더 ○○하고 平凡한 人間性을 強調한 것 같다. 이것이 美國의 政治家의 하나의 Type를 形象한 것이라면 특히 贊成할 만한 美國의 政治의 長點인 것이다. 단지 Cornell이 扮演하는 舞臺 上의 演技만이 아니기를 바란다. Cornell은 政治家의 Professional보다 人間性을 描寫함으로서 나에게 充分의 好感을 주었다. 그밖에는 잠깐 나오지만 下女 Elmnia의 Helen Ray와 Pakistan 代表인 Mioo? Daver? 가 印象에 남고 쏘런 代表인 Ben Astor는 重量感에서 좀 약하다. Prescott에 挑戰하는 重量感을 ○○하지 않고 Eloqution으로 우슴을 끌어내려고만 하는 것 같다. 차고 굳고 人間性이 없는 무게가 그에게 있었드라면 幕○○가 좀더 좋았을 것을-? 그러나 이것들은 完全히 印象이며 感想에 지나지 않는다. Story를 잘 모르니까 할 수 없다. 챠벡크와 Prescott의 과거의 사랑의 detail 또 Clark와 Prescott의 관계 不明. 이 연극에서 UN의 committee의 風景을 본 것은 ○○가 된다. UN 건물의 一室이다. 實地로 볼 기회가 있으면 더욱 재미있을 것이다. 한국에서 이러한 作品을 쓰지 못하는 것은 이 作品처럼 (Howard Lindsey와 Russel Crouse의 合作

우리가 다른 나라 사람에 對하여 全혀 無識하기 때문이다. Pakistan

의 典形(典型?), 佛人, 英人의 典型的인 Type는 그릴 수 없고, 또 그랬다고 해도 그들의 독특한 各國의 英語 Dialect를 ○○하지 못하니 Comedy로서의 興味만 半減인 것이다. Comedy이지만 가장 寫實的인 말하자면 直說的인 手法?. (2.30P.M. Matinee, 5.00 閉○)

아직 비가 온다. Cafeteria에서 저녁을 먹고 Cinerama를 볼까 했다가 그냥 돌아오다. 6.00~10.00까지 日記 정리. 한 判事에게서 전화가 오다. 고병철 氏에게 전화, 내일 만나기로 約束하다.

　十二月 十三日(日) 曇, 小丙

아침에 不吉한 꿈을 꾸다. 마누라가 이얘기하다 말고 없어졌다. 날이 흐리다. 꿈이 이상하게도 나를 고적케 하다. 약속했던 대로 高병철 氏 오다. 그의 車로 Freer Gallery에 가다.

Freer Gallery

Whistler(1903 死)의 그림이 매우 조왔다. 小品이 많고 엣팅과 水彩畵가 많다. 매우 東洋的인 touch에 興味를 느꼈다. 畵題도 일본 Geisha를 많이 取扱했다. 이 Gallery에는 東洋美術品이 特히 많이 展覽되어 있다. 日本의 (○○, 江戸) 浮世繪와 唐, 宋, 明의 그림, 陶磁器, 石佛像 等이 壓倒的으로 많은 room을 차지하고 있다. Persia, India, Tibet(中國에 包含), Arab 民族의 그림(Kohran이 그 中 異彩)이 각각 한 방씩 찾이하고 있다. 그런데 우리나라 것은 高麗磁器 몇 点, 中國의 一室의 한 구석에 놓여 있을 뿐이다. 나는 이곳에 오자마자 느끼는 우리 文化의 紹介가 全無하다싶이 함을 또 다시 느낀다. 버림받은 듯한 - 忘却된 듯한 ○○을 느끼는 것이다. 좀 더 자세히 보려고 했으나 오늘 아침에 이를 뽑았다는 高 氏를 너머 피곤케 해도 안 되므로 섭섭히 돌아서다. 일요일이라 Handy Guide도 못 사다.

내가 초대하려던 것을 사정이 사정이므로 高 氏의 案内로 Potomac 江岸의 비싼 Restaurant "Water Gate Inn"으로 가서 만난(맛난?) Fried Fish로 점심을 먹다. 빵이 기맥히게 좋다. 이 나라에 와서 처음 맛있는 점심. Waitress가 저 쯤 구석에서 사발 접시 等屬을 떠러트린다. 이곳 Waitress는 진실로 물건을 잘 떨어트리는 사람이다. 高 氏는 아직 30이지만 매우 Charming한 사람이다. 理想도 있다.

타이핑된 부분(음악회 프로그램인 듯) 생략,
위 일기에 이어서

그러나 하나 哀惜한 것은 어데까지나 그는 學者的이다. 모든 것을 計劃하고 꿈꾸었지만, 그의 目標를 WASH.(Washington?)에 앉아서 실현할 수는 없을 것이다. 그의 計劃을 實踐하고 目標를 實現하기 위하여서는 하루 바삐 本國으로 가서 祖國의 現實에 부다쳐야 할 것이다. 모든 海外의 僑胞가 가지는 缺點을 그도 가지디 않기를-. 批判할 수 있고 計劃할 수 있고 보다 正確히 客觀할 수 있고 正確한 情報를 入手할 수도 있다. 그러나 實踐할 수는 없다. 이곳에서는. 그가 個人的으로 尊敬한다는 김용중 氏, 한번 만나고저한다. 그러나 집으로 혼자 찾아갈 興味는 없다.

National Gallery

National Gallery of Arts 앞에서 작별, 혼자 Gallery에 들어가 한 방 한 방 자세히 보기 시작한다. Flerentine School, Unibrian, Venetian, Duteh 等 Renaissance와 그 以前의 그림들을 보노라고 그만 大部分의 時間이 소비되었다. 19~20世紀 頃에 걸친 Derain, Picaso, Raurason?, Duf?, Velamink 等을 스치고 下層 Cafeteria에서 夕飯, 아레층에는 무지무지 할 만큼 豪華찬란한 中國의 陶磁器(主로 唐?○)와 歐라파 것, 그리고 Louis ⅩⅤ 時代의 家具들이 陳列되어 있다.

8.00 P.M.부터 Gallery 안 West Garden Court에서 열린 Piano Concert(위에서 생략된 타이핑 용지가 이 콘서트 프로그램인듯)는 이곳에서 가장 印象깊은 것 가운데의 하나이다. 아니 I.C.L.의 ainner?와 이 concert는 아마 오래 오래 진실로 오랜 시간을 두고 잊지 못할 것이다. Eliane Richepin의 演奏는 壓倒的이였다. Piano의 음이 이렇게

큰 것임을 처음 알았다. 草木이 욱어져 흡사히도 野天 같은 이 Court 안이 구슬 같고, 구름 같고, 때로는 폭포 같은 Piano의 음향으로 가득 찬다. Symphony에 지지 않는 音量으로 나를 壓倒하는 것이다. Program도 좋았다. Beethoven의 Sonata(27, Moon-light), Chopin의 Sonata(op.35)는 이미 알고 있던 것이니 더욱 感動? 깊었고 처음에 두 소품(J.S. Bach-Siloti와 J.S. Bach-Busoni)과 Ravel의 Jeux d'eau 等 珠玉 같았다. 오래간만에 한 時間 半 동안의 藝術的 感興에 잠기다. 나는 확실이 누구에 지지 않게 藝術을 사랑한다. 진실로, 나 自身이 藝術家라는 自信을 오래간만에 진실로 오래간만에 다시 自覺하였다. 500餘名(入場은 無料)의 청정(청중?) 안에 끼어 앉아 나는 한동안 깊고 깊은 滿足感을 느낀다.

9.30 P.M. 밖으로 나오니 부슬부슬 비가 나린다. 겨울인 오늘 봄비처럼, 호젓이 비가 나린다. Taxi 운전수는 요즘은 매우 춥고 눈이 올 땐데 비만 내린다는 ○○ 젖어져(문장이 애매함) Hotel로 오다. 한 判事가 來訪했다는 Message. 그에게는 미안하지만 나에게는 좋은 밤이었다. 아직 $5.00이 남었다. 하루 平均 千弗 썬(쓴) 셈. 신세 처량하다.

十二月 十四日(月) 曇, 晴
바람이 세다. 아침에 어머니 꿈을 꾸었다. 하로 日記를 안 쓰면 먼저 다음날은 모든 것을 잊어버린다. 그만큼 피곤하다고 할까, 정신이 펑펑 돈다.

K.P.P.
아침에 Mausmann 氏를 만나고, K.P.P.에 가다. Miss Richmond와 Korean Cultural Center가 있어야겠다는 것을 力說. 卞 長官의 족하딸이라는 女學生, K.P.P.의 두 夫人과 함께 office에서 간단한 점심.

Library of Congress
Library of Congress로 가다. 中央文化社는 文學藝術事務所가 韓靑 Bldg으로 이사갔다는 移轉 편지가 Mr. Abbott氏에게 와있다. Mr.

Yany의 案内로 한국 圖書의 Collection을 구경하다. 書庫에는 壹萬卷 도 못 되는 書籍, 李朝實錄과 承政院日記 그밖에는 이것저것 混雜.

Order division의 Director인 Dr. Francis H. Haushaw 를 만나 우 리나라 書籍을 많이 사주기를 부탁. 中央文化社가 곧 Book List를 이 분에게로 보내기로 했다. Library는 학실이 豫測?했던 것보다 冊이 적 다. 더구나 우리나라가 Japanese Section의 一部分이 되어 있는 것은 不快하다. 광혁의 聖畵 나머지 한 장과 文總藝術行事 等 program을 傳하고 돌아오다. Sholls Cafeteria에서 저녁 먹고 돌아와 짐을 꾸리 다. Mausmann 氏의 의논으로 來日은 어차피 떠나야 한다. 저녁에 (5.00 P.M. 그와 만나 國內旅行에 대한 全體 Schedule을 짜다.

밤 10.00時가 너머 韓 判事가 오다. 그가 한 잔 낸다고 하여 Beer. 매우 피곤하였으나 1.00A.M.가 되어서야 就寢. 어제 나 없는 동안에 어제 金○鎭 氏 아들 金興?萬 判事가 왔다갔다. 못 만나서 유감이다.

十二月 十五日(火)

大使館으로 갔으나 韓 參事官은 出場中. 오늘 늦게나 돌아 온다고 한다. 그에게 Leica를 이미 맡겼고 그 돈으로 旅館費를 물려고 했던 것이 야단이 났다. 부득불 장극창 小將에게 $100을 빌려서 메꾸기로 했다. 그러나 여관비 $57.00을 물고 나면 $43. 이것으로 다음 支拂받 는 날이 28日이나 29日까지 살아야 한다. 도저히 이것은 不可能하다. Boston에서 五, 六日間도 견디기 힘들 것 같다. 하여튼, 있는 것으로 最善을 다할 수밖에.

International Center에 가서 Dr. Wann, Dr. Knapp, 以外 Miss Miss D'Onoghue? Miss Ann? 等 Staff에게 작별의 인사를 하다. Knapp 博士는 친절하게도 Boston의 友人에게 소개장을 써주다. (이전 에 Library of Congress에 가서 나의 書類를 좀 冊과 함께 부쳐주기 를 부탁하고 돌아오다. Mr.Abbott와 다시 굳게 Gift를 계속할 것을 약 속하다)

K.P.P에 가서 작별의 인사를 하고 金日○?의 사진을 가져오다. 이윤 영 씨 따님을 만나다. 外交를 공부한다고.

5.00P.M. 마즈막으로 Mr. Mausmann을 만나 기차표를 얻어가지고 집으로 오다.

TV의 Quiz를 약 30分 동안 구경하고 자동차로 Union Station으로 가다. Boston行 10.4?5P.M. 발. 電氣기관차. 뉴-am 같은 輕金屬?으로 된 客車. 보기만 해도 빠를 것 같다. 그 一室(Room 5)가 오늘밤의 나의 宿所이다. 모든 것이 具備되어 있는 小室. 나는 여기 혼자 - 마치 書齋에 앉은 것 같이 조용히 지낼 수 있는 것이다.

그러면 오늘의 首都, ...(보이지 않음) 많이 보고도 무엇인가 아직도 많이 남은 듯한 首都를 떠나다.

十二月 十六日(水)

아침 8.10 A.M. Boston, Back Bay Station에 도착. 국무성에서 예약해 준 Coply square 가까이 있는 Hotel Vendome으로 가다. 그만하면 상당히 큰 여관이다. 오는 도중 거리의 풍경이 좋았다. 이 나라의 Mother City이라고 이르는 만치. New England 뿐만 아니라 全州 中가장 오랜 도시인 것이다. 건축이 막 Colonial Style에 一種 바록크風의 古式 建築이 Modern한 것이 좋은 對照가 되어 있다. 그것이 도모지 不自然스럽지 않다. 서루 combination되어 一種 안윽한 분위기를자아낸다. 거리도 桑港처럼 좁다.

敎會는 더욱 古風, 구라파에서 보는 것과 다름이 없다.

Vendome Hotel에 닿자마자 벌서 The Boston Post라는 신문사에서 Interview를 請해 왔다. 알고 보니, 保守的 氣風이 많은 이곳에서도 가장 保守的인 新聞이라는 것이다. 신문사로 가기 前에 국무성에서 말한 United Council on World Affair를 찾아가다. Hotel서 얻은 지도를 들고 어청어청 길을 찾아 나섰다. Taxi를 타면 간단히 갈 수 있겠지만 절대로 Boston에서는 정거장 가는 以外에는 Taxi를 안타기로 했다. 돈도 돈이거니와 걷는 것이 또는 Bus를 타는 것이 더욱 좋다. 여기에는 Subway가 있다. 힘들이지 않고 사무소를 찾았다. 나와 같은 Program으로 온 Italy의 女記者가 역시 Schedule을 의논하고 있었다. Mr. Fenn은 잠깐 만나고 젊은 靑年, Mr. Furness와 가치 의논하다. 그는 얌전하고 매우 성실한 청년이다. 나는 이런 靑年은 여기저기서 여러 번 接觸했다. 그의 아버지는 변호사 이며 현재 東京에서 일하고 있다고 한다. R. Sherwood와 Harvard 동창이니 만일 셔웃(R. Sherwood)을 만나면 자기 아버지 이애기를 물어보라는 것이다. 그와 가치 점심, 그런데 이제 절실이 느낀 것 - 우리는 가치 유인하여 가치 식당에 가서 가치 註文(注文이겠지?)하여 Sandwich를 먹었지만 셈은 제각기 치렀다. 나는 20年 前, 예과 時代에 日人과 함께 이렇게 같이 점심을 먹고 같은 경험을 했다. 그때 나는 計算 밝은 日人에 一驚을 喫한(의미? 한번 놀람을 당하다?) 일이 있으나, 20年 後 오늘에 와서도 이것이 果然 좋은 風習인지 너머 차거운 人情인지 또는 오히려 본받어야 할 일인제 判定할 수 없다.

그와 헤여지고 Post 신문社를 찾어갔다. Washington Street를 헤메이다. 좁은 골목, 古風의 건물, 여기는 말하지만(말하자면?) 옛날 明洞 같은 商店街이다. 문밖은 곧 거리이며 이 거리는 집 뒤 골목처럼 좁고 좁은 골목에 사람이 가득 차 있다. 모두가 동리사람들 같고 동리에서 큰 일걸이나 생겨서 부산히 오락가락하는 것 같다. 동리 처녀가 시집이나 가던가 누구 집 생일 잔치나 있을 때면 우리나라 거리의 골목과 집 안박(집안팍)도 이러했다. 과연 큰 잔치는 큰 잔치이다. X-mas의 decoration이 집집마다 화려하고 마춰 童話의 世界에서 仙女의 잔치나 버러지는 듯.

Boston Post의 女記者는 매서운 눈을 가진 여자이다. 타-반으로 머리를 동이고 누리끼한 얼골이 날카롭다. Miss Ann Thomas는 이것저것 질문을 한다. 政治問題를 묻는 것은 姑捨하고(의미 : 더 말할 나위도 없고) 飯還을 願치 않는 22人의 美兵에 관한 질문은 그 중에서도 질색이다. 이것을 說明하려면 多分히 心理的이고 分析的이여야 한다. 이러한 文學的인 동시에 精神病的인 이애기를 充分히 表現하기가 힘들다. 最初 단계에 그들이 받었을 고문과 그 後에 오는 reaction 等…. 전쟁문제도 難問 中의 하나이다. 美國은 확실히 총을 들고 다시 싸우려고 하지 않을 것이다. 하지만 우리는 各己의 方法과 分野에서 南北의 統一을 위하여 총집중하지 않을 수 없다는 것을 결론으로 강조하고,

사직을 찍고 나오다. Boston Post社 사진실에서 Korean을 사진 찍기는 이번이 처음이라는 것이다.

거리는 이미 어두었다. 4.30 P.M.인데 七, 八층 건물이 양 옆에 솟았으니 그러지 않아도 좁은 길이 더욱 좁아지고 해가 무섭게 빨리 떨어진다.. 네온과 전등이 밝다. Santy가 여기저기 서있고 방울 전기의 五色이 눈부시고 救世軍들의 나팔曲이 골목에 가득 찼다. 골목이 모두 뜰이 된다. 마치 Venice의 골목이 그랬던 것과 같이 그러나 Venice보다는 더욱 분주하고 活氣가 있다. 나도 공연이 마음이 바뻐서 시계 유리(實로 깨틀이고 몇 일만인가!)를 넣고 미리 약속했던 Harvard 大學의 Dr. Doo Soo Suh를 찾아 갔다. 이곳에서 Subway를 타고 Harvard 大學이 있는 Cambridge(종점)까지 가다. Charles River를 건늘 때 Subway는 地上으로 나온다. 兩岸에는 이미 완전히 밤이 된 두 거리에 夜光이 찬연했다.

Harvard大學에서 徐 敎授를 찾노라고 약간 망서리다가 친절한 事務員의 案內로 Boylstone Hall로 가다. 美國사람은 친절히 길을 가라켜 준다. 그들의 性格이다. 가라처 주기를 좋와하니까 물어보기도 좋다. 그래서 알만한 길도 자꾸만 물어본다. 그들의 길 指示는 또한 正確하다. 그럴 수밖에 없는 것이 어떤 도시를 가도 都市區劃이 잘 되어 있기 때문에 二三日만 살면 나라도 가르켜 줄 자신이 생긴다. 百번지 건느 편은 百一번지이고, No.100의 옆집은 No.102이다. 영낙없이.

徐 敎授는 기다리다 못해 막 自宅으로 갔다는 것이다. Mongo語 敎授이며 學者인 Proff. Cleaus?가 남어 있다가 나의 이애기를 들었다고 하며 반가히 맞어준다. 그가 친절히 연락하다. Proff. 徐가 밤길을 우진(의미?) 다시 연구실로 오다. 그의 저녁 초대로 徐 敎授의 apart로 가다. 大學院의 全海宗 氏와 함께 손수 저녁을 짓다. 먹꾹(미역국?), 새우 덴뿌라, 야채. 金聖河라는 Boston 大學의 歷史科 學生(그는 金仁俊 牧師의 아들이며, 安聚?革? 氏의 妻男), 高光림(fishering에 關한 韓쏘 關係로 博士論文 준비 中)諸氏를 만나다. 그들이 하로(하루)도 祖國을 잊지 않는 것을 매우 나는 반갑게 생각했다. 많은 不○이 있다. 그러나 그것은 關係當局의 無誠意에 起因한 것이다. 國內와의 關聯이 없고 國

內에서 너무 無關心한데 對한 분개인 것이다. 좋은, 유망한, 사람들이었다. 고광림 氏의 말로 Bache 氏가 여기 있는 것을 알았다. 전화로 내일 점심을 약속하다. 그들은 X-mas와 韓人敎會와 韓人會에 대하여 의논도 했다. Cultural Center를 시작하기를 - 小規模이나마 누구에 서재에서라도 - advice한다. 좋와한다. 어떤 일이나 誠意만 있이 하면 되는 것이다. 고단하나 유쾌한 하로였다. Hotel로 돌아오다. 11.00 P.M. 취침

타이핑용지로 덮여있는 옆 페이지 생략. 다음 장에 十二月 十七日 (木) 것을 보이는 일기 있음.

날짜는 보이지 않음. 十二月 十七日(木)인듯.

몹시 춥다. 10.00A.M. 약속인 것을 30分이나 늦어 Harvard大學으로 가다. 될 수 있으면 이곳에서 오랜 時間을 보내고 싶다. 徐 敎授를 만나기 전에 Proff. Eliseff? 를 만나다. 그와의 約 30分의 이야기는 또 하나의 記憶할 만한 사건이다. 歷史學者인 그는 모든 것을 歷史的現實에서 본다. 官僚들이 學者의 意見을 존중치 안는데 對하야 매우 不滿이다. 必要할 때마다 한 두 마듸 묻는다고 그것이 내일의 現實에 對備할 만한 充分한 基礎가 될 수 없다는 것이다. 어린애가 뛰기까지에는 걷는 努力이 必要]한 것과 같이 來日의 現實을 把握하고 判斷하려면 지난날의 理解와 分析이 있어야 한다. 너머 눈 앞에 일에만 汲汲하여서는 안되고 단번에 뛰어 볼 생각을 해서는 아니된다는 것이다. 七十 平生을 學○의 바친 老敎授의 이야기가 뼈에 사뭇치도록 感應?된다. 徐 敎授에게 後에 들은 이야기이지만 帝政로서아의 舊家 ○ 商人의 아들로 태어난 그는(그의 價○ 이름은 Tolstoy의 小說에 나온다는 말이다) 革命 後 數年은 지나다가 암만해도 마음이 맞지 않아서 自由世界로 이사온 사람이다. 革命政府가 日本大使로 가라고 하였으나 應하지 않고 日本學者가 되었다. 漢文은 筆記?草書?까지 능난히 쓴다. 나보다 낳다(낫다). Harvard의 東洋學은 이 Eliseff? 敎授와 Cleaus?의

269

Mongo學 - 教授(Pamphlet, Sea?) 等 世界的權威라고 한다. 놀래는 表情(Eliseff? 教授의 漢文草書에)을 했더니 教授는 "婦人科 醫師도 男子가 아니냐? 西洋人이 東洋學者가 되는 것이 무엇이 놀랠만한 일이냐?"고 웃는다.

우리나라에는 내가 나기 前 李朝 末에 왔었다는 것이고 192○年에도 왔었다고 한다. 우리나라를 위하여 눈물 흘린 老教授이다. 그의 人生訓話가 30分이나 繼續되었다. 강의 시간이 되어 中○ 氏의 ○○로 그는 講義室로 나아갔다.

11.30A.M. Bache 氏가 오다. 그의 案內로 Massachusetts Hall로 가다. 알고보니 United Coucil on World Affair에서 Mr. Liitle?에게 연락하여 오늘의 Program을 미리 다 짜놓고 있었다. 午前中의 Program은 에릴세프 教授의 이얘기로 完全히 잡아먹은 셈이다. 그러나 나는 조곰도 後悔가 아니 된다. Liitle?氏 office에서 (나는 몰으고 있었다) 기다린 것이 未安할 뿐. 그 program보다 老教授의 이얘기가 나에게는 더욱 몇 갑절 ○○가 있는 것이다. 그 program에 依하면 나는 Harvard Crimson 新聞社를 訪問하고 점심은 Confluence의 Editor와 먹기로 되어 있다. 그런 줄은 몰랐다고 Bache는 섭섭히 돌아간다. 나도 이렇게 될 줄은 몰랐다. 곧 Colombia 副總長 따님과 결혼한다는 그에게 광혁의 聖畫를 결혼 예물로 선사하고 期約 없이 헤여지다. 그와 이렇게 섭섭히 good bye 하기가 안됐다. 그는 가장 좋은 의미의 typical한 美國 靑年인 것이다. 내가 하는 限 - 이러한 靑年, 어젠가 그제 日記에 美國 靑年의 좋은 type을 썬(쓴) 것 같으나 나는 無意識的으로 "많이 만났다"는 글이 潛在的으로 Bache를 생각하고 그와 ○○하엿기 때문이였던 것 같다. 잘 글이 돌지 않는다. 子正에 가까웠기 때문에 빨리 쓰야만하기 때문에 마음이 초조하다.

Bache型의 素朴하고 친절하고 美良하고 열심있는 靑年, 그것이 아마 좋은 type의 美國人의 한 面을 代表할 것이다. F. D. Roosevelt도 一時 社長이였다는 Harvard Crimson, 그들은 民主黨 支持이다. F. D. R.과의 인연인가? Stevenson을 現在는 支持하고 있다. 經濟的?으로나 모든 点에서 獨立, 그러나 大學에 대한 內面?的 關係는 있다. 12,000

部. 60名의 職員이 모두 學生이란다. 그 Staff의 한 사람 - 아주 美男子인 Bache型의 靑年이 친절히 案內한다. 이곳의 office에서 만났던 Italy의 女記者를 만나다. 별로 美人도 아니고 別로 印象도 좋지 않으나 Italy人 獨特의 開放的인 性格이 不快하지는 않다. 新聞社를 나와 그와 함께 'Confluence'社를 찾아갔다. 가장 High Level의 Quately(Quality?)의 편즙자(편집자)인 만큼 그 印象이 벌서 水戰山戰 다 겪은 ○○이다. 이들은 Mr. Henry A. Kissinger. Italy의 女記者와 함께 Faculty Club으로 가서 점심을 먹다. 食卓을 앞에 놓고 나는 비로서 오늘 1.00P.M.까지 coffee 한 잔 안 마신 것을 깨닫고 혼자 우섰다. 그러고 보니 배도 적지 않이 - 現在 고프다.

Kissinger 氏는 오는 July 6th ~ August 20th까지 Harvard이 Seminar가 있으니 Korea에서도 한 사람 추천하라는 것이다. 30~40代로. 英語하는 사람. 文化도 좋고 政治도 좋단다. Speach는 Public(1回 60分), Seminar 4回(各 한 時間). 梁好民이 좋을까 李東華가 좋을까. 갑재기 결정 못하여 考慮하기로 하다. 3月 1日까지 그에게 通知를 하여야 한다. 이럭저럭 나의 일은 하나 둘 늘어간다.

그도 Korea의 問題를 물어본다. Senator Mc Carthy가 인기가 있다고 하니 Kissinger 氏는 웃고 Italy의 女記者는 입을 삐죽거린다. Harvard는 反 Mc Carthy의 氣風이 놓우한 곳이다. 그러므로 反 Mc Carthy의 氣風도 굉장하다. Mc Carthy와 Harvard는 完全히 틀렸다. 共産黨에게 그는 "Harvard大學으로 가려므나"하고 까지 이애기했다고 한다. 政治的壓力에 對하여 超然할 뿐 아니라 金錢에 對하여도 아주 嚴格하다. 寄附金이 온다고 막 받아 들이지 않는다. 西部에서 黑人과 東洋人의 노동을 搾取한 부자가 돈을 기부하겠다고 한 것을 理事會에서 이것을 不純한 돈이라 해서 拒絕했다. 부자는 화를 내어 그돈으로 따루 大學을 세웠다는 것이다. 二次大戰 時에 어떤 富豪가 35,000,000弗을 寄附하려고 했다. 그 條件으로 獨逸人 敎授이며 Über Ales를 늘 재랑하며 German 族의 優秀性을 宣傳하는 敎授의 파면을 요청했다는 것이다. 張?本人인 敎授는 巨金을 내는 것을 자기 때문에 妨害할 수 없으니 自退하지만 그 前에 그 額數의 半을 寄附하는 것을 보고야 辭表

271

를 쓰겠다고 했다. 理事會에서는 35,000,000弗을 拒絶하고 獨逸人 敎授에게 남아 있기를 請했다는 것이다. 그들은 이만큼 大學의 敎授, 사람을 존중할 줄 알고 學問의 自由를 尊重한다.

Kissinger 氏와 헤여지고 Italy 양과 다시 Liitle?氏의 office로 가다. Johnston이라는 3學年 學生이 우리를 기다리고 있었다. 30分 지각, 오늘은 아침부터 지각이다. 분주하고 일이 많아 도저히 正刻에 닿게 못된다. 더구나 時間 늦어지는 것 쯤 문제로 생각하지 안는 Italy 女子와 同行이 아니냐.

Johnston 氏는 우리를 General tour of the University의 案內役이다. 世上에 이 General tour처럼 의미없는 것은 없다. 의미없지만 반듯이(반드시) tourist는 한 번씩 하여야 한다. 결국 개론이다. 개론으로나는 University가 넓다는 것만은 확실이 인식했다. 325年 前, Harvard 氏가 이곳 Cambridge로 와서 大學을 세웠고 Building이 120이 넘는 것. 그러고는 이것이 graduated club, 저것이 女子는 못 들어가는 도서관, 이것이 Law College 하지만 결국 "하하, so"일뿐. 그 이상의 아무것도 아니다. Widnar Library의 Collection만은 그러나 잊치지 안는다.

Widnar Library

Dickens, Lord Byron, Shakespeare 等의 初版本이 안윽하고도 호화로운 Hall에 가득 차있다. Titanic號 事件에 죽은 後 그의 ○의 寄贈○○○로 된 Library이다. 이 Library 뿐 아니라 모든 것이 다 大○○個人의 寄贈으로 되어 있다. 이것이 - 이 共同的인 社會施設

이 이처럼 寄附로 되었다는 것이 이 나라의 特色이다.

매운 날씨, 눈물이 콕콕 쏘다질듯 數十年○의 추위라는 이 날시를 나는 桑港에서 산 Over Coat 하나로 다닌다. 방안에 들어가기만 하면 봄날이니까. 그러나 general tour는 좀처럼 방 안에 들어갈 기회를 주지 않는다. Harvard의 모든 구역을 돌았으나 결국 Library 以外에 아무 것도 못 본 셈이다. 다 보았으나 다는 못 보았다.

Johnston 氏와 수다스러운 Italy 女記者와 헤여져 다시 Dr. 徐를 찾

다. 두 번째 Far east studies의 書庫를 들어가다. 이번에는 全海宗 氏가 안내했다. 진실로 놀랜 事實은 이곳에 한국 關係 書籍은 全無인 것이다. 約 300種이 있다. 그러나 그 大部分이 日本時代에 總督府에서 發刊한 活字本(東國輿地勝覽이니 총독부 文書○○○이니 朝鮮?古書刊行會版이니)이런 것들 뿐이다. 이것이 ○○ "古典"의 取扱을 받는다. 그 以外의 新刊本이라곤!

여기에 比하여 中學(中國?)은 200,000卷, 日本은 50,000卷, 日本서는 작구만(자꾸만) 冊이 온다는 것이다. 徐 敎授에 말에 依하면 부끄러워 죽겠다는 것이다. 이 Insititute는 거러기에 Chinese, Japanese라고 했지 Korean은 없다. 가는 곳마다 느끼는 이 貧困. Harvard 大學의 誠意가 모자라는 것이 아니다. 우리의 無識의 탓이다. 가는 곳마다 當面하는 이 수치스러운 貧困은 어떻게 서던지 곤처야 할 것이다.

한국에서 일했다는 Mr. Mcdonald 氏와 Miss Handerson을 Yen-Chin Institute 도서관(Far east studies)에서 만나다. Mc.氏는 머지않아 다시 Korea로 나간다는 것이다. 그러기 때문에 State. Dept.의 委託?生으로 현재 여기 와서 다시 자기의 지식을 整理하고 있다. 그들은 이만큼 열심이다. 열심히여야 일을 할 수 있고, 살 수 있는 곳이 말하자면 未開地이다. 이 未開地는 오늘에 와서는 romantic한 藝術家의 동경밖의 아무 것도 아니다.

United Counile에서 만나라고 하는 Miss Bixby와의 時間을 어기지 않으려고 불이야 불이야 Boston으로 돌아가다. Charles 강을 건늘 때의 西쪽 하늘이 곱게 물드렀고 Boston에서 제일 높은 Mutual Bldg.의 neon등을 비롯하여 벌서 거리는 人工의 불빛으로 장식되었다.

약속한 곳에 갔으나 Miss Bixby는 좀처럼 오지 않는다. Italy 女記者를 비롯하여 四五人이 기다리기 40分. 결국 老Miss가 月桂잎의 環을 들고 나타나다. 수다스러운 老人이었다. 그와 동반한 老婦人이 自動車를 운전한다. 우리는 Quin○를 지나 郊外로 나아가고 郊外에서 또 다시 몇몇 Town을 지나 限없이 달린다. 아마 Drive를 하는 모양이다. 틀림없이 Drive이다. 벌서 Boston 市에서 40miles 밖으로 나왔다는 것이다.

어떤 시골 restaurant에서 저녁을 하다. 老人Club이 옆방에서. 흡사히도 우리 애국가와 같은 노래를 부르고나서 meeting-아마 우리 친목회 정도의. 친목을 위한 것 같다-이 시작된다. 나는 어제 金聖河 氏와 저녁을 약속했던 것이 자꾸만 걱정이 된다. 전화를 거라 볼랴고 했으나 長거리라 한창 기다려야 할 것 같다(뒤에 알았지만 장거리 전화도 순식간에 나온다는 것이다). 제각기 저녁 값을 치르고. - 역시 제각기 돈을 치른다. 나는 이것이 良習인지 惡習인지 아직 判定치 못하겠다. post card를 두 장 사가지고 나오다. 인제 Boston으로 돌아가는가 했더니 車는 그냥 어두컴컴한 方向으로 달린다.

Bixby 夫人은 이것이 America人의 ○○이라 한다. 저녁을 郊外에서 먹고 밤새것 Drive하고 -. 그런데 이것이 나에게 있어서 Enjoy가 될 수는 도저히 없는 것이다. Italy 女記者와 三人의 老婦人은 女子덜끼리만 通하는 話題에만 열중하고 있고 나는 멍허니 어두운 밤 시골길만 달리는 窓 밖으로 내다볼 뿐. Home sick에 걸리는가? Wife가 나의 여행을 찬성했는가 等 Bixby 夫人은 묻는다. 이것도 위로가 되지 않는다. 半眼으로 희미한 달빛 아래 흐르는 시골 風景, 雜木林, 街路樹를 내다 보는 것이 - 아무 말도 않고 오히려 하루의 피곤을 덜해 주는데 效果가 있다.

童話에 나오는 듯한 小住宅이 심심하지 않을 정도로 Drive Way에 널려 있다. Lady들은 이 집은 얼마, 저 집은 얼마, 하며 집값을 평가하고 또 저렇게 집이 아름다우니 그 家庭은 틀림없이 平和스럽고 재미스러울 것이라는 等等. 이야기를 주고받는다. 그들에게는 집이 큰 關心꺼리인 것이다. 좋고 便利하고 새집에서 살면서 저녁에는 사랑하는 사람과 Drive하고-. 과연, 집은 아름답게 보인다. 더구나 Christmas를 앞두고 동리마다 집마다 장식이 요란스럽다. 시골, 집집에는 五色 小電球가 뜰과 窓까에 켜있고, Santy(Santa?)가 지붕에 또는 玄關에서 紅衣를 입고 서있다. 그들은 집안을 위하여서만 Decoration하는 것이 아니라 Passenger를 위하여, 지나가는 行人을 위하여서도 장식을 한다. 마치 우리는 Christmas Decoration의 Concour 大會를 보는 듯, 이것은 잘했다, wonderful하다, 이 동리는 아직 시작 안했다 等等 品評하며 車를 달린다. 동리마다, 廣場에는 Peace on Earth Good will to the men 等等의 전기장식이 되고 나무에는 五色 전구가 無數한 열매를 맺고 있는 것이다.

시골 風景, 어떤 한 곳에 電燈의 집이 눈부시게 不夜城을 이루었다. Edaville이다. 우리는 여기서 잠깐 車에서 내린다. Edaville의 집집은 시방 Rail Road의 박람회이다. 車에서 내리는 역시 살을 에이는 듯. 추위이다. Over Coat 하나로는 도저히 견데 낼 수가 없고 그렇다고 해서 內衣를 입으면 밖에서는 좋으나 一旦, 室內에 들어가면 더워서 못 견된다. 이곳에서 작란깜(장남감) 汽車를 타다. 50cents. 美國人들은 농담을 좋와하는 사람들이다. 또 큰 어린애의 一面도 있다. 그들은 50年 前(?) 機關車와 客車를 끌어 내가지고 우진 ○設해 놓은 挾軌環狀○路를 달린다. 옛날에 대한 하나의 회고이며 joke이다. 그런데 乘客은 어린애도 있지만 大部分이 어른들이다. 車에 올으자 그들은 마치 어린애처럼 좋와라고 떠든다. 익살맞게 列車 과자 販賣人이 들어오고 車掌이 標를 찍고 모든 것이 제대루이다. 단지 기차는 빙 한 박구(바퀴) 돌아와서 제자리에 돌아오고 途中 乘車와 下車도 없고 乘客도 아무 目的없는 여행을 할 뿐.

나는 농담의 車를 타고 30分 나머지의 無意識? 旅行을 하며 문득 우리나라의 사정을 四?想?한다. 이들이 회고취미며 농담을 하는 것이 우리나라의 현재의 政策보다 더욱 좋다는 것이다. 위선 客車의 쿳숀부터 우리의 本○ 二等車보다 좋다. WASH.박물관에 진렬되어 있는 自動車(발전을 설명하기 위한) 出品을 보고 나는 저것들보다 오히려 낡은 車가 서울 우리 首都를 달리는 大部分의 車임을 알고 이상한 감을 느꼈으나 여기에서 또 같은 感傷을 禁할 수 없었던 것이다. 여기에서는 회고인 것이 우리 곳에서는 악착같이 쫄리는 現實인 것인가? 여기에서는 Enjoy를 위한 Joke가 우리나라에서는 미칠 수 없는 하나의 目標여야 하는가.

나의 感傷을 붙독아 주듯이 스치는 風景이 이상히도 故國과 같다. 어스름 달빛 아래 汽車는 못가를 지나 小○漢?인 양 모래터를 지나자 시골길이 찌저지는 'フミキリ'를 거느고 雜草와 雜木사이를 연성 연기

를 내뿜으며 달리는 것이다. ○○에는 mineature로 敎會가 있고, 小住宅이 섰고 물레방아가 돌고, 모든 것이 現實을 모방한 ○活의 世界인 것이다. ○○型

家○들은 電氣로 照明되었고, ----風景은 故鄕의 시골이나 mineature는 나의 연상을 깨들만큼 너머도 아름답게 맨들어졌다.

Edaville 떠나 Taoton을 지나 공동묘지를 옆으로 보며 老運轉手(婦人)은 Sign Board만 보고 달린다. 이제 아마 Boston으로 돌아가는가 보다. 途中에 또 실컷 X-mas 장식을 보다. 어떤 town에는 郊外에 예수의 탄생을 그대로 실현하는 彫刻品을 세웠고 어떤 곳에는 (東方博士와 天使와 牧者와 예수, Joseph, Maria) 어떤 곳은 보다 간단하다. 그러나 town마다 성탄축하며 집집마다 장식이다.

새로 건설했다는 Highway를 60mile 時速으로 Hotel에 돌아왔을 때는 이미 子正이 가까웠다. 5時間이 넘는 Drive 中 나는 어데선가 大西洋을 보았다. 희미한 달빛 아래 바다는 조용히 金○처럼 움지기지 않는다. Mr. Kim(성하)에게 미안하다는 전화를 걸고 Bed에 쓰러지다. Drive하던 老婦人이게 나는 솔직히 "You are Stronger than me."라고 항복했다.

十二月 十八日(金)

Dr. Suh와 약속했던 아침 열시에 도저히 Harvard까지 갈 수가 없다. 눈을 떴을 때가 벌서 10.00A.M. 가까웠다. Dr. Suh의 안내로 어제 Elisett 敎授의 이얘기를 듣노라 못 갔던 Collection of Theatre를 보러 Haughton Library로 가다.

Haughton Library

Mephistophiles의 Desighn, RichardⅢ에 扮演한 Kean Kemble, Mcbeth의 Garrik의 그림 John Haward Payne의 著書, ○○劇의 Pamphlet books, SHELDON, EGERTON의 著?書, Ernest Arthur Jones의 著書, Kembel에 간한 冊, 俳優 Conway의 그림 等 .

구석 조고만 방에는 Ballet에 관한 약간의 材料?, 그리 많지는 않으나 쫄쫄하다. 個人의 Collection이라면 더욱 재미있겠다.

Proff. Suh의 소개로 Elisett, Cleaus 敎授와 함께 Far East Area Studies의 Staff인 Proff. Edwin Reischauel 氏를 만나다. 徐 敎授의 案內로 中國 집에서 우동을 먹고 와싱톤의 Dr. Knapp가 소개해 준 Mr. Hans Spiegel을 International Students Club로 차자가다. 생각했던 것보다 젊은이다. 그는 몇몇 사람. 卽 Harvard 大學의 연극 敎授와 Poets Theatre 의 Member와 劇場關係 사람을 소개하다. - 노히다 만날 수가 없을 듯 하다. 우선, 아직 못 본 Fogg Museum을 잠간 들여다 보다 말고 徐 氏의 안내로 보다 더 큰 Harvard Museum으로 가다.

Fogg Museum & Harvard Museum

독일 사람이 一生을 두고 맨들었다는 Glass Plants(數千種)의 精巧한 作品은 놀랠만하고 時○2萬數千弗이 넘는다는 California社의 金○. 數十 Carats의 Diamond 等 一○다 볼 수 없어. 그만 Coffee 한 잔으로 목을 추기고 Boston으로 돌아오다.

Charles江에서 보는 Boston은 그 어떤 都市에 지지 않게 아름다웁다. Mutul Bldg.의 尖塔에는 등대의 代用이 되는 파–란 불이 켜졌고 西쪽 하늘은 四時에 벌서 붉게 물들여진다.

Spiegel 氏가 소개한 Mr. Billy Koster 氏를 Statler 4th Floor, Variety Club로 찾아가다. 그와 잠간 만나고 가려던 것이 우리나라의 映畵, 劇場 等等 이야기가 버러지기 때문에 그만 時間가는 줄을 몰랐다. 약속으로는 4.20P.M.까지 United Council on world Affair 事務室로 가여야만 하는 것이다. 벌서 5.00P.M. 불이야불이야 Koster 氏에게 Allies Artists社 Dervin 氏에 대한 소개를 받고, U.C.W.A. 事務室로 가다. 기다리다 못해 Fenn 氏는 돌아갔다는 것이다. 결국 어제 Bixby 女史에 대한 報○이 애매한 Fenn 氏에게 돌아간 결과가 되었다. 그는 Furnegs? 氏 말에 의하면 오늘 Radio와 만날 예정이였다는 것이다. 여관에 돌아와 金聖河 氏에 대한 謝罪 訪問. 金의 妹兄이란 알고 보니 한 때 WASH.의 "한인 市長"이란 nickname을 가졌던 安承革? 氏이다. 舊懷를 풀며 만찬. 40年前에 오셨다는 朴 老人이 우진 나를 만나러 오다. 여기에 老人들은 그만 故國에서 왔다면 눈물진다. 평양이 故鄕인

이 老人도 역시 그렇다. 安 氏는 白行寅에게 手帖, 나에게는 수첩, 日
○舟 넥타이를 선사해 준다. 언제 봐도 인상이 좋은 사람이다.

十二月 十九日(土)

오늘 하루는 市內 博物館과 劇場을 찾기로 한다. 10.00A.M. Hotel
을 나오다. 살을 에이는 듯한 추위이다. ○線을 자극한다. 그러나 나는
아직도 털 內服을 입지 않고 견딘다. 이곳 사람은 거리 찬바람을 쏘이
며 다닐 필요가 없는 것이니 엷게 입어도 된다. 交通은 自動車와
Subway로 되고.

Museum of fine Arts

Museum of fine Arts를 찾다. 여기에는 상당히 많은 Collection이
있는 것이다. 그 中에도 제일 뜻 깊은 것은 Egypt와 Greece의 古代의
出土品이 상당히 豊富한 것이다. 4000年 前의 文化가 眼前에 歷○하
다. 古代墳墓와 그 副葬品이 無數히 陳列되어 있다.

一方, Venetian School에서 近代에 이르는 歐羅巴의 그림도 상당히
많다. Corot, Monet, Manet, Gogh, Gauguin, 그리고 내가 아는 限
○의 有名한 畵伯의 그림은 모두 다 있다. Washington D.C.의
National Gallery에 qll하여 이곳은 Museum인 만치 그 質과 量에 있
어서 더 많고 多彩롭다. Louis 王朝의 Room은 그대로 떠다 놓은 호화
찬란한 방. 그리고 下層에는 特히 東洋의 Collection이 많았다. 中國은
周의 石器時代부터 唐·宋·明·淸에 걸치는 佛像, 陶磁器, 畵巾, (李○을 비
롯하여 깜아득한 옛날 잊어버렸던 中國畵家의 이름이 그의 珠玉같은
傑作과 함께 生生히 눈앞에 나타나는 것이다. 日本 것도 足利? ○○時
代에서 江戶의 浮世畵, 雪舟의 屛風畵, 錦畵 等 時代別로 作品의 種類
別로 여러 방에 가득가득 아있다. 그런데 우리 것이라고는 高麗磁器뿐
이다. 点數로 보아서는 지금까지 보아 온 中 第一 많은 Collection이였
으나 Variety로 볼 것같으면 單調롭기 限量이 없다. 李朝의 陶器도 약
간 있기는 하나 白磁는 없다. 그밖에는 아무것도 없고 그림이 몇 巾 있
을 뿐.

Isabella Stewart Garden Museum

Isabella Stewart Garden Museum은 바루 Film Arts 뒤에 있었다. 이 女史의 寄贈으로 된 이 Museum은 가장 獨特한 것의 하나이다. 三層으로 된 이 建物 自體가 독특한 Style일 뿐 아니라 Collection의 陳列方法도 Unique하다. 下層에는 Honolulu에서 본 Christmas Flower와 그밖에는 이름 모를 아름다운 草木이 있고 방은 Blue room, Yellow room 等의 이름으로 家具와 衣裳?과 各時代의 名畵가 陳列되고 二層에는 Louis 王朝의 居室?, Chapell이 있다. Hall에서는 Saturday 午後에 Music Concert가 있으나 바루 오늘이지만 머므러 있지 못한다.

Children Theatre

간단한 Hotdog로 요기를 하고 Mutual Hall로 가다. 가장 期待中의 하나인 Chilren's Theatre. 오늘의 Program은 Cinderella이다. 全世界를 通하여 共通한 어린이들의 story는 이 나라에서도 어린이들의 가장 사랑하는 이애기다. 어린이들을 위한 Theatre Class(9~16歲, See Program)이 있어가지고 애들은 여기서 Speach와 Stage movement의 lesson과 ○○을 싸아가지고 드디어 stage에서 그들 자신의 演劇을 가지는 것이다. 우리나라의 兒童劇에 큰 寄與?가 될 듯하다. 時間前부터 어린이들이 父母에게 이끌려 구경온다. 이 큰 建物 main floor가 바루 Theatre인 것이다. 座席은 아마 七,八百. 二層은 매우 狹小?하다(아마 150席). X-mas를 앞두고 귀엽게 옷차림을 한 어린이들이 지저귀고 떠들고 한창 잔치가 버러진다. 그러나 그들의 劇場訓鍊?은 거이 어른과 다름없다. 幕이 열리는 bell이 나자 場內는 조용해지고 익히 알고 있는 story가 3幕6場에 걸쳐 展開된다. ○○○(時計)도 效果的이였다. Cinderella로 扮하는 少女도 매우 귀여웠다. 내 옆자리에 앉은 少女(그는 혼자 구경왔다)는 막이 내리자 부끄러운 듯이 눈시울을 싯는다(씻는다) 그에게 이 story는 우리나라에서도 매우 popular하고 여기 上演list인 Hak Fin(허클베리 핀)이나 Peter and Wolf이나 많이 읽힌다고 했더니 이 少女는 아주 놀래는 눈치. 설마?하는 눈치이다. 이 stage외? 兒童合唱團少年少年(少女?)를 한번 올렸으면?

1.40分間에 걸치는 公演이 끝나고 밖으로 나오자 바루 趙子庸? 氏가

279

車를 가지고 왔다. 學生會에서의 沼潢이다. 趙 氏는 土木技術家로 MIT를 나온 後 많은 設計를 하였고 現在는 某 High School의 設計를 計劃하고 있는 것이다. 素朴한 技術家의 典型的인 好人物.

그의 집에 갔더니 徐 敎授, 全海宗, 金聖河, 心理學 그리고 小兒醫學, 바루 前까지의 主賓이던 Medical Dr. 文永福 氏, ○○의 李東日, 朴 牧師(韓人敎會), MIT에서 造船을 공부하는 高 氏, 電氣技術家, 建築家 等 20名. 그들의 專攻 方面은 10이 넘는 가장 貴重한 存在들이 모여 있었다. 그들에게 致賀?와 우리가 많은 期待를 가진다는 것, 어떠한 政治的, 軍事的 決定에 不拘하고 우리는 文化 等? 方面에서 祖國의 統一과 再建에 努力하여야 한다는 意味에 人事를 하고 座?談에 들어갔다.

한국을 海外에 紹介해다고. 民俗的인 것, 文化財는 물론 Slide로라도 農村, 都市, ○○ 등을 소개할 것.

自己들이 本國에 돌아가 일할 수 있게 努力해다고. 現在 UNKRA 等에 와있는 無能한 技術者를 돌려 보내고 一流를 招請하라. 우리들이 가서 할 수만 있으면 外國人을 쓰는 몇 分之一의 費用으로 그들이 할 수 있는 일을 다하고, 더 잘 할 수 있다.

留學生에 對한 國內의 誤解를 풀게해다고. 國內에서는 우리들이 무슨 호강이나 하는 것 같이 생각하지만 學生들은 하루의 coffee 한 잔으로 지내는 일이 둥둥(종종?) 있다. 特히 長官들이 왔을 때 或是 한두 學生이 찾아보지 않았다고 가끔 나무래는 소리를 들으나, 眞實로 그들 學生은 찾아갈 時間이 없기도 하고 또는 가끔 그 會費도 낼 수도 없을 만치 궁핍하므로 못 가는 것이다. 여기 있는 學生들이 故國을 잊은 듯이 가끔 訛傳되지만 이것은 아주 誤解이다. 侵略이 시작되었다는 소리에 心勞 끝에 精神異狀이 된 學生도 있다.

文化支援을 더욱 旺盛히 해주기를 바란다. Boston에 約 50名의 學生, 全美에 400名 가량의 學生이 있으나 外國에 比하면 문제가 아니다.

나는 그들의 이얘기를 하나하나 check하며 귀담아 들었다. 그들을 慰勞하기도 했다. 아무 ○○와 自信도 없으면서 來年부터는 海外의 留

學生과 本國의 關係가 깊이 맺어질 것이고 또 文化再建이 急速度로 推進될 것이므로 여러분이 일할 때가 오고 眞實로 여러분들은 國寶的인 存在이라고 격려와 希望의 말을 주었다. 나는 어쩐지 이얘기하면서 매우 sentimental해진다. 國內에서 ○○만 ○었다면 그들은 祖國에 對한 불타는 情熱과 사랑으로 各己 專門 方面에 精進한다면, 아니 하게 했으면.

여기 學生會는 50名의 member이다. 그런데 여기에서 이렇듯 나에게 感動을 준 것은 모두가 各方面에 實力있는 專門家인 만치 政治에 대한 曰可曰否가 그리 深刻치 않다. Washington과는 判異한 實定이었다. Washington은 政治的인 首都이며 特히 工夫하는 學生들이 政治, 國際, 外交 등 方面이 많은 까닭인지 政治的現象?에 對하여 너머도 神經過敏이고 Hysteric인데 이곳에는 그것이 없다. 溫和한 空氣이다.

나의 meeting이 끝난 後 ○土士 出身이라는 Mrs. Cho의 향은으로 徐, 全, 그리고 나 세 사람은 닭고기에 夕飯을 치르고 Symphony Hall로 가다.

Boston Symphony

Berlioz의 曲.

第一部. King Herod's Dream.

II.　　King Flight to Egypt (See Program)

III.　　Sail에 到着.

150名 가까운 Boston Conservatory Chorus가 웅장하다. 男女의 Chorus다. 특히 Angel과 그락 音樂的 效果를 위한 Back stage에서 Chorus는 仰○的이며 特히 二部의 Chorus, 또 Flute(2)와 Harpe는 가장 아름다운 音이었다. 70年의 歷史를 자랑하는 이 Hall에는 Main Floor, 1st, 2nd, Balcony 할 것 없이 大滿足이었다. Encore에 依하여 歌手들이 몇 번이고 나와 인사를 하다.

밤거리를 돌아와 Hotel에서 Boston에서 처음에 '사치'를 하다. 두 병에 Beer(우리나라의 것으로는 한 병)에 ○○하여 藝術的 분위기를 再'吟味'하다. 과연 이번 지갑을 잃기 때문에 $1:一의 意味를 切實이 깨달았다. 10cent의 service를 고마워하는 이곳 근로層의 心理도 充分

히 理解가 되는 듯 하고. 또 이것을 벌기 위하여 얼마큼 경쟁하여야 하고, 연구하여야 하고, 新案?을 念出?하여야 하는가를 알았다. 그들 - 美人에 있어서 $은 곧 One Million을 의미한다. 그러므로 1弗을 애끼는 그들이지만 必要에 依하여서는 우리가 1000円을 쓰는 것보다도 더 선선히 million dollars를 쓸 수도 있는 것이다. 어쩌면 生親?과 姑母님의 經濟관념이 이곳 美人과 恰似한 점이 있었던 것 같다.

十二月 二十日(日) 晴

日氣가 약간 풀려 어제 같은 살을 에이는 추위는 없다. 어제 약속대로 李東日 牧師 (그는 音樂 - 合唱指導를 研究한다.)가 오시다. 여기 와서 오는 날 이외에는 처음으로 Taxi를 타고 李東日 牧師宅으로 가다. Mr. 高, 朴 牧師와 어떤 女學生이 손수 맨들언 조반, 역시 닭이다.

朴 牧師는 1951年 傾 평양에서 서울로 피난 온 분. 뒤이어 Mr. 全과 Dr. Suh가 오시다. Mr. 全은 양호민과 友人으로 보기에도 정신이 드는 학○이다.

조반이 끝나고 역시 여기까지 온 Mr. Cho의 ○○로 Homer Kim인가 한 사람(MIT를 졸업사고 여기서 土木인가 건축인가 business를 한다.) 집으로 가다. Boston에서는 가장 유복히 사는 사람. 그런 만큼, 가끔 學生을 招待한다. 學生들에게는 그이의 家風이 그리 맞지 않는 모양. 약간의 음식과 맛없는 Champaigne 한 잔을 마시고, 徐, 全, 李東日 氏와 나와 Hotel에서 짐을 꾸리고 Back Bay Station으로 가다. 四日半에 滯留였으나 동시의 Washington보다도 더 분주한 program이였으나 이상히 피곤치 않다. 充足한 日程이였다. 充足할 뿐 아니라 學生들의 家庭的인 접대에 문득 外地에 있는 것을 잊어버리고 "허, 여기 美國人들이 많이 사네"하며 농담이 나올 정도로 고향을 느꼈다.

4.05P.M. Coach의 맑고 comfortable한 座席에 앉아 이윽고 Boston을 떠나다. 美國의 Mother City, Boston아 잘 있거라! 保守的일지 모르나 무척 아름답고 ○○한 Boston. 특히 Charles 江을 건느는 순간, (Boston의 市街의 아름다움이여! 가끔 이 아름다움을 ○○하노라. 自然은 저녁노을로 ○○을 곱게 물들여 주기도 했다. 汽車가 떠나 얼마

안되어, 밖은 완전히 어두었다. 가끔 불을 환히 켠 都市 앞에서 멎는다.

9.00 P.M. New York 市, Grand Centural Staition에 도착. Taxi로 Hotel Henry Hudson으로 가다. Taxi 값이 80cents. 매우 비싸다.

New York! 自動車 밖으로 보는 N.Y의 거리는 너머도 분주하다. 여기서는 自由競爭이 結晶하고 晶華 하여 핀 人工의 꽃이다. skyline의 pattern이 벌써 눈앞에 즐비한다.

짐을 출고 Cocktail Bar에 가서 Beer 두 잔. Bar의 풍경에 一驚을 喫하다. 손님이란 손님이 모두 女子를 동반하여 Bartender와 Box에 걸치고 앉아 술을 마신다. 확실이 도덕적이 아닌 이 분위기에 一種의 悲哀를 맛보다. 혼자 손님은 나 하나뿐. 그들은 여기서 누거 꺼릴 것 없이 논다. Barten의 얼굴이 계멱적여 보일 만치(겸연쩍어 보일 만치) 그들은 開放的이다. 나는 도망하듯 Bar를 나왔다. 그러나 이곳은 내가 있는 동안 가끔 찾어야 할 곳이다. New York의 생태는 진실로 여기에 그 一面이 있을지도 모른다.

N.Y. 오는 車中에서 Boston Post를 보고 Miss Ann Thomas가 내게 대한 Interview와 내 사진이 생각 이상으로 크게 게재됨을 보고 놀래다.

(22日 追記)

오늘은 바로 내 結婚記念日이였다!

十二月 二十一日(月)

New York은 날이 흐린지 맑은지 잘 분간 못할 도시이다. 해는 하늘에 있겠지만 보이지 않는다. 平均해서 20層 以上의 Building이 兩側에 ○立해 있기 때문에 거리는 아침부터 저녁까지 그늘이다. 모두가 높은 집이니 전부가 높아 보이지 않고, 그저 그래 보인다. 當然히 높은 것이 높이 솟아 있다는 感이 든다. Boston에서 27層인가 되는 Mutual Hall이 참으로 높아 뵈이더니 여기에 30層 건물쯤은 문제가 아니다. 글세 이곳 사람들은 작난도 甚하지 이렇게 높이 세워놓고 그래 어떨거란 말인가(晴曇은 略한다) New York에 와서 거리에 나가는 순간 만연한 不安이 사로잡는다. 이곳에는 다른 都市에 比하여 너머도 모두가 人間을 떠난 것 같아서 시굴띠기의 人間的 呼訴쯤은 문제가 디지 않을 것 같다. 여기서 呼訴하는 자체가 아마 前世紀的○劇밖에는 안 될 것이다.

거리에 다니는 사람나다 눈이 벌개서 – 살려고 이를 악물고, 조곰도 틈을 주지 않으려는 듯한 얼굴들이다. 길을 잃었다가는 Taxi driver가 이상한 곳으로 끌어다 던저버릴 것 같고, 通行하는 사람들 – 美國사람 自體들끼리. 完全한 stranger이다. 그중에도 stranger인 나. New York은 아마도 가장 무서운 國際都市인지도 모른다. 外國人에게 보다도 美國人에게. 美國人 中에도 靑年에게, 靑年 中에도 특히 女子에게. 이 都市에는 가지각색 종류의 人種이 살고 있다. 또 가지각색의 人間이 살고 있다. 벌서 몇 사람의 곱새를 보고. 조곰 더 작으면 Circus에서 고용할 키적은 사람도 많다.

이 거리에 나와 조반을 먹고 Mr. W. D. Margen을 그의 office로 찾았다. 이러한 都市이니 어데서부터 뜯어 들어야 할지 막연 – 걷잡을 수 없이 漠然하다. 겨우 outline을 잡고, Bank of Korea에 전화로 연락하다. 유창순 支店長과 金, 宋, 그러고 Colombia 大學을 나오고 지금 촉탁으로 있는 閔 氏를 만나다. 점심.

Mr. Kim이 오늘 저녁은 유 支店長이 招待할 것이라고 해서 기다리는 동안에 밀렸던 日記를 Bank의 Office에서 다 써버리다. 벌서 6時. 밖은 아주 어두었다. Wall st.는 (韓銀이 있는) 金融街. 여기가 金融資本家의 總本山이며 고리대금하는 Jews의 소굴이다. 그래서 그런지 거리에 다니는 사람들 얼굴에 돈 때가 묻었다. 유 支店長은 銀行家 party에 先約이 있어 그만 혼자 Hotel로 오다.

뉴욕 탐험에 나섰다. 먼저 가야할 것이 Broadway. Broadway라고 하면 상당히 넓은 거린 줄 알았더니 그렇지 않다. 繁華한 거리일수록 좁아야 탐탐한 맛이 난다. 여기도 그렇다. 左右의 느러 서 있는 극장. 이것이 5cent odeon?으로부터 시작된 Movie의 요람지.

See program

WARNER Theatre에 들어가 "This is the Cinerama"를 보다.

Wide screen은 물론 screen이 세 개가 合成되었다. Projector도 셋. 그림을 control하는 engineering box가 舞臺 앞에 있고 再生 speaker 는 screen 뒤와 옆과 (客席 뒤에도 있는 것 같다) 여럿이 있다.

plologue에서 Spain 洞窟 다벽에 판 8脚의 소에 그림에서 最初의 news real(特히 1886?)

美西戰爭의 한○) 그리고 Feature Film의 最初의 代表作이며 實際로 또한 最初作이라 할 수 있는 "Great Train Robbery"(美國 Action 映畵의 要素의 大部分을 胚胎하고 있는)를 보고 Rudolf Valentino를 다시 본 것은 ○○哉八이다. 마치 Film Archive에 가서 History of Film 을 듣는 것 같다. (西班牙의 소가 나온 뒤에 Da Vinci의 그림에서 ○○의 말, 連○○○○, 円盤四轉?으로 움지김을 再生하는 것이 motion picture가 나오기 전에 소개된다.)

Cinerama에 들어가자 program에 있는 대로의 內容이 전개된다. 畵面의 立體感은 別로 없다. 오히려 3-D만도 못하기도 하다. 그러나 Track-up 撮影은 가장 效果的이다. Track back보다 story한 效果를 낸다. 비행기 촬영(特히 가장 ○國的인 America the Beautiful의 sequence에 있어서 絶對的으로 空間을 살렸다. 비행기 촬영으로 부감 되는 空間의 效果는 絶對的이다. 이 空間을 處理하는 데 있어서 Cinerama는 항상 觀客을 Camera의 位置에 둔다. 活動?撮影일 때에는 항상 Camera를 실은 ○動體(비행기, roler coaster, boot, 等等 위에. 舞臺를 촬영할 때에는 Camera를 놓은 觀客席, 또는 舞臺 위에 觀客을 둔다. 이 점이 약간 單調하게 하는 것이다. 이것이 silent 時代의 하나 의 경이라고 하던 montage, cut back, disolve 等의 心理的 效果를 淺?敎하고 ○혀 現實의 感覺에만 사람?을 빠트린다. 이렇게 되면, 오히 려 一次元으로 돌아가게 되는 危險이 생기지 않을까? - ○○히 말하 면.

畵面에 比하여 音은 보다 效果的이다. 特히 Handel의 "The Messiah"(와싱톤과 Boston에(서) 못 들었던 Chorus를 가장 實感있게 여기서 들었다)의 音의 遠近感. 또 發聲體와 同時에 syncronize되는 音의 ○動은 驚異的이었다. 特히 觀客의 앞 뒤에서 들리는 音의 處理

는 畵面과 달리 觀客을 그 앞뒤 一部? Cinerama 音의 世界에 이끌어 들어간다. 畵面에 對하는 것 같이 觀衆은 客觀일 수가 없다. 畵面의 音 속에 가끔 파뭇쳐(파묻혀) 버린다.

그러나 하나의 音点은 Long Scene이 됐을 때 가장 먼 곳에 位置한 發聲體의 再生이 그 곳에서 나오질 않고 옆에 設置한 Loud speaker를 의식케 하는 것이 흠이다. 音의 再生은 Full Scene이고 또 發聲體가 左, 右에 있는 경우, 또 off scene에서 screen 안에 들어오는 ○○인 경우 가장 real하다.

그림은 三葉의 screen의 合成이 잘 되지 않아 가끔 三面에 약간의 틈이 생기고, 色調가 달라지기도 한다. 가끔 뒤에서 보면 左측 screen 이 너머 curve가 심하여 그림이 不自然하게 左로 기울어 비친다. cinerama는 확실이 new world이다. 그러나 cinerama가 藝術的 realism을 얻기에는 아직도 시험기이다. 畵面의 技術的 處理도 처리이 거니와 音의 delicasy와 accemi를 어떻게 하느냐 문제는 아직 남아있 다. 技術과 동시에 藝術面에서.

극장을 나오니 보슬비가 온다. Times의 전기 news는 내일도 비가 올 것이라고 한다. 약간 不安했던 아침의 感情이 cinerama를 보고 나 서는 보슬비에 눈이 녹듯, 살아지다. X-mas card 약 15枚?, 그리고 우리나라에 약 5枚, 썰놓고 못 부치다.

결심하고 Lotion, After Shaving을 사다. $1.00. 稅金이 26cents. Washington 정거장에서 본 poster, "우리는 아직도 二次大戰 中의 稅 金(○稅 15%)를 낸다"라는 文句가 생각난다. 담배가 여기서는 25cents. 6cents 以外는 모두가 稅金인 것이다.

아침 꿈에 Cecho 女子 하나가 이편으로 오고 싶어 안다는 것을 어 떻게 도우려다가 끝막지 못하고 눈이 떴다.

十二月二十二日(火)

아침에 407弗의 돈을 도루 찾은 꿈. 매일 꿈을 꾼다. 깨고나니 승겁 다. 왜 하필 407弗만 도로 찾았는가? 10.00 A.M. V.O.A에 가서 민재 호, 이계원 兩氏와 ○○者를 만나고 再會를 約束하다. 우편국에 가서

Card를 부치다. Mr. Morgan을 만나고 대체의 (一週日間의) Schedule 을 짜다. 할 일은 너머 많고 시간은 적다. NBC의 office를 Rockefeller Center 320室로 찾다. 나를 위하여 TV 放送 Studio의 tikect를 매련해 주었다. 이것을 받아들고. 다음 Miss Grace Bird를 만날 時間까지 여유가 있다. Rockefeller Center를 이리저리 헤메인다. Skyline이 하늘을 좁게 한다. 날이 흐려서 전망이 되지 않는다고 해서 Builldins 위로 올라가기를 斷念하다. 이 거리는 Building街라고 하기 에는 너모도 높다. 모든 것이 超自然이다. 하나의 高次元的인 동시에 現實에 있는 世界. 여기에서 사는 사람만이 아직도 自然의 한 조각. 그 러고는 自然 아닌 自然, 生命없는 生命이 제멋대로 서 있고 빛나고 호 흡하고 沈黙한다.　　아! 生命있는 無生物, 혹은 그 反對. 이상한 paradox가 머리를 지배한다. 다음 시간까지 약간의 시간이 남었기에 B.O.K로 유창순을 찾다. 이상하게도 돈이 와있다. 나의 꿈은 정○이였 다. 韓國銀行 本店에서 온 듯, 약간 기운이 생기고 마음 조이던 것이 풀린다. $193.- 왜 해필 이 數字냐? 꿈과 합하여 500불.(600인데?)꼭 맞아 떨어진다. 이상도 하다. 이 돈으로 나는 한 달이라도 살아 갈 수 있을 것이다. 그런데 Hotel을 옮기느냐 않느냐? 이것이 question이로 다. 하루의 $4은 벅차다. 한국의 1200환, 아무 것도 아닌데!

약속한 時間, 3.00P.M. Miss Grace Bird를 I.M.S의 office로 訪問. Miss Grace도 나이 지슥한 ?seeu한 인상. 미국에는 거리에 老人이 많 다. 60, 70된 老人들이 가는 都市마다 많이 눈에 띄인다. 通行人의 절 반은 50歲 以上의 男女일 것이다. 거리 뿐 아니라 office도 그렇다. 이 나라의 平均年齡이 높은 것도 그 이유이거니와 또 하나는 늙은이들이 대개 하루두 집 구석에 백여 있지 않는 모양이다. 떠돌아 다닌다. 손자 는 아들 딸을 보고 있는 노인은 매우 적은 모양이다. 네 활개치며 쏘다 니는 노인이 많을 뿐 아니라 그들은 大槪 직장에서 일을 한다. office 의 Miss는 大槪가 老婦이다. Elevator operator는 대개가 白髮이 성성 한 노인이다. Bus의 車掌도 그렇다. 老人들이 일을 많이 한다. 몸도 건 강하다. 그러니 이 나라에 老人이 많은 것이 아니다. 老人이 집구석에 박여 있지 않을 뿐이다. Miss Bird 역시 젊지 않다. 그에게 우리나라

映畵 事情을 대충 설명하다. International movie service도 Radio, Library와 함께 United states Information Administration의 하나이다. 그러나 IKE政府가 들어스자 State Dep't의 간섭이 훨씬 젖어지고 政府에서 그 administration을 대부분 民間의 自由處理權?을 ○○하여 지금은 반관반민적인 객채가 濃厚한 것이다. Bird女史에게 映畵關係의 모든 사람을 만나게 해주기를 부탁하고 4.00P.M. 지나 Hotel로 돌아오다. 과연 피곤하다. 두 시간 동안 Bed에서 쉬이다.

저녁 Colonial Theatre (Broadway 62街)로 가다. 유창순과 김○○ 課長이 와있었다. TV Show는 Season's Greeting. 某 商店의 Sponsore. 여기에서 Ezio Pinza, Harpo Marx의 實物을 본 것은 유쾌하다. Jane(?) Kean, Ted Kean, sister의 謾才는 의미 不通.

stage가 깊이는 있으나 넓이가 좁다. 이 stage에 古劇처럼. 여기저기 setting(아주 간단하다. TV는 大概 Full Screen이며 Bust?이기 때문에 이것으로도 과히 不足치 않다. 두 대 - ○ 3대의 Camera가 自由自在로 움지기고 여기에 따라 역시 移動 mice가 따른다. Band와 Mixer와 director가 다 한 곳 - stage에 있다. Sun spot 等이 天井과 side에 充分히 配置되었고 Camera의 angle에 따라 點滅한다. Camera는 그 좋은 stage를 左右自由로 移動한다. M.C가 이야기하거나 상명? 상업? 廣告를 하는 以外에는 大概가 移動이다. Cut back을 할 때 순식간이지만 screen이 뷔인다. Movie가 TV의 위협을 느낄 필요는 없다. 아직은 TV는 news real이나 news commentary 즉 지식을 주는 기계로 그밖에는 짤막한 atraction으로서entertainment밖에는 안 된다. Movie가 征服한 高次元의 世界는 아직 未達이다. 오늘의 TV 放送은 Color이지만 Color이던 3-D이던간에 이러나는 現像을 그대로 shoot하여야 하는 絶對條件은 어쩔 수 없는 것이다. 더구나 家庭에서 TV set로 볼 때에는 群衆心理가 절대로 造成되지 않음으로 TV Show의 point는 어데까지나 小數人, 또는 一家庭을 單位로 計算되어야 할 것이다. stage에서 一分一秒의 한 feef의 差誤도 없이 모든 기계가 움지긴다. 마치 stage에는 보이지 안는 設計圖가 그려저 있는 것 같다. Movie studio는 비할 수 없이 正確하고 細密한 機械 設置와 移動의

continity가 필요할 것이다. 한 시간의 show를 보고 나오다. 일본 NHK의 TV는 그 기계의 조작에 있어서 여기만 못하다. NHK에서는 대개 scene이 Fix되고 또는 Track up과 Back은 있지만 ○○○이 없고 더구나 scene 變化가 이렇듯 재주 있지 못했다.(아마 내가 좋은 않은 例를 보았는지는 모르지만.)

Broadway 번화가로 가서 中國집에서 간단한 夜食을 하고 이제부텀 한참인 거리를 Hotel로 오다. 11.30 P.M.

十二月 二十三日(水)

날이 몹시 춥다. 마치 한창 추운 서울과 같다. 그러나 집안에 들어가면 더우니 內服을 입을 수는 없다. B.O.K에 가서 수표를 환금. 오래간만에 돈을 pocket에 넣으니 추위가 덜한 것 같다. 그러나 여기에서 갚을 빚이 150이다. - 자그만치.

11.00 A.M. Dr. Fahs를 Rockefeller Center로 訪問. 55층. 이전보다(한국에서) 살이 쪘다. 얼굴도 좀 볕에 타고. 그는 이렇게 높이 앉아 있다. 55층 위에 있다는 - 나 自身이 - 事實이 매우 이상하게 느껴진다. 이곳에서 地上에서와 같이 그들은 執務할 것이다. 가끔 55층 아래를 굽어 내려다 보며.

그는 한국에 대한 관심은 크다. 그러나 日本보다는 적다. 이 재단의 비용으로 世界를 공부한 한국人은 매우 적다. 금년에는 25人 中 한 사람도 Korea에서는 못끼였다. 日本에서는 福田恒存과 大岡男平 두 사람이 現在 와 있는데, Fahs 博士의 친절한 好意로 Colombia 大學의 Linton氏, Public Library, 그리고 American Committee for Cultural Freedom에 對한 appointment의 協力을 얻었고, 福田 氏와의 교제도 열리게 되었다.

2.45 P.M. 또 다시 TV. Miss Smith라는 이의 Show. 뚱뚱한 中年. 재미없었다. 죽은 Will Rogers이니 이 Smith이니 아마 가장 popular한 Type의 하나인 모양. 前者는 모르되 Smith의 매력을 별로 알아 볼 수 없다. NBC의 Television Theatre인 Hudson 극장도. 역시 Colombia와 마찬가지로 좁다. 이층에는 구경꾼. 초대권을 얻어가지고도 좋은 자

리를 잡으려고 30分 前부터 열을 지어 치운(추운?) 밖에서 기다린다. 기다린 보람없는 Show이다.

그곳에서 나와 곧 "How to Marry a Millionaire"를 보다. Marilyn Monroe가 경의적으로 조용한 여자로 나오고 sexy한 엉둥이를 이번만은 약간 エンリョ했다. Lauren Bacall은 보던 중 가장 좋고 이 영화에서도 主役格. Betty Grable은 벌써 매력이 없어졌다. 그리 늙지도 않았는데. Nunnally Johnson의 Scenario와 Jean Negulesco 의 감독을 기대했지만 모두 平凡. 特히 markiwitz가 大 활약하는데 Negulesco가 이러한 商業的作品에 滿足한다면 유감이다. cinemascope의 第一作으로 하나의 試驗이라면 모르되, Danuck의 商魂이 이겼을 뿐.(Cameron Mitchell의 千萬長子는 우렬하다. 俳優 自身은 將來性이 있지만.)

저녁을 Italian Spagetti로 때우고 또 다시 불이야불이야 2nd Ave. 의 Phoenix Theatre로 가다. 여기는 그야말로 日本의 ○ 한때의 축지와 같은 곳이라고 할까. Broadway의 商業主義를 반대하여 멀리 동쪽으로 떠러진 곳에 그들은 모였다. 그러나 上演物과 俳優?는 一流 中의 一流라는 것이다. 좋은 연극을 보다 싸게 大衆에게 보이자는 것이 그들의 主旨이다. Bus로 찾아가다.

開演時間까지 한 時間이 남었으므로 동리를 散步하다. Broadway이니 Fifth Ave.만 보다. 여기를 오니 딴 세상 같다. 黑人도 많고 거리에는 不良少年도 많다. 거리 商店의 Showwindow의 商品도 마치 本來의 ○○처럼 천하고 값산 것들이다. 양복 바지 하나의 七佛가량. 그러고 유리알 반지 等. Laber Temple이 봐도 2nd Ave. 길 모퉁이에 있다. 노동者가 아니면 不良者들이 많은 듯한 ○○. 길까에는 오이스터 프라이를. 길가에서 먹고가는 노동者도 있다. 그리 밝지 않은 거리가 그 때문에 매우 넓고 쓸쓸해 보인다.

십이월 이십사일(목)

역시 칩다(춥다).

10.00 A.M. Mr. Morgn을 만나다. 그는 나를 위하여 많은 Schedule을 짜놓고 있었다. 그 중에도 좋은 것은 내주 monday부터 시작되는

American Educaional Theatre Association Conference에 Observer 로 참섬하게 된 것이다. 여기에서 Dramatist's Guild의 회장인 제작○ 가 Mr. Moss Hart와 'The prescoti Propnals' 와 'madam, will you walk'의 장치, 조명의 Donald Oenlager(scene designer)의 강연을 들 을 수 있는 점이다. 특히 UNESCO Dramatic Panel의 Proff. John D. Mitchell에 대한 기대는 크다. 그밖에도 Haward Lindsay 등 작가, 대 학연극의 권위자들이 많이 모인다는 것이다.

Mr. Fukuta에게 전화 연락. 후일을 약하고(약속하고) Korean Church로 가다. Central Park를 옆으로 보며 한참 달리다가 흑인이 많이 사는 115st (west)를 한참 헤매이고 Colombia 대학을 끼어 겨우 교회를 찾다. 尹應八 목사는 없었다. 그 자리에서 돌다서서 이번에는 총영사관으로 가다.

南宮 總領事는 파파 老人. 崔庸鎭 (虎鎭 氏의 伯氏) 領事가 친절하게 應待해 주다. 오늘 各處에 헤여저서 공부를 하고 있는 우리 장교가 약 40명, New York에 도착한다는 것이다. 그들을 만나려고 기다리다가 못보고 중앙방역연구소장과 극소장인 장, 허 양씨를 만나다. TV표를 그들에게 주고 약속대로 4.00P.M. 유창순을 방문, 그의 Hotel St. George에서 Turkey로 X-mas dinner를 가치 하다. B.O.K의 김, 송, 양, Phildelpia에서 온 이철승, 이전에 연합신문 기자이던 김씨와 동석. 이철승은 ○정학을 공부하고 있다. 매우 명랑한 청년이다. martini 두 잔과 Ols fashion 한 잔에 陶醉하다.

밤에 이철승의 권유로 Booklyn 맨끝까지 황재경 씨를 방문하다. 학 생회장 박 씨 (Colombia에서 경제학을 공부한다. 전 ○은행장) 을 비 롯하여 20여 명의 학생이 모여 있다. Washington에서 온 임 씨, 외무 부의 파견생 두 분, 외무부의 한 사람은 낯이 익다. 그러나 New York 에 이번 모인 학생들은 인상이 (23일 일기 100p 중간도 수정) 좋지 않 다. 학생다운 맛을 별로 찾을 수가 없다. Boston의 그 ○○하고 진실 한 학생에 비하면 인간의 된 품이 좀 ○한 것 같다. 순간적 인상이다. 물론. 그들 가운데도 우리의 장래를 쌍견(양어깨?)에 질 인물들이 없지 않겠지. 황재경 씨는 생각했던 것보다 퍽 늙었다. 한국소개로 동분서주하시는 모양. 그러나 V.O.A의 민은 그를 별로 좋와하지 않는 듯한 태도였다. 이것도 나의 오해인지 모른다.

아래 지하실에서는 학생들이 Dance를 시작했다. High school 다니는 소녀들이 삼사명 모인다. 나는 별로 유쾌하지 않아 곧 나온다. 이철승이 전송 겸 쫓차 온다. 피곤하여 곧바루 Hotel로 오고 싶었으나 이 일 후에 Philadelphia로 돌아간다는 이를 위하여 Broadway에서 Beer 한 잔. 거리는 X-mas SndEve로 한창이다. 그와 함께 Rockefeller Center의 유명한 X-mas Tree를 구경하다. 전구와 (candle)이 세차게 부는 바람에 깜박거리고 tinsel이 설렁살랑 소리난다. Center의 Skate link에는 어린이들. Candle(전기)의 ○○. 휘황한 X-mas. 그러나 tourist에게는 그리 신통치 않은 Eve. New York의 X-mas Eve는 상상 밖이다.

십이월 이십오일(금)

아침 Deiroit에서의 장거리 전화에 잠이 깨다. 10.00 A.M. 김생○씨. 내일 만나기를 약속하다. 아침 coffee와 팡 한 조박을 먹고 밀렸던 일기와 편지를 (NKFIO와 집)에 쓰다.

4.00P.M. Hotel을 나와 Sandwich, Museum of Modern art에서 저녁을 지내려고 가다. X-mas로 오늘은 휴관. 길까에서 사지가 성성한 친구가 구걸을 하다. N.Y에도 거지는 있다. 어젠가 그제 밤에는 노인이 Broadway 모퉁이에서 Violin을 하며 구걸을 하다. 사지가 성성한 친구에게 10cents 회사. Soup 먹을 돈을 그는 청하나 그런 처지가 못 된다. 그는 물론 실업자일 것이다. 실업자 수당이라는 것(social security의 one project)은 있는 모양이나, 이 수당은 겨우 잘가야 6주일이나 계속되고 그 후는 딱 잘라 낸다는 것이다. 그런데 이 정책보다 더 이상한 것은 이렇게 물자가 풍요로운 나라, 낡은 신문지(약 5, 60page) 처치하는 데에 돈을 써야 한다는 이 나라에서 어떻게 하여 이 청년에게는 Soup 한 그릇이 안 돌아갈까? Y 샤쯔는 낡고 허렀을 망정 넥타이도 매고 양복 위아래를 갖추어 입은 이 청년 자체가 거지라고 하기에는 '거지'의 개념에서 동떨어진 존재이다. 그러나 역시

10cents는 받아 가지고 가니 거지임에는 틀림이 없다. 그레게 일자리가 없다는 사실. 또 이렇게 물자가 흔한데 역시 굶는 사람이 있다는 사실은 아무리 생각해도 周圍와 걸맞지 않는다. 나의 의문은 아마 Brooklyn이나 East side로 가여야만 해답을 얻을지도 모른다.

'Cease-Fire'를 보다. Paramount Hal Wallis의 판문점의 휴전조약, 직전 수시간 동안의 patrol의 分隊?를 그린 일종의 Documentary. 어느새 그들이 Korea에 와서 이런 작품을 찍었을까! 한국에서는 영 몰으고 있었다. 전부가 Korea. 休戰線 近傍의 Location 촬영. 오래간만에 고국산천이 눈물겨웠다. Korea의 젊은 병사(Kim)도 나오고 늙은이와 Kim의 처(누구인가?), 어린애들이 나온다. 군가도(어린이들이 부른다) 귀에 익다. 전체적으로 詩情이 豊富한 작품이다. Documentary의 수법도 그대로, 인물이 모두 실재이다. Preview Show에는 이 영화에 나오는 인물이 그대로 stage에서 인사하고 Clark 장군(?) 역시 무대에 등장하여 대인기를 끌었다 한다.

N.Y에 도착하자 Times의 기사도 Korean War의 veieran (부상)이 Van Fleet 장군과 함께 Broadway를 Parade했지만 Korean War에 대한 그들의 관심은 누구보다도 크다. 그리고 이번의 Crease-Fire를 그들은 완전히 "War is Over"로 생각하는 것이다. Irving Trust Co.의 老銀員이 (그저께 수표를 바꾸러 갔을 때 "Don't fight more, don't forget it."하며 농담삼아 말하지만 미국인에 있어서 전쟁은 이미 일단락지었다고 생각한다. 이 지긋지긋하고 희생이 많고 그러나 성과가 적은 Korean War는 그들에게는 그만 질색인 것이다. Boston Post에 Ann도 휴전은 곧 종전인 것을 기정사실로 생각하고 있지 않았는가! 'Cease-Fire'는 3-D이다. Black×White. 3-D의 흑백이 Cinerama나 Cinemascope보다 훨씬 주체감이 강하다. Color가 있으면 너머도 실제와 같아서 현?감이 즉실이 오지 않는 것일까. 마치 우리가 일상생활에서 그리 항상 새삼스러히 우리 주위의 입체감을 느끼지 않는 것처럼. 그러나 Picture가 光과 影으로만 되고 단조해지면 입체감은 새삼스러히 더욱 과장되고 강조되는 것일지도 모른다. 의식적으로 흑백의 세계는 이미 실제의 세계가 아니라는 심리적 작용과 음영만이 보다 더 농

후히 가질 수 있는 시각적 효과가 아울러 작용하는 결과일 것이다.
3-D의 흑백만이 가장 또렷한 입체감으로서 관객에게 apeal한다.

50cents의 저녁으로 돌아와 NewYork Times를 읽고 자다.

See NewYork Times

N.Ydml X-mas 풍경은 Editorial에 게재했다. 11.00P.M. 취침. 아직 피곤이 안 풀린 모양.

十二月 二十六日(土)

아침 Bed에 전화가 오다. 김생래 氏이다. 5.00P.M을 약속하고 Metropolitan Museum으로 가다. Greece와 Egypt의 절반만 보고 Museum of Fine Arts로 가다. 美國의 젊은 男女가 大部分. 아래층은 마치 장거리 같이 大混雜을 이루었다. Film Show는 (이것이 主目的이 였지만) Flaherty 의 Louisiana Story이다. 한국서 본 것. ○○에 'nukato'라고 한다. 한때 國廢?映畵라고 해서 日本에서 大問題가 생겼던 것. 이것은 봐 두어야겠다.

아래층 Toy의 陳列이 재미있고, 地下의 Young American의 pwing 은 의미 없고, 三層의 Reger는 내가 가장 싫어하는 畫家의 個人展. 二層에는 Cubism, Surrealism, Futurism, 다 있다. 訴○.?

Modern Arts는 Gauguin, Gogh, Cejane Cézanne, 等 19c末에서 20c初로 一般○○○○한다. Braque는 初期보다 後期가 좋고, Picasso 는 後記보다 前期가 좋다. 그런데 이미 追○의 不可思議的 眞實을 探究하려고 美國의 靑年男女가 ○○하는기는 一驚?. 이것을 求景하러 오는 美國人이 더 볼만하다.

새로운 Surrealism은 오히려 밤거리의 Broadway이나 Wall Steert 에서 나올지도 모른다. 만일, 美國의 新世代의 靑年藝術家들이 眞實로 건강하다면 그들은 멀리 歐羅巴에서 發生한 이 現象에서 보다 오히려 그들 자신의 周圍에서 Cubism이던, Sur.던 Future이던 발견할 수 있을 텐데.- 求景하러 온 靑年男女를 求景하는 것이 보다 더 재미있다.

Collection은 Paris의 Museum de l'art moderne보다 많으면 많지 적지 않다. Catalogue를 하나 사가지고 오다.

처음으로 Hotel Restaurant에서 호화로운 dinner. 혼자서.

김생래 氏가 오다. 平和實業의 姜信○하는 初面의 實業家와 Sherry 한 병을 들고 오다. 다 마시도록 雜談. Kim은 여전하다. 그와 ○壽?는 가깝고, 東振?과는 멀다. 셋이 서러 가까웠으면. 人力으로 어쩔 수 없는 일이다. 東振?을 實力이 없다고 하는 데는 놀랐다.

姜은 이범석 氏 Fan인 모양이다. 나의 추축(추측)이지만 이범석 氏의 ○○이 그의 事業에까지 영향을 미친 모양. 하여튼 나에게는 그리 興味 없는 일은 'picnic' 가려던 것. 그렇지 않으면 잠자려던 것을 손해 보았다.

十二月 二十七日(日)

아침, 눈을 뜨니 A.M.

퍽으나 고단한 모양이다. X-mas를 전後하여 充分히 쉰 듯한데, 그래도 역시 잠이 모자라는 모양이다. 예배당(Korean Curch)를 찾다. 가자마자 방금 예배는 끝났다. X-mas 休暇로 지방에서 온 將校들이 예배당이 생긴 이후로의 最大의 만원이다. 學生들도 많다. 日前 黃材景 氏 집에 왔던 얼굴도 보인다. 그들은 물론 宗敎心이 간절하여 오지는 않는다. 어떤 사람의 말에 依하면 男女學生이 Date하러 온다는 것이다. 이곳 學生 - 特히 이러한 集會에 常時 모이는 學生들은 대개가 열심히 工夫하지 않는 사람들이라 한다. 이화大學의 學生들을 몇몇 만나다. 金 ○○ 氏의 따님도 만나다. 다 그저 놀고 있는 것만 같다. Boston 學生 會에서 느낀 그런 感懷는 全혀 없다.

尹應八 牧師 역시 매력없는 사람이다. 人間的 매력도 없거니와 宗敎心이 깊은 것 같지도 않다. 아주 officeman - 재간 없는 - 같다. 그이에게서 광혁의 그림을 도루 찾는데 無慮 2時間이나 기다려야 했다. 聖?畵二枚를 받아가지고 오다. 이 그림이 本國에서 期待하는 만큼 이곳 사람들에게 appeal했으면 좋겠다. 물론 광혁의 노력비, 인쇄되지 않은 ○○○을 가지고. 自矜?과 自己滿足을 느끼는 無名作家의 그것일지도 모른다. 그러나, 이러한 無名人들의 自己滿足과 自矜?이 一面에 있어서는 來日에 대한 努力의 原動力이 될지 모른다.

저녁 총영사관에서 party가 있다고 한다. 肴?도, 술도 없는 김치 party. 시간까지 약간의 여유를 Central Park를 散步하다. 신현숙이라는 여학生이 안내한다. 그는 매우 똑똑한 여자이다. Korea Times에서 女記者로도 상당한 英語의 實力이 있었지만 그야말로 우수한 노력가이다. 남보다 묘한 용모가 아마 그를 공부의 길로 인도하는 모양이다. New York 유학생에 대한 批評은 바루 신현숙의 그것이다. 겨울의 Central Park는 매우 음산하고도 쓸쓸하다. 여기가 하나의 舞臺라면 곧 눈앞에 솟은 검은 빌딩과 Building 사이로 약간 보이는 하늘은 カキワリ(무대 장치로 배경의 한 가지. 실내·집·산하 등을 그린 그림)이다.

영사관의 party는 승겁기 限定 없으나 軍人들은 매우 좋다 했다. 더구나 김치가 그들의 仰望?을 어느 程度 滿足시켰을 것이다. 저녁이 끝나자 곧 餘興으로 들어간다. 金자경과 김옥찬이라는 女流歌手가 M.C가 되어 우리 노래를 연달아 불렀다. 後者는 二世軍人과 결혼한 流行歌手라 한다. M.C하는 법이 아주 Professional하다. 우리의 民謠 모두와 김동진의 가고파 等 다 알만한 노래이다. 아리랑을 合唱하자고 하는 것만은 딱 질색이다. 과연 우리들은 아직도 合唱할 만한 노래를 가지지 못했구나!

처음에는 약간의 鄕愁를 느꼈으나 黃材景, 次女, 子의 노래, 소리, 춤이 나오고 志○歌手가 뛰어나오고 延延 三時間이나 連續됨에 일으러 적지 않는 倦怠를 느낀다.

○○○氏 만나고 ○○○氏를 만나고 金○○大領과 그의 친구인 金○○氏회○(大領)도 만났다. 그런데 이상한 것은 이곳에서 故鄕 친구들을 만나도 그다지 반갑지만 않다. 매우 반가운 척하는 것은 역시 노죽이다. 미국은 좋은 의미에 있어서나 나쁜 의미에 있어서나 우리를 個人主義的으로 맨드는 것이다. 만일 이것을 좋게 이용하면 自己의 모든 ○○ (金錢, 時間, 머리 쓰는 것)를 侵害당하지 않고 自己의 本○에 사실함으로 큰 공부와 이득을 얻을 것이고, 이 個人主義的 感情을 惡하게 解釋하고 行動한다면 利己主義밖에는 남는 것이 없다.

10.00 P.M.나 되어 金 大領과 함계 Broadway를 나와 Beer 한 잔

을 논으고(나누고) 作別.

십이월 이십팔일(월)

어제 밤 약속대로 김영수를 Hotel Times Sa.로 찾아 또 하나의 김씨와 함께 그들을 Bond에 끌고 가서 양복사는 데 입회하다. 양복을 골러 달라는 것이다. 그들은 역시 양복 보는 데 자신이 없는 모양. 12시까지 그들에게 끌려 Bond에서 지나다. 이 동안에 영수은 양복을 무려 4벌인가 세 벌인가를 샀다. 그꼴을 멀정멀정 보고 있는 내 신세가 우서웠다.

12.30 P.M. 약속대로 Dr. Charles B. Fabs를 Rockefeller Center로 찾다. Michigan University의 Prof. Yang gi wa와 ○해○대학의 木村教授와 同食? ヤマギワ교수는 미국인인가? 이반 벗과는 이색이다. 그는 내가 Detroit 가는 것을 알고 Michigan대학을 방문하기를 권한다. 우리 한국학생이 십여 명 공부하고 있다는 것이다. 형편 봐서 가기로 하다. 점심 먹은 식당은 64층. 아래가 감감하다. 비행기로 San Francisco 시가를 내려다 봤을 때와 같은 감이다. 63층에서 태연이 점심을 먹고 내려오다. 매우 유쾌한 Lunch이었다. Fahs박사는 전쟁전 서울에서 처음 만났을 때에도 그랬지만, 매우 친근감을 느끼게 하는 신사이다. 만날수록 그의 인품과 성격의 온화함에 매력을 느끼고 이끌린다. 이허한 국제인이 우리에게도 몇 사람만 있으면! 많이도 말고, 다섯 명만 있어도, 하는 생각이 든다.

2.00 P.M. 불이야불이야 Taxi를 타고 Hotel Statler로 가다. New York에서 처음 (정거장에는 서○○하고) 탄 Taxi이다. AETA의 회의에 늦지 않을까 염려해서 Taxi를 잡았다. 그런데 이곳 5th와 7th Ave. 근방은 걷는 것이나 타는 것이나 그리 대차가 없다. 巴里에 Chams Elyse도 그랬지만 거리거리가 자동차로 꽉 매이고 block마다 거칫는 교통신호로 어쩔 수가 없는 것이 차와 차가 서로 몸을 부딪칠 정도이다.

New York의 Statler Hotel도 Boston의 그것과 같은 chain으로 일류 중의 일류이다. Lobby의 호화찬란한 유리로 맨든 X-mas Tree는

Rockefeller Plaza의 그것과 함께 아마 이곳에도 双벽일 것이다.

會議 場所는 Mazanee의 방(○와 Lobby와 복도-넓은 Mazanee 전부를 약 20)을 빌려가지고 ○○○회의장으로 사용한다. 그것도 모잘라 18층의 penn top south와 north 두 방(강당이다) Lobby도 회의 장소이다.

이 회의는 1953년도 Speech and Drama Conference인 것이다. 오늘, 내일, 모레. 사흘을 연달아 회의는 ○○되고, 전미각지에서 모인 회원과 Observer guest로 공간적인 토의와 연설과 보고가 있는 것이다. 미국의 연극계는 Commacial Theatre와 Educational Theatre 그러고 Theatre of Communities의 서이로 논을 수가 있다. 이번 회의의 참가한 것은 후이자이다. 후이자가 Broadway를 중심으로 한 것은 Commacail 한 연극에서 어떻게 보과 노인? 예술적이고 교육적인 방면으로 연근을 이끌고 가는가 하는 데에 이 회의의 목적이 있고 또 여기에 참가한 모든 단체의 취지가 있는 것인다.

1953년 Conference Speech and Drama Art에 참가한 단체는
SAA(Speech Association of Ameriga)
AETA(American Educational Theatre Assn.)
NUEA(National University Extention Assn.)
NSSC(National Society for the Study of Communications)
AFA(American Foren○○○ Association)
NTS(The National Thespian Society)
그타(기타?)

이 가운데서 가장 흥미를 느끼고 관심이 많기로는 AETE이다. 오늘의 첫 회의도 AETA로 택하여, 2.00 P.M. Keystone room으로 가다. $3.50을 내고 위선 member의 登錄을 마추었다. "회의 장소에 갔을 때에는 벌써 회의가 시작되어 North Carolina 대학의 Samuel Seldon 교수 사회로 시작된다. 여기 오기 전부터 나는 오늘 미국의 극장왕인 Mr. Lee Shubert의 장례식이 바루 오늘 2.00 P.M.에 있음으로 혹시 예정됐던 인사 중에 오지 못하는 사람이 있지 않은가 하고 생각했다.

나의 예감은 맞았다.

Moso Hart 씨(Dramatist Guild의 회장) 대신의 Arthur Miller가 10분간의 Speech. 안경을 쓰고 신경질로 생긴 청년극작가. 어떠한 Policy도 nonsense라는 이 작가. (The Death of Salesman과 The Naked and The Dead) 현대이 ○○을 살아온 이 작가의 이름은 일직이 알고 있었다. 그의 짤막한 연설이지만 청중에게는 적지 않은 감명을 주었다. 다음은 무 극작가로 (Mr. 슈만?)이 나와서 역시 간단한 연설을 하였다. 많은 joke, 잘 못알아듣겠다. Mosd Hart를 못 본 것은 유감이지만 이 나라가 자랑할 수 있는 Arthur Miller의 짤막한 이야기를 들을 수 있은 것은 ○○이다. ATEA의 General Session은 기대에 억으러저(어그러져) 가장 간단히 끝나버렸다.

Keystone Room 앞 Lobby에는 각 단체의 Information ○○, 서류를 놓은 Desk가 빙 - 둘러 있고 각주에서 모인 member (또 그 가운데에는 유명한 작가와 교수들도 있을) 들이 우굴우굴한다. 가장 혼잡하면서도 그 무엇이 생겨날 듯한 공기이다. 문득 작년 Venice에서 어리둥절했던 기억이 난다. 외국의 회의장도 여기나 저기나 매우 활기를 띄운다.

다음은 Prescott Propsal과 Madam will you walk의 Lighting과 Setting을 담당한 대무대 Artist Oenslager씨를 찾아 Conference Room No.2의 분과회로 가다. "Basic problem of the Graduate and Professional Program"이다. Oenlager씨 역시 사정에 의하여 불참이다. 그에 대신한 역시 청년장치가 Charles 넬슨 씨도 역시 매우 재미있는 이야기를 한다. Union의 필요성을 강조한다. 이 청년예술가나 또 그밖의 연사들도 마찬가지이지만 어떻게 연극을 Commercialism에서 방어하며 이를 더욱 높이 발전시키느냐에 그들의 대부분의 논지가 있는 것이다. Educational한 방면에 치중하고 연극일꾼을 양성하는 데에는 그들의 노력은 집중되는 것이다. 그러나 오늘의 회의를 통하여 얻은 것은 그들의 이러한 진지한 노력과 연구심에 대한 감명뿐이지 특별한 지식-전분적인 지식을 얻을 수는 없었다. 이 회의가 깊이 전문적으로 파고드는 연구 발표회가 아니고 결국 각계전문가, 권위와 일반 회원과의 접촉의 기회를 주고 친목의 도를 깊이하고저 하는데 보다 더 목적을 둔 듯 싶다. 각연사의 연술시간이 10분-15분. 길어야 20분밖에 안되는 것도 될수 있는대로 많은 연사를 등단시키어 - 일반 member 에게 얼굴이라도 보이자는 데에 목적이 있기 때문이리라. 그들의 speech의 시간이 짧은 것, 또 이 짧은 시간에 ○설이라도 하여야 하기 때문에 대체로 그들의 이얘기가 보통 학교에서의 강의보다 빠른 것 등으로 각금 의미를 Catch 못할 때가 있다. 여기서 연극이나 영화를 볼 때와 같은 안타까움을 느끼지 않을 수 없었다. 이 분과회의의 순서는 R. Iden Payne 교수와 C. 엘슨이라는 장치가, 세쩨가 Gilmore Brown, 마즈막이 American Theatre Wing의 Louis Simon.

Statler Hotel을 나왔을 때 한없이 피로를 느꼈다. 작년에도 그랬지만 회의에 나아가기 전에 충분한 예비지식은 가져야 한다. 나처럼 어학력이 불충분하고 또 외국사람 회의에 익지 않은 사람에게는 더욱 그렇다.

밤에 피곤한 몸을 억지로 Radio City Studio로 가다. 거리에는 보슬비가 나리다가 차츰 빗발이 굵어진다. 오기를 잘했다. 오늘 하루의 피로를 여기서 Radio실황방송을 보고나서 푹 풀리고 말았다. "Band of America", Brass Band이다. New York 300주년 기념방송인 것이다. Band도 우수하지만 "New York Town"이라는 ○곡 방송이 더욱 흥미 있었다. 이 나라 사람들, 가장 개인주의인 듯 하면서도 애향심이 이렇게 강한 사람도 없을 것이다. 그들은 자기를 사랑하듯이 자기의 Town을 사랑하고 Town에 대한 사랑은 그들의 State에 대한 사랑과 자랑으로 發痕?하는 것이다. 그러기에 이 나라는 - 이렇게 큰 나라가 아무런 파탄이 없어 balance를 취하며 유지 발전하는 것이다. 지방자치가 완전히 실시되는 동시에 중앙집권에 대한 嫌惡의 정?도 심하다. 가는 state마다 그 주의 수도는 자랑할만한 그 무엇이 있고 다른 곳에 없는 독특한 그 무엇이 있다. Boston은 San Francisco가 아니고 New York은 Washington이 못가진 그 무엇을 가지고 있다.

New York Town의 연주가 끝나자 Band Master는 이 방송에 임석한 작곡가 John Golden씨를 mic를 통하여 청중과 청취자에게 소개한다. 우뢰같은 박수. 백발의 작곡가는 Band Master의 요청으로 자기가 지휘하며 재연주 방송.

예술적으로 이 곡이 우수하다거나 하는 것은 제이, 제삼의 문제이다. 아마 전통적인 America Rythem을 가지니 이 곡은 모든 기여보폄?을 떠나 대중의 생리에 들어맞는 것이다. Delicacy이니 예술성이니 아무 것도 없을지 모른다. 그러나 무척 건강하다. 20대전후의 청년처럼 이 곡은 New York Town은 건강하고 명쾌한 것이다. 마즈막으로 William Tell. 이곳을 나와 비오는 밤거리를 다시 TV 방송 구경을 가다. "Who said that"이라는 Quiz. 유명인들이 한 말 구절을 사인이 맞치기(맞추기) 내기이다. Columnist를 위시하여 우리나라에서 말하는 소위 "박사님"들. 여자도 한몫. 신현승이 표를 얻어 준 것이다. 신을 보내고 hotel로 돌아오다. 내일은 일직이 일어나여야 한다.

TV 실○은 International Theatre (NBC 소속의 10여 방송 studio 중의 하나. NBC는 그 중의 하나를 color TV용으로 사용하고 있다. color TV의 색조는 Technique color보다도 우수하다는 것이다.)

十二月 二十九日(火)

9.10 A.M.부터 열리는 AETA의 分科會.

Acting : The Function of Movements.

Bernard Beckerman (Hofstra College 敎授)가 "Growth of movement in the process of Rehearsal"이라는 제목으로 學生들의 演技指導의 方法을 實例를 들어서 설명했다. Cliford Odets의 "Country Girl" SceneⅡ의 마즈막 부분을 인용하여 實際로 두 男女를 불러내서워서 實演이다(뭔가 애매함). 처음 그들은 臺本을 읽어가며 Dialogue를 맞추어 본다. 이 ○○가 지난 다음에는 먼저 Dialogue를 Tape에 Recording을 해가지고 그 臺詞에 맞추어 動作만 연습한다. (pantomime) 그리고 second step에 이르러 그들은 臺本 없이 動作과 臺詞를 연습하는 것이다. 매우 興味 있이 보다. 이러한 方法은 우리나라에서도 곧 본받아 實行할 수 있을 것이다.

다음 Paul Kozelka(Colombia 大學, Theatre College)는 "Style

problems in period Movements"로서 한 작품을 가지고 그 制作에 있어서 Actor가 어떻게 움지기는 것을 도와야 하는가를 (Classic에 있어서) 三人은 女性을 model로 해가지고 역시 實演으로 우리들에게 보여주었다. 같은 脚本을 가지고 演出家의 해석으로 三種으로 動作이 지도되는 例이다. 우리들 역시 같은 作品을 가지고 (Classic) 연출자의 解釋에 따라 여러 가지로 演出할 수 있지만 이것을 위하여서는 學定?完?的인 interpre?-Action을 通한 見解의 基礎가 필요할 것이다. Alwin Nikolois의 강연도 20分.

Parlor I 에서의 이상의 會議가 끝나자 곧 N.B.C(Rockefeller Center의 320號室)로 Public Relation의 Director인 Mr. Conellius Sullivan을 찾다. 12.30에 이르는 약 한 시간 반 동안은 그를 부뜰고 (붙들고) 이애기가 많았다. 그는 N.B.C의 TV project에 대한 pamphlet을 數冊 주고 여러 가지로 자기의 사업을 설명하고, TV studio가 11. 그 중 Color studio가 하나 있다는 것을 자랑한다. N.B.C는 물론 State Dep't.의 한 기관이다. 그러나 Commercial Net-Work와 마찬가지로 광고하는 sponsor를 얻어가지고, ○○을 맞추고 Toscanini 같은 위大한 音樂家를 전속으로 하고 그를 위하여 Symphony까지 맨들어 주었다는 것이다. 우리나라의 Radio界에 대하여 아는 껏 그에게 說明하고 全혀 Entertainment를 위한 Program이 없다는 것을 강조하였다. Teaching과 Instruction과 가끔가다가는 Propaganda도 필요지만 그 方法은 敎授나 演說會에서 하는 것과는 完全히 意見이 一致되었다. 우리나라에서 이 박사가 最大의 Radio Station을 설치하겠다고 하나 最大는 아닐지라도 Radio界를 擴張하고 再建하는 것은 나도 大讚成이다. 特히 오락이 없는 우리나라에서 Radio는 大衆의 家庭的인 유-의 오락일 수 있는 것이다. 그것이 現在의 Program은 大部分이 News와 News Commentary, 그렇지 않으면 無味乾조한 연설들이다. 여기에 실증(싫증)이 난 Audience는 가끔 日本放送에 더욱 興味를 느끼는 것이다. HLKA는 전력이 약하니까 日本放送이나 이북 放送이 더욱 잘 들릴 때도 있다.

점심 時間 - 거리에서 Hot Dog를 두 개 집어세다. 이 근방 Lunch

time에는 확실이 늙은이도 많지만 어린애도 많다. Rockefeller Center 의 Ice link에는 울깃불깃(울긋불긋)하게 옷을 채린 少年少女들이 Skating을 하고 있고 거리마다 少年少女 -아버지와 어머니와 함께, 음 식점에도 -

　YMCA의 Sloane Hotel로 옮기기로 결심하다. 이곳 여관비는 약 2弗 10仙. 지금 있는 Henry Hudson의 半額($4.00)이다. 1弗이라도 節約할 수밖에 없는 나의 형편이다. 사고 싶은 冊을 단, 한 두卷이라도 살려 면, 그만큼 싼 Hotel에서 싸게 먹어야 한다. 十錢을 절약하여야 하는 이유는 여기에 있다. 그러나 十錢을 절약하여 必要한 冊을 사는 것은 좋지만, 그만큼 사람이 군색(궁색)해지고 너머 잘아진다. 이곳에서는 절대로 浪費의 快樂을 맛 볼 수도 없지만, 이 浪費의 快樂을 설명한 댓 자 이곳 市民은 잘 이해하지 못할지도 모른다. Sloane Hotel은 마치 정거장과 같았다. 방을 얻으려고 즐르니 一列로 느러선다. 先着順으로 등록을 하고 방 값을 선불하고 그러고 Key를 받아가지고 자기 방으로 올라가는 것이다. 나는 얻어들언 1586號의 열대(열쇠?)를 가지고 15層 으로 가다. 2,000餘 室의 最高層이다. 한심한 방이였다. 더욱이 전에 있던 사람의 담요가 그냥 흐터져 있는 風景은 한심하다 못해 殺伐했다. 물로 Bath도 변소도 없는. 빈약한 침대에 조고만 나무의지와 책상과 옷장, 일본방으로 치면 四조가 못 될 좁은 방이다.

　손가방을 두고 달아나듯이 방에서 나왔다. 복도와 아래층 Lobby에 는 各國學生과 방학에 구경 온 少年들이 득실거린다. 이 틈에 한국의 靑年將校도 업어 온 중처럼 엉성한 表情으로 여기 저기 혼나간 사람들 처럼 서 있다. 이 Hotel은 정거장이다. 마치 急行列車가 정거하지 안 는, 서골 정거장에 어쩌다 急行車의 非常정거로 쏘다저 나온 旅客 같 은 우리들이다.

　다시 Statler Hotel의 호화로운 건물로 가다. 午後에는 AETA보다 더 興味있어 보이는 SAA(Speech Association of America)의 會議에 參席하다. 하구 많은 Meeting에서 나는 나 마음대로 선택하여 이 방 저 방을 巡訪한다. Statler Hotel 最高層인 18th Floor, Penn Top North라는 방에서는 "American Demagogues"라는 제목으로 세 사람

의 教授가 歷史的으로 美國의 Demagogues를 論難하는 것이다. 19世紀 中葉의 Dennis Keary에 시작하여 (그는 Chineu의 追放을 主唱함으로써 유명해진 American Demagogues의 元祖이다.)

Heuy Long, 그리고 최근의 Joshep R. McCarthy에 이르는 것이다. Washington大學의 Barnet Baskville 敎授는 辛辣?한 Irony와 Humor를 섞어가며 McCarthy에 대한 공격을 퍼붓는 것이다.(Joke를 섞은 점은 물론 가끔 정확이 의미를 파악 못한 점이 있다.)

6.00P.M. Hotel Henry Hudson으로 돌아가, 짐을 싸다. 나쁜 데서 좋은 곳을 가는 것만 못하다. 언짢은 기분으로 무거운 두 Suit Case를 들고, Sloane Hotel 15층으로 높이 轉落하다. 이 Hotel에는 1,400餘室이 있다.

8.00 P.M. 다시 Statler Hotel의 公同討論會에 가다. Michigan大學의 Everetts? 敎授의 司會로 Democrat에서 Senior Kefauver와 前 下院의원 Ed Gosset, 共和黨에서 New York 17○ 선출의 下院의원 Mr. Coudert와 J. U. Williams 氏 "How should we select the president of the United States?"가 토론 제목.

Coudert 氏가 先陣?. 경쾌하고 銳利한 論調. Journalist같은 輕快한 論陣?이며 몸가짐. 여기에 比하여 最後에 등단한 Kefauver 上院의원은 대통령 후보이던 만큼 貫祿이니 態度이니 論調이니가 Coudert 氏와 좋은 對照가 되어 점지않다. 여기에서 나는 旣成觀念으로 소위 정치가 같은 pose, 言動을 하는 사람은 Kelaufer 氏 뿐이다. Coudert 氏가 Journalist 또는 新進氣○?의 少年學者같은 것은 두 말할 것도 없이 Williams 氏 역시. 우리가 생각하는 政治客과는 거리가 멀다. 옷은 마치 W. Churchill처럼 검은 上下에 Vest, 나비 넥타이를 매고 몸집이 둥실둥실하여 그럴듯하지만 이상한 pose라던가 gesture가 없고 어데까지나 平民的이고 開放的이였다. Gosset 역시 學者 같은 風貌. 그들은 各自의 演說이 끝나자 Audience와의 사이에 質疑應答이 계속된다. 젊은 學生들이 對答할 시간도 바쁘게 연겁허(연거푸) 질문의 화살을 던진다. 이 질의응답을 흘러들으며, 우리나라에도 國會의원들과 一般 사이에 이러한 公開的인 討論會를 가졌으면 하면서 혼자 瞑?想에 잠긴다.

Kefauver 氏와 Coudert 氏가 서로서로 번갈아 일어나며 應酬한다. Kelaufer 氏는 어데까지나 점지 않다. 가끔 Coudert 氏의 Joke가 場內를 웃음 속에 떨어트린다.

나는 혼자서 이 討論會와 관계없는 생각에 잠긴다. Wallace의 第三黨을 문득 생각했던 것이다. 물론 그들은 President를 어떻게 선출하느냐에 對하여 Constitution을 가지고 까지 들어 論爭하지만 이것은 어데까지나 그들 自身의 國內의 問題이다. 나는 America의 President가 아니고 世界의 平和를 유지하는 方法 - 전쟁이 아닌 - 에 있어서. 우리들이 取하여야 할 方法이 없을까 하는 것을 혼자 생각하고 있었다.

Democrat도 Republican도 政黨?的인 매력으로 世界 - 特히 약소民族에게 Apeal하는 데에는 ○○적으로 不利하다. 그들의 政策이 어떻고 Program이 何如간에 Capitalism을 代表하는 정당이라는 ○○事實과 그 性格은 絶對로 World Wide한 친근감과 매력을 주지 못하는 것이다. - 제 아무리 이 政黨 中 dp 어떤 그 하나가 進步的인 政綱과 政策을 들고 나온다고 하더라도 -

우리에게 있어서는 오히려 英國의 노동당이 觀念的으로 가까웁다. 노동당의 對外政策에 있어선 保守黨과 별로 다름없는 아직까지도 聯邦主義의 ○○를 농후히 가지고 있지만 (그 反對로 國內的으론 充分이 社會主義的) 그럼에도 不拘하고 그 發生과 이룸에서 오는 進步的인 듯한 맛이 後進國家 Intellectual한 ○ 에 Apeal하는 것이다. 내가 이 두 政黨의 討論會에서 뚱딴지로 Wallace를 생각하는 것은 바로 이러한 데에서 오는 것이다.

오늘의 하루는 나에게 매우 政治的觀心을 갖게 하는 하루이였다. Mc Carthy를 위시한 Demagogues에 대한 批判會에서도 나는 그들의 경력을 조목조목 ○○○으로 들어서 批判, 論難하는 그 論旨에서 보다 美國사람들이 왜 이렇듯 Mc Carthy이니 M. Arthur이니 하고 야단하는가? 왜 야단하게 쭉 됬는가하는 것을 생각하는 것이 더욱 興味있었다. 물론 學問의 自由, 言論의 自由를 確保하여야 한다. 그들은 이것을 이루기 위하여 싸웠고 이우러진 이 自由는 곧 그들의 生命인 것이다. 그러면 이처럼 오랜 時間과 귀중한 노력과 生命까지 바처서 戰取해 논이 自由가 왜 그들이 무서워하고 실허하는 한 두 사람의 Demagogues 로 말미암아 威脅을 받는 것일까? 어떤 경유로 一個人인 Mc Carthy의 발언과 行動이 그들을 이처럼 不安케 하고 이러케 야단법섭(법석?) 떠들어대게 하는가? Mc Carthy는 이 自由의 天地에서 어떤 마력이 있길래 160,000,000의 人間이 잊지 못할만큼 - 一瞬도 - 큰 影響을 갖게 되었는가. 나는 Mc Carthy의 行動은 모른다. 그로 말미암아 이전의 共産主義者였던 많은 사람이 追放당한 사실을 들었을 뿐. 그의 行動의 是非는 하여간에 Commy를 근절하는 하나의 方法임에는 틀림이 없다. 물론 그 逆效果도 있을 것이다. 戰爭 前 우리나라에서도 Mc Carthy와 비젓한 일이 있은 것도 사실이다. 그 功罪에 대한 확실한 結果는 아직도 두고봐야겠지만 많은 Commy를 淸掃한 것도 사실이지만 非共産主義者를 공산당으로 맨들언 것도 또한 否認할 수 없는 事實이다.

Mc Carthy의 Principle은 100% 찬성이다. 그러나 그 方法에 있어서는? 그의 생각대로 100%의 追放이 可能할까? 그의 힘은 世上이 떠들면 떠들수록 자랄 것이다. 큰 힘을 잘못 쓰면 적은 힘을 잘못 쓴 것보다 더욱 그 結果는 나쁘다.

Mc Carthy의 힘의 發生과 그의 影響力이 이만큼 큰 것도 興味있지만 이 하나의 Mc Carthy는 늘 이렇게 실허하는 美國民의 心理 - 攻擊?만 하지만 實際的으로는 어쩔 수 없는 미국민. - 한 사람의 힘을 이렇듯 미워하고 두려워하면서도 떨게 하지 못하는 미국민의 現在도 매우 興味있다.

Hotel 15층 방에서 나는 이렇듯 오늘의 回議와는 無關係 한 雜想에 잠기다. Suite Case를 들고 와서 그런지 팔이 쑤신다. 전등을 끄다. Neon (Y.M.C.A)의 Y字와 M字가 그대로 진한 분홍빛을 방안으로 흘리다. 索寞?한 나의 방은 이상한 Eroticism으로 충만한 紅燈의 방이 된다. 혼자 쓰듸쓴 웃음을 웃다. 눈아래 거리로 연신 자동차가 다닌다. (甲蟲 같은 빛나는 자동차, 옆 Building의 Office가 들여다 보인다. 텅 뷔인 방이 螢光燈으로 환히 내려다 보이는 것이다. 나는 뉴욕의 主人을 새삼스러히 대하는 듯 했다. 이곳에 主人은 사람이 아니다. 텅 뷔인 螢光燈에 빛나는 Office이다. 낮에 사람들이 욱실 거릴 때는 그는 슬그

머니 그의 本色을 감춘다. 그러나 그들의 고용인이 다섯 時가 되기가
무섭게, 종이 주머니나 Bag을 들고 달아나듯 나아간 後에 이 New
York의 主人의 登場하는 것이다. New York의 主人. 그는 확실이 내가
지금 누어 내려다 보고 있는 저 텅 뷔인 Office인 것이다. 어둠과 함
께. 천천히. 그는 登場한다.

십이월 삼십일(수)
오늘로 회의는 끝난다. 아침 9.10A.M. Statler Hotel 18층 Penn
Top South로 가다. Mr. Morgan이 말하던 Prof. John D. Mitchell을
만나다. 매우 정녁적인 사람이다. (Manhattan College의 교수) 그의
소개로 David C. Stewartm Miss Betty Mc Gee Vetter, William
Brasmer, 아동극의 Miss Isabek Burger(Children's Experimental
Theatre) 제씨를 만나다. 이 회의는 International Theatre Section이
다. 세계각지에서 연극계를 시찰하고 온 사람들의 보고연설인 것이다.
Mr. Stewart는 Turkey의 극계를 소개했다. 우리나라의 사정과 흡사
한 점이 있다. 이곳에서 Turkey 작가의 창작과 동시에 영 미 불 이
등의 작품이 번역, 상여되는 것도 매우 우리나라와 같다. 그리고 하나
부러운 것은 ○○에 있어서는 연극 예술에 대하여 정부가 많이 협조하
는 데에 주력하고 있다는 사실이다.
Mr. Better는 일본에 Kabuki를 Slide를 보여가며 Recent
Developement of Japanese Kabuki를 논한다. Brasmer 씨의 Britain
의 연극 시찰담, Mitchell 교수의 서구 연극계, Michael J. Karnis 교
수의 Latin America 극계의 Report 등 모두 나에게는 새지식이다.
Miss Burger는 나를 곧 Parler2로 인도한다. Mitchell 교수를 미리
만났더라면 약간의 원고를 준비해가지고 International Section에서
korea의 연극에 대한 소개를 했을 것을 후회하나 이미 늦었다. 명년에
도 이 Conference는 열린다. 그때 Observer로서 소개할 만한 일이다.
개별적으로 만나는 이에게 단편적으로 이얘기하기는 하나 이것으로 불
충분하다. 공개적인 Report가 필요한 것이다.
Parler2에서는 Children's Theatre Division의 Meeting이다. 이 나

라에서 아동극 운동은 비상하다. 일본에도 있지만 그 比가 아닌 것이다. 연사가 모두 여성인 것도 흥미가 있다.

이 회의만으로는 아직 수박겉핥기이다. 나는 그들의 Organization Function Activities 그리고 그 성과에 대하여 좀 더 알아야만 한다.

Mr. Morgan은 Washinton에서 Mausmann이 보낸 편지와 15일간의 경비 $192을 준다. 그의 사무실에서 이태리여기자를 또 만났다. 스키-도 하고 잘 놀고 다니면서도 만나면 불평이다. 그는 그대로 상당이 Enjoy하는 모양. 일인 福田恒存 씨와 음악평론가 사도 씨를 만나다. 후일을 약속하고 급거히 Hotel로 돌아오다.

서두진 씨와 5.30 P.M.에 만나기로 했다. 그는 어제 Boston에서 왔다는 것이다. office의 잘못으로 우린 오신 서 씨를 만나지 못했다. 그의 Messege대로 다시 전화하여 서 씨와 지거씨가 밤 9.00P.M.에 다시 Hotel로 오다. 미안하기 짝이 없다. Boston에서 취한 $25을 돌리고 그 돈으로 맥주를 먹고 헤여지다.

十二月 三十日(水)

뭇늘魯 會議는 끝난다. 아침 9.10A.M. Statler Hotel 18層 Penn Top South로 가다. Mr. Morgan이 말하던 Prof. John D. Mitchell을 만나다. 매우 정녁적인 사람이다. (Manhattan College의 교수) 그의 소개로 David C. Stewartm Miss Betty Mc Gee Vetter, William Brasmer, 兒童劇의 Miss Isabek Burger(Children's Experimental Theatre) 諸氏를 만나다. 이 會議는 International Theatre Section이다. 世界各地에서 演劇界를 시찰하고 온 사람들의 報告演說인 것이다.

Mr. Stewart는 Turkey의 劇界를 소개했다. 우리나라의 사정과 恰似한 点이 있다. 이곳에서 Turkey 作家의 창작과 동시에 英, 美, 佛, 伊 등의 作品이 번역, 上演되는 것도 매우 우리나라와 같다. 그리고 하나 부러운 것은 土耳其에 있어서는 演劇 藝術에 대하여 政府가 많이 協助하는 데에 注力하고 있다는 事實이다.

Mr. Better는 日本에 Kabuki를 Slide를 보여가며 Recent Developement of Japanese Kabuki를 論한다. Brasmer 氏의 Britain

의 연극 시찰談, Mitchell 敎授의 西歐 演劇界, Michael J. Karnis 敎授의 Latin America 劇界의 Report 等 모두 나에게는 새지식이다.

Miss Burger는 나를 곧 Parler2로 인도한다. Mitchell 敎授를 미리 만났더라면 약간의 原稿를 준비해가지고 International Section에서 korea의 연극에 대한 紹介를 했을 것을 後悔하나 이미 늦었다. 明年에도 이 Conference는 열린다. 그때 Observer로서 소개할 만한 일이다. 個別的으로 만나는 이에게 斷片的으로 이야기하기는 하나 이것으로 不充分하다. 公開的인 Report가 필요한 것이다.

Parler2에서는 Children's Theatre Division의 Meeting이다. 이 나라에서 兒童劇 運動은 비상하다. 日本에도 있지만 그 比가 아닌 것이다. 演士가 모두 女性인 것도 興味가 있다. 여기서는 兒童劇의 問題를 하나의 敎育으로서 學校와 家庭과 그밖에 敎育的인 施設과 直結한 것으로서 取扱하고 關心을 두는 것이다. 그러므로 各 博物館에도 Adult를 위한 강연, 강의, Concert의 시간이 있지만 어린이들을 위해서도 土, 日 午後에 兒童의 時間을 둔다. Boston에서처럼. Children's Theater Institute을 두고 어린애들의 發聲. Speech와 아울러 體育에까지 힘을 注力하고 그 곳에서 Training한 결과 우수한 學生은 stage에 내세우기도 하는 것이다. Miss Burger는 자기의 著作인 "Creative Playacting", Winifred Ward의 "Playacting with Children", 두 冊을 추천한다.

점심시간에 Lobby를 빙빙 돌며 冊을 몇 卷 注文하다. 위선 AETA에 관한 필요한 서적을($5.00) 사서 Haver Kamp로 부치게 부탁하고 "Dramatic" (Back No. 4 千○書)을 사고, 學生劇用 脚本(10書, 小冊子)의 기증을 받다.

午後에는 Keystone Room에서 열리는 (2:10~3.40P.M.) AETA와 National Theatre Community의 Meeting에 나가다. AETA의 President인 Bernard Hewitt는 小男, 精惶. N.T.C의 President는 老人. 그들의 짤막한 인사가 끝나고 Spayde, Heffner 諸氏의 N.T.C와 AETA의 공동 協助에 대한 이야기가 있었다. Discussion은 듣지 못하고 나오다. Mr. Morgan과 4.00 P.M.에 약속이 있기 때문이다.

八, 九 面에 Meeting에 參席함으로써 美國의 演劇界에 대한 대강한 Summery는 가졌다. 미국이 Commercial한 Theatre에 對應하여 얼마큼 Community의 演劇과 Educational한 演劇 ○에 ○力하는지도 알았다. Broadway에 對應하고 연극의 啓蒙的, 教育的, 道德的인 發達을 위하여 - 물론 高度의 藝術性과 技術을 維持하고 發展시킴으로서 그들이 노력하는가에 대한 개념을 얻었다. 그러나 이 회의만으로는 아직 수박 겉핥기이다. 나는 그들의 Organization Function Activities 그리고 그 성과에 對하여 좀 더 알아야만 한다.

Mr. Morgan은 Washinton에서 Mausmann이 보낸 片紙와 15日間의 경비 $192을 준다. 그의 사무실에서 伊太利女記者를 또 만났다. 스키-도 하고 잘 놀고 다니면서도 만나면 不平이다. 그는 그대로 상당이 Enjoy하는 모양. 日人 福田恒存 씨와 음악평론가 사도 씨를 만나다. 後日을 約束하고 급거히 Hotel로 돌아오다.

徐斗 氏와 5.30 P.M.에 만나기로 했다. 그는 어제 Boston에서 왔다는 것이다. office의 잘못으로 우린 오신 徐 氏를 만나지 못했다. 그의 Messege대로 다시 전화하여 徐 氏와 ○之去 氏가 밤 9.00P.M.에 다시 Hotel로 오다. 미안하기 짝이 없다. Boston에서 취한 $25을 돌리고 그 돈으로 맥주를 먹고 헤여지다.

十二月 三十一日(木)

아침 11.00시. "Theatre Wing"으로 John Lorimer 氏를 房門. 어제까지 들은 이얘기에 對한 正確한 知識을 補充키로 한다. 위선, 그는 Theatre wing에 관한 Pamphlet을 주고 월요일에 再約을 期約하다.

Miss Grace Bird를 訪問하였으나 부재. 오늘이 마즈막날이다 Press를 해두엇다가 새해에 입을 생각으로 Pressing House에 들리다. 65 ¢. Washington의 50¢보다 비싸다.

영사관의 약속 時間이 남았으므로 Metropolitan Museum으로 가다. 채 못 보았던 Egypt를 보고 American Wing을 보다. 확실이 America는 우리가 말하는 所爲 찬란한 문화라는 것이 없다. 고작하여 300年 아니 200年 前의 家具와 銀製 coffee set이다. 그것들도 精巧한 것이 아니고 가장 實用的인 투박한 것들이다. 그들에게는 200年 前에도 정교한 ○術栗도 없었고 놀랠만한 기계도 없고 家具와 生活全體가 투박한 것이었다. 그들에게서 西歐史의 찬연한 近代文化의 遺産도 없고 그렇다고 해서 東洋의 深奧한 哲學도, 思想도 없는 것이다. 그들이 가끔 西歐를 동경하고 東洋의 神秘에서 마음의 故鄕을 찾으려고 하는 것이다. 그들은 자기의 歷史와 아울러 文化의 遺産이 없음을 때로는 한탄할지도 모른다. 그러기에 모든 것을 허잘 것 없는 東洋의 風習도 오래 傳來되었다는 그 이유 하나만으로 이것을 神奇히 역이고 또는 歐羅巴의 藝術이면 무조건하고 옳다고 생각하는 弊端도 있을 것이다. 혹은 그들은 자기들이 創建하고 施設해 논 그것을 他國人보다 훨신 적게 評價하려고 할지도 모른다. 그들은 자랑할 것을 안다. 그러나 이 자랑할 것이 모두 너무 最近에 創造된 것이기 때문에 或是나 ○박(척박?)한 것으로 타인에게 보이지 않을까하고 속으로는 은근히 不安해 할지도 모른다. 문화세계에서 그들은 아직도 시골띄기를 면하지 못한다고 스스로 讓慮?할지도 모른다. 그러나 一方 우리는 - 우리가 過去에 찬연한 文化를 가졌고, 오랜 歷史와 傳統을 계승하였다고 해서 그 理由 하나만으로 美國의 文化를 허수러히 볼 수는 없을 것이다.

과연 200年 前의 家具와 銀製器들은 보잘 것 없다. 그러나 America 인에게 있어서 200年 前의 이 骨董的 가치밖에 없는 이 物品들은 5,000年 前의 埃及(애급, 애굽, 즉 이집트를 말함)의 名器나 4,000年 前의 周代의 祭器와 마찬가지. 중요한 意味를 띄고 있는 것이다. 그들은 中國의 文化가 周代의 祭器로 시작하고 埃及의 문화가 Mummy와 그 墓에서 시작한 것처럼 200年 前에 그들은 든든한 木製家具와 가장 實用的인 銀製器로부터 그들의 살림이 - 文化가 시작된 것이다. 그러고 200年 後인 오늘 二十世紀後半에 있어서 그들은 세계에 確實이 世界에 둘도 없기 때문에 자랑할 만한 都市의 많은 建造物과 交通機關과 그 밖의 많은 것을 創造하였다. Venice의 사람들이 十三, 四世紀에 있어서 博物館에 陳列할 목적으로 건조하지 않고 그림그리지 않고 즉 生活의 表現으로 가장 日常的인 生活을 위하여 Chapel과 Cathedral을 짓고 그림을 그리고 다리를 놓고 Pave를 하고 人物을 彫刻한 것과 마찬가지로 美國의 오늘도 來日의 博物館을 위하여 102層의 高層建物을 建築하고 Stratcruiser를 날게 하고 전기를 이용하는 것이 아니다. 그러도 이 모든 오늘의 生活의 防備? 수단을 위한 모든 기구와 施設이 확실이 來日의 博物館에 진렬될 가치가 있는 것이 아니라고 누가 斷言할 것인가.

America의 문화를 在來의 東洋的인 또는 西歐的인 Style로서 解釋하려는 것은 크나큰 時代錯誤일 것이다. Cinerama와 Skyline의 Design은 확실이 來日의 博物館의 貴重한 陳列品이 되고 이것이야말로 20世紀 後半의 文化를 代辯하는 物件들이 될 것임을 나는 확신한다. 단지, 문제는 確實이 新文化의 方向이 이것이라고 할 때 그러면 우리들의 將來의 文化의 指向이 오직 이 길뿐인가?에 대한 우리들의 反省과 探究가 必要할 뿐이다. 짐승의 발을 아로 색인 木椅子와 卓子의 투박한 발이, 이상하게도 나의 머리에서 떠나지 않는다. 아메리카의 文化! 아메리카의 文化!

文化라는 것이 抽象的인 觀念的인 存在가 아니고 人間의 生活의 表現이며 보다 快適하고 人間을 尊重히 다루기 위한 하나이 手段이며, 이 表現과 手段의 結晶이며 昇華라고 할 것 같으면 오늘의 America의 文化는 Rome 帝國과 불의 Louis 王朝에 비하여 보다 더 大衆的이며 이 過去에 못지않게 日常的인 快適과 간편을 가져온다. 그러면 20世紀의 文化는 - 오직 America의 Sky line과 ○공기와 電氣와 視聽覺藝術로 代表함으로 우리는 滿足할 것인가 新時代의 文化는 단지 이러야만 하는가. 이 길밖에 없는가?

American Wing에서 나는 다시 4,000餘 年 前에 周代로 뛰어든다 한 방도 채 못 보고 영사관으로 가다. 바람이 뼈를 어이는 듯한 추위이다. New York이 이렇게 추울 줄은 몰랐다. 서두진?는 연락이 잘 안되어 그냥 Boston으로 가버렸대 李建鎬 敎授와 V.O.A에서 3.30 P.M. 만나기로 약속. 곧 그리로 가다.

V.O.A에서는 민재호, 이계원 氏와 雜談 한 時間. 이건호 敎授는 오지 않았다. B.O.K의 유창순 氏와 만나기로 한 약속대로 Wall Street로 가다. 新年과 土, 日요일이 끼었기 때문에 오늘부터 二, 三日은 완전히

한가한 몸이다. 유창순과 日本 スキヤキ를 먹다. Waitress는 대구 美軍人과 결혼해서 왔다가 실패하고 가두 오두(오도가도) 못하는 여자들이라는 것이다. 一合에 $1.00하는 비싼 正宗을 먹고 陶醉. Rivoli Theatre로 가서 T. Power의 "The King of Khyber Rifler"라는 Color Cinemascope를 보다. 고단하여 구경하면서 하품이 멎지를 않는다. 밖에는 역시 찬바람이 분다. 유창순은 추워 못견디겠다고 곧 Hotel로 돌아갔다. 오늘은 금날(그믐날?). 多事多難하였던 1953년의 마즈막 날이다. Times Square에서 10.00 P.M. 부터 벌서 人山人海이다. 사람의 물결이 그렇듯 넓은 이 거리에 꽉 들어찼다. 작난감 나팔 소리 - 되지(돼지) 먹따는 듯한 소리. 즘생의 擺撥馬 같은 소리가(오고 가는 젊은이들이 부는 나팔로) 거리가 사나웁게도 소란해진다. 오늘만은 아무꺼리낌 없이 除夜의 종을 듣고 새해를 만든다는 것이다.

나는 Times Square에서 자정을 기다릴가 했으나 너머도 치웠다. 正月도 X-mas도 없는 一介의 여객이 여기서 혼자 부들부들 떠는 것도 쑥스러운 일이다.

Hotel 가까운 Bar에 들어가 몸을 녹이며 麥酒를 마시다. 나와 마찬가지 쓸쓸한 외투리들이 모여든다. 水兵도 있고 외국인도 있다. 主人만이 興에 겨워 Stranger인 나에게 공짜로 한 잔의 Beer를 선사한다. 혼자 술 먹기도 맹랑한 일. 11.00P.M. Hotel에 도라와 밀렸던 日記를 쓰다말고 Silen 소리에 소사라쳐 놀래다. 子正이다. 이 순간에 1954年은 또 하루하루를 계산하는 것이다. 時計를 마춰놓고 전등을 끄다. New York의 主人인 office가 밝은 螢光燈 아래에서 텅 뷔어 있다.

길거리에는 自動車 한 대가 南쪽으로 꺾거저 들어가고. 한동안 거리는 개 그림자 하나 없다. 멀리 Broadway 쪽에서 흘러오는 거리의 소음이 별다르게 새롭다. 紅燈의 밤은 여전.

아침. 10.00 A.M 까지 오래간 만에 Bed에서 누어 있었다. 이발을 하고. 조반은 멀고. 오늘 하루는 연극 出入을 나섰다.
New York City Theatre Co. 부터 가서
Brandon Thomas의 "Charley's Aunt" (3 Acts).
파생톤에서 오래간만에 들은 이 comedy를 José
Ferrer의 主演. 滿員의 盛況. 극장은 역시 Broadway
에 가까운 만큼 Phoenix 보다 크고. 떠난것이다. 또는
City Radio City의 도라가는 舞臺에 比하면. 그 十分의 一이나
될까 말까.

See
Program,
Mr. Ferrer 의 이 연극은 farce다. 저기에서
흔이는 American style의 action을 充分히 이용 '하'며
가끔 slapstick에 떠러지고 vaudeville에서
origin (?)이 있고. Sennet 중에서 笑殺이다. 또
America 흔은 comedy style을 Ferrer는 너머
지나칠 만큼 이 傾向에 흐르었다. Story 도 그
Shakespear를 떠나서 그나의 episode를
誇張한 듯 하는 것 같다. Shakespear 때의 하나의
Situation과. 그 등장 人物을 誇大하面. 이 三人의
Comedy가 너머 誇張하였다. 이를 봄에 더욱 '俳'優들의
'偉大함'을 느끼고. 오히려 가끔 기억고 Ottello 을 본 심경을
굳게하다. 이런의 dramatic situation을 충분이 Shakes-
peare 드리다.

그러나 이 comedy가 farce에 가깝고 slapstick에 떠러지
지만. 그 '健全'한 맛을 돌아. 흐뭇해야 하는다. 佛蘭西
의 comedy 같은 나면(?)의 nuance 는 오히 없고.
흔히 이 佛 Shakespear 의 흐르는. 저 佛蘭西인이
佛 손은 誇張한다. Mr. Ferrer 도 그러기 때문에
Moulin Rouge에서 같은 心理的인 묵영이 있는
佛蘭인이 아니다. 그의 動態와 表情에서 오는 印象으로는
comedy 보다는 serious drama가 더 適切일
것 같다. Peggy Wood 라는 초로의 부인의 말없는
好演이다. 이때에도 '伎'를 보다.

[출처]

「제국과 로컬, 오영진의 조선영화론」, 『드라마, 내셔널 서사, 문화콘텐츠』(일송, 2013)에수록.

「영화 <사랑과 맹서(愛と誓ひ)>와 오영진의 취재기 「젊은 용의 고향(若い龍の鄕)」 비교 연구」, 『현대문학의 연구』41, 한국문학연구학회, 2010; 『드라마, 내셔널 서사, 문화콘텐츠』(일송, 2013) 수록.

「오영진 일기 연구 – 1958~1959년 오영진 일기를 통한 한국영화계의 문화현실 소고 (小考)」, 『한국극예술연구』51, 한국극예술학회, 2016.3. 수록.

우울과 환영
 - 오영진 영화론과 일기 연구

초판 1쇄 인쇄   2019년 6월 22일
초판 1쇄 발행   2019년 6월 30일

지은이   김윤미
만든곳   평민사
펴낸이   이정옥
        주소 : 서울 은평구 수색로 340 [202호]
        전화 : 02) 375-8571
        팩스 : 02) 375-8573
        평민사의 모든 자료를 한눈에
        http://blog.naver.com/pyung1976
        이메일 : pyung1976@naver.com

등록번호 제251-2015-000102호
정   가   18,500원

* 잘못 만들어진 책은 바꾸어 드립니다.
  이 책은 저작권법제97조의 5(권리의 침해죄)에 따라 보호받는 저작물로
  저자의 서면동의가 없이는 그 내용을 전체 또는 부분적으로 어떤 수단·방법으로나
  복제 및 전산 장치에 입력, 유포할 경우 민·형사상의 피해를 입을 수 있음을 밝힙니다.